UNE VIE DE POUPÉE

“Actes noirs”

DU MÊME AUTEUR

PERSONA. LES VISAGES DE VICTORIA BERGMAN 1, Actes Sud, 2013 ; Babel noir nº 117.
TRAUMA. LES VISAGES DE VICTORIA BERGMAN 2, Actes Sud, 2014 ; Babel noir nº 132.
CATHARSIS. LES VISAGES DE VICTORIA BERGMAN 3, Actes Sud, 2014 ; Babel noir nº 142.
LES CORPS DE VERRE. MÉLANCOLIE NOIRE, Actes Sud, 2015 ; Babel noir nº 189.

Titre original :
Dockliv
Éditeur original :
Ordfront Förlag, Stockholm

ISBN 978-2-330-14373-2

ERIK AXL SUND

Une vie de poupée

MÉLANCOLIE GRISE

roman traduit du suédois
par Rémi Cassaigne

ACTES SUD

Tous innocents, personne sans faute.
Au milieu de la piste du cirque, on torture l'ours.

LE MÊME CIEL ICI
Vers le nord

Le train traverse d'abord un tunnel, puis débouche sur le plus long pont qu'elle ait jamais vu. Ça sent le café dans la gare de Malmö, presque tous ceux qu'elle voit tiennent un gobelet en carton fumant. Toute la Suède sent le café, au bureau d'immigration et dans le bus qui la conduit vers le nord.

Au début, ça ressemble à l'Allemagne, tout est brun, des champs, des collines et des bosquets d'arbres nus, mais ensuite ça devient plus boisé, plus rocheux, plus blanc et plus vert.

Le chauffeur parle tout le temps dans son téléphone et lance de nouvelles directives dans les haut-parleurs avant que le bus ne s'arrête dans un endroit appelé Lidköping. D'après le dictionnaire suédois, le nom de cette ville signifie à peu près Suffertown *en anglais, Souffreville. Le chauffeur dit qu'elle est située au bord du plus grand lac du pays, mais on dirait plutôt la mer, car on n'aperçoit pas l'autre rive. La surface est gelée, et il fait nuit, alors que c'est seulement l'après-midi. La lune éclaire la neige, l'obscurité est irréelle, comme dans un rêve, et c'est peut-être un rêve.*

Elle s'endort avant Stockholm, qu'elle aurait bien voulu voir, et ne se réveille qu'une fois la ville traversée. En regardant par la fenêtre, elle croit rêver encore, car les arbres le long de l'autoroute recouverte de neige à présent fondue et grise ressemblent à des brocolis.

Une fois à Borlänge, elle doit rester dans le bus, elle n'est qu'un nom sur un papier et ils ne savent même pas dans quelle catégorie la mettre, pour le moment elle est isolée, mais son père est peut-être déjà arrivé, sauf qu'ils ne retrouvent son nom sur aucune liste.

Le bus continue vers le nord, il fait de plus en plus froid et les routes sont de pire en pire, mais la nature plus belle et la nuit encore plus noire, et elle se dit que c'est étrange que ce soit le même ciel qu'à la maison. Et c'est la même eau, puisque toute l'eau sur Terre communique, une seule eau où se noyer et un seul ciel où monter quand on est mort.

La nuit au-dessus des montagnes bleu sombre s'irise soudain d'un vert fantomatique et le bus s'arrête, le chauffeur dit que ça s'appelle une aurore boréale et que c'est assez habituel par ici. Et ce n'est pas seulement vert, mais aussi jaune, bleu et violet, ça balaie le ciel, change de forme, comme une méduse qui se contracte et se déploie sous l'eau, comme la lourde respiration d'un dieu empoisonné. Comment quelque chose d'aussi beau peut-il être habituel ? Est-ce que ça finit par être un décor insignifiant quand on le voit presque toutes les nuits ?

Les sept baraques de chantier à l'extérieur de Bräcke appartiennent à un type en survêtement qui ramasse l'argent et les réfugiés mineurs isolés, trente jeunes entre douze et dix-sept ans, dont vingt-huit sont des garçons. Tous ne sont pas tarés, mais six ou sept le sont, comme toujours. Entre dix et vingt pour cent des gens n'ont pas seulement la cervelle dérangée, ils en sont fiers. Ils se glissent chez elle pendant la nuit et, quand un type essaye de lui baisser la culotte, elle lui envoie un coup de pied en plein visage. Il dit qu'il va la dénoncer à la police, mais aucun policier ne vient jamais, car ils sont trois pour une zone grande comme la Belgique.

Si on lui accorde l'asile, elle sera placée dans une famille d'accueil jusqu'à sa majorité. Mais les papiers tardent, rien ne se passe pendant six mois, le soleil lèche toute la neige sur les montagnes et l'été arrive sur ce pays de rêve. Que le soleil se lève en pleine nuit et que sa peau se boursoufle de milliards de piqûres de moustiques, elle peut le supporter. Elle a plus de mal avec la solitude. Ça la rend folle.

Blottis-toi dans ton lit givré d'aiguilles de sapin, petite fille noire, si noire au-dehors et à l'intérieur, si froide et gelée que le noir t'engloutit tout entière. Tu es une putain et une meurtrière.

C'EST TOUJOURS UN HOMME
Route 222

La mort n'est ni noire comme la nuit éternelle, ni blanche comme la lumière au bout du tunnel, elle est gris métallisé, fabriquée en Allemagne et adaptée à la libre vitesse.

Une nappe de neige flotte au-dessus de la voie rapide de Värmdö, comme si les flocons s'étaient figés en l'air. La voiture traverse la masse blanche et, en passant devant Nacka Forum, le compteur indique cent cinquante kilomètres-heure.

Une trentaine de mètres derrière, une autre voiture roule à la même allure. C'est une Toyota Prius rouge, une hybride dont le modèle sera rappelé par son constructeur quelques années plus tard en raison d'un problème de freinage ayant causé plusieurs accidents mortels. Dans la courbe au niveau de la baie de Svindersvik, la Toyota dérape et heurte la glissière de sécurité dans une pluie d'étincelles.

La voiture gris métallisé accélère encore. Cent soixante kilomètres à l'heure, et les deux filles se sourient.

Mercy serre plus fort le volant.

Nova écarte les cheveux de son front et allume une cigarette. Le vent hurle dans la voiture quand elle baisse la vitre.

"Tu as vu ? On s'est débarrassées de lui.

— Lui ? Comment sais-tu que c'est un homme ?

— C'est toujours un homme."

À l'échangeur où la voie rapide de Värmdö rejoint Värmdövägen, l'aiguille du compteur tremble sur cent quatre-vingts. Elles ne savent pas que la police a envoyé deux voitures qui les attendent à la gare d'Henriksdal, prêtes à tenter de les stopper en déployant une herse sur la chaussée.

“Quatre-vingt-dix pour cent des meurtres et quatre-vingt-dix-neuf pour cent des viols sont commis par des hommes, dit Nova. Et sur cent pédophiles, il n’y a que deux femmes.

— Et ils aiment faire souffrir les animaux… glisse Mercy.

— Sur mille personnes qui aiment baiser avec d’autres espèces…” Nova rit. “Par exemple des vaches, des chèvres, des chiots ou de petits poussins sans défense…

— … neuf cent quatre-vingt-dix-neuf sont des hommes, et la seule femme qui accepte de se faire enfiler par une bite de cheval a été initiée et dressée à ça par un homme.

— Ils ont inventé les viols en réunion, les bombes atomiques et les chaises électriques.

— Mais qu’est-ce qui leur a donc pris ?

— Ils ont tellement confiance en eux. Ils savent tout sur tout. Mais au fond, ils ne sont qu’une grosse erreur, un raté de l’évolution.

— Oui, la seule chose positive chez eux, c’est que, on va dire un milliard de fois par jour, ils se tabassent ou se démolissent. Pourquoi ont-ils seulement le droit de vote ?

— Chaque fois que naît un homme naît un potentiel cannibale ou pédophile. Dès la naissance, il faudrait qu’ils n’aient aucun droit…”

Nova et Mercy ne se connaissent pas depuis longtemps, mais leur amitié est devenue si étroite qu’elles semblent parfois n’être qu’une seule et même personne.

“Pour avoir ne serait-ce que le droit de parler, tous les mecs devraient passer un test pour prouver que ce qu’ils disent est plus intéressant que tout ce qui a déjà été dit par toutes les nanas du monde entier depuis la nuit des temps.”

Elles ne voient pas les lumières qui clignotent au loin, devant le pont de Danvik.

Elles ne voient pas non plus la herse à clous.

Le sourire de Mercy disparaît soudain.

“Tuer dix hommes choisis au hasard, c’est empêcher quarante-huit actes violents, dit-elle. Dont des meurtres et des abus sexuels sur enfants. Tous les hommes devraient, dès l’instant de leur naissance, être encouragés au suicide.

— Mon vrai père s’est suicidé, rappelle Nova.

— Tous, à part ton père et le mien, devraient se suicider.
— Oui… Tous, sauf eux.”

Deux cents kilomètres à l'heure à travers la neige immobile, deux cents mètres jusqu'au pont basculant de Danvik. Elles ne savent pas qu'un policier a ordonné au gardien du pont de le lever pour stopper leur course effrénée.

“Je suis bien avec toi, dit Mercy. Avec toi, je me sens affamée.”

Voici Nova et Mercy.

Nova voit une pièce d'un appartement froid de Fisksätra où ça sent toujours l'alcool et Mercy une petite maison où il fait chaud, avec un papa, une maman et deux petits frères dodus.

Elles voient tous les chemins qui les ont emportées loin de là.

Qui les ont conduites jusqu'ici. Jusqu'à ce dernier trajet.

Jusqu'à la fin.

Elles roulent, c'est tout.

La voiture gris métallisé de fabrication allemande appartient à Sven-Olof Pontén, un homme de quarante-cinq ans, domicilié à Stocksund, PDG d'une entreprise au chiffre d'affaires de quatre-vingts millions. Quelques jours plus tôt, il s'est arrêté devant une station-service de Knivsta pour ouvrir sa portière à une fille noire nommée Mercy, âgée de seize ans.

Il lui a donné un billet de cinq cents et a déboutonné son pantalon tout en la traitant de sale pute noire et en lui ordonnant de se déshabiller. À vingt mètres de là, un employé encaissait un client qui venait de faire le plein.

Quand Sven-Olof Pontén en a eu fini avec elle, elle a vomi. Chocolat au lait et restes d'un sandwich au fromage. Sven-Olof Pontén l'a giflée en criant qu'elle lui avait salopé sa voiture, la conne, putain de raclure de merde.

Puis son téléphone a sonné. Sa femme.

Il a reboutonné son pantalon avant de répondre. D'une voix douce, il lui a dit qu'il rentrait, plus qu'une affaire à régler, une visite rapide chez un client important.

Il est descendu de voiture au moment où le caissier de la station-service imprimait un reçu pour un hot-dog et un coca. Mercy a entendu Sven-Olof dire à sa femme qu'il l'aimait et qu'elle lui manquait.

Puis bisou-bisou et, quand il s'est retourné pour regagner sa voiture, elle a démarré.

Bisou-bisou. Va te faire foutre, espèce de salaud.

CERTAINS HOMMES
Mélancolie grise

L'automne avait été doux à Stockholm, pluvieux et venteux, avec quelques journées dégagées d'été indien. La plupart du temps gris et repoussant. Usant pour le corps et l'âme.

Sven-Olof Pontén était devant son ordinateur, chez lui, dans son pavillon de Stocksund. Il venait de se déconnecter, avait remonté sa braguette et boutonné son pantalon.

À la fenêtre, le vent sifflait dans les cerisiers malingres qu'il avait plantés cinq ans plus tôt. L'automne secouait les fines branches, celles qu'avaient délaissées les chevreuils.

Il la travaillait au corps depuis des mois : la fille avec qui il venait de chatter avait enfin accepté de le rencontrer. Ce soir même. Ce qui l'avait incité à se soulager un peu. Il roula l'essuie-tout en boule et l'envoya dans la corbeille.

Il ne lui restait plus qu'à apaiser sa mauvaise conscience.

Il saisit son trousseau de clés et ouvrit le tiroir du bas. De temps en temps, pris de paranoïa, il s'imaginait que sa femme ou sa fille avaient mis la main sur ses clés et avaient regardé ce qu'il y cachait. Mais Åsa et Alice savaient à quoi s'en tenir. Même si à peu près tout avait tourné de travers dans sa famille, elles gardaient encore un certain respect pour lui.

Dans le tiroir s'empilaient une vingtaine de pochettes en plastique qu'il sortait régulièrement pour se rappeler qu'au fond il n'était pas si dérangé que ça. Sven-Olof Pontén, originaire de Vitvattnet, dans la province de Jämtland.

Il n'était pas malade mental. Sa famille était constituée de personnes normales.

Les vrais malades étaient dans ces pochettes qu'il conservait dans ce tiroir.

Elles contenaient des articles de journaux, des procès-verbaux d'enquêtes préliminaires et, dans certains cas, des analyses de scènes de crime trouvées sur internet. Un échantillonnage des perversions humaines, des dossiers concernant dix-neuf hommes et une femme.

Une des pochettes était marquée ARMIN MEIWES. Il regarda les photos et parcourut les textes qu'à la longue il connaissait presque par cœur.

Armin Meiwes. Un Allemand, ancien militaire de carrière qui avait fait savoir par petite annonce sur internet qu'il recherchait quelqu'un qui accepterait de se laisser tuer et manger. Un ingénieur en informatique, Bernd Jürgen Armando Brandes, avait répondu, car cela se trouvait correspondre à son rêve le plus cher.

Un haut-le-cœur le prit, accompagné d'un renvoi qui lui emplit la bouche. Sven-Olof Pontén se força à supporter quelques minutes ses fantasmes autour de l'innommable.

Tandis qu'il fermait les yeux en imaginant le repas dans une cuisine de Rotenburg, en Allemagne, sa langue jouait sur son palais et l'intérieur de ses dents. Un reste de viande s'était coincé entre deux incisives. Il le détacha du bout de la langue et le cracha.

Sven-Olof Pontén était seul à la maison, il pouvait être lui-même sans avoir honte.

Et ça lui plaisait.

D'être dispensé d'avoir honte.

Il sentit ses doigts, les yeux toujours fermés, et constata qu'ils puaient l'ail. Il en avait haché quelques heures plus tôt pour l'ajouter à la préparation du filet de bœuf. Åsa tranchait des concombres et des tomates à côté tandis qu'ils parlaient de leur fille bien-aimée, Alice, qui n'habitait pas avec eux pour le moment, mais qui allait bientôt se réinstaller à la maison.

Après le repas, Åsa était sortie en ville voir un film avec une amie, et il était allé s'enfermer dans son bureau.

Armin Meiwes s'était détendu après le dîner en lisant des livres de science-fiction, tandis que l'ingénieur en informatique se vidait de son sang dans la salle de bains. Sven-Olof imaginait l'odeur douceâtre et le faible glouglou dans l'évacuation de la baignoire.

Il finit par ouvrir les yeux.

Certains hommes, d'un commun accord, se mangent mutuellement les organes sexuels, songea-t-il.

Comparé à eux, il n'y a pas de quoi s'exciter sur mon cas.

Il inspira à fond. Il arrivait à nouveau à respirer de l'air frais. Il sourit, rassembla ses papiers et remit les dossiers dans le tiroir.

Dans une heure, la fille avec qui il avait chatté l'attendrait en bas d'un immeuble de Bergshamra. Pas loin du tout, de l'autre côté du détroit de Stocksund, mais c'était pourtant une autre planète.

Elle s'appelait Tara et il savait pourquoi elle avait fini par accepter une rencontre.

Sa famille était religieuse, elle voulait se rebeller. Leur montrer que son corps lui appartenait, que Dieu ne décidait pas à sa place ce qu'elle en faisait.

Il avait lui aussi éprouvé quelque chose d'analogue au début de son adolescence. S'était révolté contre Jésus, père, mère et toute la paroisse. Il avait picolé, baisé et écouté de la musique interdite.

Tara et lui avaient des expériences communes et un bon sujet de conversation. Ils n'étaient pas si différents et, même s'il avait quarante-cinq ans, nettement plus que ce qu'il avait dit, et elle quinze, ils allaient sans doute bien s'entendre.

Il n'était pas un boucher comme Armin Meiwes.

Sven-Olof Pontén traitait bien ses filles, pourvu qu'elles lui montrent le respect qui lui était dû.

Dehors, le vent redoubla : l'hiver arrivait.

PREMIER JOUR

Novembre 2012

UN RÉCIT AUX INNOMBRABLES EXPLICATIONS INCONNUES
Bergshamra

Le corps de la fille était étendu sur le dos, sur un rocher plat en granit lisse, au pied d'un immeuble de six étages à Bergshamra. Il avait été découvert juste après minuit par un chauffeur de taxi qui faisait une pause cigarette entre deux courses. Il l'avait d'abord pris pour un mannequin. Bien trop légèrement vêtu pour la saison, avec des membres fins, presque blancs, tordus dans des positions qui n'étaient pas naturelles.

Mais en s'approchant, il avait vu le sang.

Il s'était alors malheureusement mis à pleuvoir, et le gros du sang avait été rincé de la surface de la pierre. Il n'était plus possible d'y relever d'éventuelles empreintes, comme des marques de chaussures.

À minuit et demi, une mère célibataire regardait par la fenêtre de sa cuisine, au quatrième étage de l'immeuble. Les gyrophares bleus de la police créaient des motifs froids et irréguliers sur les arbres du bosquet en face et jusqu'à l'intérieur des appartements. La lumière clignotante animait les dessins de ses enfants sur la porte du réfrigérateur. Oui, ils semblaient presque vivants : des têtes sur pattes s'y promenaient à côté de pommes de pin et de feuilles bâclées à la gouache.

Elle frotta ses yeux ensommeillés en se demandant qui était à terre sous la bâche en plastique et ce qui s'était passé. La hantise qu'un de ses garçons tombe du balcon et atterrisse sur cet impitoyable rocher l'habitait depuis le premier jour de leur installation dans l'immeuble.

Elle tira les rideaux et alla les voir. Ils dormaient tous les deux paisiblement dans leurs lits. Elle se glissa auprès du cadet.

Avant de s'endormir, elle remarqua que les éclats de voix dans l'appartement du dessus s'étaient tus.

À 1 heure du matin, le travail de la police avait commencé pour de bon. Une ambulance était garée à côté de la rubalise bleu et blanc, mais les deux infirmiers étaient désœuvrés.

La fille était morte, il n'y avait plus rien à faire pour eux.

Parmi les policiers, Yrsa Helgadóttir, fraîche émoulue de l'École de police, n'avait encore jamais vu de cadavre. Elle faisait au mieux son travail, mais avait malgré tout l'impression d'être dans le public. Comme si elle voyait tout ça à la télévision.

Schwarz s'approcha d'elle. "Regarde et apprends", dit-il en lui montrant les quatre techniciens en combinaisons bleues, dont une grande femme noire.

"Emilia ressemble plus à une basketteuse de la NBA, dit-il, mais c'est la meilleure technicienne avec qui j'aie travaillé.

— Tu veux dire du WNBA ?

— Hein ?

— L'équipe féminine", expliqua Yrsa.

Elle pinaillait avec son collègue : peut-être ces taquineries auraient-elles la vertu de dénouer la boule qu'elle avait au ventre ?

L'équipe technique venait de terminer sa première mission : sécuriser un accès de deux mètres de large jusqu'à la victime et sur la zone autour du corps, pour que le légiste puisse facilement s'en approcher sans laisser de traces.

Ce dernier, qui s'était jusqu'alors tenu à l'écart avec un sandwich et un thermos de café, sortit de sa voiture. "Là, c'est Ivo Andrić, de l'institut médicolégal, dit Schwarz. Si Emilia aime le basket, Andrić, c'est plutôt le baseball."

Une casquette de baseball s'accorde mal avec une charlotte en plastique et un masque chirurgical. Chez le légiste, bien au contraire, cette combinaison avait quelque chose d'évident.

Schwarz lui donna le feu vert pour un premier examen de la victime, et Andrić coiffa une lampe frontale par-dessus sa casquette avant d'avancer doucement vers le corps, pas à pas.

À intervalles réguliers, il s'arrêtait pour regarder autour de lui et, lorsqu'il tendit soudain le bras, la paume de la main tournée vers le haut, Yrsa se demanda ce qui se passait. Un signe ? Avait-il trouvé quelque chose ?

Andrić baissa son masque. "Il a cessé de pleuvoir", dit-il en lui souriant.

Sa boule au ventre s'allégea un peu.

Yrsa leva le regard vers le ciel gris acier, plissa les yeux et rêva un instant qu'elle était loin d'ici. Dans un endroit chaud. Simple et généreux.

Mais pour l'heure elle était là, à sa place.

Les techniciens progressaient vers le corps par cercles concentriques. Un travail ingrat qui pouvait prendre des heures, plus longtemps encore s'ils trouvaient quelque chose d'intéressant. Emilia photographiait tout à la ronde. Le flash de son appareil éclairait comme un stroboscope la troupe de ceux qui grouillaient tout autour dans le noir avec des lampes frontales.

"Ici !" lança soudain l'un des techniciens qui se redressa en montrant le sol.

Une petite zone où poussait un décimètre d'herbe dans une fissure du rocher plat. L'objet fut photographié sur place avant que le technicien ne le ramasse.

Même de loin, il était facile de voir ce que c'était : un téléphone portable Android. Sous scellé, Emilia le porta aussitôt à la voiture de l'équipe technique.

À 1 h 45, le légiste était parvenu jusqu'au corps. Il en fit un examen approfondi sous la petite tente en plastique, puis sortit un dictaphone, l'approcha de sa bouche et enregistra quelque chose d'inaudible. Quelques minutes plus tard, il fit signe aux autres qu'ils pouvaient approcher.

Tandis qu'Yrsa marchait deux pas derrière Schwarz et les deux autres policiers, plus expérimentés, elle essaya de se rappeler ce qu'elle avait appris pendant sa formation.

Ne pas chercher ce à quoi on s'attend, mais ce qui diffère. Ce qui peut être la chose la plus naturelle du monde, mais en même temps la plus difficile.

Une fille est morte.

Une fille, peut-être une sœur ou une cousine, froide sous cette tente. Sans qu'on sache encore l'expliquer.

Une semblable, une amie, une camarade de classe dont la mort n'est encore qu'une vague théorie en marge du champ visuel des policiers qui enquêtent sur l'événement. La fille, le corps, bref la victime ne sont encore qu'un récit aux innombrables explications inconnues.

Yrsa fait lentement les derniers pas jusqu'au corps. Promène son regard sur la fille.

Au jugé, entre quatorze et seize ans. Légèrement vêtue d'une robe rouge sans manches, comme si elle allait ou revenait d'une fête. Pas de veste, la fête devait se dérouler dans les environs.

Un collier simple avec une croix en pendentif s'est emmêlé à ses cheveux sombres bouclés. Son teint est pâle, mais elle est d'origine étrangère. Probablement du Moyen-Orient.

L'avant-bras droit est dressé, l'épaule gauche semble enfoncée. Les jambes et les bras nus paraissent désarticulés.

Elle n'est pas sans rappeler un mannequin, comme le chauffeur de taxi l'a dit en donnant l'alerte.

Deux yeux fixés dans le vide.

Figés dans un instant d'angoisse.

La bouche entrouverte, les lèvres virant au bleu et, sous le nez, des restes de sang que la pluie n'a pas réussi à rincer.

Premier cadavre, ça, c'est fait, se dit Yrsa.

Ce n'était pas si terrible que ça.

Pourtant elle sait qu'elle ne l'oubliera jamais.

Schwarz s'accroupit près du corps et se tourne vers Ivo Andrić : "Qu'est-ce que tu en dis, à première vue ? Un suicide ? On transmet à Hurtig ?"

Le légiste secoue la tête. "Je vous conseillerais d'attendre." Il lève les yeux vers les six étages de l'immeuble. "Mais bien sûr, la position du corps par rapport au bâtiment n'exclut pas un saut, ou d'ailleurs une chute d'un des étages supérieurs. Ses blessures également."

Schwarz regarde le bâtiment. "Est-ce que quelqu'un n'aurait pas dû voir ou entendre quelque chose, si elle est tombée ou a sauté de là-haut ?"

Ils avaient trouvé l'immeuble presque entièrement plongé dans le noir en arrivant sur les lieux. Mais à présent, au moins la moitié des fenêtres étaient allumées, et on y apercevait ici ou là des silhouettes. Les gyrophares avaient attiré l'attention des résidents et, peu après la mise en place des rubalises, les plus curieux, sortis observer la scène sur leurs balcons, avaient été priés de rentrer chez eux.

Le légiste Andrić hausse les épaules.

"Difficile de dire ce que les gens entendent et voient en pleine nuit. Personne n'est venu spontanément vous parler ?

— Non, dit Schwarz. Mais ce sera aussi bien d'aller tout de suite frapper aux portes, dès que les renforts seront là. Ils vont arriver d'une minute à l'autre."

Yrsa se doute bien qu'elle va devoir se coller au porte-à-porte avec un autre bleu. Elle jette un dernier coup d'œil au corps.

Sa position a quelque chose de curieux.

Comme si la fille avait été couchée là, à la vue de tous, sur le dos.

Il est 2 h 05 quand l'autre véhicule de patrouille arrive. Tandis qu'ils vont à la rencontre des renforts, Schwarz lui pose la main sur l'épaule. "Tu as l'air un peu nerveuse, dit-il. Mais tu verras, ça ne va pas être pire que dans n'importe quel polar.

— Un polar ? Qu'est-ce que tu veux dire ?

— Tu sais bien, tous les bons polars commencent avec un mort, et se finissent quand tout est résolu.

— Ce n'est peut-être pas un bon polar."

Une affirmation idiote qui appelle une réponse idiote, songe-t-elle tandis qu'ils rejoignent le parking en silence.

"Venez voir."

C'est Emilia, la basketteuse. Elle est à l'avant de la voiture de l'équipe technique, un ordinateur portable sur les genoux, le sachet contenant le téléphone Android à la main.

Un câble relie le téléphone à l'ordinateur.

"J'ai déverrouillé le portable, dit-elle. Il appartient selon toute vraisemblance à la victime. La fille s'appelle Tara et aime beaucoup les selfies. Son dernier SMS remonte à quatre heures."

Jimmy Schwarz se penche en s'appuyant sur la portière ouverte.

“Adressé à qui ?”

Emilia réfléchit.

“Elle a enregistré le contact au nom « Olof ». Mais le numéro n’est pas accessible, en tout cas pas avec ce matériel. On dirait qu’ils avaient convenu d’un rendez-vous.

— Intéressant. Un bon départ.

— Autre chose, continue Emilia. Tara écrit à cet Olof… je cite : « Tu connais le Marionnettiste ? » Olof répond non. Vous avez une idée de ce que ça peut vouloir dire ?”

L’inspecteur Schwarz hausse les sourcils.

“Non. Absolument aucune. Mais je crois que je connais quelqu’un qui pourrait peut-être en avoir une.

— Ah bon ? Qui ?

— Kevin Jonsson, de la criminelle.”

TRENTE-SIX HEURES SANS SOMMEIL
Tanto

Au sommet de la colline Tantoberget, à Södermalm, est installée une position de DCA qui, pendant la Seconde Guerre mondiale, devait défendre les ponts d'Årsta et de Liljeholm contre des attaques ennemies. À un jet de pierre de l'ancienne pièce d'artillerie, des jardins ouvriers descendent en terrasses jusqu'au bord de l'eau. Le bruit d'une canonnade s'échappe d'un des cabanons.

Il est 2 h 30, Kevin Jonsson est couché sur le canapé, devant le film de guerre soviétique *Requiem pour un massacre*, sur l'écran de son ordinateur.

Les vivants envient les morts, pense-t-il.

La petite parcelle est essentiellement constituée d'un rocher plat et nu, la surface cultivable se limitant à une bande de terre fertile le long de la clôture. Le permis de construire sur cette parcelle, une des cent onze sur la pente sud de la colline, a été exploité au maximum : un chalet rouge aux coins blancs de quatorze mètres carrés, une véranda ouverte de six mètres carrés et une cabane à outils abritant également des toilettes sèches. Cette petite parcelle appartient à la famille depuis les années 1970, et Kevin habite le chalet depuis quatre ans. Illégalement en hiver, car c'est contraire au règlement, mais l'association qui gère les jardins ouvriers a cessé de s'en plaindre.

Depuis qu'ils savent qu'il est policier.

Il a grandi là. Là, il a vu les étés grimper sur la colline depuis les rives d'Årstaviken, là, assis avec son père sur la véranda, il a regardé la mise à l'eau des voiliers dans le port de plaisance.

La pièce unique du chalet comporte une table et deux chaises, un petit canapé et, au-dessus, une couchette. La plaque de cuisson et le réfrigérateur fonctionnent au gazole et un panneau solaire fournit l'électricité pour l'ordinateur et les lampes. Les murs sont couverts d'étagères pleines de livres et de DVD.

Quand il regarde un film, il a souvent un papier et un crayon sous la main, prêt à noter les erreurs de script ou les anachronismes, ce qu'on appelle des *goofs*.

Ce n'est pas juste pour s'amuser, c'est aussi pour exercer sa faculté d'observation, qui lui sert dans son travail. Mais sa feuille est toujours blanche sur la table quand les dernières scènes de *Requiem pour un massacre* défilent sur son ordinateur.

Le personnage principal, petit garçon au début du film, mais qui à présent ressemble à un petit vieux, pénètre dans la forêt de sapins et rejoint les partisans.

La forêt l'engloutit.

La nature l'emporte toujours. L'homme ne peut pas gagner.

Petit, Kevin traquait déjà les erreurs de logique. Il démystifiait les mondes imaginaires des autres enfants en signalant que les cow-boys ne tiraient pas à la mitraillette et ne portaient pas de pantalons achetés au supermarché du coin.

Il n'arrivait jamais à se taire en classe. Une affiche au mur représentait des Vikings. Il ne supportait pas l'image, qui véhiculait le mythe selon lequel ils portaient des casques à cornes. *Goof.* Sur la mappemonde, derrière l'estrade, le Groenland paraissait aussi vaste que l'Afrique, ce qui donnait une idée complètement erronée. *Goof.*

L'affirmation de ses enseignants, selon lesquels il souffrait du syndrome d'Asperger, d'un trouble de l'attention et de la concentration, ou de tous les autres noms qu'ils pouvaient lui donner, n'avait jamais été contredite et s'était transformée en vérité : c'était toujours Kevin Jonsson qui dérangeait et se faisait le plus gronder.

Puis il y a eu une jeune remplaçante, en CM2, différente des autres. Un jour, elle lui a demandé de rester après la classe.

Il s'attendait à une réprimande, mais elle a sorti une petite boîte, comme celles où on range les gommes. Elle lui a demandé ce qu'il y avait dedans et il a répondu vingt-cinq gommes, comme indiqué sur l'étiquette. Sur quoi elle a souri et ouvert le couvercle.

Dedans, une petite perle rouge.

"Cette boîte, c'est ton visage vu de l'extérieur, lui a-t-elle dit. Le rôle que tu as reçu dans cette classe, auquel tout le monde croit, y compris tes professeurs et peut-être même toi aussi." Elle a alors saisi la perle, l'a levée dans la lumière, avant de poursuivre : "*Mais ça, c'est toi. Ce que tu es vraiment.* Je vais poser cette boîte sur mon bureau, et la perle va y rester tout le trimestre. Chaque fois que ce sera pénible pour toi dans cette classe, tu pourras penser à ce que nous savons tous les deux, mais que tous les autres ignorent."

Kevin n'a jamais dévoilé le secret de la perle dans la boîte. Et il s'est mieux senti à l'école.

À l'approche des vacances de Noël, alors que la remplaçante allait bientôt partir, c'était comme si les autres le traitaient différemment. L'écoutaient davantage. Peut-être parce qu'il parlait un peu moins. À son retour après les vacances, la boîte à la perle avait disparu.

Dans son ordinateur, il a un fichier Excel baptisé *GPM*, comme *Goofs Par Minute*, dans lequel, depuis des années, il a listé les films qui comportent le plus grand nombre d'erreurs toutes catégories confondues, des fautes de script aux anachronismes. De ce tableau, il ressort que l'apparence est souvent trompeuse. Ce ne sont pas vraiment les films de série B qui font la course en tête, mais des films à gros budget se targuant de vraisemblance. En première place *Les Oiseaux* de Hitchcock, suivi de près par *Apocalypse Now* qui, certes, contient de loin davantage de *goofs* mais est sauvé par sa durée.

Kevin cherche un nouveau film qui puisse faire toile de fond. Son choix s'arrête sur *Cœur de verre*, de Werner Herzog, et il regagne le canapé.

Il connaît le film par cœur, scène par scène.

Il s'enveloppe dans la couverture. Trente-six heures sans sommeil, c'est physiquement éprouvant, le monde paraît bancal. Mais son cerveau fonctionne encore à plein régime et il se demande pourquoi on parle de matière grise. Un cerveau vivant est rose et rouge, très concrètement, ce n'est qu'après la mort qu'il devient gris.

Quand son cerveau tourne à fond, c'est avec des éclairs de sang rouge vif. Ses pensées s'affrontent dans sa tête comme une centrifugeuse : d'un côté son père et de l'autre son travail.

Papa policier. Papa immortel. Papa mort.

Il ne s'est pas même écoulé trois semaines, mais Kevin a déjà compris que le chagrin n'est pas quelque chose qu'on porte en soi et qu'on peut prendre à bras-le-corps. Ça marche à côté de vous, vit sa propre vie. On le voit du coin de l'œil et ça vous tape sur l'épaule dès qu'on croit l'avoir oublié.

C'est au-delà du réel. Dans le noir sous un lit ou dans l'ombre derrière une porte.

Le film se déroule devant lui. Comme le chagrin. Selon la légende, Herzog avait hypnotisé tous les acteurs, et le résultat ressemble à une dépression collective.

Parfois, l'absence de son père le fait tomber dans un état analogue.

Il a du mal à respirer. Peut-être qu'il pleure, peut-être qu'il fixe simplement droit devant lui. Réchauffe son repas, regarde la télé ou lit un livre. Sans se souvenir de ce qu'il a mangé, vu ou lu.

S'il imagine son père encore vivant, c'est plus supportable. D'habitude, il évoque un souvenir. Des émotions, des odeurs, une conversation, une situation, et pour l'heure, il songe aux mains de son père.

Son père disait que ses mains lui rappelaient d'où il venait. Une famille de pêcheurs du Norrland, mangeurs de hareng aigre aux rives du golfe de Botnie. Ses mains étaient gercées par l'eau salée, les écailles de poisson, les branchies et nageoires coupantes, leurs veinules éclataient par temps froid et sec. Quand ça saignait, il se léchait le bout des doigts en disant qu'il lapait le sang de ses ancêtres. Il prétendait que la puanteur du hareng aigre n'avait jamais quitté ses mains, ce qui naturellement n'était pas vrai. L'odeur de vinaigre et de sulfure d'hydrogène n'était que dans sa tête, mais si forte qu'elle en devenait réelle.

Kevin regarde ses mains. Elles portent l'angoisse d'avoir frappé un camarade au collège, la honte de s'être masturbé à quatorze ans sur des fantasmes interdits.

Et pire.

Bien pire. Le genre de chose qui vous ronge l'âme.

L'odeur étouffante d'un secret que lui seul et une autre personne partagent. Un oncle maternel qu'il va revoir demain, à l'enterrement de son père.

La raison pour laquelle il est devenu policier est contenue dans une odeur aigre et douceâtre qui rappelle le tabac à chiquer.

Qu'il ait été embauché à la criminelle aussitôt après ses études parce qu'il était un technicien doué auteur d'un imposant mémoire sur les méthodes de traque des pédophiles sur internet n'est qu'une vérité tronquée. Il ne serait jamais arrivé là sans ce qui s'était passé sous une tente, sur l'île de Grinda, quand il avait neuf ans.

Dix-huit ans plus tard, il fixe ses mains, la saleté collée à jamais, et son poing droit se serre, phalanges blanchies, avant de se rouvrir et de saisir le yoyo rouge posé sur la table.

Il commence à le faire tourner, monter et descendre quelques fois, puis il le laisse se dévider quelques centimètres au-dessus du sol dans la lueur du film.

Le ronron du yoyo l'aide à réfléchir.

Le souvenir rance et trouble d'un oncle sous une tente, sur une île de l'archipel de Stockholm, est remplacé par un souvenir plus clair et lumineux du même été.

C'était la fin août. Son père était plongé dans une complexe enquête pour meurtre et avait travaillé toute la semaine à Linköping.

Le jour de son retour avait semblé à Kevin le plus long de sa vie de neuf ans. Le soir venu, sa mère et lui avaient pris le métro jusqu'à la gare centrale. Ils étaient arrivés bien trop en avance et, quand le train avait fini par glisser le long du quai, il avait fébrilement cherché le visage de son père à travers les vitres. Enfin, il l'avait vu lui faire signe à la fenêtre du wagon-restaurant.

Kevin a couru à côté du train qui semblait ne jamais vouloir s'arrêter. Il a fallu une éternité pour que les roues grincent et s'immobilisent et que papa descende. Kevin s'est jeté dans ses bras. A enfoui son visage dans sa chemise qui sentait le cigarillo et l'après-rasage. “Salut mon grand, a-t-il dit en serrant fort Kevin dans ses bras, lui caressant les cheveux et l'embrassant sur le front. J'ai un cadeau pour toi." Il a sorti un petit paquet de sa poche tandis que maman arrivait pour l'accueillir.

Kevin a ouvert le paquet : son premier yoyo. Plus tard dans la soirée, papa lui a montré comment s'en servir et Kevin l'a gardé sur son oreiller pendant la nuit. Le lendemain, il a emporté le yoyo à l'école et, ce jour-là, il a été le centre d'attention de toute la cour de récréation.

Ça n'allait pas durer, songe Kevin, en refoulant aussitôt ces pensées. Il continue de faire tourner son yoyo. Se souvient nettement que son père lui avait expliqué qu'il était fait avec du bois du Småland et une ficelle de coton américain.

On sent les fibres de la ficelle quand elle s'enroule autour de son axe. Le chatouillement dans l'index, une vibration chaude qui lui évoque les champs de coton ensoleillés du Sud des États-Unis et au creux de sa paume le contact frais du bois suédois marqué par les âpres hivers des hauts plateaux du Småland.

Papa était un clone de Clint Eastwood, se dit-il, le même regard de pierre et le même visage anguleux que le bon dans *Le Bon, la Brute et le Truand*.

Le yoyo est tourné dans un unique morceau de bois. Son père lui aussi l'avait reçu à neuf ans.

Il lui a raconté l'histoire de l'Affreux. Un type qu'on appelait l'Épouvantail, payé par les paysans pour aller dans les champs avec ses vêtements en haillons faire peur aux oiseaux. On voyait bien qu'il inventait, mais ça ne faisait rien puisque ça rendait l'histoire d'autant plus palpitante.

L'Épouvantail travaillait tous les ans d'avril à septembre. Ils le laissaient habiter avec les cochons, voilà pourquoi il était si débraillé. Grand, barbe noire sale partant dans tous les sens. Il avait une verrue brune et plissée sur la joue, de celles qui ont l'air sur le point de dégringoler d'une seconde à l'autre, et tous les gamins avaient peur de lui.

À l'époque déjà, Kevin avait compris que son père ne faisait pas qu'inventer. Il y avait un grain de vérité parmi ses paroles. Quelque chose de noir.

Papa aurait voulu laver ce noir par le rire.

Il avait dit que les étés de la fin des années 1940 étaient toujours chauds, que le soleil brillait toujours et que l'eau de l'Ångermanälven se maintenait à une température constante de vingt-deux degrés. Il avait l'habitude de se baigner dans le fleuve, à un endroit où on pouvait sauter d'une liane : Kevin imagine le cours d'eau bouillonnant. Le tout en noir et blanc, comme les photos du vieil album de son père.

Un jour, son père s'était baigné plusieurs heures et, au moment de se sécher pour rentrer à la maison, il avait découvert l'Épouvantail assis sur la berge, à quelques mètres derrière l'arbre d'où pendait la liane.

"Le bonhomme m'a fait un sourire édenté, a dit papa. Il a montré ses gencives rouges et nues, puis s'est fourré une grosse boule de chique sous la lèvre. Il était assis là depuis mon arrivée et m'a dit qu'il voulait me faire un cadeau, parce que je plongeais si bien. Et il m'a tendu le yoyo. Il était rouge clair à l'époque. Pas tout pâle et écaillé."

Kevin caresse le yoyo du bout des doigts. L'étudie attentivement, comme tant de fois auparavant.

Chaque rayure, chaque écaille de peinture a une histoire.

Il le sent. Une odeur de bois un peu moisi, et autre chose.

Peut-être la sueur du vagabond qui l'imprègne encore ?

"Et après, qu'est-ce qui s'est passé ?" a demandé Kevin. Son père avait l'air absent, comme s'il n'avait pas entendu.

"Il ne s'est rien passé de spécial, a-t-il fini par dire. J'ai pris le yoyo et je suis rentré à vélo à la maison. L'Épouvantail est mort de froid l'hiver suivant, on l'a retrouvé sous un pont. Ses cheveux avaient gelé dans le sol, il a fallu le détacher à la scie."

Aujourd'hui, Kevin sait que l'Épouvantail s'appelait en fait Gustav Fogelberg. Un solitaire qui agressait sexuellement les petits garçons et a fait de la prison pour ça. Le yoyo rouge était une sorte d'appât, mais son père l'avait utilisé pour cacher une histoire d'agression. Le yoyo était devenu le mur porteur du mensonge de sa vie, et il n'a jamais reconnu avoir été victime de quoi que ce soit.

Papa avait un vagabond, l'Affreux.

Et Kevin, lui, un oncle.

ÇA SUFFIT PEUT-ÊTRE, MAINTENANT
Bergshamra

La famille de la morte habite un appartement à deux pâtés de maisons de l'endroit où on l'a retrouvée.

Les parents font entrer l'inspecteur Schwarz dans la chambre de la fille.

En face du lit, une commode rococo avec un napperon en dentelles. Le couvre-lit et les oreillers sont dans un tissu fleuri des années 1970. Aux murs cohabitent des icônes peintes avec des photos pâlies du couple royal et une tapisserie portant la devise "IL NE FAUT PAS PLEURER CE QU'ON N'A PAS, MAIS SE RÉJOUIR DE CE QU'ON A".

La première impression de Schwarz, c'est que ça ne ressemble pas à une chambre d'ado ordinaire.

"La lettre est dans la table de nuit, dit la mère de la fille. Nous l'avons lue, mais remise exactement là où elle était..." Sa voix se brise et elle cache son visage dans ses mains.

La mère est encore jeune, devait être encore ado quand elle a eu sa fille, songe Schwarz en ravalant un soupir. Merde.

La mère de Tara reste sur le seuil de la chambre tandis qu'il s'approche de la table de nuit.

La lettre consiste en trois lignes manuscrites, que Schwarz lit deux fois. À travers la fine cloison derrière le lit, on entend des pleurs d'enfants et une voix d'homme par intermittence. C'est la jeune sœur de Tara consolée par son père.

À papa, maman et la petite Chinar,
Pardonnez-moi, car j'ai péché. Je ne mérite plus de vivre.
Je vous aime. On se verra au ciel. J'ai l'intention de sauter.

C'est une feuille A4 à lignes, signée du nom de la fille, et il remarque que des cœurs remplacent les deux *a* du nom Tara.

"Donc, vous pensiez que Tara dormait dans son lit quand nous avons appelé ?" demande Schwarz.

La mère essuie une larme sur sa joue.

"Oui.

— Avez-vous vu des signes qu'elle était déprimée ?

— Je ne sais pas.

— Voyait-elle un psy ?

— Un psy ? Comment ça ?"

La femme est sur le seuil de la porte, à trois mètres de lui, et Schwarz trouve ça un peu bizarre.

"Donc, non ?

— Non... Pourquoi en aurait-elle vu ?"

Il ne répond pas. Montre juste la lettre sur la table de nuit.

"Non, répète la femme après un silence gêné.

— Vous êtes sûre ?"

Elle hoche la tête.

"Tara avait-elle un petit ami ?"

Elle secoue la tête.

"Connaissait-elle quelqu'un là où on l'a trouvée ? Dans l'immeuble gris de six étages ?

— Non... Je ne crois pas. Pas que je sache.

— Connaissait-elle un certain Olof ?"

La question semble la prendre au dépourvu. "Qui est Olof ?

— Nous ne savons pas encore. Ils ont eu un contact par SMS il y a..." Schwarz regarde sa montre, presque 4 heures. "Il y a bientôt six heures, juste après 22 heures.

— Elle était à la maison, dit la mère. On regardait la télé, les infos." Ses yeux deviennent à nouveau brillants et elle porte la main à la bouche.

"Et ensuite, elle est sortie ?"

La mère se mord la lèvre tandis qu'une larme coule sur sa joue pour s'arrêter au coin de sa lèvre. "Non, elle n'est pas sortie... Elle est allée se coucher.

— D'accord."

L'inspecteur Jimmy Schwarz envisage de lui demander si elle sait à quoi Tara faisait allusion en interrogeant Olof au sujet du Marionnettiste, mais il s'abstient.

Ça attendra.

Il n'a pas grand-chose à se mettre sous la dent, et il faut d'abord qu'il appelle Kevin. Ou Lasse Mikkelsen, le chef de Kevin à la criminelle.

"Est-ce que Tara possède un ordinateur, un iPad, ou autre ?" demande-t-il alors.

La mère secoue à nouveau la tête. "Nous n'avons pas les moyens", dit-elle tout bas avant de se tourner pour faire un signe de tête à quelqu'un dans l'entrée.

Le père de Tara entre dans la chambre, encore en pyjama. "Peut-être que ça suffit, maintenant, dit-il en regardant Schwarz, puis sa femme. Chinar a besoin de nous.

— Naturellement, dit Schwarz. Un prêtre va venir d'ici une demi-heure."

L'homme hoche la tête. Il fait au moins vingt ans de plus que sa femme. Ou alors c'est déjà la marque du chagrin. Le creux sous ses yeux est bleu sombre dans la lumière blafarde de l'entrée.

Une fois dehors, Schwarz sort son téléphone et appelle Ivo Andrić.

"Salut, répond le légiste. J'allais t'appeler.

— Est-ce que je refile la fille à Hurtig ?" demande Schwarz.

Hurtig est commissaire adjoint et dirige une enquête sur des suicides en série survenus ces derniers temps. On en parle beaucoup à l'hôtel de police.

"Non, dit Andrić. Et ce pour deux raisons. La première était tout de suite visible sur place."

Le légiste se tait et Schwarz attend une suite, en vain.

"Qu'est-ce qui était tout de suite visible sur place ?" demande-t-il en se rappelant qu'Andrić a la mauvaise habitude d'être un peu formaliste.

"Tous les jeunes sur lesquels Hurtig enquête écoutaient de la musique au moment où ils se sont suicidés, explique le légiste. De la musique sur cassette, avec un walkman. C'est un *modus operandi*, si on peut utiliser ce terme dans le cadre de suicides. Mais là, la mort de Tara ne colle pas.

— OK, très bien. On tire un trait là-dessus, c'est ça ?

— Oui, surtout au regard de la deuxième raison."

Une autre mauvaise habitude d'Andrić est de toujours garder le meilleur pour la fin.

Il inspire à fond. "Si cette fille s'est suicidée, c'est pour d'autres raisons, dit-il alors. Elle vivait vraisemblablement sous forte pression. Les techniciens ont trouvé dans son téléphone des éléments qui le suggèrent.

— Qu'est-ce que tu veux dire ?

— Tu comprendras en les voyant", finit-il, sibyllin.

LÀ-BAS, ON FAIT BRÛLER DES ENFANTS
Tanto

Un yoyo n'a ni commencement ni fin, disait son père. C'est comme une montre. Ça tourne, tourne. Comme le temps. Pas de commencement, pas de fin. Éternel.

Certaines choses sont héréditaires, pense Kevin en rembobinant le yoyo qu'il repose sur la table tandis que le film sur l'écran de l'ordinateur commence à le déranger. Quelque chose l'agace. Peut-être la belle musique. Tout lui paraît soudain sonner si faux qu'il l'éteint.

Il est maintenant 4 heures du matin, l'enterrement n'est plus que dans quelques heures. Un jour et demi sans sommeil : il s'étend sur le canapé et remonte la couverture.

La fatigue lui donne froid.

Par une fente entre les planches s'immiscent scarabées et fourmis. La moisissure a attaqué une partie de la véranda et la vermine infeste la cabane à outils. Papa aurait pris le problème à bras-le-corps, se dit-il. Je l'aurais sans doute déçu. Lui qui s'occupait de ce chalet comme de tout le reste. À fond, sans trêve. De tout, sauf de sa propre mort.

Le déclin de son père avait commencé l'été précédent. Il se plaignait d'avoir du mal à voir la route quand il conduisait. L'examen ophtalmologique ne montrait pourtant rien de plus qu'une dégradation infime de sa vue, et il s'est mis à avoir des problèmes d'équilibre. Il disait que c'était comme être obligé de danser le jerk.

Kevin entend un sifflement ténu. C'est le vent qui remonte de la baie, serpente le long de la colline et pénètre dans le chalet par les fentes des parois et du plancher. Un froid humide qui perce jusque sous la couverture. Il frissonne en se souvenant de ce qui est arrivé ensuite.

L'aphasie. Au petit-déjeuner, son père pouvait demander le "clapet du carburateur" quand il voulait le pack de lait. Ses idées étaient très claires, c'était juste tout à fait autre chose qui lui sortait de la bouche, et il fallait trouver la bonne traduction. Savait-on que "casque" équivalait à télévision et "préparatifs" signifiait informations, on comprenait très bien ce qu'il voulait dire quand il demandait à "voir les préparatifs sur le casque".

Puis sont venus les fièvres et les tremblements.

Les parents de Kevin, qui avaient toujours partagé le même lit, ont été forcés de faire chambre à part à cause des convulsions de son père. Son langage s'est de plus en plus transformé en charabia et, à la fin, les mots ne voulaient plus rien dire pour lui. L'hiver dernier, on l'a retrouvé en robe de chambre sur les marches du perron en train de manger un paquet de beurre à la petite cuillère.

Pendant la maladie de son père, l'état de sa mère s'est lui aussi dégradé. Comme par contagion. Des mois de conversations et d'actes surréalistes, combinés à des problèmes d'audition, l'ont détournée de la réalité et ont altéré sa personnalité.

À peu près au même moment où son père était placé dans un établissement de soins à Kallhäll, la mère de Kevin avait obtenu une place dans un foyer pour personnes séniles à Farsta. Après avoir partagé le même lit pendant cinquante ans, quarante kilomètres séparaient désormais leurs chambres. L'aide aux personnes âgées fonctionne parfois ainsi, quand on n'a pas de chance.

Son père est mort pendant son sommeil, dans son lit. Le personnel de l'établissement l'a découvert dès les premières heures, mais n'a appelé que dans la matinée. "Ça s'est passé en pleine nuit, et notre politique est de ne pas déranger les proches inutilement", a dit la jeune infirmière quand Kevin lui a demandé pourquoi ils n'avaient pas été prévenus tout de suite.

Ne pas déranger inutilement ?

Comment la mort peut-elle à ce point devenir banale pour que tout un corps de métier la réduise à un événement dérangeant ?

Kevin ferme les yeux, sa tête lui tourne. Il voit un enterrement au cimetière Skogskyrkogården, et plein de gens qu'il ne veut pas rencontrer.

Tous sauf un.

Parmi les petits vieux et les petites vieilles plus ou moins grisonnants, il voit Vera avec ses cheveux teints en rouge. L'ancienne collègue de son père à la police, la seule qui pourra le consoler. Même sa mère n'aurait pas pu, mais de toute façon elle ne serait pas là, trop malade pour venir.

Son frère aîné doit venir lui aussi, à vérifier. Il vit à l'étranger, c'est un idiot, Kevin ne sait pas bien ce qu'il fait en ce moment dans la vie.

Vera va demander à Kevin comment va le boulot. Si ça se passe mieux depuis qu'il a eu ce nouveau poste, et il lui dira que ça va beaucoup mieux, mais qu'en même temps c'est pire, car désormais il voit la merde de plus près.

Au moment de sa nouvelle affectation, on l'a envoyé en voyage d'études à New Delhi. Les chefs de la direction nationale de la police trouvaient que c'était une bonne idée de l'envoyer immédiatement au charbon, lui donner une idée de ce dont il s'agissait vraiment. Deux semaines durant, il avait vécu l'enfer de GB Road et vu des choses dont il ne pouvait parler à personne.

Des choses qui avaient agi sur sa santé mentale.

Qui lui provoquaient chaque nuit des cauchemars.

La direction de la police l'avait poussé à consulter un psychologue. Mais dès la première consultation, ce dernier avait déclaré forfait. Et Kevin s'était soigné lui-même avec de l'alcool et, par périodes, de la marijuana.

Aucun des deux ne l'avait aidé.

Si on est allé voir les bordels de GB Road, on n'a qu'à s'en prendre à soi-même.

GB Road est le plus près qu'on puisse approcher de la géhenne. Là-bas, on fait littéralement marcher des enfants dans le feu.

Oui, là-bas, on fait brûler des enfants.

Kevin a vu des photos de bébés dont le nombril n'est même pas encore cicatrisé.

À Vera, il dira qu'il recherche deux jeunes filles pour les interroger dans une affaire de *grooming* et de pédopornographie. S'ils retrouvent ces filles, il y a une chance de pouvoir mettre quelqu'un en examen pour abus sexuel sur mineur.

Il a une dizaine de photos dans son ordinateur professionnel, dans son sac au pied du canapé, avec un mémo du chef de la criminelle.

Il ouvre les yeux – impossible de dormir de toute façon – et tend la main vers son sac.

Ce sont des gros plans de leurs visages, deux filles de quinze, seize ans. L'une est noire, a un visage fin avec de longs cheveux raides argentés, vraisemblablement une perruque, tandis que l'autre est blonde et un peu plus ronde. Les photos sont des agrandissements, des détails tirés d'un film pornographique, mais elles ne montrent pas de corps, juste des portraits des filles.

Il saisit le mémo, un résumé de l'enquête qui, en gros, vise à retrouver les jeunes filles, mais dont il ressort qu'il n'y a pour le moment aucune piste, à part que dans les films elles se font appeler respectivement Nova Horny et Blackie Lawless.

IL ESPÈRE QU'ELLE EST HEUREUSE AUJOURD'HUI
Mélancolie grise

Sven-Olof Pontén eut un sommeil inquiet la nuit de la mort de Tara. Il fit de mauvais rêves sur son enfance au Jämtland : les souvenirs d'habitude agréables de Vitvattnet, où il avait grandi, étaient distordus par le sommeil en images d'épouvante. Sa première chasse – il avait cinq ans et on l'avait laissé accompagner son père et les autres types partis tirer l'élan – était aux heures diurnes un souvenir lumineux qui sentait la forêt de sapins et le chocolat chaud. Mais dans ses rêves, il voyait les entrailles fumantes de la bête éventrée se répandre dans l'air glacé d'automne sur les buissons de myrtilles. Et ses yeux morts qui le fixaient.

Sven-Olof se réveilla tôt et sa femme dormait encore profondément quand il enfila son peignoir et alla à la cuisine se faire cuire un œuf.

Il pensa à Alice. La maison était vide sans elle.

Qu'est-ce qui avait mal tourné ? Il avait pourtant fait tout ce qu'il pouvait.

C'était cette maudite sexualité.

La force originelle. Sa fille l'avait héritée de lui, mais elle avait explosé chez Alice encore plus tôt que chez lui.

Sven-Olof Pontén préfère ses œufs à la coque. Trois minutes dans l'eau frémissante, puis il le pèle délicatement au-dessus de l'évier, le rince à l'eau froide et s'assoit à la table de la cuisine.

Elle s'appelait Saga, elle était en cinquième. Lui en quatrième. Ils avaient beau tous deux venir de familles chrétiennes, ils étaient acceptés dans la bande des durs de l'école, même s'ils étaient tout en bas de la hiérarchie. Au moins, ils ne faisaient pas partie des arriérés. Des exclus. Des autres.

Il balaie quelques miettes invisibles sur la table, place le verre d'eau sur sa gauche, le coquetier au milieu et le pot de fleur de sel sur la droite, avant d'en prendre une pincée entre le pouce et l'index qu'il saupoudre sur son œuf.

Quelqu'un lui avait demandé de qui il était amoureux et, comme il n'avait pas assez confiance en lui pour oser rêver aux filles les plus populaires, il avait répondu Saga. Par la suite, il avait appris qu'elle l'avait elle-même désigné et compris que c'était pour la même raison : inutile de viser trop haut.

La première bouchée de l'œuf ne contient que du blanc. Ça laisse un vague arrière-goût de poisson, qu'il rince d'une gorgée d'eau.

Ils s'étaient rencontrés à une fête. D'abord un peu hésitants, pour finir par partager gloss à lèvres, salive et caresses de parties de leurs corps qui, pour eux deux, étaient encore des terres vierges.

Il l'avait appelée quelques jours plus tard pour balbutier une proposition de sortie au cinéma, si elle se souvenait de lui. Elle s'était tue, puis avait éclaté de rire en lui expliquant que c'était sans doute à sa petite sœur Saga qu'il voulait parler.

Sven-Olof sourit à ce souvenir. Le jaune d'œuf a meilleur goût que le blanc. Une saveur qui rappelle le beurre.

Il avait choisi le film : *Le facteur sonne toujours deux fois*, avec Jessica Lange et Jack Nicholson. La première séquence est une longue scène de sexe, en sueur, sur une table de cuisine. Ils étaient comme pétrifiés, il était mort de honte. Juste au moment du générique de fin, il avait bâillé, s'était étiré et comme par hasard avait posé le bras sur ses épaules. Mais il était bien temps. La lumière était revenue, le charme était rompu, et il avait bien serré sa parka pour dissimuler son érection naissante.

Ils étaient rentrés en bus et, à cause d'une série de malentendus, en étaient restés là.

Sven-Olof Pontén s'essuie la bouche avec une serviette. Y laisse une traînée de jaune d'œuf avant de la replier.

Il pense à Saga.

À ce qu'ils avaient fait quand ils s'étaient rencontrés à cette fête. Dans les toilettes.

Son corps se réveille sous son peignoir, il dénoue la ceinture et écarte le tissu éponge. Revoit le visage de Saga, en bas. Elle avait treize ou quatorze ans, lui un an de plus.

Elle l'avait embrassé. Juste une fois, un rapide bisou sur la peau, puis elle avait rougi, s'était relevée et l'avait embrassé sur la bouche. Son corps serré contre lui.

Ils s'étaient revus quelques années plus tard au bar, avaient parlé de cette séance de cinéma, réalisé qu'ils étaient passés à côté de quelque chose. Ils n'avaient pas parlé de ce qui s'était passé aux toilettes, mais il est sûr qu'elle y avait pensé elle aussi. Ça se voyait dans son regard.

Ils avaient marché ensemble, mais avaient été interrompus par une bande de jeunes en voiture à qui sa tête ne revenait pas. Il avait fini aux urgences et, autant qu'il s'en souvienne, elle était rentrée en taxi.

Ce qu'elle est devenue ensuite, il n'en sait rien. Il espère qu'elle est heureuse aujourd'hui.

Sven-Olof referme son peignoir, finit son œuf et son verre d'eau. Quand il va dans la salle de bains pour se raser et se brosser les dents, son érection est retombée.

Il allume sa brosse électrique en espérant que ça ne réveille pas Åsa car il veut pouvoir continuer encore un peu à réfléchir sans être dérangé.

Il avait connu Saga, mais qui était la première expérience sexuelle d'Alice ?

Il n'en avait aucune idée.

C'est probablement le genre de choses dont ils discutent au foyer de Skutskär.

Sa fille en train de parler de sexe avec des inconnus. Avec le directeur, ce Martinsson. Le doux, prévenant, féminin Love Martinsson écoute Alice raconter ce qu'elle ferait mieux de lui raconter à lui.

Lui qui l'aime plus que tout.

Il crache le dentifrice, se gargarise avec une solution fluorée et ouvre le placard de la salle de bains. Rasoir, brosse à raser, savon moussant et lotion après-rasage.

Et à ces deux folles, Nova et Mercy, qu'est-ce qu'Alice leur raconte ?

Les dernières fois qu'il lui a parlé, elle n'arrêtait pas de rabâcher à leur sujet. Mercy, du Nigeria, si forte et fascinante. Et Nova, si belle.

Quel genre d'exemple lui donnent-elles ? se demande-t-il tandis qu'il fait mousser le savon avec la brosse.

Il a lu les annonces des filles sur internet. *Pls call Nova* et *Mercy Hot Chocolate -18*. Il a même envisagé de leur répondre. Des putes et des droguées, rien d'autre.

L'été après Saga, il avait entamé sa révolte contre sa famille et l'Église. Ils étaient cinq, six mecs. De la colle, quelques sacs en plastique et un coin caché sous un pont.

Sa seule expérience de quelque chose qui s'apparente un tant soit peu à de la drogue. À l'époque, sniffer de la colle était tout ce dont il avait besoin pour se trouver lui-même.

Il avait vu ses rêves prendre forme le temps d'une ivresse de quelques minutes seulement, mais qui semblait durer plusieurs jours. Les expressions deviennent compréhensibles, les proverbes également, un sentiment de déjà-vu s'ancre dans la chair. Mais le corps accuse le coup. Et le mental.

Sniffer de la colle et ramper dans la boue sous un pont, songe-t-il en posant la lame du rasoir contre sa peau. Quand on a seize ans, on n'y arrive qu'un été. À douze peut-être deux.

Sven-Olof Pontén se rase de près, et le parfum de l'aftershave le ramène sous ce pont au Jämtland, un été trente ans plus tôt. Ça sent un peu comme la colle.

Il se coupe quelques poils de nez, taille ses sourcils et se regarde dans le miroir. Bien sûr, il est un peu en surpoids. Mais il n'est pas si mal. Tara avait dit qu'il faisait moins que ses quarante-cinq ans, quand elle avait compris son âge.

Tara, elle aussi en révolte contre le christianisme.

Il en avait, quant à lui, retrouvé la voie, une fois adulte.

Il accroche son peignoir, entre sous la douche et fait couler l'eau.

Ils ont passé une demi-heure ensemble dans la voiture, il revoit avec netteté son visage. Le petit espace entre les dents de devant et le grain de beauté sur la lèvre supérieure. Comme une Madone du Moyen-Orient. Il augmente le débit de la douche pour que sa femme ne l'entende pas.

Ses pensées sont aussi honteuses que ses actes.

Ça fait mal d'être un homme.

PLS CALL NOVA
Backpage/Sweden/Stockholm/Adult/Escort Service

Après avoir menti sur son âge, Nova avait rédigé une liste de tarifs en marquant chaque ligne d'un cœur rouge. De trente minutes pour mille quatre cents couronnes à la nuit entière avec service complet pour dix mille. Et en indiquant qu'elle n'acceptait que le liquide et le paiement anticipé.

Puis elle s'était contentée d'un simple copier-coller.

Avait encore écrit qu'elle était très discrète.

Qu'elle était ouverte à tout.

Que toutes les sessions avec elle étaient inoubliables.

Pls call Nova.

Poster's age: 18.

Location: Stockholm.

MERCY HOT CHOCOLATE -18
Backpage/Sweden/Stockholm/Adult/Escort Service

Mercy s'était installée dans un café, dos au mur, pour que personne ne puisse voir l'écran de son téléphone. *Hello gentlemen !* écrivit-elle. *My name is Mercy, a horny black girl ready to bring you up to an ecstasy of pleasure.*

Au mur, derrière elle, une ardoise.

Notée à la craie, la tarte salée du jour à quatre-vingt-neuf couronnes, courgettes, patates douces, fêta et noix grillées.

La soupe du jour coûtait dix couronnes de moins, velouté de tomate aux lentilles servi avec de l'aïoli et du persil.

I'm waiting for your call.

Please no hidden numbers.

Mercy Hot Chocolate -18.

Poster's age: 18.

Location: Stockholm.

TROP ABÎMÉES POUR LES TRIVIALITÉS
Le Chaudron

C'était un bureau banal de neuf mètres carrés avec un lino beige, quelques étagères Ikea et une table héritée du centre de loisirs qui occupait autrefois les locaux. Tout aussi banal était le bâtiment, de plain-pied en briques jaunes, construit dans les années 1970. Après avoir hébergé une maternelle, une école primaire puis un centre de loisirs, les locaux avaient été achetés par une société de soins privée avant de devenir un foyer pour jeunes filles abusées sexuellement. Sur la porte vitrée du bureau, on peut lire sur une étiquette plastifiée : LOVE MARTINSSON, DIRECTEUR.

Love Martinsson se cale au fond de son fauteuil et regarde par l'unique fenêtre de son bureau. La vue est coupée par un rideau compact de sapins derrière lesquels se trouve l'usine de pâte à papier, l'artère de la petite localité. Il n'avait presque jamais entendu parler de Skutskär quand, quelques mois plus tôt, il avait postulé à cet emploi au foyer. La situation était lamentable : la précédente direction avait tout coulé, rien ne marchait, ni la thérapie ni les finances. Même l'entretien du bâtiment n'était pas satisfaisant.

Mais les conditions l'avaient intéressé. Deux thérapeutes à plein temps et une poignée d'aides-soignants à temps partiel.

Il est doué pour remonter la pente.

Même le temps de trajet ne l'avait pas rebuté, au contraire il aimait conduire et réfléchissait bien au volant. Tout juste une heure d'autoroute méditative depuis Uppsala jusqu'à la sortie au niveau de la salle de catch Dragongate, puis un quart d'heure en suivant l'ancienne E4 à travers la forêt.

Le matin, ça remettait les idées en place, le soir ça les dissipait.

Sa première impression de Skutskär : un trou sans nom du Middle West, avec ses stations-services, ses garages, ses restaurants décrépits et ses maisons alignées comme des caisses le long de la rue centrale. Cette image s'était un peu nuancée après quelques semaines mais cette première impression de dénuement était demeurée. Un bureau triste dans un bâtiment triste parmi d'autres bâtiments tristes, sur une plaine, dans un coin oublié de Suède. Il n'y avait sans doute pas de meilleures conditions pour se concentrer sur l'essentiel, le travail.

Le foyer était surnommé le Chaudron par les internées, sept filles entre quatorze et dix-sept ans, et ce sobriquet avait été adopté par la population locale.

Quelques semaines avant la prise de poste de Love, une des filles, Freja Lindholm, avait fugué en pleine nuit pour ne jamais revenir. Personne ne savait où elle était passée, mais son activité sur les réseaux sociaux suggérait qu'elle était retournée à son ancienne vie, dans la rue. Cette disparition avait fortement contribué à l'ambiance inquiète qui régnait désormais au foyer.

Quelques filles passent au-dehors. Blotties dans leurs blousons trop grands, elles fument à la chaîne, bras dessus, bras dessous.

Il ne sait pas de quoi elles parlent, mais espère que ce sont des banalités.

En même temps, il en doute.

Comme lui-même, elles sont trop abîmées pour les trivialités.

Love allume son ordinateur et parcourt ses notes.

Elles concernent surtout Nova et Mercy.

Comme des animaux blessés, en permanence sur la défensive, songe-t-il, toujours prêtes à rendre les coups.

Les filles ont beau se connaître depuis un an à peine, un lien très fort les unit. Pas si rare chez des adolescentes mais, dans leur cas, il lui semble y déceler des signes d'une relation potentiellement délétère. Elles perturbent le rythme quotidien, pour autant qu'on puisse parler de ça ici, et les autres filles ont peur d'elles.

Il regarde l'heure, prend son carnet de notes et sort dans le couloir, direction la salle de thérapie. C'est deux minutes avant l'heure prévue, il entend que certaines sont déjà là. Des éclats de voix, des rires. Il sait qu'ils se tairont dès l'instant où il entrera. Cela illustre clairement le problème qu'il a avec cette thérapie. La difficulté à franchir le seuil, à inspirer une confiance totale chez les filles, et la raison en est aussi simple que regrettable.

Il est un homme.

Love entre, les huit chaises sont comme d'habitude disposées en cercle pour que toutes puissent se regarder dans les yeux et, quelques minutes plus tard, elles sont au complet. Sept sorcières autoproclamées et lui, au milieu de leur cercle.

Il commence par poser une question ouverte : "Si vous deviez me décrire en quelques mots, ou en une phrase tout au plus, que diriez-vous ?"

L'une se tortille sur son siège, l'autre lève les yeux au ciel, d'autres ricanent ou échangent des regards.

"Un type d'une quarantaine d'années qui pose une question louche, dit gravement Nova.

— Un homme, dit Mercy. Pour autant que ce soit une phrase complète.

— Un mec qui s'appelle Love et qui est notre thérapeute", dit Alice Pontén, une fille de dix-sept ans venant d'un milieu évangélique et ayant commencé à tourner dans des films pornos violents à quatorze ans.

Suivent quelques autres propositions qui disent toutes la même chose. Sa caractéristique première est d'être un homme. La seconde est d'être leur thérapeute et d'avoir environ quarante ans.

Quand il le fait remarquer, elles haussent les épaules à l'unisson. Et alors ?

"Je suis un homme, dit-il. Et vous êtes toutes là à cause d'un ou de plusieurs hommes, votre scepticisme à mon égard est donc légitime. Je suis habitué à ça, car ça a été un gros obstacle dans mon travail. Dès que je franchis la porte pour rencontrer une femme violée, ou qu'on voit mon nom sur un papier, je suis remis en question. Je suis un homme, donc je ne peux pas comprendre."

Il s'attendait à ce que quelqu'une prenne la parole, lâche peut-être un commentaire cynique, mais le silence reste total et quelques secondes passent avant qu'il sente qu'elles attendent qu'il continue.

Il se racle la gorge. "Il y a quelques années, je me suis occupé d'une fille de seize ans traumatisée par un viol. Son agresseur lui avait aussi cassé deux doigts."

Il se rappelle une fille avec des lunettes, la main bandée, et son ventre se serre.

"Son petit ami était allé la voir à l'hôpital. Il lui a d'abord demandé si son violeur l'avait menacée avec un couteau ou un pistolet. Comme elle lui a répondu qu'il était désarmé, le petit ami est devenu méfiant et a posé une autre question. Vous devinez laquelle ?"

Il attend, tandis que les filles se regardent en silence.

"Il a demandé si elle était d'accord", dit Mercy au bout d'un moment.

Love hoche la tête. "Il a dit, mot pour mot : « Alors, tu t'es laissé violer ? » Pourquoi a-t-il dit ça, à votre avis ?

— Il était jaloux, propose une des filles. Il avait peur qu'elle ait aimé ça.

— Aimé ça, avec deux doigts cassés… fait remarquer une autre.

— Il a dit ça parce qu'il est un homme, dit Alice. Tu ne piges pas. Tu ne *peux* pas piger, parce que les hommes ne peuvent pas se faire violer."

Love réfléchit. "Des études montrent que les hommes ont plus souvent tendance à culpabiliser les victimes de viol et même à minimiser les viols. Mais il s'agit plutôt de…

— La bite a causé tellement de dommages à travers l'histoire que vous devriez avoir un permis pour l'utiliser, le coupe Nova en le clouant du regard, ricanement aux lèvres. Et qu'est-ce qui te rend tellement meilleur que tous les autres bonshommes ?

— Je ne prétends pas être meilleur que les autres hommes. Je veux juste souligner que je veux être avant tout votre thérapeute. Pas un homme de quarante ans qui croit être le mieux placé pour interpréter ce que vous avez vécu sans avoir partagé vos expériences.

— Bien, dit Nova. Alors de quoi cause-t-on, aujourd'hui ?

— Je pensais que nous pourrions reprendre là où nous nous étions arrêtés la dernière fois, dit-il en se tournant vers Alice. Tu n'as pas tout à fait eu le temps de terminer. Tu veux continuer ?"

Alice a grandi dans une famille autoritaire et a eu une enfance très stricte mais, à quatorze ans, elle a, selon ses propres mots, "tout envoyé balader et choisi de tourner dans un film". Lors de la précédente séance, elle a raconté le tournage au groupe.

"Il y avait ce type avec qui je m'étais mise, il avait genre plus de trente ans et connaissait plein de gens bizarres, entre autres un réalisateur. Je devais gagner dix mille balles…"

Tandis qu'Alice Pontén raconte ce qu'elle avait été forcée de faire devant la caméra, Love regarde à la dérobée Nova et Mercy. Il veut voir comment elles réagissent au récit d'expériences semblables aux leurs.

Nova semble, sinon captivée, du moins intéressée, tandis que Mercy fixe le sol, le regard comme tourné vers l'intérieur.

Love, lui, se demande s'il est temps pour lui aussi de raconter.

Mais c'est bien trop compliqué.

Trop invraisemblable.

IL FAUT TRIPOTER SES PLAIES
Le Chaudron

“Après m’avoir tailladé le ventre et les seins, ils m’ont utilisée comme pissotière.”

Alice a un air de première communiante. Mignonne à vomir. Elle a dix-sept ans, mais fait plus jeune.

“Puis ils ont commencé à exciter le chien…”

Nova imagine bien toute la scène : banlieue nord de Stockholm, un local industriel construit pour tourner des films comme on n’en trouve pas sur les sites pornos normaux. Dix hommes gras et pâles, un berger allemand en rut et une fille. Catégorie “petite”, “*pre-teen*”, si petite et frêle que les sexes qui l’entourent semblent plus grands qu’en réalité.

La première communiante aspire ce qui reste d’oxygène dans la pièce, la noirceur qu’elle porte en elle l’engloutit. Il n’y a rien d’autre à ajouter.

Les mots ont implosé.

Le thérapeute, Love, se penche en avant en joignant les mains. “Tu as de toi-même décidé de quitter cette vie, tu as été forte. Ils ne te feront plus de mal.”

Nova reconnaît le regard de Love. Ses yeux crient : *À mort ces salauds ! Coupez-leur la bite et faites-la-leur bouffer !* Mais il est professionnel. Il a sous sa responsabilité sept filles qui doivent apprendre à guérir sans haïr, car la haine ne guérit jamais.

La haine est un couteau rouillé dans ton propre ventre.

Love a beau être un homme, il a l’air de comprendre assez bien. Il est peut-être pédé, en tout cas il a des traits très féminins. Un type de quarante ans qui n’a pas de famille, pas même de copine, apparemment.

Love se tourne vers Nova, elle qui a toujours envie de parler. Elle qui ne se serait pas arrêtée là où la petite gamine s'est arrêtée, qui aurait continué à se répandre. Qui aurait dit ce que ça faisait d'avoir un gode de trente centimètres enfoncé dans le rectum. Ce que ça faisait, après, avec de la merde et du sang qui coulent sur les jambes et un type qui vous tape le dos en disant qu'on a été bien sage.

"Nova… Tu as vécu des choses analogues, dit Love. Comment tu as géré ça ?" Sa voix est calme, mais Nova sait qu'il est indigné.

Ses maigres poignets le trahissent.

La colère gonfle ses veines dont le pouls rapide bat sous sa peau fine.

"J'ai vomi jusqu'à ce que mon ventre soit entièrement vide, dit-elle. Je me suis brossé les dents jusqu'à me faire saigner les gencives. J'ai bu jusqu'à vomir à nouveau. Pris une douche brûlante. Parfois, je me suis lavé l'entrejambe avec de la laine d'acier. Etc.

— Ce que tu décris ici, ce sont les premières réactions, les mécanismes autodestructeurs… Mais ensuite ? Comment as-tu fait pour aller de l'avant ?

— J'en ai causé. J'ai rabâché à mort."

Love hoche la tête et Nova pense deviner un petit sourire au coin de ses lèvres. "Tu as aussi écouté les autres, explique-t-il. Toutes celles qui sont ici présentes, en fait. Tu as participé aux conversations, échangé des expériences. Il s'agit de briser le cercle vicieux. Le traumatisme est collectif autant qu'individuel.

— Certaines sont plus abîmées que d'autres", dit Nova, et tout le monde comprend qu'elle vise la petite première communiante.

Cette dernière regarde Nova avec dégoût, mais c'est elle-même qu'elle hait.

Parce que Nova dit ce qu'elle-même n'ose pas dire.

Parce qu'elle est bloquée dans la première phase de la thérapie, à savoir faire confiance au thérapeute, alors que Nova a presque atteint la troisième. Elle commence à pouvoir prendre du recul.

Nova pense qu'il faut tripoter ses plaies, les gratter et les mettre à vif. Ça fera de vilaines cicatrices, mais c'est la seule façon de les faire guérir.

La communiante se hait elle-même d'être si lâche et minable, et jalouse.

De n'être faite que de choses laides et pathétiques. D'être si loin derrière Nova.

"Ce que tu es répugnante", dit Nova en fixant la petite première communiante, si mignonne avec ses cheveux d'ange.

Love soupire et lui demande d'expliquer pourquoi elle dit ça. Pourquoi Nova dit ça à Alice.

"Je ne fais que dire ce qu'elle pense. Tu vois bien que j'ai raison : elle ne proteste pas. Pourquoi tu ne dis pas que j'ai tort, bébé ? Oui, c'est parce que tu es d'accord avec moi. Tu es répugnante.

— Arrête, maintenant, Nova…"

Une des autres filles veut s'en mêler, mais Love lui fait signe d'attendre et le silence se fait.

"Je ne m'appelle pas bébé, finit par dire la fille. Je m'appelle Alice.

— Petite, moche, dégoûtante Alice", dit Nova.

La fille serre les dents et rougit. "Bon, d'accord… je suis moche et dégoûtante. Et alors ?

— Ça n'est pas ta faute. Ce sont les autres qui t'ont détruite. Tu n'as pas pigé ? Ce sont les autres qui t'ont rendue moche."

Elle ne répond pas. Baisse les yeux. Se griffe le dos de la main.

"Toutes celles qui sont là ont ressenti la même chose que toi, Alice, dit Love. Il n'est pas simple d'échapper à ces sentiments, mais c'est possible. C'est pour ça que nous sommes là, ensemble. Pour nous épauler…" Il jette un œil à Nova. "Je crois que même toi, c'est ce que tu cherches à faire."

Nova hoche la tête et, du coin de l'œil, elle voit Mercy sourire.

Mercy qui, de toutes, a vécu le pire.

Mercy qui est la plus forte d'entre elles.

UNE TROISIÈME FILLE
Tanto

Kevin jette un œil à sa montre. Il a à peine dormi, s'est assoupi au mieux quelques minutes sur le dossier de l'enquête. Il aurait fallu se préparer pour l'enterrement, mais il a du mal à s'en arracher.

La fille noire, alias Blackie Lawless, semble pleine d'assurance sur les photos.

Son regard est à la fois dur et nonchalant, et même si ce n'est qu'une carapace, cela ne se voit pas. Le visage de l'autre fille est plus difficile à cerner. Là, la carapace s'est fissurée. Celle qui se fait appeler Nova Horny essaye de jouer les dures mais manque visiblement de talent d'actrice, car elle y échoue totalement.

Il agrandit une capture d'écran où l'on voit une paire de jambes nues passer à l'arrière-plan. Il pourrait s'agir de ce qu'on appelle une *fluffer*, une assistante qu'on emploie parfois pour maintenir l'érection des hommes entre les prises. C'est une tâche exécutée la plupart du temps hors caméra, et les *fluffers* sont engagées en particulier pour les gang bangs et les scènes physiquement éprouvantes d'éjaculation de masse.

Ou alors il s'agit d'une mineure du même âge que Nova et Blackie, se dit-il en regardant l'image.

Une troisième fille.

Difficile à dire.

Frustrant qu'ils n'aient pas identifié les acteurs adultes.

Kevin déglutit péniblement. La haine, le dégoût et l'angoisse prolifèrent en une même flore intestinale qui lui noue le ventre.

Qu'est-ce qui est arrivé à ces filles ? Comment en sont-elles arrivées là ?

Comment tout a-t-il commencé ? Où se trouvent-elles en cet instant ?

Il sait que celui qui a diffusé ces films et ces images est une personne utilisant plusieurs alias.

Le Marionnettiste. Puppet Master ou Master of Puppets.

Dans ses contacts avec les mineures, cette personne s'est fait appeler Peter.

UN VRAI PAPA NE CESSE JAMAIS DE PORTER SON ENFANT
Le Chaudron

Elle s'appelle Mercy, elle est assise sur le côté, juste derrière Nova. Avant chaque séance, Mercy recule sa chaise d'un mètre et se retrouve comme séparée des autres.

Nova ne pense pas que Mercy le fasse consciemment. Peut-être est-elle rassurée d'avoir une meilleure vue sur les autres, plus de contrôle. Ou bien tout simplement ne se sent-elle pas appartenir au groupe.

Nova sait presque tout de Mercy, et pourtant si peu qui elle est vraiment en son for intérieur. Mercy a le même âge qu'elle, mais fait dix ans de plus. Elle est plus rude. Plus dure. Mercy n'a pas de plaies. Que des cicatrices.

Dans certains pays, Mercy signifie “fleur”.

Elle est née en juin 1996 dans un petit village près de Kano, une ville du Nord du Nigeria.

Si son père n'avait pas été pédé, sa vie aurait été tout à fait différente.

Mercy n'aurait pas été forcée de fuir en Suède, et rien de ce qui était arrivé en chemin n'aurait eu lieu. Elle n'aurait pas atterri dans ce camp de réfugiés au fin fond du Jämtland, puis à Stockholm.

Et elle n'aurait pas rencontré Nova.

Elle ne se serait pas retrouvée dans cette pièce, en train de parler de sa voix sombre que tous écoutaient.

Le suédois de Mercy est si étrange. Les mots sont corrects, pas la mélodie. On dirait quelqu'un qui chante faux, sans que ce soit laid pour autant : des sons distordus qui prennent au ventre, c'est à la fois mélancolique et beau.

Mercy s'est tue pendant toute la séance, mais elle se tourne à présent vers la première communiante blonde et fluette :

"Tu es un petit oiseau, commence Mercy, et ses yeux engloutissent celui qui s'y plonge, tout en restant inaccessibles. Tu n'as pas appris à voler. Tu sautes de ton nid en espérant que ça ira bien. Mais chaque fois tu t'écrases par terre et tu te fais mal. Tu devrais plutôt essayer de décoller. Que tes ailes te portent."

Mercy est la seule à pouvoir parler ainsi sans provoquer les rires. Si Nova avait dit la même chose, les autres filles auraient été pliées en deux. Mais là, elles ne disent pas un mot.

Au bout d'un moment, Love change de position sur son siège. Il croise les jambes. "Et toi, Mercy… Quand as-tu appris à voler ?

— Je ne sais pas si j'ai jamais appris. J'ai plutôt l'impression que c'est quelqu'un qui me soulève. Deux mains froides sur le côté… Qui me tiennent fort. Là…"

Mercy relève son pull et montre ses côtes nues, juste sous la poitrine.

Tout le monde voit sa cicatrice, comme un fil de fer barbelé rose pâle qui descend d'un sein en travers du ventre et plonge sous la ceinture de son pantalon. Ça ne se voit pas, mais Nova sait qu'elle ne s'arrête pas avant l'aine, à l'intérieur de la cuisse. Mercy avait douze ans quand les hommes de Boko Haram l'ont éventrée d'un coup de baïonnette après l'avoir violée. Puis ils lui ont mis un seau en tôle sur la tête, qu'ils ont frappé à la barre de fer jusqu'à lui crever les tympans.

Tous ici, à part peut-être Love, croient que c'est la cicatrice d'une opération ratée. Une mystérieuse maladie des intestins qu'elle aurait eue enfant. Mercy a menti à tout le monde, sauf à Nova. Aucune des filles ne sait que Mercy a grandi dans une famille qui avait les moyens de se soigner. Elles croient toutes que tous les enfants au Nigeria ont des mouches dans les yeux et le ventre gonflé.

Elles ne savent rien.

Mercy dévisage Love et rabat son pull.

"Deux mains qui te soulèvent ? demande-t-il. Et qui t'aident à voler ?"

Mercy hoche la tête, mais ne dit rien de plus.

Nova sait à qui sont les mains qui portent Mercy. Ce sont celles de son père. Il la porte encore, trois ans après sa disparition, exactement comme il la soulevait très haut quand elle était petite et qu'elle voulait voler.

Un vrai papa ne cesse jamais de porter son enfant. Et il ne le laisse pas tomber.

Mercy pense que son père est encore en vie, mais Nova n'en est pas si sûre.

"Mercy… reprend Love. Est-ce qu'il y a autre chose que tu voudrais nous raconter ?"

Mercy ne regarde pas Love, mais Nova. Plusieurs secondes, pour montrer aux autres qu'elles sont unies, et Nova sait ce que Mercy va dire.

"Non, mais j'ai une question. Pourquoi ne pouvons-nous pas dormir toutes les deux dans la même chambre ? Ça irait, les chambres sont assez grandes. Peu importent les progrès qu'on a faits dans la thérapie. La nuit, ils ne servent à rien, puisqu'on se retrouve seule avec ses pensées.

— Est-ce que vous êtes d'accord avec Mercy ?" demande Love.

Il hoche la tête en comprenant que c'est l'avis de toutes. "Je vais transmettre votre souhait à la direction, dit-il alors. Mais n'espérez pas trop. C'est en contradiction avec les principes de la thérapie, et j'ai du mal à croire qu'il sera fait une exception."

Nova est bien contente de pouvoir parfois se glisser en douce chez Mercy, la nuit.

Qu'arriverait-il, sinon ? Sans sa chaleur. Sans les bras de Mercy autour de son cou.

Deux ou trois nuits maximum par semaine, elles peuvent dormir ensemble. Ça dépend de qui est de garde. Quelques-uns des aides-soignants ferment les yeux, ou même les encouragent.

Comme Erkan.

Erkan leur arrange même parfois des sorties ensemble. Il travaille demain, et Nova espère que le plan n'a pas changé. Vers minuit, demain, elles fileront. Quelques heures de liberté avant de devoir revenir.

Vu ce qu'elles vont faire, on ne peut sans doute pas parler de liberté, mais c'est un mal nécessaire. Elles ont besoin d'argent, et besoin de cultiver leur haine.

Freja n'est jamais revenue. Elle a probablement fait ce qu'elles s'apprêtent à faire demain et a décidé de continuer.

Parfois, il est plus facile de faire semblant d'être une autre plutôt que d'essayer de vraiment se connaître.

"Bien… fait Love en refermant son carnet. Nous avons fini pour aujourd'hui."

Malgré tout, Nova l'aime bien. Il semble vraiment se soucier d'elles. Il veut les libérer de leur haine, pense sincèrement que c'est la bonne méthode.

Mais demain soir, elles vont le trahir. Et faire à leur manière. Cultiver leur haine.

Nova pense que Mercy, comme elle, souhaite au fond être normale. En tout cas essayer, pour avoir un point de comparaison.

Possible qu'elles puissent devenir normales dans cet endroit. On verra bien. Advienne que pourra.

D'un autre côté, il y a la liberté de se foutre de tout ça. D'être aussi anormales qu'il est possible.

Esclaves de personne.

Nova et Mercy sont les dernières à quitter la pièce. Love referme derrière elles et elles avancent dans le couloir. Mercy dit qu'elle veut sortir fumer, Nova l'accompagne.

Elles sortent dans le jardin. Les autres restent sous l'auvent, à l'abri de la pluie, mais elles descendent jusqu'à la rue. De là, on voit l'usine. Comme un crématorium géant.

"Je me demande ce que ça fait de tuer quelqu'un, dit Nova. Quelqu'un qu'on hait vraiment."

Mercy baisse les yeux à terre. Shoote dans un caillou et tripote son collier, l'amulette avec sa fausse prière.

IL NE S'APPELLE PAS PETER
Tanto

Devant le minuscule miroir, dans son chalet, Kevin rajuste le col de sa chemise, la vieille chemise blanche de son père, quand le téléphone sonne.

Il ne répond pas, continue à trifouiller le col qui ne ressemble à rien quel que soit le pli qu'il lui donne. Et s'il attache le dernier bouton, il a l'impression qu'on l'étrangle, alors qu'il a un air de playboy s'il le laisse ouvert.

Putain, jusque dans les moindres détails, enterrer son père ne va pas être simple.

Son téléphone bipe. Quelqu'un a laissé un message. Sa veste enfilée, il appelle sa boîte vocale pour l'écouter.

Tandis qu'il cherche une épingle à nourrice pour fermer sa chemise entre deux boutons, il entend une voix d'homme se présenter. Jimmy Schwarz, un collègue. Ils ne se connaissent pas très bien, mais se sont régulièrement croisés au boulot.

Écoute Kevin… On a une fille morte sur les bras, là… À Bergshamra. Son téléphone est plein de photos et de films de sexe. J'ai entendu dire que tu enquêtais sur une affaire de grooming… *La fille sur laquelle j'enquête a eu des contacts suivis avec quelqu'un qui se fait appeler le Marionnettiste, ou Puppet Master, mais il semble qu'en fait il s'appelle Peter.*

Kevin s'immobilise, une épingle à nourrice entre le pouce et l'index. Gratte doucement le bout de son doigt contre la pointe de l'épingle tout en écoutant son collègue lui dire qu'il y a une lettre d'adieu et que tout semble indiquer que la jeune fille, Tara, s'est suicidée.

J'ai besoin de ton aide, conclut Schwarz en priant Kevin de le rappeler.

Il glisse le téléphone dans la poche intérieure de sa veste, pique l'épingle dans la chemise et se regarde dans le petit miroir tacheté.

Ses mâchoires sont crispées et il se retient de frapper le miroir du poing.

Il noue plutôt ses lacets, sort et referme derrière lui.

Il s'assied sur les marches de la véranda et prend son téléphone. Les arbres dénudés semblent se fondre dans les rochers. Des troncs gris qui surgissent de la pierre grise, comme les bras d'un géant.

Schwarz répond aussitôt et, quand il lui a résumé le contenu du téléphone de la jeune fille et dit que son corps était en cours d'autopsie à Solna, Kevin essaie d'imaginer l'homme qui l'avait menacée.

Il ne s'appelle pas Peter, ni peut-être Olof.

Et il ressemble à n'importe qui.

"Donc, elle a été menacée par chat par la personne que nous recherchons, elle avait rendez-vous hier avec un certain « Olof » et a rédigé une lettre d'adieu.

— Oui, en gros. Je ne voulais pas en dire trop sur ton répondeur.

— Et qu'est-ce que tu ne voulais pas dire ?

— Que les légistes ont trouvé des traces de sperme dans le vagin de la fille."

MAMAN ÉTAIT DÉJÀ BOURRÉE
Cinq ans plus tôt

Je sais qui est ton prof principal.

Si tu ne m'envoies pas d'autres photos vite fait, Robert Malm aura une putain de surprise en ouvrant son mail demain.

Bisou, Peter.

Ces mots la pénétraient sournoisement. Des caractères noirs qui grouillaient sur l'écran de l'ordinateur comme des insectes répugnants. Elle avait l'impression que le monde entier savait ce qu'elle avait fait ces derniers mois.

Il l'avait déjà menacée, mais jamais comme ça. Jamais en termes aussi précis. Ses tentatives de tout arrêter n'avaient fait qu'empirer les choses, et maintenant il s'était informé et savait que Robban était son prof.

Mais elle ne pouvait pas lui fournir de nouvelles photos maintenant. C'était trop risqué.

Nova s'assit sur son lit, adossée au mur, son ordinateur portable posé sur les genoux. *Je ne crois pas que ce soit possible*, écrivit-elle. *Maman et papa sont à la maison, il y a plein de monde.*

Elle les entendait dans le séjour et savait qu'il y en avait encore pour un bon moment. Bouteilles et verres entrechoqués, éclats de voix et remue-ménage. Le verrou des toilettes sautait facilement si on secouait la poignée, et sa chambre ne fermait même pas à clé.

La réponse arriva presque immédiatement.

Ma petite Nova, je commence à perdre patience avec toi. Tu écris "Maman et papa", mais je sais que ton vrai père est mort et que Jussi est ton beau-père.

Jussi ? Comment sait-il ça ?

Peter sait tout.

Quelques secondes, frémissante comme un instant avant de pleurer, puis l'image apparut à l'écran. Prise là où elle était en cet instant, le dos appuyé au mur.

C'était un monstre qui voulait s'échapper d'elle. Une boule pourrie qui lui pesait sur la poitrine, le ventre et la gorge. Elle la ravala, déglutit. Il ne fallait pas qu'elle le lâche maintenant.

Ses mains hésitèrent sur le clavier. *OK*, écrivit-elle, même si elle ne voulait pas, et, après seulement quelques secondes s'afficha un bonhomme hilare. Puis il se déconnecta.

Il ne restait plus que la faible rumeur dans sa tête, comme de petites, toutes petites pierres frottées les unes contre les autres.

Elle prit son téléphone portable avec elle et sortit de sa chambre pour rejoindre la fête.

Ils parlaient pêche à l'écrevisse. Le week-end suivant, elle allait y aller elle aussi, avec Jussi et son frangin, ils allaient pêcher des écrevisses dans la réserve naturelle de Nacka, en pleine nuit. C'était interdit, mais difficile d'y renoncer, le lac regorgeait d'écrevisses d'eau douce.

Vendredi semblait à des années-lumière.

"Il faut que je me douche, dit-elle. Est-ce que quelqu'un veut passer aux toilettes d'abord ?"

Maman montra de la tête le portable de Nova. "Parler au téléphone, tu peux bien faire ça dans ta chambre, non ?"

Maman était déjà bourrée, ses yeux étaient brillants et la couperose commençait à apparaître sur ses joues.

Jussi revint dans le séjour. "C'est libre, dit-il en s'asseyant sur le canapé. Va la prendre, ta douche."

Nova quitta la pièce en espérant que la musique serait assez forte pour qu'on ne l'entende pas parler, le regard fixé à l'objectif de son portable, lui parler à lui, qui verrait ce film plus tard dans la soirée.

Peut-être parlerait-elle aussi à d'autres hommes, s'il diffusait le film.

Elle ferma le verrou peu fiable de la porte des toilettes. Sur le bord du lavabo crasseux, le flacon de savon liquide. Palmolive, parfumé au miel, c'était important, car sa couleur jaunâtre était plus réaliste.

On pouvait le laisser couler sur son corps et sur son visage en petites gouttes, éclaboussures ou filaments collants. C'était ce qu'il appelait "des photos souillées". Elle en avait vu sur internet.

Dans sa tête, un bruissement de sable et de gravier.

Elle se déshabilla et se plaça devant le miroir. Vit ses lèvres bouger, chuchoter ce qu'il voulait entendre.

Il fallait qu'elle s'entraîne, car il la percerait à jour si ce n'était pas bien. Elle lui avait déjà envoyé un film, mais il n'avait pas été satisfait, lui avait écrit qu'elle était mauvaise actrice, qu'on ne croyait pas à ce qu'elle disait. Elle se souvenait du conseil qu'il lui avait donné.

Pour que ce soit vraisemblable, tu dois te forcer à croire toi-même à ce que tu dis.

Elle fit une autre tentative, chuchota un peu plus fort et, quand elle eut répété plusieurs fois la phrase, elle appuya le portable au robinet du lavabo et lança l'enregistrement.

Elle recula de quelques pas. Caressa ses seins presque plats et son ventre. Essaya de sourire à la caméra et rejeta ses cheveux de côté.

"J'aime les grosses bites", chuchota-t-elle. Les mots lui parurent se répercuter entre les murs carrelés.

On entendait au loin la musique fracassante du séjour, une chanson que Jussi aimait. Elle leva une jambe, posa le pied sur le bord du lavabo et ajusta l'image. Puis tendit la main vers le verre contenant les brosses à dents. La sienne était jaune, celle de son frangin bleue, celle de maman violette et celle de Jussi rouge. Elle choisit la rouge, elle ne savait pas pourquoi, c'était celle qui lui paraissait la moins déplacée.

Dehors, la fête battait son plein depuis aussi longtemps qu'elle se souvenait et continuerait jusqu'à ce que tout le monde soit parti.

La fille la plus dégoûtante de l'école, songea-t-elle. Je pue la merde et je suis moche. Dans quelques années, je serai là-bas avec les autres. Bourrée ou shootée. Pétrifiée avec les autres morts-vivants.

C'EST FINI EN QUELQUES SECONDES
Cinq ans plus tôt

Mercy laissa la fourmi grimper sur sa main, d'un doigt à l'autre, en se demandant comment celle-ci percevait le monde. Pour elle-même ce dernier n'avait cessé de grandir. Petite, elle croyait que le petit village où ils habitaient couvrait presque tout le continent, que l'Afrique du Sud n'était qu'à deux pas et que le détroit de Gibraltar était encore plus proche, mais désormais elle savait qu'il n'en allait pas ainsi. Il était assez rapide de se rendre à Wudil, où travaillait son père, mais il fallait une éternité pour gagner Kano, qui était la deuxième ville du pays, et pourtant pas plus d'un point sur la carte. En même temps, le Nigeria n'était qu'une tache sur l'Afrique, qui n'était à son tour qu'une tache à la surface du globe, lui-même un point microscopique dans le système solaire. Et ainsi de suite, à l'infini.

La fourmi lui chatouillait le doigt. Elle était sûrement couverte d'acariens, eux-mêmes couverts de bactéries. Tout vivait, dans différents mondes. Mais la fourmi se fichait sans doute de tout ça. Elle la souffla de son doigt et se leva de la souche.

L'herbe était dure et cassante, presque brûlée. Pas comme autrefois, quand tout était luxuriant ici, et que l'eau vert olive amenait une brise fraîche jusqu'au sommet de la colline. Le sol tout autour d'elle était jonché de troncs abattus : ce qui était une forêt quand elle était petite n'était plus aujourd'hui qu'un fatras qui s'entassait jusqu'au fleuve. On allait construire des maisons neuves sur les rives de son enfance.

Avant, tout était si simple. Son père prenait le bus pour Wudil tous les matins pour rejoindre son poste de lecteur à l'université technique, pendant que sa mère travaillait comme assistante dans un cabinet dentaire dans la même rue que leur maison. Ses parents étaient amoureux et ses deux petits frères riaient tout le temps.

À présent, elle savait que quelque chose clochait chez son père, et que pour cette raison plus rien n'allait.

Un peu plus loin, un groupe d'hommes défrichait un autre bosquet. Le bruit des tronçonneuses était de temps à autre interrompu par le fracas d'un arbre abattu.

Elle monta au sommet d'une petite colline, s'assit et regarda les hommes travailler. Des cordes pendaient en travers des branchages et, au-dessous, dix casques en plastique jaune luisaient dans la verdure comme des fleurs aux corolles épanouies. Certains des hommes nettoyaient les broussailles tandis que les autres préparaient l'abattage suivant.

Son père avait travaillé dans la forêt quand il était jeune, pour financer ses études. Puis il avait obtenu un poste dans l'université où il avait étudié. Aujourd'hui, il avait des problèmes au travail parce qu'il avait fait quelque chose d'illégal avec un de ses étudiants, plus jeune que lui. Mais comme personne ne voulait en parler, et en particulier ses parents, elle n'avait pas bien compris de quoi il s'agissait. Juste que ce n'était pas bien.

Elle apercevait leur maison, avec les chemises de son père en train de sécher sur le fil à linge entre la remise et la porte de derrière. Une couleur pour chaque jour de la semaine, le tout en double. Jaune, bleu, rouge, vert, orange, rose et violet. Elle se demanda si elle se souviendrait encore de l'image de ces chemises aux couleurs vives dans quelques années.

Peut-être était-elle en train de contempler le genre de choses dont on ne se souvenait jamais par la suite ? Elle vit un garçon qui suivait la rue principale sur une mobylette rouge, un chat gris qui se glissait au coin d'une maison. Une femme qui battait un tapis sur un balcon et les casques jaunes des forestiers, le bruit des tronçonneuses, le froissement des branches et le choc sourd des arbres abattus.

Elle essaya de se rappeler ce qu'elle avait fait aujourd'hui. Les petites choses. Ce matin, elle avait resserré la vis en plastique du siège des toilettes et après le petit-déjeuner elle s'était débarrassée d'un bout de pain coincé entre ses dents. En sortant de chez elle, une demi-heure plus tôt, elle avait ôté une chaussure pour en faire sortir un caillou qui lui écorchait le talon.

Son père disait parfois que le ciel ne se rappelle pas ses pluies et le vent pas ses tempêtes de sable et, soudain, elle comprit ce qu'il voulait dire. On ne se rappelle pas le flux lui-même, quand tout s'écoule en se répétant jour après jour, semaine après semaine. C'est juste là, en surabondance, comme les fleurs aux corolles épanouies, les coups de machettes aiguisées et les claquements sonores des battoirs à tapis.

Les casques jaunes, en contrebas. Les torses nus luisants de sueur.

Soudain, un des hommes tomba à la renverse et se mit à se débattre. Les autres accoururent en criant et elle se leva pour mieux voir.

Elle comprit qu'il avait été mordu par un serpent en voyant le mamba noir, qui n'est pas noir au-dehors mais au-dedans, se lover dans l'herbe basse et filer vers la rive du fleuve. Il a reçu son nom de la gueule noire comme la suie qu'il ouvre juste avant de mordre.

L'homme gît sur le dos, a du mal à respirer. Il saigne du tibia. Un de ses collègues se penche pour lui parler, puis fait un signe en l'air et deux hommes arrivent. L'un avec une tronçonneuse, et elle comprend ce qui va se passer. Elle voudrait fermer les yeux, mais se force à regarder. Se persuade qu'il vaut mieux regarder ce qui est vraiment en train de se passer plutôt que d'en faire des cauchemars par la suite.

Un des hommes sort son téléphone et passe un coup de fil. Parle environ trente secondes avant de raccrocher, puis fait un signe de tête à l'homme à la tronçonneuse, qui la fait démarrer aussitôt.

Pas de cri, juste le son de la tronçonneuse qui change, plus strident en traversant l'os. Résine et sciure, pense-t-elle. Petits, tout petits éclats. Pas plus dur que couper une branche.

C'est fini en quelques secondes.

Mercy resta sur la colline, dans l'herbe brûlée, à regarder le moignon être pansé et placé en position haute. On vida une glacière des boîtes-repas qu'elle contenait pour y placer le tibia coupé. Neuf casques se rassemblèrent comme un bouquet jaune autour de l'amputé. Ils lui essuyèrent le front, lui tinrent les mains et lui parlèrent jusqu'à l'arrivée de l'ambulance. Quand les infirmiers l'emportèrent sur la civière, il semblait sourire.

La nuit tombait, il aurait fallu rentrer. Mais elle était lasse à mourir et avait la nausée. Il y avait dans l'air une lourde odeur de lait chaud, une odeur de plaie ouverte, et la lumière du couchant renforçait toutes les couleurs. Une tache rouge luisait là où la jambe avait été tronçonnée et le fleuve avait pris une nuance verte plus sombre, qui faisait paraître l'eau épaisse et visqueuse, un peu comme du pétrole.

Sans qu'elle le remarque, les forestiers avaient rassemblé leur équipement et étaient partis. Elle tourna la tête, regarda de tous côtés, mais il n'y avait personne. Même pas là-bas, au village. Seules quelques fenêtres étaient allumées, et il lui sembla entendre une radio allumée quelque part. Pourtant, elle sentait une présence. Comme un chatouillement le long de la colonne vertébrale, une chair de poule. Elle était seule, et pourtant se sentait observée.

Elle resta encore un moment assise avant de se lever, brossa sa robe et se dirigea vers la maison. Elle marchait en frappant fort le sol avec ses pieds pour faire fuir les serpents, comme son père le lui avait appris. On ne pouvait pas se protéger à coup sûr. Tout le monde pouvait mourir, n'importe quand.

Elle approchait du village et vit de la lumière à la fenêtre de la cuisine de la petite maison. Quatre ombres sur le mur peint en jaune près de l'évier : ils avaient commencé à manger sans elle.

En ouvrant la porte, elle sentit l'odeur rassurante de l'*eba*, la bouillie de manioc avec de la viande grillée. Le feu crépitait dans la cheminée, elle laissa la chaleur l'envelopper.

"Où étais-tu passée ?" Papa fit glisser ses lunettes sur l'arête de son nez.

"J'ai vu un mamba noir, répondit-elle en allant à la cheminée prendre un morceau de viande dans la poêle. Il a mordu un des forestiers."

Elle s'assit et raconta ce qui était arrivé.

Il hocha la tête. "Une seule de ses morsures a assez de venin pour tuer trente personnes. S'ils ne lui avaient pas scié la jambe, il n'aurait pas survécu. Vois le côté positif de la chose, et n'aie pas peur des serpents. Ils repoussent les rats, et moins de rats, c'est moins de maladies."

Ils finirent de manger en silence, puis sa mère prit un de ses petits frères jumeaux sous chaque bras et les porta dans la chambre. Elle resta seule avec son père. Son père qui n'allait pas bien.

Elle le voyait sur lui : une ride qu'elle n'avait pas encore remarquée, un profond sillon en travers du front, comme s'il s'était longtemps rongé les sangs en cachette.

Et si, en vieillissant, on pouvait se souvenir de tout ce qui avait provoqué chacune de nos rides ?

Peut-être la ride sous son œil droit était-elle apparue à la mort de son père, et celle sous le gauche quand il était tombé malade ? Ses plis de rire, au bord des yeux, qui ressemblaient à des griffes d'oiseau, devaient dater de trois ans plus tôt, quand ses frères étaient nés.

Ses petits frères si mignons, tout ronds et chauds. Même leur sueur sentait bon. Elle les enviait : ils étaient toujours là l'un pour l'autre, alors qu'elle était seule.

Elle aida son père à débarrasser et sentit qu'il voulait lui dire quelque chose, sans savoir par où commencer.

"Qu'est-ce que vous avez fait ? demanda-t-elle. Toi et cet étudiant… Et pourquoi personne ne veut en parler ?"

Il ne répondit pas. Fit couler de l'eau et commença la vaisselle.

Elle s'assit à table et observa ses mouvements. Comme elle, il était grand et mince et marchait avec la même allure dégingandée. À part les lunettes, leurs visages se ressemblaient aussi beaucoup. Pommettes hautes et petit nez.

Ses frères étaient comme leur mère. Petits et gros, avec des fossettes aux joues.

Son père rinça les assiettes, vida l'évier et s'essuya les mains avec un torchon en la regardant.

"Tu es peut-être trop jeune pour comprendre, dit-il, mais je vais te dire exactement ce qu'il en est."

Il s'assit en face d'elle et prit ses mains dans les siennes.

Puis il lui dit combien il les aimait, elle et ses frères, et combien il vénérait leur mère. “Nous savions tous les deux qui j’étais quand nous nous sommes mariés, mais elle l’a accepté. Je l’aime plus que tout et ce n’était pas du tout, comme certains le croient, un mariage de convenance…

— Je ne comprends pas. Qu’est-ce que tu veux dire ?”

Ses yeux se mouillèrent. “Cet étudiant et moi, il s’appelle Godfrey, d’ailleurs, nous sommes devenus amis très proches. Nous avons…” Il ôta ses lunettes et cligna des yeux pour chasser les larmes.

“Qu’est-ce que vous avez ? demanda-t-elle, même si elle pensait déjà connaître la réponse.

— Une relation amoureuse, reprit-il. Et c’est devenu un problème, parce que quelqu’un l’a appris et est allé à la police.”

Mon ventre s’est noué. “Est-ce que maman est allée à la police ?”

Il a ri. “Non, absolument pas… Maman est au courant pour Godfrey et moi, depuis le début. Je pense que c’est un de mes collègues à l’université.”

D’une certaine façon, elle avait sans doute toujours su que son père n’était pas comme les autres. “Tu es amoureux de Godfrey ? demanda-t-elle calmement, alors qu’elle aurait voulu crier.

— Oui… mais je suis aussi amoureux de maman.”

Elle le croyait, car elle était à peu près sûre qu’elle était comme lui. Elle aimait aussi bien les garçons que les filles. Mais il y avait pourtant quelque chose qui l’inquiétait. Et s’il les abandonnait ?

Il lui reprit les mains. “Godfrey et moi avons été interrogés par la police, et nous leur avons menti. Mais les rumeurs circulent, et ils nous ont peut-être déjà démasqués. Ce qui est bien quand on dit la vérité, c’est qu’on n’a pas besoin de se rappeler ce qu’on a dit. Quand on ment, on peut facilement s’embrouiller.”

Il baissa les yeux vers la table et elle ne savait pas bien quoi dire.

Des mots mauvais lui tournaient dans la tête, mais il y avait aussi une autre voix. Une voix qui disait des gentillesses sur son père, qui avait pitié de lui. Qui aurait voulu l’aider.

“Je peux aller voir la police et leur dire que tu es innocent, que tu nous aimes, nous, et pas du tout ce Godfrey, et que maman et toi vous êtes mariés.”

Puis il lui raconta ce qu’elle savait déjà. Que sa mère et lui n’étaient pas particulièrement religieux. Ils se considéraient plutôt comme agnostiques, ce qui voulait dire en gros qu’ils ne choisissaient pas de croire ni de ne pas croire aux forces supérieures.

Papa n’aimait pas l’action des prêtres dans les villages. “C’est comme offrir des bateaux aux gens loin de la mer, dit-il. Ils leur apprennent à naviguer sur un mirage.”

Il lui expliqua que le mouvement musulman Boko Haram était de plus en plus puissant. Voilà dix ans, c’était un groupe pacifique, Ahlulsunna wal’jama’ah hijra, mais à présent les fanatiques le rejoignaient de plus en plus. “Comme une mauvaise herbe, leurs idées ont commencé à se répandre aussi à l’université. J’ai des collègues qui veulent très sérieusement interdire toute influence occidentale dans l’enseignement, et j’ai bien peur de ne pas pouvoir conserver mon poste.”

Elle l’écouta en silence lui dire que sous la conduite de son nouveau chef charismatique Mohamed Ysuf, Boko Haram avait commencé à tracasser les chrétiens qui continuaient de vivre par ici, au nord. Il devenait potentiellement dangereux de fréquenter des chrétiens et elle songea à Blessing, une fille du village avec laquelle elle jouait parfois. Elles avaient le même âge et leurs noms allaient si bien ensemble. Mercy et Blessing. Pitié et Bénédiction.

“Il y a encore une chose que je veux te dire.”

Papa avait l’air las, comme s’il avait vieilli pendant cette conversation. Elle remarqua une nouvelle ride, un trait fin à la commissure de la bouche. “Nous venons d’apprendre que Godfrey est malade, dit-il, et elle entendit sa voix trembler.

— Malade ?”

Il hocha la tête. “Et il y a un risque que je le sois aussi.”

Il n’avait pas besoin d’en dire plus, elle savait de quelle maladie il s’agissait. Elle le serra dans ses bras. Il lui caressa les cheveux et lui demanda si ça allait.

“Je ne sais pas”, dit-elle. Elle se sentait vide. Comme si quelque chose avait disparu, lui avait été pris. Soudain, il fallait qu’elle parte. “Je peux sortir un moment ?”

Il lui sourit. “Il fait nuit noire. Qu’est-ce que tu veux faire ?

— Aller voir Blessing.” C’était la première chose qui lui venait à l’esprit.

“Bien sûr…” Il lui caressa la joue. “Va jouer, c’est bien.”

Elle sortit.

Le village était inquiet comme un enfant insomniaque. La chaleur perdurait dans la nuit. La sueur faisait coller sa robe quand elle arriva à la maison de la seule famille chrétienne du village.

Elle n’avait pas joué avec Blessing depuis quelques semaines et n’y serait sans doute pas allée ce soir sans ce que son père venait de lui raconter.

Autant qu’elle le savait, personne au village ne haïssait la famille de Blessing. Au contraire, ils étaient respectés, le père siégeait au conseil tandis que la mère était coiffeuse à domicile. Presque toutes les femmes du village se faisaient coiffer chez elle, il y avait d’habitude beaucoup de monde le soir, mais la maison était à présent plongée dans le noir, personne en vue.

Elle alla frapper à la porte, mais personne ne lui ouvrit, et elle ne savait pas bien quoi faire. Comme elle ne voulait pas rentrer directement chez elle, elle fit le tour de la maison, entra dans l’arrière-cour où elle s’assit sur le muret de pierre donnant sur le fleuve.

Elle ne voyait pas l’eau dans le noir, mais l’entendait. Un bruissement sourd, comme quand on presse fort ses mains contre ses oreilles. Son père lui avait expliqué que c’était le bruit de sa propre circulation sanguine. Elle imagina alors que le fleuve était plein de sang qu’il charriait à travers le pays comme une longue artère rouge.

Bientôt, ses yeux commencèrent à s’habituer à l’obscurité et elle aperçut quelque chose dans la pente, en contrebas. Quelque chose de blanc qui dépassait du sol. Elle enjamba le muret et s’accroupit à côté : deux allumettes nouées ensemble pour former une croix. Elle l’arracha de terre et se mit à creuser la terre sèche du bout des doigts. Presque tout de suite, elle tomba sur quelque chose de dur.

C'était la boîte d'allumettes, une de celles qu'on pouvait acheter partout. Jaune et rouge, la marque Three Stars au-dessus de trois étoiles et en dessous le texte : SAFETY MATCHES – MADE IN SWEDEN. Elle l'ouvrit. Elle ne vit d'abord qu'un petit bout de tissu blanc, mais comprit alors qu'il y avait quelque chose à l'intérieur. Elle l'écarta un peu.

C'était un insecte ratatiné, sec et grisâtre comme un flocon de cendre. Peut-être un papillon.

Quelqu'un avait joué à l'enterrement.

LE PETIT KEVIN COSTNER PLEURE
Sentier des Sept Sources

Quand Kevin arrive au cimetière, un fin brouillard flotte sur les collines gris-brun. Il est 10 h 45, mais il a beau être en retard, il ne se presse pas et monte d'un pas lent vers la colline couronnée d'ormes. À gauche se trouvent le crématorium et la chapelle de la Sainte-Croix et à droite commencent les premiers carrés de tombes, bordés de réverbères en forme de fleurs. Il quitte l'allée de la Chapelle et s'engage dans le sentier des Sept Sources. *"The terrible craving to make death our whore"*, pense-t-il en se demandant d'où peut bien venir cette citation. Ça sent le film des années 1970. Le plus souvent, il n'en a pas la moindre idée, la citation se trouve juste dans son cerveau. Être cinéphile laisse des séquelles.

Nous embellissons la mort avec des fleurs pour en avoir moins peur. Ça pourrait être le cas mais, de fait, le cimetière Skogskyrkogården est en partie conçu pour vous déprimer. Quand il est venu, plus tôt dans la semaine, l'employé des pompes funèbres lui a expliqué que le chemin passait à la limite de ce qui avait été une carrière de gravier, un siècle plus tôt. L'allée plantée, qui se trouve faire exactement huit cent quatre-vingt-huit mètres de long, commence avec des bouleaux pleureurs, puis des bouleaux ordinaires, avant que les résineux ne prennent le relais. D'abord des pins, puis des sapins, une forêt de plus en plus sombre à mesure qu'on approche de la chapelle de la Résurrection. Le but est que le sentier des Sept Sources pèse sur les épaules de l'endeuillé, en vue de la cérémonie des adieux, au bout du chemin.

Son père, athée, aurait certainement détesté l'idée. Parlé de manipulation religieuse. D'une façon de marquer son territoire sur la mort et le deuil.

Au moins, son enterrement ne sera pas chrétien, songe Kevin, même si la cérémonie aura lieu dans une chapelle, devant un autel et une croix.

On allait jouer à l'enterrement. Une petite cérémonie civile, peu d'invités. Un cousin, un ami d'enfance, un ancien voisin et quelques collègues de la police. Dont Vera, la seule qu'il se réjouissait de voir. Son frère aîné, il fera son possible pour l'éviter. Tout comme son oncle maternel pervers.

Un oncle qu'il aurait dû dénoncer à la police. Au lieu de quoi il était devenu policier, comme son père.

Il n'y a encore que des bouleaux le long du chemin, et c'est devenu plus silencieux. Peut-être parce que le sentier est encaissé ? Comme s'il descendait sous terre.

Un claquement sec, et un merle vole en travers du chemin. Autour de lui se dressent à présent de hauts pins, l'air est plus sec et semble plus froid.

Il sort son téléphone pour vérifier que personne n'a appelé. Son chef Lasse devait être au courant de la fille morte, à l'heure qu'il était.

Tara, un nouveau nom dans la maison de poupée de Peter.

Mais Kevin doute que l'homme avec qui la fille avait rendez-vous hier soir et avec qui elle a eu une relation sexuelle soit le même que celui qu'ils recherchent. Rien dans le dossier de leur enquête n'indique qu'il ait eu de contact physique direct avec ses victimes. Comme s'il n'existait pas hors d'internet.

Tara est la première qu'il ait poussée au suicide. Du moins à leur connaissance.

S'il s'agit bien de ça.

Car impossible d'exclure complètement un meurtre.

Les pins cèdent à des rangs serrés de sapins. Encore une centaine de mètres et il aperçoit les quatre piliers de la chapelle et là-dessous un petit groupe dans l'ombre. Il regarde sa montre. 10 h 56 : il hâte le pas et resserre son blouson.

La chapelle de la Résurrection ressemble à un temple antique, ça exige un peu de dignité : il redresse le dos et ralentit le pas en arrivant.

Devant la chapelle, il est accueilli par une triste troupe d'hommes en noir d'un certain âge. Frêles et fragiles, comme si le moindre souffle de vent allait les balayer. Ni Vera ni son frère ne sont en vue. En revanche un oncle pervers, oui, et Kevin sait qu'ils vont tous les deux faire comme si de rien n'était, comme d'habitude.

Ça n'a jamais eu lieu.

Et si, contre toute attente, ça s'est quand même passé, il y a depuis longtemps prescription.

Il salue de la tête les autres types. Quatre visages anonymes, il ne les connaît pas et n'a pas non plus envie de faire leur connaissance.

Il songe à Tara, la fille qui n'est plus.

Qui par honte n'a pas non plus osé raconter.

"Kevin… tu es en retard." Un oncle pervers fait un pas vers lui, sa poignée de main est plus ferme que son corps souffreteux le laisse penser. "Et tu as encore l'air d'un punk… Tu n'as pas bientôt trente ans ?"

J'avais neuf ans quand tu m'as forcé à te branler.

"J'ai vingt-sept ans."

Je travaille depuis quatre ans avec des types comme toi et je peste contre tous les gamins qui n'osent pas dénoncer leurs pères, oncles, voisins ou profs. Mais moi qui n'ai même pas osé te dénoncer, qui suis-je, putain, pour l'exiger des autres ?

"Vingt-sept ans ? Et tu as déjà réussi à te faire virer ?

— J'ai été muté…"

J'ai été muté parce que je suis tombé sur un type comme toi un soir au bar. Je l'ai reconnu. Il avait été blanchi, alors que je le savais coupable. Il était là avec une jeune fille, trop jeune pour avoir même le droit d'entrer. Quand j'ai vu comment il la tripotait, j'ai craqué.

"Muté ? Oui, c'est ce qu'on dit…"

J'ai mis mon poing dans la gueule de ce salaud, un seul coup, et il s'est écroulé par terre. J'ai pris une amende pour violence, j'ai été mis à pied pendant deux mois, expertisé par un psy qui a conclu que j'avais perdu le contrôle à cause de mon travail à la criminelle. J'avais vu trop de types comme ça sur des films à longueur de journée, j'avais besoin d'une pause. Le psy recommandait que je sois dispensé d'écrans jusqu'à nouvel ordre, et j'ai été muté dans une unité opérationnelle. Je ne suis pas autorisé à interroger les pervers, mais leurs victimes, ce qui est pour le moins idiot.

Un oncle pervers sourit et donne à Kevin une tape sur l'épaule. “Tu devrais peut-être songer à chercher plutôt du boulot dans un cirque ?”

D'abord, Kevin ne comprend rien. Puis il réalise que, sans y penser, il a sorti son yoyo de sa poche. Depuis combien de temps est-il en train de le faire tourner ? Il ne sait pas. Ce yoyo est devenu comme un prolongement de son corps. Il le range dans sa poche.

Fais gaffe, bordel.

“Au fait, j'ai entendu dire qu'il n'y aurait pas de réception après ?

— Non, j'ai annulé en apprenant que maman était trop malade pour venir.

— Désolé pour ma frangine… Ça aurait été sympa de pouvoir bavarder un peu plus avec toi.”

Dans tes rêves.

Kevin se retire, tourne le dos au groupe, sort son téléphone et fait semblant d'être occupé à répondre à des messages pendant un moment quand il entend des pas sur le gravier et sent une main sur son épaule.

“Mister Costner… sympa de se revoir.”

Après avoir vu *Silverado* et avoir eu le béguin pour Kevin Costner, sa mère avait tout de suite su comment baptiser son petit dernier. Qu'en grandissant Kevin devienne dingue de cinéma était assez drôle, ce dont son grand frère ne manquait pas de se moquer.

“Un sacré trip, Costner…” dit son frère, avant de se plaindre de son inconfortable voyage en avion de Houston à Stockholm via Londres.

Comme tu as grossi. Pas étonnant que tu trouves inconfortable de prendre l'avion.

Bon, il faut te grouiller maintenant, Vera. Je sature.

“Tu vas aller voir maman ? demande mécaniquement Kevin.
— Je comptais pousser jusqu’à Farsta après ça. Tu m’accompagnes ?
— Je n’ai pas le temps, aujourd’hui”, ment-il.

Il faudrait aller voir sa mère, mais putain, pas avec lui. Peut-être demain avec Vera, ou après-demain, si le boulot le permet.

L’ouverture de la chapelle les interrompt. L’officiant sourit à Kevin en le reconnaissant et salue les invités.

À l’entrée attend un vase de roses rouges destinées à être posées sur le cercueil, il en prend une et fait rouler la tige entre ses doigts tandis qu’il s’avance dans la nef.

La chapelle est toute blanche, à part les quelques décorations bleues au plafond. Quelque part, là-haut, se cache la tribune de l’orgue : les endeuillés doivent avoir l’impression que la musique leur tombe du ciel.

Ce n’est qu’une fois assis qu’il entend le morceau joué. Il l’avait lui-même proposé, mais c’est pourtant une surprise. La *Chanson d’Utanmyra*, dans la version jazz de Jan Johansson. En fait, c’était pour maman qu’il l’avait choisie, mais pour finir elle n’est pas là.

Ses larmes viennent aussitôt. Les notes mélancoliques de l’orgue le ramènent quinze ans en arrière, à un été dans l’Ångermanland avec ses parents, à l’époque où ils étaient encore heureux. Maman avait mis un disque dans le chalet qu’ils louaient, cette chanson, tandis qu’en contrebas miroitait l’Ångermanälven, le fleuve de papa.

Rien qu’eux trois parmi les fleurs des champs et le vaste ciel.

“Allez…” Son frère lui tapote la cuisse, comme on console un enfant, en lui tendant un mouchoir en papier. Un geste gentil, au fond, mais venant de son frère il n’est qu’humiliant.

Le petit Kevin Costner pleure.

Quand l’orgue se tait, l’officiant vient se placer devant l’autel, situé selon la tradition chrétienne à l’est pour symboliser le lever du soleil, la résurrection. Quand il prend la parole, peu importe son banal costume gris : il a l’air d’un prêtre.

L’officiant commence par quelques mots d’introduction sur papa, puis se tourne vers Kevin. “Ne deviens jamais policier… Voilà ce que votre père avait l’habitude de vous dire, après trente ans passés dans la police, et vous m'avez dit, Kevin, qu'il l'était pourtant resté jusqu'au bout, cœur et âme. Policier…"

Kevin baisse la tête. Cesse d'écouter. De toute façon, il sait exactement ce qui va être dit, puisqu'il a validé par mail la version finale du texte pas plus tard que ce matin.

Les larmes lui brûlent les yeux tandis qu'il regarde le sol en mosaïque ivoire. Un motif de petites pierres carrées que viennent briser des serpents qui ondulent.

Puis il regarde ses mains. Humides de larmes. Et soudain l'officiant se tait.

On entend des pas, Kevin lève les yeux.

Deux autres personnes viennent d'arriver.

L'une est attendue. Une grande et mince septuagénaire, copie d'Helen Mirren, avec des cheveux carotte. Vera Dagerman, PDG connue après ses années dans la police où elle a dirigé son service comme une entreprise.

L'autre personne est tout sauf attendue.

"A loving mother reuniting with her lost son", songe-t-il.

NORMALEMENT TRAUMATISÉES
Le Chaudron

Avant d'entrer dans son bureau, Love jette un œil à l'étiquette plastifiée avec son nom inscrit à l'étiqueteuse Dymo. Elle était là quand on lui avait indiqué son bureau, dès son premier jour : il avait trouvé ça un peu *cheap*. Aujourd'hui, les coins se sont décollés et couverts d'une épaisse couche de poussière noire. Il a songé à remplacer cette étiquette par une vraie plaque à son nom, mais il n'est plus aussi sûr que ce soit nécessaire.

Une bande de plastique usée signale qu'il n'est pas au-dessus des autres, investi d'une autorité supérieure. C'est bien comme ça.

Une lumière laiteuse entre par la fenêtre, teintant de gris les papiers sur son bureau. Il a pour habitude de ne pas tout de suite mettre ses notes au propre, mais de les laisser reposer une semaine, puis de les regarder d'un œil neuf quand il les transcrit en bonne et due forme. Toutes ses notes des séances individuelles avec Mercy sont éparpillées devant lui.

Il doit revoir les deux filles dans la journée. Il est fasciné de constater à quel point leurs raisonnements sont analogues, alors qu'elles viennent de mondes si différents.

Naturellement, elles sont amies très proches, pour ne pas dire inséparables, avec des expériences comparables des hommes et de la sexualité. Mais parfois, c'est comme si elles avaient répété ensemble leurs répliques. Des tirades quasiment identiques sur les sujets les plus divers, comme si elles avaient un contact mental. Un exemple est leur obsession pour les reptiles et les petites bêtes, un langage imagé qu'on observe parfois chez les jeunes enfants. Et d'un point de vue juridique, Nova et Mercy sont encore des enfants, même si elles ont déjà vécu assez de malheurs et d'échecs pour une vie entière. Dans leur monde symbolique revient avec une fréquence particulière le serpent, qui semble représenter la peur, un péril qui approche, d'autres fois une transformation intérieure, ou bien…

Il fixe un des papiers tout en cherchant la bonne formulation.

Mort, haine et mal, finit-il par écrire, en espérant pouvoir développer plus tard.

Au moment de rassembler ses papiers, il découvre que l'un d'eux vient d'une session avec Nova, et non Mercy. Vu qu'il a parfois du mal à distinguer qui des deux a dit quoi, il n'est pas étonnant de constater qu'il a aussi mélangé ses notes, même si ce n'est pas très professionnel. Il met le papier de côté et regarde par la fenêtre.

Un peu plus loin, un groupe de filles fume. Elles piaillent et rient.

Love Martinsson songe à son enfance et à son éducation, à son père et à sa mère. Plusieurs années comprimées en quelques secondes pénibles, jusqu'à ce qu'il rejette ces souvenirs et revienne à ses réflexions sur Mercy.

Mercy est restée relativement fermée au début de la thérapie, et il a d'abord cru que c'était à cause de la barrière de la langue. Ce qui s'était avéré une erreur, son suédois étant à peu près sans faute. Il avait même des inflexions du Nord, à la suite de son séjour au Jämtland. C'était une fille extrêmement intelligente, bien éduquée, ce qui l'avait assez vite conduit à réviser ses préjugés sur les immigrés nigérians. À une occasion, alors que Mercy avait observé son étonnement de la voir connaître en détail un sujet, elle l'avait remis à sa place par un commentaire qu'il s'était empressé de noter. "Contrairement à ce que beaucoup croient, les Nigérians sont en général bien intégrés dans la société suédoise. Merde, regardez le parcours de Dr Alban. Dentiste, musicien populaire et pote de Björn Borg."

"En général bien intégrés", "musicien populaire", relève-t-il. Il est loin d'être habituel qu'une jeune de seize ans n'ayant vécu que deux ans en Suède s'exprime ainsi.

Il continue à feuilleter ses notes. Il y avait quelque chose de son passé que Mercy lui cachait. Il lui arrivait parfois d'être relativement sincère, surtout quand il s'agissait de mettre des mots sur des pensées abstraites, mais il n'arrivait pas à la cerner complètement.

Un sujet récurrent était une sensation de terreur qui la submergeait régulièrement et apparemment sans crier gare. Il avait d'abord cru à des crises d'angoisse panique, mais ce n'était sans doute pas si simple. Parfois, elle le décrivait en termes assez vagues, par des mots comme "effroi innommable" et "une présence mauvaise". D'autres fois, il était clair que cette sensation de terreur était tangible pour elle. Il avait souligné quelques phrases.

L'air est lourd et on peine à respirer.

Ça pèse sur la poitrine.

On voudrait se cacher, ne plus y penser, mais c'est impossible. Mieux vaut le laisser venir et prendre le dessus, puis ça disparaît tout seul.

Il sait que les deux filles ont pendant de longues périodes pratiqué l'automédication pour tenir en respect leur angoisse. Alcool, drogue et sexe leur permettaient de s'abrutir. Mercy était arrivée alcoolisée de Bräcke, au Jämtland, voilà plus d'un an.

Naturellement, les causes classiques, honte et culpabilité, pouvaient avoir été le déclic qui avait tout déclenché. Angoisse de mort, songea-t-il. Et haine, rejet, dégoût… Mais d'où venait tout ça ?

Il était presque certain que la terreur de Mercy avait pour origine un événement au Nigeria, quand elle avait douze ans, et qu'il s'agissait probablement d'une agression sexuelle, peut-être même d'un meurtre. En tout cas, ça avait commencé avant sa fuite, avant la tragédie qui avait frappé sa famille.

Il se cale au fond de son siège, frappé par une pensée.

Il se replonge dans ses notes, et trouve bientôt le passage qu'il cherchait.

Nous avons été forcés de fuir. Boko Haram a mis le feu à une maison du village, nous n'étions plus en sécurité.

C'était le 11 septembre.

Il avait noté que Mercy avait replié les jambes en tirant sa robe sous ses cuisses avant de dire qu'elle ne voulait plus parler de ça.

Il sait que sept victimes de viol sur dix sont paralysées, dans l'état dit de *"frozen fright"*, incapables d'opposer résistance.

Mercy n'appartient pas à cette catégorie, songe-t-il en rassemblant ses notes.

Certes, les autres filles du Chaudron ont de lourds traumas derrière elles, mais en comparaison avec Mercy… Il réfléchit, refuse au fond de qualifier les autres filles de "normales", plutôt "normalement traumatisées", bien content que personne ne puisse lire ses pensées.

Qu'on ne puisse pas entendre la voix dans sa tête.

Son impitoyable ressassement.

Love Martinsson remet les papiers dans le dossier et le referme.

Parfois, il se reconnaît en ces jeunes filles. Au début de son adolescence, il doutait de sa propre existence, comme s'il y avait toujours quelqu'un en train de le juger et l'évaluer. Chaque pas qu'il faisait, tout ce qu'il disait était inconfortable. Le manque de confiance en soi était une pellicule qui recouvrait toutes les pensionnaires, la plupart seraient anéanties par la moindre invective ou insulte.

Mais pas Mercy. Et pas Nova. Elles se recroquevilleraient et riposteraient aussitôt.

Elles avaient une autre face, qui n'était pas autodestructrice. Quand il en avait la possibilité, il les observait à la dérobée. Pendant les séances de groupe, leur temps libre, au déjeuner ou le soir quand elles sortaient fumer. Elles semblaient aller si naturellement ensemble, amies comme elles respiraient.

Comme capables de se mettre dans la peau de l'autre, se dit-il. Persuadées de savoir exactement ce que c'est qu'être l'autre.

Si je te permets de survivre, de supporter, alors moi aussi j'y arriverai.

Il regarde l'horloge au-dessus de la porte. Un de ces modèles à cadran, avec des traits noirs à la place des chiffres, qu'on trouvait dans les salles de classe dans les années 1970 et 1980, quand il allait lui-même à l'école.

Parfois, le Chaudron ressemblait tout à fait à ses souvenirs du lycée. Intrigues, méchancetés, problèmes en cascade, hormones qui ne trouvaient pas de débouché, cigarettes en cachette, peines de cœur, une institution dans l'institution et un monde adulte hors d'atteinte, ridicule et effrayant. Sauf qu'ici, tout était cent fois pire. Le Chaudron est par définition un foyer de révolte, d'agitation, de tumulte qui fermente, et ici, il n'y a pas de bons élèves, pas de grosses têtes ni de filles sportives. Les expériences du monde adulte, pour ces filles, sont le viol, la drogue et la pornographie. Et, comme dans le cas de Nova, le *grooming*.

Il regarde l'heure : Nova est sur le point d'arriver, et il a besoin de quelques minutes pour se préparer. Encore cinq minutes, constate-t-il, avant de sortir son dossier.

Il commence à lire, mais s'aperçoit qu'il continue à penser à Mercy.

L'idée le frappe : peut-être que son trauma est en grande partie lié à son père. C'est un sujet qu'elle élude toujours, et il a observé que souvent, comme machinalement, elle se met à tripoter son collier dès qu'il est question de son père. C'est une de ces amulettes porte-bonheur qu'on peut ouvrir, avec un verset du Coran à l'intérieur, et il se demande si…

On frappe alors à la porte. “Entrez”, dit-il en refermant le dossier. C'est Nova. Il voit qu'elle a pleuré.

“Assieds-toi…” Il lui sourit.

Nova essuie une larme sur sa joue.

“Il m'a à nouveau contactée.”

ESPÈCE DE PETITE PUTE
Cinq ans plus tôt

Après, couchée sur son lit, Nova vérifia que les photos et le film étaient OK. Les photos ressemblaient aux centaines de milliers de photos d'autres filles sur internet. Ni mieux ni pire : elle espérait qu'elles lui conviendraient.

Tu n'es bonne à rien.

Elle lui envoya quinze photos et un film d'exactement trois minutes.

Resta presque un quart d'heure à fixer l'écran sans qu'arrive aucune réponse.

Juste après 22 heures, elle referma son ordinateur portable et éteignit sa lampe de chevet. Elle resta longtemps étendue dans le noir, les yeux ouverts. Écouta la fête s'achever, ou plutôt marquer une pause jusqu'à demain. L'un après l'autre, les convives rentrèrent chez eux. La porte d'entrée n'arrêtait pas de s'ouvrir et de se refermer et, vers minuit et demi, la musique cessa.

À la fin, il ne restait que deux voix. Les récriminations stridentes de maman accusant Jussi d'être une foutue feignasse. Et lui protestant en marmonnant mollement. Elle, qui allait se lever à l'aube pour aller ramasser la merde au centre commercial de Fisksätra, elle, au moins, elle gagnait de l'argent. Elle s'assurait que les gamins aient de quoi manger en allant s'humilier en gilet jaune fluo à tirer un chariot plein de détritus.

Nova songea à la honte qu'elle ressentait chaque fois que maman passait devant la cour de l'école avec son espèce de pince à déchets, fatiguée et voûtée alors qu'elle n'avait pas trente-cinq ans. Quand elle n'arrêtait pas de rater un sac en plastique troué que le vent finissait par emporter ou quand elle essayait de ramasser un misérable petit mégot, tâtonnait avec sa pince et le laissait tomber, le ramassait, le laissait tomber, le ramassait encore et le laissait à nouveau tomber, jusqu'à se pencher et ramasser le mégot avec les doigts.

Regardez, là, ah, ah, c'est la mère de Nova, avec son gilet jaune fluo qu'on voit à des centaines de mètres et qui est si sale qu'aucune personne sensée n'accepterait de le porter.

La mère de Nova qui vient parfois parler avec les gamins, surtout quand elle a des cernes noirs sous les yeux et qu'elle pue l'alcool, et il faut qu'elle cause à tous les copains de Nova, comme si elle essayait de leur prouver qu'elle n'avait pas du tout picolé toute la nuit, mais qu'elle était fraîche comme un gardon et que tout baignait.

Et si elle est vraiment dans un bon jour, la mère de Nova se met à se vanter devant les gamins d'être une pro de l'horoscope, et qu'ils peuvent passer le tuyau à leurs proches, elle ne prend que trois cents couronnes pour un thème astral personnalisé et vend en plus des bracelets de cristaux. Puis elle leur explique qu'elle est tellement douée en astrologie qu'elle a baptisé ses enfants Nova, ce qui veut dire "nouvelle étoile", son grand frère Björn, d'après la constellation de la Grande Ourse, et que Nova a eu une grande sœur, Stella, ce qui veut dire "étoile", et là maman se met à avoir la larme à l'œil, s'excuse et s'éloigne, parce que Stella est morte de leucémie à cinq ans.

Maman a l'habitude de dire que Nova a de la chance de n'avoir eu que trois ans à l'époque, et de ne pas souffrir au souvenir de sa grande sœur. Car c'est horrible de se souvenir d'un enfant qui n'est plus là, de se rappeler Stella, si mignonne avec ses longs cheveux blonds bouclés qui avaient fini par tomber. C'est une douleur insupportable pour maman d'ouvrir trois fois par semaine la boîte où elle a conservé une petite mèche de ses cheveux, de passer la nuit, avec des larmes d'ivrogne, à renifler les cheveux de son enfant mort, qui ne sont plus du tout blonds, mais plutôt grisâtres.

Maudite, fichue Stella qui aurait aussi bien pu s'abstenir de naître puisqu'elle a à peine eu le temps de vivre. Mais elle a en tout cas eu le temps de détruire la vie de tous les autres, car c'est à sa mort que tout s'était effondré. C'est là que le vrai père de Nova s'était pendu à un tuyau dans la buanderie à la cave et que, quelques années plus tard, Nounours s'était mis à la drogue et aux cambriolages.

Nova peut dire merci d'avoir été trop petite pour se souvenir de tout ça. Elle a une chance incroyable d'être dispensée des souvenirs douloureux d'un vrai papa en vie, d'une grande sœur en bonne santé et d'un frangin qui ne soit pas un délinquant, mais juste gentil, et bien sous tous rapports. Tout ça lui fait honte, tout, y compris son propre nom. Nova. Super-Nova. Comme si elle se prenait pour la star de la classe. À chier.

En fait, Jussi était bel homme, mais quand il picolait, il devenait fragile et geignard comme un vieux grand-père. En fait, il était doué et entreprenant, et ce n'était pas sa faute si sa vie consistait soit à se cacher derrière les stores tirés de l'appartement, soit dans une brume d'alcool sur un banc du centre commercial. En fait, il était cultivé, aimait la musique classique, la bonne littérature et même la poésie, mais, quand il buvait, il écoutait plutôt du métal en lisant la presse à scandale. En fait, il aurait mérité un super boulot vachement bien payé, il avait quand même une formation de technicien process et était loin d'être bête.

En fait, il aurait mérité une belle-fille qui n'aurait pas eu honte de lui, mais qui aurait été fière qu'il se soit sacrifié en s'occupant d'elle et en devenant son nouveau papa. En économisant pour lui offrir un ordinateur portable à son anniversaire, alors qu'en fait il n'en avait pas les moyens.

En fait.

Elle avait honte de sa mère qui, après avoir été en congé maladie puis radiée des allocations, avait lutté pour trouver un travail. Ça pouvait peut-être sembler nul de ramasser les détritus, mais en fait maman aimait ça. Elle était la première à voir le soleil se lever, et devait se bouger, un peu comme si on la payait pour faire du sport.

Pourquoi avait-elle honte d'une maman comme ça ?

Elle aurait dû avoir honte d'avoir honte.

Et Jussi… En tout cas, elle n'avait pas honte de lui quand il était sobre. Plusieurs filles de la classe avaient dit qu'elles le trouvaient mignon. Il avait l'air un peu américain, avec ses cheveux noirs et ses yeux bruns. Pousses de barbe, jean et tee-shirt, le bronzage facile. Sauf que ses tee-shirts Metallica faisaient un peu vieux schnock et qu'il disait des trucs relous.

Elle avait honte d'à peu près tout dans sa vie.

Non, d'ailleurs. Elle n'avait pas honte de Nounours. Au contraire, elle était fière de lui. S'il n'était pas ce qu'il était devenu, elle aurait sans aucun doute été harcelée à l'école. Mais personne ne s'en prenait à elle, parce qu'elle avait un frangin avec qui on ne voulait pas d'embrouilles. Nounours n'avait que quinze ans, mais elle l'avait vu tabasser des mecs plus âgés de plusieurs années.

C'était maintenant qu'elle aurait eu besoin de son aide. S'il savait ce qu'elle était forcée de faire, il serait devenu fou de rage. Mais elle ne pouvait pas demander son aide à son frangin, car tout ça était si horriblement gênant.

Elle se retourna dans le lit. La petite diode bleue de son portable lui rappela que celui qui se faisait appeler Peter était peut-être un vieux schnock en train de se branler sur son film.

Comment avait-elle pu être aussi conne ? Elle n'avait à s'en prendre qu'à elle-même.

Tu es foutue, espèce de petite pute.

Mais elle n'était pas si débile que ça. Elle savait très bien que ces choses-là arrivaient tout le temps, mais elle n'avait jamais pensé qu'elle aurait elle-même une telle malchance. Comme cette pauvre fille de sixième qui avait été forcée de changer d'école l'automne dernier. Quelqu'un avait mis la main sur une photo vraiment embarrassante qu'il avait punaisée au tableau d'affichage devant la grande salle. Apparemment, la fille avait un crayon enfoncé dans le derrière. Est-ce qu'on peut faire pire ? La vie de cette fille était sans doute totalement détruite.

Il était déjà 1 h 30 quand Nova ralluma sa lampe de chevet. L'appartement était silencieux. Ils devaient s'être endormis. Elle ouvrit son ordinateur et se connecta.

Toujours pas de réponse.

LES PLUS DIFFICILES À INTÉGRER SONT LES HOMMES NOIRS ORIGINAIRES DES PAYS AFRICAINS
Carré musulman du cimetière

"A loving mother reuniting with her lost son…" Cela convient si bien aux derniers arrivés à la cérémonie et, cette fois, Kevin se rappelle de quel film vient la citation. *Destination : Graceland*, un navet assez gratiné avec Kevin Costner dans un des rôles principaux.

Il salue de la tête Vera Dagerman. Il la trouve très amaigrie. Son fils, Sebastian, c'est le contraire. Kevin ne l'a pas vu depuis dix ans : il n'a pas seulement grossi, mais aussi vieilli. Il n'a même pas quarante ans, mais a l'air d'un petit vieux. Selon Vera, leurs relations se sont dégradées depuis que, voilà dix, quinze ans, il s'est plus ou moins cloîtré avec ses ordinateurs dans une petite chambre d'étudiant de Valhallavägen. Ils s'assoient sur le banc du fond, Vera sourit tristement à Kevin, tandis que le regard de Sebastian reste fixé au sol.

La cérémonie s'achève rapidement. Une seule dernière anecdote sur son père, que tous ont sûrement déjà entendue raconter. L'officiant brode un peu, ce qui provoque quelques rires étouffés dans l'assistance, puis vient le moment de conclure. "La dernière phrase manque, dit-il, tout comme il n'y en a jamais eu de première. Il n'y a ni commencement ni fin. Pas de Dieu créateur, car la création est un état latent, un *perpetuum* mobile dans lequel la vie n'est qu'un caprice fugace. Une fleur qui bourgeonne au sein de l'univers et déploie ses pétales en une étreinte fripée."

Malgré la négation de l'existence de Dieu, Kevin trouve ce ton assez religieux. Pauvre papa, songe-t-il. Si grand et fort, mais juste une fleur fripée.

La seule fois à sa connaissance où son père avait mis les pieds dans une église, c'était lors de vacances à Paris, quand Kevin avait quatorze ou quinze ans. Notre-Dame, en quelque sorte l'église par excellence. "Vous qui entrez ici, abandonnez toute espérance", avait-il dit en franchissant le porche. Cela avait beau être si lointain, Kevin s'en souvenait au mot près, et aussi que papa avait ensuite expliqué que c'était une citation. "Mais pas de la Bible, même si c'est aussi un assez bon roman."

Kevin essuie ses larmes en souriant à ce souvenir, tandis que l'organiste recommence à jouer. *A Whiter Shade of Pale*. Par principe, papa détestait toute musique produite après 1959, mais Kevin sait qu'il aimait cette ballade sentimentale chantée par Procol Harum dans les années 1960.

Il se lève et s'approche du cercueil. Pose sa fleur sur le couvercle à côté du portrait de son père, sans rien dire, et reste là un moment. Trente secondes, peut-être une minute de silence, un blanc total, puis ses larmes reviennent et il sort.

Sebastian a disparu : Kevin suppose qu'il se sera éclipsé pendant la procession. Qu'il aura profité du recueillement général pour filer. Vera le cherche des yeux, secoue la tête, contrariée, puis rejoint Kevin et le serre dans ses bras. "Je n'arrive pas à comprendre Sebastian, dit-elle. Il m'a dit qu'il tenait absolument à te voir, et il disparaît, comme ça… Toutes mes condoléances, Kevin. Comment ça va ?

— Je fais aller.

— Je vois que c'est dur…" Les yeux de Vera sont humides et rouges. Elle aussi est très affectée.

"On fait un tour ?"

Il hoche la tête et ils partent en silence. Au bout d'un moment, elle lui demande des nouvelles de son travail. Depuis l'École de police, Vera lui fait office de mentor. Elle lui a été d'un grand soutien, les premiers temps, après sa mise à pied et sa mutation. Elle a le don de lire en lui comme dans un livre ouvert. Impossible de dissimuler un problème à Vera. Elle finit toujours par le percer à jour, peut-être parce que, dix ans après sa retraite, elle reste une très bonne policière.

Il lui dit que ça s'est un peu amélioré au boulot pour lui depuis sa nouvelle affectation, mais qu'en même temps c'est pire, que ces saloperies deviennent encore plus précises quand on partage de près l'expérience des victimes.

"C'est ça, de travailler avec des gens, plutôt que derrière l'écran de son ordinateur", dit Vera en lui tendant un paquet de cigarillos. Il se sert et cherche un briquet tout en lui résumant son travail de recherche des deux filles encore non identifiées.

Elle le scrute du regard tandis qu'il allume son cigarillo et tousse la fumée âcre. "J'aimerais en savoir plus sur ces deux filles, dit-elle. Ça te dirait de dîner ce soir au Pélican ? On est en novembre, et je ne veux pas y aller seule."

Vera et papa avaient pour rituel, une fois par an, d'aller dîner à la brasserie Pélican, dans Söder, pour fêter leurs retraites. Papa a quitté la police voilà quinze ans, Vera cinq ans plus tard, tous les deux en novembre. "Pourquoi pas ?", dit Kevin.

Vera promet de réserver une table pour 19 heures et, comme ils reviennent vers la chapelle et s'apprêtent à se séparer, ils sont interrompus par le frère de Kevin qui attend devant, sans raison apparente. "Bon, alors… Stora, c'est vendu ?"

La maison de leurs parents, une villa sur Stora Essingen, a été récemment mise en vente, et, d'après l'agent immobilier, il y a déjà des offres. "Elle sera bientôt vendue. Tu auras ton argent.

— Bien…" Il sourit. "Donne-moi des nouvelles, Costner. Sympa de se voir."

C'était donc pour ça qu'il s'était attardé.

Kevin sourit à son tour. "Très sympa."

Le large dos de son frère disparaît au loin. À côté de lui marche un oncle pervers.

Ils parlent à voix basse, Kevin se demande de quoi.

Et si mon frangin lui aussi… Non, ce n'est pas plausible.

"Qu'est-ce qu'il y a, Kevin ?" Vera le rejoint.

Ce type qui se balade à côté de mon frangin, tranquille, tu sais ce qu'il m'a fait quand j'avais neuf ans ?

"Rien, répond Kevin en éteignant son cigarillo. À ce soir, Vera. Tu m'as manqué."

Il sort son téléphone portable et met ses oreillettes en s'éloignant. On annonce à la radio un débat sur l'immigration.

Les derniers invités de la cérémonie sont bientôt hors de vue et d'autres types de tombes apparaissent autour de lui.

C'est le carré musulman, avec ses plaques commémoratives plus modestes. Il remarque que cette partie du cimetière est moins bien entretenue.

L'émission traite des migrants à l'intérieur de l'UE, principalement des Roms de Roumanie et de Bulgarie qui viennent de plus en plus nombreux en Suède pour mendier. Un des débatteurs affirme, sûr de lui, que la méfiance envers ces mendiants n'a qu'une seule cause : le racisme. Il est aussitôt contredit.

Ceux qui détestent les mendiants dans les rues se reconnaissent en eux. Voilà à quoi ils ressembleraient eux-mêmes, s'ils n'avaient pas de domicile, pas d'argent, pas d'illusions. Ils ont peur d'échouer là eux aussi.

Kevin songe à son oncle. Le hait-il parce qu'il a peur de lui ressembler ?

A-t-il peur parce que, tout au fond de chaque homme, lui compris, sommeille un criminel sexuel potentiel ?

Un goût aigre lui emplit la bouche, comme un renvoi. Il s'arrête et inspire à fond. Comment font tant de gens pour avoir des opinions aussi tranchées et être à ce point persuadés de savoir qui ils sont ? Qui aurait-il été s'il avait, par exemple, vécu en Allemagne dans les années 1930 ? Se mettra-t-il d'ici quelques années à haïr les musulmans, si tous les autres s'y mettent ?

Il regarde les tombes musulmanes. L'herbe n'est pas tondue, les feuilles mortes sont encore là. Ignore-t-on comment entretenir ces tombes, ou bien est-ce normal qu'elles soient laissées ainsi ? À ses yeux, elles semblent négligées, mais pour d'autres l'endroit paraîtrait juste intact et paisible.

Une des pierres tombales près du mur d'enceinte penche, comme sur le point de tomber. Bientôt, il aperçoit une autre tombe avec un portrait du défunt vandalisé jusqu'à être méconnaissable, et d'autres encore un peu plus loin. Qui a fait ça, et pourquoi ?

Immédiatement, il devine que la réponse dépendrait de la personne interrogée. C'est frustrant. Les musulmans vandalisent leurs propres tombes, dirait l'un, en se référant à l'interdiction des images. Un autre affirmerait avec la même certitude qu'il s'agit d'un acte xénophobe, et le troisième assènerait mécaniquement que c'est bien là le résultat du mélange des cultures. Aucun des trois n'en démordrait. Chez eux, la foi est certitude.

Croire en Dieu signifie qu'on *sait* qu'un Dieu existe. Une conviction si forte que la foi cesse d'être une foi, même si elle en garde le nom. Alors que, dans d'autres contextes, le même mot indique justement qu'on n'est pas sûr du tout. Qu'on suppose, suppute, s'imagine.

À la radio, le débat continue.

Les méthodes de plus en plus désespérées pour entrer dans le pays deviennent monnaie courante. Par exemple l'homme encore non identifié retrouvé mort sur le pont de Liljeholm à Stockholm. Selon la police, l'homme serait tombé du train d'atterrissage d'un avion où il s'était caché. L'avion en provenance de Bruxelles approchait pour se poser à l'aéroport de Bromma quand…

Les pensées de Kevin reviennent à son père. Il y avait tant de choses dont il n'avait pas eu le temps de parler avec lui. S'agissant de lui, il n'y avait plus de choix à faire, plus de choix susceptible de conduire à la connaissance et la vérité. Kevin devrait se contenter de deviner, supposer, estimer. Croire.

À la radio, une des intervenantes dit que les réfugiés ont souvent une fausse image de la Suède. Ce n'est pas du tout le paradis qu'on leur a peint, et les plus difficiles à intégrer sont les hommes noirs originaires des pays africains, comme l'homme tombé de l'avion. Kevin en a assez de ces spéculations. Il éteint la radio, range ses écouteurs dans son sac avant de continuer.

Il se rapproche de la sortie, attenante au carré israélite. Il note que la tradition juive de poser à chaque visite un caillou sur la tombe a commencé à se répandre chez les musulmans et chrétiens des carrés voisins.

Ces pierres sont comme des idées, se dit-il. Elles se diffusent et se multiplient dans de nouveaux lieux, parfois inattendus.

Vers où son père pensait-il partir ? S'était-il remis à croire en Dieu, comme dans son enfance ?

“Apprendre à se connaître soi-même est le projet de toute une vie”, avait-il coutume de dire. Il avait ainsi des répliques récurrentes, comme de petits mantras, et il avait beau être athée, il y était souvent question de Dieu ou de religion. Même s’il en plaisantait, il en était préoccupé.

Tout en quittant le cimetière, Kevin s’aperçoit qu’il a fait un long détour pour regagner le métro. Tandis que les contours de la station se dessinent dans la brume grise, son téléphone sonne. C’est Lasse, son chef de la criminelle. Il répond aussitôt.

“Désolé de te déranger… Comment ça va ?

— Ça va. C’est un peu dur, bien sûr.

— Mes condoléances. Mais j’avais compris que tu voulais être tenu au courant… Est-ce que tu passerais au bureau ? Nous avons reçu le contenu du téléphone de la fille qui est morte. On aurait besoin de ton œil d’expert en cinéma et en… comment tu appelles ça ?

— Des *goofs* ?

— Oui, c’est ça. J’en ai peut-être trouvé un. Il s’agit d’un film appartenant à une saisie d’il y a deux ans.”

Kevin se fige. “Il s’agit de la fille blonde, Nova ?

— Oui… Comment le sais-tu ?

— Je suis là dans une demi-heure.”

L'AILE FRAGILE D'UNE LIBELLULE
Cinq ans plus tôt

Bien sûr, Nova savait qu'elle aurait dû l'envoyer au diable dès le départ : de fait, elle avait d'emblée senti qu'il y avait quelque chose de louche, mais elle avait malgré tout continué de répondre à ses messages.

Ça avait commencé trois mois plus tôt, quand il l'avait contactée en lui écrivant qu'il la trouvait bien fichue. Sa photo de profil montrait un garçon mignon, peut-être un peu trop mignon, avait-elle trouvé, mais elle n'avait pas pu s'empêcher de répondre. Quand il lui avait écrit qu'il avait quinze ans, elle avait menti en répondant qu'elle aussi. Il avait dit s'appeler Peter, et elle n'avait alors rien trouvé d'étrange à ça, mais aujourd'hui, à la réflexion, elle réalisait que ce n'était pas un nom ordinaire pour un garçon de quinze ans, plutôt pour quelqu'un de quarante, quarante-cinq ans.

Les premières semaines, ils avaient fait connaissance. Ils avaient tous les deux séché l'école, fait semblant d'être malades pour rester à la maison et chatter tout leur saoul pendant que maman ramassait les ordures et que Jussi picolait sur un banc du centre commercial.

Elle avait reçu plusieurs photos de lui, mais rien de déplacé au début. Peut-être quelques photos de baignade, il était en tout cas torse nu sur quelques-unes d'entre elles, et avait demandé si elle le trouvait laid. Elle avait répondu que non, au contraire, elle le trouvait beau, et il lui avait alors demandé une photo d'elle. Peut-être en bikini, ou quelque chose comme ça et, même si elle avait hésité, elle avait fini par lui envoyer une photo.

Elle avait trouvé une photo où elle faisait plus âgée, de l'hiver dernier, quand la classe était allée nager à la piscine Sydpoolen de Södertälje. L'angle de prise de vue donnait même l'impression qu'elle avait de la poitrine.

Quand il lui avait écrit qu'elle était incroyablement belle, mais qu'il trouvait qu'elle faisait moins que ses quinze ans, il l'avait fait d'une manière qui l'avait mise en confiance.

Il lui avait demandé si elle voulait lui parler au téléphone, mais elle avait refusé. Elle trouvait que c'était bien comme ça, en tout cas pour le moment. Et s'il n'aimait pas sa voix ? Tout serait gâché.

Il avait fini par lui demander si elle était vierge et elle avait à nouveau menti. *Bien sûr que non*, avait-elle écrit, avant d'ajouter aussitôt qu'elle n'avait pas eu tant de mecs que ça, et qu'aucun n'avait été particulièrement bien. C'était parce qu'elle n'avait pas encore rencontré le bon.

Il était d'accord. C'était la même chose pour lui. Aussitôt, elle s'était mise à espérer qu'il soit le bon. Elle fantasmait d'être couchée à côté de ce joli garçon. De l'embrasser, et peut-être davantage.

Alors, prudemment, ils avaient commencé à parler de sexe. Il avait plus d'expérience qu'elle, et l'en faisait profiter. Il disait que c'était un peu bizarre la première fois, mais que ça s'améliorait après. Que ça pouvait être très beau, pourvu qu'on aime la personne avec qui on le faisait.

Elle remonta le fil, des centaines de messages, avant de trouver ce qu'elle cherchait.

Lui : Je t'aime beaucoup, mais il faut que je puisse te faire confiance, que tu ne sois pas trop jeune.

Elle : Comment te le prouver ?

Lui : C'est gênant de devoir te le demander, mais c'est peut-être la seule façon… Je veux dire, que tu m'envoies une photo un peu plus intime. En fait, je préférerais éviter, mais ça peut nous aider à avancer ensemble, peut-être à nous rencontrer ?

Ce petit mot, encore, se dit-elle. *En fait ?*

En fait, je préférerais éviter, avait écrit ce salaud. Sauf que c'était exactement ce qu'il voulait, et il l'avait obtenu, et sacrément plus encore. Putain, quelle conne !

Elle continua sa lecture, c'était pénible de voir ça, après coup. Elle se souvenait que c'était bizarre, mais en même temps excitant. Aujourd'hui, ce qu'il écrivait apparaissait si limpide.

Elle : OK *:-) Mais je ne sais pas si j'ose t'envoyer une photo.*

Lui : Si tu veux, je peux t'en envoyer une aussi. Comme ça, ce sera juste :-)

Elle : Je vais peut-être en envoyer une. Mais seulement si tu envoies d'abord.

Lui : OK. *Mais attends un peu. Ça peut prendre un peu de temps…*

Elle regarda l'heure du chat. Il avait envoyé la photo vingt minutes plus tard environ. Il avait donc fait semblant de s'être déshabillé et de s'être donné du mal pendant vingt minutes pour obtenir une photo qui ne soit pas trop cochonne. Elle l'examina. C'était clairement le même jeune garçon que sur la photo du profil, mais c'était évidemment une autre personne qui écrivait les messages. Le garçon sur la photo avait l'air timide, couché nu sur le côté, dans un lit.

Elle avait totalement adoré cette image, beaucoup plus qu'elle ne le lui avait laissé entendre.

Aujourd'hui, elle lui faisait penser à un grouillement de serpents et d'asticots.

Elle : Tu es super beau :-) Tu auras aussi une photo de moi, mais il faut que je te prévienne, je suis rasée. J'aime me raser. C'est plus beau, je trouve. Plus propre. Tu l'auras bientôt.

Lui : Bien sûr, ça ne fait rien. Et je suis d'accord que c'est plus propre, même si c'est joli aussi, des poils en bas. Je sais que je vais te trouver belle de toute façon !!!

Vingt-deux minutes plus tard, elle lui avait envoyé la photo qui avait déclenché toute cette catastrophe.

Si elle n'avait rien envoyé, tout se serait bien passé.

À quoi pensait-elle ? Quelle conne !

En regardant la photo aujourd'hui, seulement deux mois plus tard, elle se reconnaissait elle-même derrière toutes ces manières : un enfant qui essayait d'avoir l'air adulte.

Elle s'était maquillée. Mascara, rouge à lèvres et fond de teint.

Elle avait glissé un peu de tissu pour rembourrer sa nuisette et avait cambré la hanche pour avoir plus de formes.

Putain, que c'est ridicule, songea-t-elle.

Il avait aussitôt répondu. Alors, elle avait trouvé sa réponse belle, un peu bizarre mais romantique.

Lui : Quand je te vois comme ça… Mon œil frémit, comme l'aile fragile d'une libellule.

Comme l'aile fragile d'une libellule ?

Comment pouvait-on écrire des choses pareilles ?

Après la première photo, il n'avait d'un coup plus été question que de sexe et elle s'était laissé entraîner avec moins de réticence qu'elle ne voulait l'avouer. Lui avait envoyé d'autres photos et, lentement mais sûrement, les menaces avaient commencé. D'abord petites et dissimulées, comme quand il lui avait écrit qu'il était devenu complètement dépendant de son corps de rêve et qu'il allait sombrer dans la dépression si elle ne lui en donnait pas davantage. Il la noyait sous les flatteries et les compliments, et elle gobait tout. Se sentait regardée, adorée.

Puis, assez brusquement, peut-être en quelques jours, il ne lui était plus resté qu'un profond sentiment de malaise.

Il avait avoué qu'il avait dix-neuf ans et pas quinze comme il le prétendait au début. Puis il avait écrit qu'il savait qu'elle n'en avait pas quinze mais seulement onze. Ils avaient menti d'autant d'années exactement, ils étaient donc exactement autant coupables. Mais c'était quand même un peu plus sa faute, car c'était lui qui avait commencé à questionner son âge. Elle ne s'en souvenait pas ?

Oui, mais c'était lui l'adulte et elle l'enfant.

Désormais, il savait tout d'elle, et elle rien de lui. Pas à quoi il ressemblait, pas son âge, pas son nom ni quoi que ce soit.

Juste une chose : qu'elle le haïssait.

Et encore un truc, songea-t-elle. Qu'il écrivait parfois bizarrement, comme cette histoire d'aile fragile de libellule.

Peut-être y avait-il un moyen de le démasquer, en étant plus maligne ?

Elle avait lu qu'il était habituel que les filles tombées dans ce genre de merdier se confient à quelqu'un, à leur meilleure copine. Souvent, c'était cette dernière, seule ou avec son amie, qui allait en parler à un adulte, parent, enseignant ou policier, car sinon la victime n'osait pas.

Mais elle n'avait personne à qui parler, alors autant oublier ça. Le mieux était peut-être juste de cesser de lui envoyer photos et films. Après, on verrait bien. S'il mettait ses menaces à exécution et envoyait tout à son prof et à maman et Jussi, elle n'aurait finalement qu'à quitter Fisksätra. Peut-être pour aller en centre-ville, à Söder, où les gens étaient détendus, cools et féministes. Elle serait aidée par une bande de filles à poigne pour obtenir une nouvelle identité. Ne plus avoir à s'appeler Nova, fille d'astrologue à la con.

Elle pourrait peut-être aussi changer d'apparence. Se faire des piercings et des tatouages. Se faire opérer pour que personne ne la reconnaisse ? Dans ce cas, elle se ferait réduire et redresser le nez et enlever les taches de rousseur. Se ferait teindre les cheveux en noir avec des yeux bruns, deviendrait belle comme Amy Winehouse. Un appartement à elle dans SoFo. Travaillerait au café. S'achèterait de nouvelles fringues. Rencontrerait des mecs, des durs, mais des types bien. Jamais plus Fisksätra, *Fishy Fiskis*.

Jamais plus voir maman et jamais, plus jamais braconner des écrevisses de nuit avec Nounours et Jussi. Aurait-elle vraiment voulu que tout ça disparaisse ?

Maman et Jussi étaient là pour elle en cas de besoin. Elle le savait.

Une fois, il y avait longtemps, elle avait crevé les pneus d'au moins dix vélos dans la cour, fini deux boîtes de punaises et, même si elle ne se rappelait pas pourquoi elle avait fait quelque chose d'aussi stupide, elle se souvenait très clairement comment maman et Jussi avaient réagi quand un voisin avait sonné chez eux dans la soirée en disant qu'il l'avait vue faire. Ils avaient refusé de le laisser entrer et dit qu'il devait se tromper, puisque leur fille était restée toute la journée dans l'appartement. Bien sûr, elle s'était fait copieusement gronder par la suite, mais le principal était qu'ils avaient été là pour prendre sa défense.

Elle déglutit, une boule douloureuse dans la gorge et la poitrine en réalisant combien elle avait été bête. Quelles méchancetés elle avait pensées à leur sujet. Ils le méritaient peut-être parfois, mais pas en permanence.

Elle alluma et sortit de son lit.

Traversa l'entrée sur la pointe des pieds jusqu'à la porte de leur chambre. Comme elle le faisait quand elle était petite. À une période, c'était toutes les nuits, et jamais, autant qu'elle s'en souvînt, ils ne lui avaient refusé de venir se blottir entre eux deux.

Elle entrouvre la porte. Elle ne compte pas se glisser dans leur lit, comme une gamine, juste les regarder.

Ça sent l'alcool dans la pièce, malgré la fenêtre ouverte.

Jussi est couché sur le dos, la respiration longue et profonde. Il émet un ronflement sourd qui vient de la poitrine, pas de la bouche comme maman.

Elle s'approche d'eux et se place au pied du lit.

Ils dorment si différemment. Maman semble avoir du mal à respirer, sa chemise de nuit est trempée de sueur, elle se tourne dans tous les sens et gémit dans son sommeil, comme si elle faisait des cauchemars. À côté d'elle, Jussi, dont la poitrine nue se soulève calmement.

Elle reste un moment à les regarder. Au moment où elle vient de décider de s'en aller, maman se retourne à nouveau en emportant le drap, et elle voit alors que Jussi est tout nu.

Son sexe repose sur sa cuisse. Il ressemble à une de ces limaces beiges qui traversent la piste cyclable devant l'école quand il pleut.

MAIS QUE DIABLE S'EST-IL PASSÉ ?
Le Chaudron

"Il m'a demandé si je voulais chatter avec lui, dit Nova, parce qu'il savait qui j'étais, qu'il m'avait vue dans un film, et j'ai bien vu comment il s'appelait…

— Peter ? Tu es sûre que c'est le même type ?" demande Love.

Elle le regarde, en colère. "Oui, siffle-t-elle. Il utilise une autre photo, mais si ce n'était pas lui pourquoi dirait-il qu'il sait qui je suis ?

— Et ça vient de se passer ?"

Elle hoche la tête. "Il y a cinq minutes.

— Si c'est lui comme tu le crois, nous devrions prévenir la police. Ils peuvent nous aider à…

— C'est des conneries, ils ne feront rien du tout." Elle grimace et, un instant, elle semble sur le point de cracher par terre. Mais elle déglutit et reprend. "Tu es tenu par le secret professionnel et putain, tu ne vas pas aller leur déballer pourquoi ça me saoule. Je vais régler ça moi-même. Je vais l'envoyer en taule.

— Nova… Si j'estime qu'il y a un risque criminel, j'ai le devoir de le signaler à la police… Mais si tu t'y opposes absolument, on peut au moins contacter le site et leur demander de bloquer son compte. Tu as répondu à son message ?

— Oui… J'ai écrit que je savais moi aussi qui il était, que je le reverrai volontiers et que j'aurai un grand couteau. Merde, il ne va pas…"

L'ouverture de la porte les interrompt.

C'est Mercy. "Il s'est déconnecté, dit-elle en évitant de regarder Love. Je crois que ce salaud est en train d'effacer son compte."

Mercy fait un grand sourire à Nova, quelques secondes de silence pendant lesquelles les deux filles se regardent intensément, puis Mercy se met à bouger les lèvres en formant des mots silencieux, comme si elle mimait, et Nova lui répond de même.

Love ne comprend pas ce qu'elles disent et, bientôt, les deux filles échangent un signe de tête avant que Mercy ne referme la porte en les laissant seuls.

Love entend les pas de Mercy s'éloigner dans le couloir, mais c'est comme si elle avait laissé son énergie dans la pièce. Il se sent désarçonné, se tourne vers Nova en ouvrant la bouche pour dire quelque chose, mais se ravise. Nova semble vide, rincée, il imagine qu'elle n'a pas même conscience de sa présence.

Mais que diable s'est-il passé ?

Pendant dix, quinze secondes, il s'est senti totalement exclu, ignoré, traité comme du vent. Et que s'étaient-elles dit ?

Il est relativement doué pour lire sur les lèvres : il lui arrive, par exemple au restaurant ou en train, de s'amuser à deviner de quoi parlent des inconnus. La lecture sur les lèvres est une bonne façon d'étudier les sublimes signaux du langage corporel, on est plus attentif à la communication muette entre les personnes quand on les regarde parler sans entendre ce qu'elles disent.

Nova et Mercy n'ont pas dit un mot, mais ont visiblement communiqué.

"Qu'est-ce que vous vous êtes dit ?"

Nova sursaute, comme tirée d'un rêve. "Comment ça ?

— Vous venez de vous parler, ou plutôt de former des mots en silence. Je suis curieux de savoir quoi.

— Si on avait voulu que tu saches, on aurait parlé à voix haute." Elle le regarde avec un léger sourire. "Je t'aime bien, poursuit-elle. Tu es vraiment un bon thérapeute… Mais ça, tu ne pourras pas comprendre. Je ne comprends même pas moi-même."

Il répond à son sourire. "Essaie quand même."

Elle reste un moment silencieuse, chasse une boucle blonde de son front. "Mercy et moi, on se retrouve hors de nos corps, tu vois ? Si je me sens comme une merde et que Mercy n'est pas avec moi, je peux l'appeler dans ma tête, et elle peut faire la même chose avec moi. Une fois, par exemple, elle m'a dit de m'échapper et de descendre à Tallmon, tu sais, les villas au bord du fleuve. Il y a un type qui élève des lapins là-bas. Je devais tuer un des lapereaux et le lui ramener. Alors, le serpent disparaîtrait."

C'était un secret mal gardé que les filles faisaient le mur la nuit. Il avait pris son poste de directeur juste après la disparition de Freja Lindholm, mais n'avait toujours pas réussi à régler ce problème.

"Et tu l'as fait ? demande-t-il. Et qu'est-ce que tu entends par le *serpent* ?"

Ce que Nova dit est inquiétant. Si le serpent en lui-même est une sorte d'allégorie de l'angoisse, de la paranoïa, peut-être que ce qu'elle venait d'évoquer était… Comment l'appeler ? De la télépathie, c'était ce qui venait d'abord à l'esprit, et cela voulait dire qu'il pouvait s'agir de délire. Entendre des voix n'est pas forcément une maladie mentale, presque tout le monde pratique une forme de communication intérieure, mais à ce niveau-là, ça déclenchait la sonnette d'alarme.

"J'ai fait exactement comme Mercy voulait, dit Nova. Elle m'a décrit le chemin dans ma tête, car je n'y étais encore jamais allée, j'y suis allée, j'ai forcé une porte, j'ai pris un petit lapin à qui j'ai rompu le cou. Puis nous l'avons enterré dans la forêt. Tu peux aller voir, on a mis une petite croix faite avec deux brindilles attachées par un élastique à cheveux.

— Attends un peu… Tu n'y étais jamais allée, mais Mercy t'a décrit le chemin dans ta tête ?"

Elle opine du chef. "Oui, où est le problème ? Je viens de t'expliquer qu'on se parlait directement dans la tête l'une de l'autre."

Rien dans son expression n'indique qu'elle le fait marcher, ni même qu'elle trouve en rien curieux de communiquer par télépathie.

L'air dans la pièce est étouffant et, dehors, la nuit commence à tomber.

Love Martinsson regarde la fille et se reconnaît en elle.

Il se sent las et aimerait être ailleurs. Regrette d'être revenu.

À PART L'AUTHENTICITÉ DU SOURIRE
Le Cinéclub, quartier Kronoberg

L'ozone, du grec *ozein*, "odeur", est un gaz toxique qui, en cas d'exposition importante, provoque des symptômes comme un poids sur la poitrine, une sécheresse de la gorge, des suffocations et des nausées. Maux qui peuvent frapper les soudeurs, par exemple.

Quand Kevin pousse la porte des archives de la criminelle, c'est l'odeur d'ozone qui lui pique les narines. Cent vingt mètres de rayonnages remplis de disques durs saisis, de cassettes vidéo, disquettes, CD et DVD. L'électricité statique produit le gaz en petites quantités, et il sait qu'il va bientôt avoir les mêmes nausées qu'un vieux soudeur, mais que ce sera à cause de ce qu'il va voir, et non de l'odeur.

L'air sec le fait tousser et son chef Lasse se retourne. "Tiens, voici des tirages des photos que Tara a envoyées à ce Peter, dit-il en tendant un dossier à Kevin. Il y a aussi quatre films, mais qui ne montrent que des gros plans. Rien à regarder, si tu vois ce que je veux dire."

Kevin jette un œil aux photos dénudées de Tara. Elles ne sont pas particulièrement crues, mais le contexte les rend extrêmement désagréables. Comme toujours.

"Je suppose qu'elle les a effacées de son téléphone, dit-il, mais qu'elle ne savait pas comment les supprimer définitivement.

— Tu supposes bien, dit Lasse. Les techniciens du labo les ont repêchées.

— Et les chats entre Tara et Peter ?

— Peter a fait disparaître ses messages, mais d'après ceux de Tara, on comprend qu'elle a été menacée.

— De quelle façon ?

— Les bonnes vieilles méthodes.” Lasse pose quelques documents sur la table. “Le journal montre que les échanges entre leurs deux comptes ont duré quelques mois. Il menace de tout dire à sa famille et de faire du mal à sa petite sœur. Il connaît le prénom de Chinar, son âge et quelle école elle fréquente.”

Il survole rapidement les papiers. À première vue rien qui puisse les aider à retrouver cet homme. Les menaces habituelles. Il exige d’autres photos, d’autres films, sinon le monde entier sera mis au courant. Et un beau jour il tire sa révérence et supprime son profil.

Pas étonnant, se dit Kevin. Peter, le Marionnettiste. Qui joue avec ses poupées et en fait ce qu’il veut. Puis les jette à la poubelle et continue ailleurs.

“Voici les SMS échangés entre Tara et la personne avec laquelle elle avait rendez-vous dans la soirée.” Lasse feuillette jusqu’à la dernière page. “Au total dix messages. D’après le journal d’appels, elle a pris contact avec « Olof » à 18 h 58. Le premier message a été envoyé juste après.”

Kevin lit :

19:01 - Tara : C’est le numéro d’Olof ?
19:04 - Olof : Oui.
19:04 - Tara : C’était pour être sûre. Rdv 22 h 30 Coop Bergshamra ? 2 000 balles.
19:05 - Olof : Oui.
19:05 - Tara : Tu auras le truc normal et une pipe. Rien de dégueu en plus.
19:06 - Olof : J’ai hâte.
22:02 - Tara : Tu connais le Marionnettiste ?
22:06 - Olof : Non. C’est qui ?
22:06 - Tara : T’occupe. À dans une demi-heure, alors.
22:08 - Olof : À 22 h 30. Dans 22 minutes.

Kevin repose le papier. “Et cet Olof utilise donc une carte prépayée impossible à localiser ?

— Oui, malheureusement. Tara et Olof sont aussi en contact via un chat, un site de rencontre classique. La société qui l'édite est basée à l'étranger, tout ce qui y est écrit est confidentiel, et il faut une décision de justice pour qu'ils remettent leurs listes de connexions."

Kevin hoche la tête. "Nous savons donc que Tara a envoyé son dernier SMS à Olof alors qu'elle était avec ses parents devant le journal télévisé, à 22h06. Ensuite, d'après ses parents, elle est allée se coucher. Mais ce n'est donc pas le cas.

— Non, elle a laissé une lettre d'adieu sur sa table de nuit avant de filer en douce, d'avoir un rapport sexuel et de se jeter du haut de cet immeuble.

— Peut-être... Est-ce qu'on a vérifié d'éventuelles caméras de surveillance dans le centre de Bergshamra ?

— Jimmy Schwarz vient d'appeler, juste avant ton arrivée, pour dire qu'il était en plein dedans.

— Bien.

— Alors passons au truc suivant." Lasse sort un étui de DVD marqué d'une étiquette. "Ce film, d'une ancienne saisie, que nous devrions regarder d'un peu plus près."

Sur l'étui, on a inscrit la date et une série de mots-clés, parmi lesquels Kevin distingue #Suède, #fille inconnue et #puppetmaster.

"On peut barrer la mention *fille inconnue*, dit Lasse. Elle a au moins un nom d'artiste."

Ils entrent dans la petite pièce voisine, surnommée le Ciné-club, un hommage ironique aux vrais cinémas. Une pièce insonorisée de huit mètres carrés pleine d'équipements techniques.

L'odeur d'ozone y est encore plus intense qu'aux archives, elle rappelle à Kevin ce que sentait son circuit automobile quand il était petit. Une odeur sèche et métallique qui émanait du rail d'alimentation usé et des transformateurs surchauffés.

Lasse referme la porte derrière eux. Ils s'installent à la table de travail.

Au mur, derrière les écrans des ordinateurs, est affiché depuis des années l'agrandissement d'une vignette de bande dessinée représentant le personnage Socker-Conny, avec son sourire de fou et une bulle clamant : AVEC UNE BONNE BARRE DE FER, ON PREND TOUT LE MONDE PAR SURPRISE !

À son arrivée, Kevin ne comprenait pas ce que ce dessin faisait là, mais après des centaines d'heures d'angoisse devant les écrans, Socker-Conny est devenu son meilleur ami. La barre de fer qu'il fait tourner en l'air est en fait un tuyau d'évacuation.

Lasse lance déjà le film dans le lecteur. "On commence par celui-là. C'est celui que je venais de visionner quand je t'ai appelé."

S'agissant d'agressions filmées avec des pénétrations ou des pratiques sadiques, les enquêteurs les visionnent rarement avec le son, ce serait tout simplement insoutenable, mais Lasse lui explique que c'est en l'occurrence un film solo, et il laisse le son.

La scène se déroule dans une salle de bains peinte en blanc et Kevin voit aussitôt qu'il peut s'agir de la fille qui se fait appeler Nova Horny, sauf qu'ici elle est plus jeune de quelques années.

Elle tient une brosse à dents rouge.

J'aime les grosses bites. Et j'aime me faire baiser. Baise-moi. Baise ma chatte. Vas-y.

Il sent aussitôt la sécheresse familière de la gorge et l'irritation des yeux. La voix fragile de la fille se répercute sur le carrelage des toilettes. Elle a les mains qui tremblent, a l'air d'avoir froid.

À l'arrière-plan, quelque part derrière la porte fermée de la salle de bains, on entend *Master of Puppets* de Metallica.

Soudain surgissent des voix, derrière la musique, puis des rires. Kevin arrête le film, rembobine et réécoute pour vérifier. "Ils font la fête dans l'appartement", constate-t-il.

Lasse opine du chef.

Kevin cherche des détails dans la salle de bains, il regarde partout, sauf la fille qui pousse des gémissements contrefaits, sans savoir bien quoi faire de son corps.

C'est alors qu'il voit.

Il fige l'image et zoome.

Au mur à gauche de l'image pendent plusieurs serviettes. Leurs crochets sont en plastique blanc, mais dessous, on devine des contours gris. L'objectif ne fait pas le point sur le mur, l'image est floue, mais il sait que ces contours sont des lettres.

Il augmente le contraste et zoome davantage.

“Voilà, enfin, on a confirmation du nom de la fille, dit Kevin quand le texte sous le porte-serviette apparaît.

— Oui, on lit sans hésitation Nova”, dit Lasse.

Kevin se déplace vers la serviette suivante. “Et tu vois, à côté ?

— Oui… on lit le prénom Björn.”

Impossible de déchiffrer les noms sous les trois autres serviettes.

Ils ont fait une pause, bu du café si vieux qu’il commençait à avoir un goût de poussière. Lasse mange son deuxième sandwich quand ils regagnent le Cinéclub : Kevin ne comprend pas où son chef trouve son appétit.

Nova et Björn. Peut-être une famille de cinq personnes ? songe Kevin. Ou une famille de quatre avec une serviette pour les invités.

Lasse insère l’autre film provenant de la même saisie, deux ans plus tôt.

“Et il n’y avait pas d’autre lien entre le Marionnettiste et l’homme qui détenait ces films, à part qu’ils partageaient du matériel ? demande Kevin.

— On ne peut pas être sûrs à cent pour cent. Mais en ce qui concerne leurs contacts en ligne, ils se limitent à une seule occasion, où ils échangent des dossiers. Tout est listé dans l’enquête préliminaire et, si les enquêteurs ont bien catalogué les pièces à conviction, Nova devrait apparaître aussi dans ce film-ci…”

Il commence sur l’écran devant eux.

Effectivement, c’est Nova.

Son visage apparaît en gros plan quand elle installe la caméra, puis, quand elle recule de quelques pas et qu’elle allume la lumière, on découvre une chambre. Un lit double sous un plafonnier éblouissant, des papiers peints vert clair et une moquette rougeâtre.

Nova se couche sur le lit et, quand elle commence à ôter son tee-shirt, Kevin fige l’image.

Sur la table de nuit, il y a une photo encadrée, qu’il identifie aussitôt comme une photo de mariage. Une belle femme blonde, un bouquet à la main et à côté d'elle un homme, une demi-tête de plus, courts cheveux bruns.

Sourires heureux.

Et il voit la ressemblance frappante de Nova avec la femme de la photo, à part l'authenticité du sourire.

Sur l'image arrêtée, Nova est assise sur le lit, son tee-shirt noir à moitié enlevé.

Elle sourit. Dessous, imprimé le long de l'ourlet : SANS TABAC À CHIQUER, LA SUÈDE S'ARRÊTE.

Son sourire est si vide qu'il donne la chair de poule.

Il dézoome et aperçoit alors quelque chose par terre à côté du lit, dans l'ombre, sous la table de nuit.

C'est un sac en plastique d'une supérette, et l'essentiel n'est pas qu'il ait l'air de contenir un pack de six bières.

Ce qui est significatif, c'est le lieu où les bières ont peut-être été achetées.

Fisksätra.

RIEN QU'UN PÂLE CRÉPUSCULE
Le Chaudron

"Une fois, quand j'étais petite, j'ai torturé une écrevisse", dit Nova.

C'est à la fois un changement de sujet et un développement, torturer un animal, et il ne l'interrompt pas quand, dans un flot continu de paroles, elle lui raconte comment, à onze ans, elle a fait cuire une écrevisse à sec. "C'était juste après le dernier message de Peter. Le salaud m'avait écrit qu'il *rompait avec moi*. Quel culot !"

Elle passe de la transmission de pensées et d'un lapin mort à son passé, via une écrevisse morte. Elle raconte avec conviction et, si Love a jusqu'ici pu douter de la véracité de ses dires, ce n'est plus le cas. Il a l'impression qu'elle a oublié que c'est à lui qu'elle parle. Que c'est comme ça qu'elle parle à Mercy.

Avec son frère Nounours et ses potes Alex et Fadde, lors d'une fête de l'écrevisse, elle s'était éclipsée pour fumer son premier joint et boire à elle seule tout un litre de vin. "La fête suivante, il pleuvait, dit-elle en faisant un bond d'un an dans le temps. Mais cette fois, je n'ai pas eu besoin de filer me cacher, puisque Jussi et maman s'étaient faits à l'idée que je boive, pourvu que je ne fasse pas trop de vagues."

L'année de ses treize ans, elle avait eu des rapports sexuels avec Alex et Fadde. Un an plus tard, elle avait couché avec neuf ou dix autres garçons et avait laissé Alex et Fadde la pénétrer ensemble. "À la fête de l'écrevisse suivante, quand j'allais avoir quinze ans, j'avais tout essayé… shit, alcool, amphètes et ecstasy, Rohypnol, Spice, et même Viagra."

Love réfléchit. Elle a évoqué ses premières années d'addiction à travers une série de fêtes de l'écrevisse : ses premières expériences de torture d'animaux sont liées à ses premières expériences d'alcool, de drogue et de sexe. La fête de l'écrevisse est devenue le symbole de torture d'animaux et d'addiction, par son choix inconscient de raconter son histoire de cette façon.

"Je pensais de moins en moins à Peter… au Marionnettiste, dit-elle alors. Je l'avais presque oublié. C'était comme si c'était arrivé à une autre Nova. Il faut dire que je n'étais plus une gamine, j'avais déjà de plus gros seins que maman… Pendant un moment, j'ai joué avec l'idée de vendre mes photos. J'en aurais sûrement tiré pas mal d'argent, et puis c'était quand même moi qui avais tout fait : photographe, actrice, mise en scène, oui, tout, et c'était injuste que ce soit quelqu'un d'autre qui en ait peut-être tiré profit. Mais je n'osais pas… J'ai dû me dire qu'il valait mieux juste essayer d'oublier tout ça."

Elle raconte alors que Jussi avait commencé à arrondir ses revenus à peu près inexistants en distillant à la maison, tandis que sa mère avait laissé tomber l'astrologie parce qu'elle n'y croyait plus. "Trop de Vierges qui ne se comportaient pas comme des vierges", dit Nova.

Les fêtes avaient continué, des gens de tout poil y passaient en nombre, surtout à cause de la petite entreprise de Jussi, mais aussi grâce à celle qu'elle avait elle-même lancée. La majorité était des hommes entre seize et soixante ans, et au centre, en plus de l'alcool, il y avait elle.

Nova raconte la première fois où elle a couché pour de l'argent. Ça avait fait mal mais l'homme, malgré les gémissements qu'elle poussait, avait dit que c'était fantastiquement bon.

Qu'il avait bien vu qu'elle aussi aimait ça.

Après, Nova avait tout simplement décidé de trouver ça bon. En d'autres termes, elle avait décidé de devenir actrice, et elle avait tout de suite compris qu'elle était douée. Nova, putain, qui n'était bonne à rien et allait entrer en troisième avec des notes au-dessous de la moyenne partout, sauf en anglais.

“Bien sûr, on pouvait gémir un peu, mais le plus important était de respirer fort pour rougir, et d’avoir l’air d’avoir envie d’eux.”

Love comprend qu’il fallait qu’elle donne l’impression qu’elle les avait attendus, eux, toute sa vie.

“Après ils disaient qu’ils n’avaient jamais été si excités de toute leur vie, et alors il fallait se blottir contre eux, se faire toute petite et chuchoter timidement qu’on ressentait exactement la même chose.”

Il pense comprendre.

Je serai celle que tu veux que je sois.

La satisfaction venait de la prestation réussie, comme une sportive de haut niveau qui s’est entraînée, encore et encore et qui finit par être récompensée en remportant haut la main la compétition. C’était ça qui la motivait, plus que tout.

Les hommes la regardaient. Ils la reconnaissaient et elle les récompensait.

Je serai celle que tu veux que je sois.

“Sauf que maintenant, ils devaient payer pour…” avoue-t-elle avant de marquer une petite pause. Elle semble presque timide. “Ni maman ni Nounours ne savaient que je tapinais, mais je soupçonnais Jussi de s’en douter et, assez bizarrement, ça me faisait de la peine… Même si c’était mon propre choix, il aurait quand même dû protester, montrer qu’il s’en souciait… Tout le monde sait quand même que ça craint de faire la pute, et c’étaient en gros les mêmes types qui lui achetaient de l’alcool et qui payaient pour coucher avec moi.”

Elle fait une petite digression sur son frère Björn, qu’elle appelle toujours Nounours, et Love comprend aussitôt que le seul garçon qui n’avait pas été là pour elle était celui qu’elle aurait le plus aimé trouver à ses côtés. Son frère n’était presque jamais à la maison, même si beaucoup de ses copains fréquentaient régulièrement l’appartement. D’après ses dires, le frère et la sœur semblaient avoir plus ou moins perdu contact.

“En gros, il n’y a rien que Nounours n’ait pas fait. C’était lui le gros dur de Fiskis, le Bad Boy Number One. Il dealait des anabolisants et avait déjà fait deux mois de taule pour avoir cassé la gueule d’un vigile, ou quelque chose comme ça. Il avait toujours du fric sur lui, et, même si personne n'en parlait ouvertement, tout le monde savait qu'il était le cerveau des cambriolages des villas snobs de Björknäs et Lännersta. Maman imaginait qu'il allait rentrer à temps pour la fête annuelle de l'écrevisse, mais je savais que non. Je ne l'avais plus revu depuis tellement de temps, putain… Et en effet, il n'est pas venu. La fête a duré toute la nuit, et au matin il y avait encore du monde. C'est ce jour-là que tout a mal tourné… Ça a été la dernière fête dans ce putain d'appartement."

Elle se tortille sur son siège, ses yeux sont brillants et sa voix plus faible. "Aucun de ceux qui étaient là n'allait jamais revenir, dit-elle. Et tout était de ma faute."

Elle finit par se taire et ils regardent tous les deux par la fenêtre.

Mais là, dehors, il n'y a rien à voir. Rien qu'un pâle crépuscule. Love se sent las et remarque que le récit de Nova réveille ses propres souvenirs.

Soudain, une voiture gris métallisé se glisse dans le parking, s'arrête, le moteur est coupé. Un homme d'une quarantaine d'années en descend et regarde autour de lui, comme s'il cherchait quelque chose. Après une certaine hésitation, il se dirige vers l'entrée.

Love se lève et clôt l'entretien avec Nova avant de sortir à la rencontre de l'inconnu. Nova disparaît dans le couloir pour rejoindre les autres filles, au moment où l'homme entre.

Ils se saluent et l'homme se présente comme Sven-Olof Pontén. Le père d'Alice.

"Je suis venu la chercher", déclare-t-il. Love sent le malaise ramper le long de sa colonne vertébrale.

Il y a dans les yeux du père d'Alice quelque chose qu'il reconnaît.

Quelque chose de fou.

Malsain.

Contre-nature.

TESTER TOUTE LA BANLIEUE NORD
Quartier Kronoberg

Ivo Andrić les salue, s'assoit et rajuste sa casquette de baseball vert et blanc.

Stockholm BSK, lit Kevin en écoutant parler le légiste.

"Ce sera une réunion brève, commence Andrić. Le tableau commence à s'éclairer."

Lasse hausse les sourcils : "Qu'est-ce que vous avez trouvé ?"

Le légiste est bosniaque, mais a un accent traînant qui rappelle à Kevin celui du Norrland, un peu comme on parle en amont des fleuves de l'Ångermanland. "Nous avons donc retrouvé des traces de sperme dans le vagin de la fille, dit-il, ainsi que quelques taches sur sa robe. Elle s'est lavée avec du savon après le coït, mais il devrait en rester assez pour un test ADN probant. On va bientôt avoir les résultats du labo. Ils sont en sous-effectif à cause d'un virus de grippe.

— Et si le fichier ne donne rien, il n'y aura plus qu'à tester toute la banlieue nord, glisse Lasse. En commençant par les Olof.

— Oui, quelque chose de ce genre." Andrić se gratte le menton. "Étant donné la gravité des faits, je pense effectivement qu'on pourra obtenir ça.

— La gravité des faits ? Tu ne parles pas de la prostitution ?"

Le légiste secoue la tête. "Non, pas la prostitution. Le meurtre." Il fait un geste découragé. "Tara n'est pas morte de sa chute, mais étouffée. La mort est survenue entre 23 heures et minuit, et mon hypothèse est qu'on s'est servi d'un coussin rouge et vert pour l'étouffer."

SEPT CENTS, OU QUELQUE CHOSE COMME ÇA
Deux ans plus tôt

Nova regarda Albin s'essuyer.

Tout se passa en silence et plusieurs serviettes y passèrent avant qu'il ne roule le tout en boule et parte dans la salle de bains. Quand il eut fini, Nova alla elle aussi se doucher, car elle se sentait sale. Presque comme si elle venait de se faire violer.

Albin était un copain d'Alex et Fadde avec qui elle avait couché au début parce qu'elle avait pitié de lui. Maintenant, il payait, généralement un peu moins que le tarif.

Il est comme moi, pensait-elle. Quelqu'un lui a fait quelque chose, sans doute quand il était petit.

Maintenant, elle l'avait aidé à continuer à aller mal. Et drôlement bien.

Nova savait exactement comment faire pour plaire. On les félicitait pour leur virilité, pour leur conduite automobile, en leur disant qu'ils étaient de vrais étalons au lit, et s'ils avaient trop clairement honte de leur petite bite, on leur susurrait qu'on préférait ça, puisque c'était mieux pour le sexe anal.

À la fin, Albin tremblait d'excitation. Il n'avait pas fait un bruit, mais Nova avait bien vu le cri intérieur qu'il avait poussé en jouissant.

Elle se rhabilla aux toilettes et, quand elle en ressortit, elle le trouva au milieu du séjour, un pack de bières à la main, prêt à partir. "Merci", lâcha-t-il les yeux baissés, en lui tendant un billet de cinq cents tout fripé.

Nova s'approcha de lui. Lui caressa la joue en essayant de sourire. "Écoute, il n'y a pas à avoir honte… Tu es un gentil garçon. Je t'aime bien."

Elle s'était retrouvée dans pas mal de situations scabreuses. Une fois elle avait dû se servir d'un gode sur un mec, une autre fois un type lui avait demandé de le taper, et un autre lui avait demandé s'il pouvait lui uriner dessus. À ce dernier, elle avait dit non.

Il fallait beaucoup de courage pour s'avilir à ce point, pensa Nova.

Puis ils quittèrent l'appartement d'Albin.

"Je n'en parlerai à personne", dit-elle quand ils montèrent dans l'ascenseur en bas de l'immeuble de Nova. Comme d'habitude, ça puait la pisse là-dedans, et elle se dit que ça faisait partie du décor.

"Merci", dit-il.

Ils rejoignirent la fête comme s'ils étaient juste sortis chercher un pack de bières. Maman dormait encore, mais Jussi s'était levé.

"D'autres bières, super... fit-il en voyant le sac qu'ils apportaient. J'ai besoin de boire pour dessaouler. Les mecs dans le canapé peuvent rester un peu, mais après il faudra dégager. Et toi, Albin... Tu n'as pas oublié quelque chose, hein ?" Il avait l'air fâché.

Nova alla rejoindre les autres sur le canapé pendant qu'Albin suivait Jussi à la cuisine. Boire pour dessaouler était une tactique à laquelle Jussi avait recours quand il avait décidé de faire une journée blanche, et en l'occurrence ce devait être le lendemain. Il allait donc boire pour se sortir de l'ivresse, d'abord de l'alcool fort, puis du vin, puis de la bière forte, et enfin de la bière légère.

Faire la pute n'était pas une décision lentement mûrie. Ça s'était fait plus ou moins en une nuit. Six mois plus tôt, elle avait couché avec un mec et, la chose faite, il lui avait demandé combien elle voulait, comme si c'était la chose la plus évidente du monde. Elle avait sorti un chiffre, sept cents ou quelque chose comme ça.

Désormais, Nova prenait huit cents pour une fellation, mille cinq cents pour un coït complet, sexe oral inclus, et deux mille avec un extra, par exemple une pénétration anale ou une éjaculation sur le visage. Sous son matelas, elle gardait ce qui devait être le petit pécule qu'elle avait accumulé pour partir d'ici. Presque vingt-cinq mille. Elle avait l'intention de filer aux États-Unis dès que possible. À Hollywood, car elle était douée pour feindre d'être quelqu'un d'autre.

Son frangin ne savait pas qu'elle tapinait, et maman non plus. Ils seraient dingues s'ils l'apprenaient. Mais Jussi ?

"Quelqu'un veut une tise ?" demanda Nova, comme pour chasser ces pensées. Les garçons hochèrent la tête. Évidemment, ils en voulaient. Elle se leva.

Elle tomba sur Jussi à la porte de la cuisine. Il ouvrit une canette et à la marque Åbro, elle vit qu'il en était à la bière forte, avant-dernière étape de sa méthode pour dessaouler. Elle alla prendre dans le réfrigérateur la bouteille rose de Schweppes Russchian. Quatre verres, deux glaçons dans chaque.

Avant de mélanger les cocktails, elle fit un pas de côté pour qu'on ne la voie plus du séjour. Elle ouvrit une bouteille d'alcool et but quelques gorgées au goulot. Elle allait bientôt se sentir mieux. Les pensées comme diluées.

Maman les rejoignit. Elle venait de se réveiller et on voyait qu'elle était contrariée de voir que les jeunes s'étaient incrustés. Jussi, grincheux, ne tenant pas en place, finit par aller débarrasser la table et dit que la fête était finie.

Quand ils furent partis et qu'il ne resta plus que Nova, Jussi et maman, il leur demanda de s'asseoir avec lui à la cuisine.

"Fini, ce merdier", dit-il en les regardant gravement.

Il était 4 heures du matin et Jussi avait moins d'une journée à vivre.

DES YEUX QUI NE CROYAIENT PAS À CE QUE LA BOUCHE DISAIT
Le Pélican

En 1904, l'armée impériale japonaise a battu la flotte russe à Port-Arthur. La même année, un bâtiment a été construit à Stockholm dans le quartier Södermalm, dans le seul but de servir de débit de boissons. Assez ironiquement, le maître d'œuvre était une ligue de tempérance. L'établissement a été baptisé d'après le lieu où la flotte russe venait d'être coulée, et est devenu un lieu de divertissement. La Société des débits de boissons de Stockholm, qui en était propriétaire, limitait la ration d'alcool à quinze centilitres pour les hommes et moitié moins pour les femmes – mais ce n'est que quatre-vingts ans plus tard, en 1984, que des toilettes pour dames ont été installées.

Vera a commencé à fréquenter l'endroit dès la fin des années 1960, et appelle toujours le Pélican *Pottan*, déformation de son ancien nom Port-Arthur.

Elle referme la porte des toilettes et regagne la table au moment où la serveuse arrive avec leur dîner et deux autres schnaps dans un seau de glace. Chacun sa portion de boulettes de viande sauce à la crème et airelles écrasées. Le Pélican fait la réclame de ses boulettes grosses comme des balles de golf, mais boules de billard serait plus près de la réalité.

"Le boulot te manque ? demande Kevin, obtenant aussitôt un rire en réponse.

— Ah non ! J'étais devenue une parodie : la flic typique de série, usée, sans illusions et imbibée.

— Imbibée ?

— Si tu savais. Maintenant ça va, mais à une époque c'était sur le point de partir complètement en vrille."

Bien sûr, il avait déjà vu Vera éméchée en société, mais impossible de l'imaginer en pocharde bredouillante. Elle a bien trop de dignité et d'acuité intellectuelle. Et elle est un peu trop belle.

Vera change de sujet et demande à Kevin ce qu'il pense du projet de réorganisation de la police.

"J'espère que la nouvelle ligne directrice, se concentrer sur les crimes intrafamiliaux, contre les femmes et les enfants, ne restera pas lettre morte, répond Kevin. Qu'est-ce que tu en penses ?

— Bien contente d'y couper, dit-elle avant de boire une gorgée de bière. Ça va être le chaos pendant quelques années, puis les habituels quatre *p* : pagaille entre politicards, petits chefs et professeurs." Elle rit. "Mais dis-moi, toi, tu en es où, avec ces filles ?

— Je suppose que tu veux parler de Tara, la fille retrouvée morte au pied d'un immeuble ?"

Vera hoche la tête.

Kevin écarte son assiette, il aurait préféré attendre la fin du repas pour aborder ce sujet de conversation. "J'ai regardé quelques films faisant partie d'une saisie effectuée chez un pédophile de l'Ouest de la Suède, il y a deux ans. Lasse avait besoin de mon aide pour repérer des *goofs*."

En apparence, ça n'était pas pire que d'autres choses qu'il avait pu voir, et de loin, mais sous la surface, quelque chose l'avait touché en plein cœur.

Il était clair que Nova s'était forcée à donner une impression gaie et insouciante, mais de l'intérieur elle dégageait quelque chose que, faute de meilleure description, il appelait *puanteur*. Avec le même effet écœurant que l'odeur d'ozone. Et le voile ténu de mauvais jeu d'acteur ne faisait qu'empirer cette puanteur.

La puanteur des ténèbres.

"On ne t'avait pas recommandé d'éviter ce genre de films ?

— Nous sommes pragmatiques. Parfois, c'est inévitable."

À voix basse, il lui parle du premier film.

"Ses répliques montrent que c'était une commande", conclut-il en se souvenant de la faible voix de la fille, qui l'avait mis au bord des larmes.

Des répliques apprises par cœur, préparées. Des yeux qui ne croyaient pas à ce que la bouche disait.

"Nous pensons que ce film a été tourné pour un type qui pratique le *grooming* avec des jeunes filles depuis presque dix ans."

Il ne veut pas encore donner de nom. Même à Vera.

"Dans l'autre film, on voit très nettement un sac en plastique avec l'adresse d'une supérette de Fisksätra. Comment celui qui avait analysé le film avait pu manquer ça, putain ?"

Vera secoue la tête. "Je suppose que c'est parfois trop lourd pour certains d'entre vous ? Vous vous usez… Ça ne saute peut-être pas aux yeux.

— Mais bien sûr que ça saute aux yeux, bordel ! Trois enquêteurs ont regardé le film sans remarquer ce sac. Certains d'entre nous sont tellement obnubilés par celui qu'ils veulent mettre en taule qu'ils en oublient la victime. Peut-être qu'on aurait retrouvé cette fille il y a deux ans s'ils avaient fait leur boulot.

— On fait tout le temps des bourdes. Ton père faisait des bourdes, je faisais des bourdes. Après coup, ces ratés semblent toujours invraisemblables. Tu feras toi aussi des bourdes, si ce n'est pas déjà fait.

— J'ai cassé la gueule à un pédophile relaxé et on m'a mis à pied.

— Peut-être bien, mais ce n'est pas de ce genre de bourdes que je parle. Tu ne peux pas espérer relever tous les *goofs*… Mais cette fille, vous pensez la retrouver, maintenant ?

— J'espère. Il est impossible de dire quand exactement ce film a été tourné, mais la qualité de l'image suggère que l'enregistrement a été fait avec un téléphone moderne, vieux de maximum cinq ans. Nous avons deux prénoms comme point de départ, et une zone de résidence.

— Donc vous épluchez les noms dans les registres d'état civil de ces cinq dernières années ?

— Oui, il faut bien commencer quelque part."

Vera non plus n'a pas touché à son assiette depuis que Kevin a commencé à parler des films. Elle sort les schnaps du seau de glace et lui en tend un. Leurs regards se croisent, ils se font un signe de tête et vident leurs verres d'un trait. Aalborg Taffel, l'eau-de-vie que son père aurait choisie.

“Je me demande comment ton père aurait réagi si tu lui avais raconté ça, dit Vera.

— Il serait parti pour Fisksätra avec une batte de baseball.

— Pour exploser les rotules de quelqu’un, complète-t-elle.

— Casser un doigt ou deux.

— Briser quelques côtes…” Vera a un sourire las. “Vous ne parliez pas beaucoup de ton travail ?

— Pas en détail, non.

— Il ne s’est jamais demandé pourquoi tu as décidé de travailler justement sur ces crimes-là ?

— Si… Souvent. Je lui disais toujours que c’était pour envoyer en taule les pires des pires.”

Vera se penche au-dessus de la table et le regarde gravement, en faisant rouler le verre de schnaps entre ses doigts : “C’est à cause de ton oncle, non ?”

De fortes vapeurs de schnaps dans le gosier, ça a le goût de cumin, avec un peu d’aneth et de fenouil.

En face de lui, Helen Mirren. Les yeux d’Helen Mirren, la bouche d’Helen Mirren, il y voit l’inquiétude, la sollicitude avec une pointe de colère. Une scène du film *Brighton Rock*.

“Le frère de ta mère… L’homme qui était à l’enterrement aujourd’hui. J’ai bien vu que ça n’allait pas du tout quand tu lui as parlé ce matin. Tu avais l’air d’avoir envie de vomir.”

Elle prend sa main et il sent combien elle est chaude, alors qu’elle vient d’y rouler un verre à schnaps glacé.

“Tu n’es pas forcé d’en parler maintenant, mais sache que je suis là pour toi quand tu veux.”

Il rit, se racle la gorge. “C’était il y a longtemps”, dit-il, réalisant soudain qu’il ne s’est jamais senti aussi près de mourir.

Tant pis, pense-t-il. Autant mourir.

“J’avais neuf ans…”

Il commence à raconter et chaque phrase est plus facile, comme si les mots laissaient un vide derrière eux, là où il y avait auparavant du moisi, une plaie purulente ou un abcès gonflé.

Il se fout bien de parler trop fort, que ce qu’il dit s’entende à la table voisine.

S’il lui est arrivé, par honte ou déni, de douter de ce qui s’était vraiment passé sous une tente, sur l’île de Grinda, dix-huit ans plus tôt, ce doute a désormais disparu. Il raconte comment ce seul événement l'a poursuivi toute sa vie, que c'est la raison fondamentale qui l'a poussé à travailler sur ces affaires, de huit à douze heures par jour, toute l'année.

Vera écoute, ne dit rien, sans manger ni boire.

"À part quelques exceptions minables, je n'ai jamais eu de vie sexuelle digne de ce nom. Pas une fille en quatre ans… Et la période passée devant les ordinateurs de la criminelle n'a rien arrangé", finit-il, remarquant seulement alors qu'il tient toujours la main de Vera.

Quel loser risible. Il se sent confus, lui lâche la main.

"Ça va ? demande-t-elle.

— Je ne sais pas", dit-il, se souvenant soudain d'une image de l'album photos familial.

Vera est sur une véranda dans un bikini noir. Elle est mince et bronzée, avec un ventre un peu saillant. À quinze ans, il avait emporté cet album aux toilettes.

"Tu es la seule à qui je l'ai raconté", dit-il, certain qu'il n'a pas besoin de préciser qu'il veut que cela reste ainsi.

Elle hoche la tête. "On sort fumer ?"

Elle pêche un paquet de cigarillos dans son sac à main et ils se lèvent de table. "Cette fille, Tara, qu'est-ce que tu peux m'en dire ?" demande-t-elle en se dirigeant vers la sortie.

Il lui tient la lourde porte. "Pas grand-chose."

Vera s'arrête sur le seuil, tout près de lui. Son regard est triste.

"C'est une fille au balcon, hein ?

— Oui, nous le soupçonnons."

Tara. Une *fille au balcon*.

Il n'y avait rien d'autre à ajouter. Pas pour le moment.

CETTE HISTOIRE DE SERPENT
Route 76

Skutskär, le lieu qui pue toujours la merde, meurt chaque soir. Passé 23 heures tout est sombre, silencieux et désert. C'est un endroit désolé où on ne s'installe pas. On y est placé.

Au Chaudron, c'est l'extinction des feux à 23 heures. Personne ne doit quitter sa chambre, sauf pour aller aux toilettes. Les nuits y sont comme des cris sans fin dans le vide. Les ténèbres et la solitude dépouillent tout. Ne restent que la haine, l'angoisse, la colère et le désir de mourir. Voilà ce qu'est leur sommeil.

Le Chaudron n'est pas loin de l'usine de pâte à papier : Nova et Mercy ont beau fermer l'aération, ça pue toujours la merde dans les chambres.

La seule chose qu'elles savaient à propos de Skutskär avant d'échouer au foyer était qu'un cannibale avait habité en ville. Un type qui avait assassiné ses deux sœurs adoptives, avait bu leur sang et les avait mangées.

C'est peut-être comme ça que ça va finir au Chaudron. Sept filles qui s'entredévorent.

Erkan, le veilleur de nuit, leur rappelle qu'elles doivent être rentrées au plus tard à 5 heures, puisque l'équipe du matin arrive à 5 h 30. La voiture les attendra un peu plus loin sur la route, une Volvo blanche. Pour le reste, il se fiche bien de ce qu'elles font, pourvu qu'elles ne sentent pas l'alcool demain et qu'il ait son argent.

Erkan est un type bien. Au fond. Mais tout comme elles, il a besoin d'argent.

Quand il leur ouvre la porte de la cuisine et les fait sortir sous la pluie, Nova songe à son entretien avec Love. Elle ne sait pas si elle a bien fait de s'ouvrir à lui. Elle lui a même parlé de Jussi.

Elle a été sincère, mais a aussi menti. Que Mercy et elle pouvaient chacune lire dans les pensées de l'autre était presque vrai, mais pas du tout comme elle l'a décrit à Love. Par exemple, elle savait très bien qu'un type de Tallmon élevait des lapins.

C'est comme cette histoire de serpent. Tandis qu'elles s'éloignent, Nova voit clairement que ce qu'elle a raconté à Love est certes un peu exagéré, mais elle sait très bien d'où vient cette association.

À dix ans, elle avait dormi chez une copine qui avait un terrarium en verre dans sa chambre. Le serpent était tout noir, faisait environ un mètre de long et était gros comme son poignet. Elle l'avait soulevé et tenu, contre son gré. Il était frais et sec. Elles l'avaient mis dans l'évier de la cuisine. Puis elles avaient fermé la porte et s'étaient mises devant la télé. Elles avaient regardé un film, bu du soda, mangé du pop-corn et à la fin du film elles étaient retournées à la cuisine : le serpent avait disparu.

"C'est une Volvo, ça ?" Mercy montre une voiture garée à l'arrêt de bus, à une cinquantaine de mètres.

"Je crois… En tout cas, elle est blanche."

Elles avaient cherché le serpent partout, sans le trouver et, au retour des parents de sa copine, elles n'avaient pas osé les prévenir. Elles avaient couvert le terrarium d'une serviette, rien d'étrange à cela, puisque le serpent avait besoin d'obscurité. Elle devait dormir sur un matelas par terre, tout près du terrarium. Au moment de se coucher, le serpent n'était toujours pas réapparu.

La portière avant s'ouvre et un mec en sort, s'appuie à la voiture et allume une cigarette. La voiture de papa, pense Mercy. L'argent de papa. Le fils à papa.

Nova songe au serpent caché quelque part dans la pièce.

Elle s'attendait à le sentir se lover autour de ses jambes, peut-être de son cou. Sa copine dormait et elle ne s'était jamais sentie aussi seule. Si le serpent était là, quelque part dans la pièce, ce n'était pas bon : elle avait décidé de ne pas s'endormir. Ce qu'elle s'était empressée de faire. Dormir.

Le mec tend la main. "Adam", se présente-t-il en ouvrant la portière arrière.

Elle voit seulement alors qu'il y a un autre type à l'intérieur. La version plus jeune d'Adam, probablement son frère. Quatorze ans, quinze maximum, alors qu'Adam a une vingtaine d'années. Il se présente comme Victor avant de se détourner. Il a l'air timide.

"On va où ?" demande Nova.

Adam met le moteur en marche. "Vous verrez bien."

Ces mecs sont différents de ceux qui viennent d'habitude : des bonshommes solitaires et bedonnants ou des mecs maladroits avec de l'huile de moteur sous les ongles qui conduisent d'énormes voitures et bossent à l'usine. Mais là, ce sont des gosses de riches. Ils ont belle allure, ne devraient pas avoir à payer pour avoir des filles. Mercy serre la main de Nova, qui ne la serre pas en retour, le regard dans le vague, tandis que les reflets des réverbères défilent dans ses yeux bleus.

"Hé !" Mercy lui donne un coup de coude. "À quoi tu penses ? Tu as l'air complètement ailleurs."

Nova regarde par la fenêtre. À droite, l'usine de Skutskär rougeoie dans les tons rouille. D'innombrables cheminées et citernes cylindriques drapées dans une épaisse fumée grise.

"À la mort", dit-elle.

Le serpent n'a jamais été retrouvé. Probablement avait-il réussi à s'échapper par les égouts. Ou elles avaient oublié de fermer la fenêtre et il avait filé. Elle ne se rappelle pas. Juste la sensation d'un serpent qui se lovait peut-être dans l'obscurité.

Mercy a aussi un serpent dans sa tête. Elle pense à un garçon dans un camp de caravanes à Hambourg, une bouteille cassée et le gargouillement de quelqu'un étouffé par son propre sang.

Mercy elle aussi a été plus sincère et ouverte que jamais pendant son heure avec Love. Elle lui a raconté ce qui s'était passé dans son village natal, ce qui les avait forcés à s'enfuir, mais la séance a fini juste au moment où elle allait lui raconter comment ils avaient quitté le Nigeria via la Turquie et la Grèce. Là où sa vie avait été détruite.

L'odeur de merde de l'usine se répand dans la voiture. Bientôt apparaît un panneau : Gävle, quatorze kilomètres. Le mec qui conduit leur demande si elles veulent quelque chose. Il a de l'ecstasy si ça les intéresse. Deux petits cachets, un rouge et un bleu, pour rester chaudes et en forme.

Nova avale la bleue, Mercy la rouge et, en arrivant à Gävle, la vie semble déjà plus légère. Il n'y a plus de serpents.

Elles parlent ensemble sur la banquette arrière, sans que les garçons y prêtent attention. Faire semblant de parler était l'idée de Mercy, elle était à l'aise avec les mots et Nova se rappelait ce qu'elle avait dit en proposant qu'elles se mettent à faire semblant de parler.

Ce n'est qu'en ne se disant rien du tout qu'on peut devenir vraiment proches.

Adam se gare près d'un distributeur pour retirer de l'argent, elles doivent recevoir trois mille chacune, à condition de tout accepter. Mercy fume une cigarette près de lui en mémorisant son code de carte bancaire, par vieille habitude.

À 00 h 45, ils entrent dans l'allée d'une grande villa entourée de plusieurs pâtés de maisons du même genre. Beaucoup sont anciennes, mais celle-ci semble neuve.

L'entrée se trouve à l'entresol. Au mur, un support pour une télécommande.

En appuyant sur quelques touches, Adam allume le hall et l'escalier.

À une patère du vestiaire pend un châle.

Bordeaux, cousu de perles.

“Ce n'est pas celui de Freja ?” demande Nova en tâtant l'étoffe.

COMME S'IL CACHAIT QUELQUE CHOSE
Le Pélican

Vera lui offre un autre cigarillo, la même marque que fumait le père de Kevin. Son père et elle étaient amis proches depuis si longtemps que leurs comportements déteignaient l'un sur l'autre : Kevin croit parfois reconnaître chez Vera des gestes de son père. Comme cette façon de rouler le cigarillo entre le pouce, l'index et le majeur avant de l'allumer.

"Tu ressembles exactement à ton père quand il avait ton âge, dit-elle, comme si elle avait lu sa pensée mais la lui retournait.

— Oui, c'est ce que tu dis toujours." Il lui sourit. "Sebastian et toi, en revanche…

— Oui, je sais, difficile de croire qu'on soit de la même famille… Il ressemble à son père, exactement comme toi."

Kevin avait neuf ans quand le mari de Vera était mort, un grand gaillard aux airs de John Goodman qui portait dignement ses kilos en trop. Sebastian, vu à l'enterrement la veille, ressemblait en effet de plus en plus à son père, même si sa posture était tout autre : le surpoids le tirait vers le bas, voûté, les épaules tombantes.

"Comment va Sebastian, en fait ?"

Le visage de Vera se crispe. "Je n'en ai aucune idée. Il répond rarement quand je l'appelle, et vit quasiment cloîtré avec ses ordinateurs dans son ancienne chambre d'étudiant. À ma connaissance, il ne travaille pas. Je paie son loyer, mais il me traite comme une paria. Quand je l'ai appelé pour le prévenir que ton père était mort, il n'avait pas l'air intéressé du tout, mais il m'a rappelée une heure avant la cérémonie pour dire qu'il tenait absolument à venir. C'est pour ça qu'on était en retard."

Vera raconte qu'elle est passée voir Sebastian dans l'après-midi, quelques heures après qu'il ait filé de l'enterrement, mais qu'il avait refusé de la laisser entrer.

"En fait, je voulais te demander si tu ne pourrais pas, toi, passer le voir un de ces jours. Vous vous entendiez, autrefois. Il t'aime bien.

— Je peux faire une tentative… Il y a une raison particulière ?

— Non, juste pour jeter un œil. Dis-lui que tu passais par là. Je voudrais savoir comment il va, mais avec moi il se ferme. Il est si dur en surface, mais à mon avis, c'est une carapace. Comme s'il me cachait quelque chose."

Kevin revoit le visage de Nova. Cette fille incapable de cacher son intériorité à la caméra. La puanteur qui s'échappe d'elle malgré ses vaines tentatives de comédie.

"Et que crois-tu que Sebastian cache ? demande Kevin qui frissonne en sentant une goutte de pluie lui toucher la joue.

— Peut-être quelque chose dont il a honte", répond Vera.

RIEN D'ILLÉGAL, MAIS HARD ET SALE
Deux ans plus tôt

"Fini, ce merdier.
— Quel merdier ?" demanda Nova.
Jussi la regarda comme une demeurée.
"À ton avis ? Notre façon de vivre… *Ma* façon de vivre. À partir de maintenant, on arrête ces trafics."
Ces trafics ? Était-elle visée ? Le fait qu'elle se vende ?
"Ça fait presque trente ans que je suis un poivrot, continua-t-il. Et j'ai fait des trucs répugnants. J'ai été un mauvais père pour toi et Björn.
— Mais Jussi… tenta maman en cherchant sa main, qu'il retira aussitôt avec un regard de mépris.
— Et toi, tu as été une mauvaise mère. Mais à présent, c'est la fin de notre vie de merde. Je vais arrêter l'alcool."
Maman applaudit démonstrativement. On voyait qu'elle avait mal pris d'être traitée de mauvaise mère. "Mais bravo ! Tu as fini ?" Elle fit mine de se lever.
"Reste assise, bordel ! Non, je n'ai pas fini, loin de là. Écoutez-moi…"
Il leur expliqua qu'il avait eu un tuyau pour un boulot, qu'il était sûr d'avoir ses chances de l'obtenir. Un des chefs était un ancien pote et un collègue de Jussi quand, dans les années 1990, il réparait des machines à café.
"Maintenant ça va changer. Je vais me mettre à bosser et gagner trente-cinq mille balles par mois."
Nova avait déjà entendu cette histoire. Vingt ans plus tôt, Jussi avait eu cette idée de construire une machine qui, en plus du café, pouvait servir de la soupe. Il avait fait une demande de prêt, présenté des budgets, des plans, persuadé que ça se

passerait bien. Mais tout le monde lui avait mis des bâtons dans les roues, personne n'avait cru en lui.

"Ça va changer. Je vais partir d'ici."

Maman fronça les sourcils. "*Tu* vas partir d'ici ?

— Exact. *Je* vais partir.

— Et nous ?" Maman se tassa. "Pourquoi tu n'as rien dit ?

— C'est ma décision. Ma chance. Tu as ton boulot, vous vous en sortirez. Je continue à habiter ici jusqu'à ce que je trouve un truc à moi. C'est pas plus compliqué que ça."

Il se barre, pensa Nova. Jussi se barre.

"Et toi, tu ne bois plus une goutte, Nova", dit-il en se levant de table pour quitter la cuisine. On entendit bientôt claquer la porte de l'appartement.

"Si Björn avait été là", se lamenta maman. Nova s'en alla alors à son tour mais, avant de filer, elle rafla une bouteille d'alcool à moitié bue qui traînait sur la table de l'entrée.

Nova revient très ivre. Elle a cherché Jussi sans le trouver. À la place, elle est descendue se poser à la plage de Fisksätra et a fini la bouteille en regardant des gamins faire leur baignade du soir.

"Où est Jussi ?" demande-t-elle. Elle voit que maman a pleuré.

"Il vient de rentrer et là, il est allé se coucher." Elle soupire et entre dans le séjour.

"Il était passé où ?"

Nova se débarrasse de ses chaussures et la suit. Maman hausse les épaules. Elle se débat avec un CD, peine à l'insérer dans l'ordinateur de Jussi. Quand elle finit par y arriver, elle a les larmes aux yeux.

Le son d'une guitare acoustique. Dehors, il fait presque nuit.

Voilà le jour qui point sur ton épaule pâle,
Par la fenêtre, soleil givré comme une opale.

Elle s'assied dans le fauteuil. Tout semble étrange. La pièce est déformée. Les angles ne collent pas, tout penche vers la droite. Tout bascule du mauvais côté.

Ta chevelure se répand sur l'oreiller.

Tout va mal.

"Maman... Baisse un peu...

— Jamais de la vie. Écoute ça, quelle voix..." Maman rit et saisit son verre de vin. "Fred Åkerström."

Si tu étais réveillée je te donnerais
Tout ce que je ne te donne jamais
Je te donne mon matin, je te donne ma journée
Tu fais un beau rêve, je le vois, tu souris.

Elles écoutent un moment en silence. Nova reconnaît la mélodie. Ce doit être la même chanson que *I Give You the Morning* de Kite. "C'est un disque à toi ? demande-t-elle.

— Je ne sais pas. À moi ou à Jussi, ça ne risque pas d'être à Björn."

Et ça se produit alors.

Un seul vers qui change tout. Signe un arrêt de mort.

Comme l'aile fragile d'une libellule, ton œil frémit.

Son sang se glace. Elle s'approche de l'ordinateur, revient en arrière.

"Qu'est-ce que tu fais ? Arrête...

— J'écoute."

Comme l'aile fragile d'une libellule, ton œil frémit.

"Jussi aime ça ?

— Il adore cette chanson."

Putain, c'est pas vrai. Ça ne peut pas être vrai !

Maman s'était endormie sur le canapé. Nova alla dans sa chambre et alluma son ordinateur.

Elle n'avait pas oublié les mots qu'il lui avait écrits, presque trois ans plus tôt.

"Mon œil frémit, comme l'aile fragile d'une libellule."

Voilà, elle l'avait retrouvé. Les mots exacts.

Si elle avait pu comprendre à l'époque qu'il s'agissait d'une citation, elle aurait pu faire une recherche sur Google. Elle aurait alors su depuis longtemps. Et aurait peut-être pu comprendre un peu plus tôt.

Elle lança une recherche, tout en écoutant la chanson. Elle aimait bien la version de Kite, mais en suédois, ça mettait mal à l'aise. Un type qui regarde une nana dormir. Fred Åkerström, le chanteur qui a écrit le texte suédois, l'a dédié à sa fille.

Sur l'album *Deux langues*, sorti en 1972. L'année de la naissance de Jussi.

Dans les faits, elle est la fille de Jussi, il la désigne même en ces termes quand il parle d'elle aux autres.

Deux langues ? Qui s'embrassent, se lèchent, ou quoi ?

Elle savait que les hommes étaient souvent attirés par leurs filles. Il était encore plus fréquent qu'ils soient excités quand celle qu'ils élevaient n'était pas vraiment leur enfant. Il n'y avait qu'à voir ce cinéaste américain, celui qui avait même fini par épouser sa belle-fille. Comment pouvait-on vouloir baiser celle à qui on a changé les couches ?

Parfois, la vérité était tellement énorme qu'on ne la voyait pas.

Voilà pourquoi il en savait tellement à son sujet. Que son prof principal s'appelait Robban, où elle habitait, et tout sur sa famille, évidemment.

"Il se trouve que je sais que ton père est mort, et que ton beau-père traîne avec les alcoolos du centre commercial."

Les deux chansons préférées de Jussi étaient *Master of Puppets* de Metallica et *Je te donne mon matin* de ce type à la voix de basse, Fred Åkerström. Le Marionnettiste aimait visiblement ces deux chansons.

Elle réfléchit. Essaya de se souvenir d'au moins une fois où Jussi ne pouvait pas avoir chatté avec elle parce qu'il était occupé à autre chose, mais elle ne se rappelait rien qui ressemblât à un alibi. Tout tournait trop vite. Ça faisait plusieurs années et ils chattaient d'habitude le soir, quand elle était seule dans sa chambre.

Mais n'avait-il pas une fois frappé à sa porte en plein chat ? Peut-être.

Quand elle avait reçu ce tout dernier message, Jussi l'avait surprise, l'ordinateur sur les genoux. Elle s'en souvenait nettement, et se rappelait aussi l'avoir vu quelques minutes plus tôt écrire quelque chose sur son téléphone, à peu près au moment même où le Marionnettiste lui écrivait. Jussi était-il venu observer sa réaction ?

Un désir pervers de voir combien elle était choquée ?

Et maintenant, Jussi allait se barrer. Ce salaud, ce lâche voulait fuir.

Elle alla à la cuisine se mélanger un cocktail, mais se ravisa et se versa un verre d'alcool pur.

Elle entra dans sa chambre et s'approcha du lit.

Regarda le corps endormi. Le sommeil profond, paisible, sans problème.

Son smartphone était sur la table de nuit. Elle débrancha le chargeur, prit le téléphone et retourna à la cuisine. Elle l'avait vu composer son code, un simple trait vertical du doigt sur l'écran, facile à tracer même bourré. Elle commença à regarder son historique.

D'abord plein de choses normales. Du sport et des infos.

Puis une recherche d'images sur Yelena Isinbayeva, une sauteuse à la perche russe. Elle regarda les photos.

Jolie, supposa-t-elle. Et une autre recherche sur une autre sauteuse à la perche. Une fille suédoise, aussi jolie que la Russe. Angelica Bengtsson, qui avait dix-sept ans mais faisait plus jeune, presque plus jeune qu'elle.

Elle remonta en arrière. Avant-hier, il était resté toute la matinée à cuver au lit pendant que maman ramassait des mégots et des crottes de chien dans le centre. Les mots-clés de ses recherches confirmaient à quoi il avait passé son temps.

Bukkake. Rimming. Gangbang. Teenies. Young beauty. Shaved pussy. Brutal fucking.

Elle le haïssait.

Elle vérifia les horaires de ses connexions. Une demi-heure de la première à la dernière recherche, pendant qu'elle traînait au lit, et il devait avoir sali ses draps à peu près quand elle s'était levée.

Elle suivit les liens. Rien d'illégal, mais hard et sale. Elle avait un goût de métal dans la bouche mais, malgré son vertige, ses idées étaient parfaitement claires.

Elle ouvrit l'application où il conservait des photos. Mais elle était vide. Elle vérifia quelles autres applications il avait. En plus de celles qu'on trouvait dans tous les téléphones, il avait téléchargé celle d'un site de chat.

Pas le même que celui auquel elle était abonnée trois ans plus tôt, mais du même genre.

S'adressant à une tranche d'âge clairement plus jeune que celle de Jussi. Elle cliqua sur l'icône, arriva sur une fenêtre de connexion avec un nom d'utilisateur, mais le champ du mot de passe était vide.

Elle n'arriva pas plus loin, mais ça lui suffisait.

PAS DE TROISIÈME COUP
Villastan

Adam regarde Nova d'un œil vide, puis lui arrache le châle des mains. "Putain, qui c'est, Freja ?

— Une copine.

— C'est le châle de ma mère, dit-il en le rangeant dans un des placards. Il coûte la peau des fesses, alors bas les pattes."

Ils descendent l'escalier.

Deux filles et deux garçons. Seuls dans une maison de trois étages dont chacun a dû coûter à la louche un million et demi, autant que dix Volvo du modèle de celle qui est garée dehors. La piscine intérieure, qui occupe un tiers du rez-de-chaussée, est bordée de statuettes représentant des femmes et des hommes nus.

Nova et Mercy s'assoient dans le canapé en cuir blanc. Sur la table en verre, devant eux, attendent deux bouteilles de champagne. Elles sont assises là, et en même temps non. Leurs corps ne leur appartiennent plus. Elles vont flotter, un peu au-dessus de leurs enveloppes. Tout observer froidement, de haut.

C'est ce qu'elles font d'habitude, mais cette fois, ça va se passer autrement.

Pendant qu'Adam ouvre une des bouteilles et en sert une coupe à chacune, elles se déshabillent. Il ricane en voyant la longue cicatrice sur le ventre de Mercy, puis s'approche d'elle.

Mercy a douze ans, elle est assise nue sur une chaise. Elle a une plaie au ventre, de la poitrine à l'aine. Une vapeur chaude monte de la plaie, qui sent le lait chaud.

Un homme assis à côté mange à la cuillère dans un bol. Il s'empiffre, fait claquer sa langue, bâfre en engloutissant la bouillie jaune. Ça sent le curry, puis l'ammoniac.

Elle attend nue, en tailleur sur le canapé, leurs verres trinquent et il lui demande de lui ouvrir la braguette. Nova regarde le plus jeune des frères passer dans une pièce voisine. De la musique en sort, de la house. Une basse lourde.

"Viens par là toi aussi", dit Adam.

Nova a sept ans, c'est la Saint-Jean. Elle apprend à faire une couronne de pissenlits. Boit du jus de fraise, sans remarquer la guêpe qui flotte à la surface. Elle lui pique la langue, ça fait terriblement mal. Jussi pose un morceau de sucre sur la piqûre pour absorber le venin, mais la brûlure et l'enflure semblent ne jamais devoir diminuer et le soir elle a de la fièvre.

Le canapé en cuir craque sous elle quand elle se colle à Mercy et pose sa jambe sur sa cuisse. Leurs corps sont frais, elles ont la chair de poule.

Nova a quatorze ans, elle va en ville. Elle dit bonjour au chauffeur en montant dans le bus, mais il ne la voit même pas. Quand un moment plus tard elle remonte Götgatan en partant de Slussen, c'est comme si elle était invisible. Plusieurs fois, elle doit éviter des gens qui arrivent en face et, quand elle décide de ne plus le faire, elle entre en collision avec une femme qui lui crie qu'elle est une sale morveuse, qu'elle devrait faire attention.

"Embrassez-vous."

Ce n'est pas Nova, ni Mercy. Ce sont deux autres filles, une blonde et une brune. Elles s'embrassent, leurs lèvres et leurs langues sont froides.

"Sucez-moi… Toutes les deux."

Elles se relaient pour le sucer. Deux filles sucent un mec, et la blonde se met soudain à pouffer. Sa poitrine la chatouille irrésistiblement, il faut qu'elle se détourne.

Nova fait un doigt d'honneur à la femme qui la traite de sale morveuse. Fourre le doigt dans sa bouche, le suce un peu puis le tend en l'air. "Va te faire foutre, vieille peau !"

Elle boit une gorgée de champagne. Elle a à peine le temps d'avaler qu'il lui prend le menton et force sa tête à revenir. "Fais gaffe, putain."

Il s'enfonce dans sa bouche, un long coup de boutoir vers le voile du palais et le pharynx. Elle ne sent rien.

Quelques respirations rapides et violentes et les yeux bleus regardent de longues secondes au fond des bruns.

Mercy tient son frère dans ses bras. Le plus jeune, venu au monde une heure après son grand frère, un peu moins grand, avec un seul rein et un visage moins droit. Il tremble de froid, trempé, mais il la fixe, cligne des yeux et la fixe encore. Il est vivant !

Lèvres rouges et langues rouges. Veines rouge sang.

La tête de la fille à la peau sombre va et vient rapidement. Un filet de salive pend de son menton, se détache et lui tombe sur la cuisse.

Puis ça gargouille tout au fond de son petit frère.

Des gémissements sourds, et la blonde recommence à pouffer. Quelqu'un la tire du canapé. Elle a le temps d'attraper sa coupe de champagne avant que le plus jeune frère l'emmène dans la pièce où retentit la house. Elle la vide d'un trait quand ils passent devant la piscine avec ses statuettes de marbre et rit encore quand il la jette sur le lit.

Il porte un boxer un peu trop grand. C'est un corps malingre de garçon couvert d'acné, sur les épaules et le torse, et même sur le ventre.

"Suce-moi", ordonne-t-il comme son grand frère, mais d'une voix plus fluette.

Elle s'agenouille devant lui et lui baisse son boxer d'un coup sec. Il en perd presque l'équilibre, et elle éclate de rire.

"Petit riquiqui." Elle agite le petit doigt. Pense à une vieille comptine.

Ma poulette a pondu son œuf là, celui-ci l'a vu, celui-ci l'a pris, celui-ci l'a cassé…

Le coup la surprend en plein rire.

Poing contre dents, des gouttes de sang coulent de sa bouche sur les draps blancs. Elle ne sent absolument rien. *Celui-ci l'a mangé, et il n'est rien resté pour le petit riquiqui.*

Le coup suivant atteint un de ses seins et elle ne sent rien non plus. Voit une fille blonde se recroqueviller en position fœtale. La voit se lécher autour de la bouche, une langue qui tâte une lèvre supérieure fendue. La langue gonflée dans le souvenir d'une piqûre de guêpe.

Celui-ci l'a mangé, et il n'est rien resté pour le petit riquiqui. Lèche le plat, mon petit, lèche le plat…

Le poing est toujours fermé devant son visage, mais pas de troisième coup. À la place, il se couche sur elle et la plaque avec son genou.

Sa cage thoracique comprimée, elle gémit.

Il enfonce son poing entre ses cuisses.

Une chevalière à sa main droite l'écorche. Elle ne sent rien, mais crie quand même. Mouvements rapides. Le lit branle.

Lèche le plat, mon petit, lèche le plat…

Elle se recroqueville. Se blottit. Si petite à la fin qu'il ne peut plus l'atteindre.

Pourtant, elle ne peut cesser de crier. Le serpent est de retour.

Mercy entend du bruit dans la chambre d'où vient la house music. Du bruit qui n'a pas sa place ici. Elle repousse le type. Il trébuche et tombe à la renverse. Il l'insulte, mais elle est déjà devant la piscine et saisit une des statuettes. Elle est lourde, presque autant qu'une boule de bowling, et elle se précipite avec dans la pièce attenante.

Ce qu'elle voit la renvoie en arrière dans le temps. Le souvenir d'un fleuve, d'un homme mordu par un serpent à qui on a coupé la jambe.

Ce n'est pas elle qui se jette sur lui, c'est sa haine et sa peur réunies en une seule entité et elle est parfaitement calme quand elle abat la figure de pierre sur l'arrière du crâne du violeur.

Dans la main de Mercy, la statuette est lourde comme le souvenir d'une amie violée.

UN HOMME BLANC D'ÂGE MOYEN, INCAPABLE DE SE METTRE À SA PLACE
Svartbäcken

Svartbäcken est le quartier le plus ancien d'Uppsala, plus de sept cents ans, mais ça ne se voit pas. La frénésie de tout raser et de tout rénover, typique de la Suède du XXe siècle, a transformé la zone en pot-pourri architectural.

Love aime ça. Ce quartier est en quelque sorte naturel, il n'a pas cherché à se distinguer, mais à s'adapter. Si Svartbäcken était une personne, on la taxerait probablement d'opportuniste. Il trouve que "survivante" serait une meilleure qualification.

Il habite là depuis bientôt un an. Le bâtiment date du début du XXe siècle, à l'origine une baraque en bois de deux étages destinée aux ouvriers pauvres. Cent ans plus tard, la façade en pierre au crépi rouge est l'une des adresses les plus recherchées au nord de la ville.

D'habitude, il consacre l'heure du trajet retour à faire le bilan de sa journée. Mais aujourd'hui, en se garant devant l'immeuble, il n'a pas fini. Loin de là.

Il allume l'éclairage de l'habitacle et note quelques réflexions dans son carnet.

Il y est question de souffrance, de force et de survie.

Il mord le bout de son crayon en songeant à ce qui s'est passé plus tôt dans la journée, à sa rencontre avec le père d'Alice. Le bois au goût amer est tout crénelé à force d'être mordillé.

Sven-Olof était venu chercher sa fille. Avec une autorité allant de soi, il avait décrété que son traitement était terminé et qu'il était temps pour elle de rentrer à la maison. Love avait protesté, dit que c'était une mauvaise idée. Mais Sven-Olof était dans son droit, en tant que responsable légal, et il n'avait pu que signer les papiers et la laisser partir.

Malgré ce que Love savait de son passé.

Dans sa famille chrétienne, la sexualité, en particulier féminine, était taboue. Un événement récurrent dans l'enfance d'Alice lui paraissait essentiel. Il s'agissait de son premier contact avec la sexualité et du sentiment de honte qui l'avait accompagné.

Ses parents l'habillaient trop ample, des pantalons et des pulls flottants pour ne pas éveiller l'intérêt des hommes. Alice était obligée de subir des moments embarrassants dans les boutiques de vêtements, pendant que sa mère glissait sans se gêner sa main entre son sexe et les pantalons, entre ses seins et les pulls, pour contrôler qu'il y avait assez d'espace.

Love soupçonne que ces moments ont constitué la première rencontre de la jeune fille avec une sexualité infiniment chargée de honte dans sa famille. Très tôt pour elle, sexe et honte sont devenus synonymes et, plus tard dans sa vie, elle a été encline à croire, à tort, qu'elle aimait être humiliée.

Love Martinsson range son crayon et son carnet dans son sac, et sort de voiture, sous une pluie qui semble ne jamais vouloir se transformer en neige.

Novembre a beau toucher à sa fin, il fait toujours huit ou neuf degrés, mais c'est gelé jusqu'à la moelle qu'il se dépêche de gagner son porche.

La cage d'escalier sent comme chez les retraités des années 1950, un mélange de fumée de pipe et de chien mouillé.

Une odeur rassurante.

Il ouvre sa porte, enjambe le tas de courrier dans l'entrée : les enveloppes à fenêtre ne sont pas les bienvenues, il les laisse toujours traîner quelques jours. Il passe à la cuisine prendre une bouteille de rouge et un verre qu'il emporte dans son bureau.

Quelques rayonnages, une table avec un ordinateur de bureau et une fenêtre sur la rue. Il y a des pièces semblables dans tout Svartbäcken. Là où, voilà cent ans, se serraient trois ou quatre enfants de prolétaires, on trouve aujourd'hui un ado qui gagne trente millions par an rien qu'en commentant ses parties de jeux vidéo en ligne.

Il allume son ordinateur, pose son carnet sur la table, s'assoit dans son fauteuil et ouvre la bouteille : un italien bon marché pas mauvais du tout. Il s'en sert un verre et relit les notes de son dernier entretien avec Mercy.

La fille s'était montrée plus ouverte et diserte qu'auparavant. Elle avait un talent de conteuse, et même s'il n'avait noté que des mots-clés, il se rappelait assez précisément ses formulations. Elle avait entrepris de lui raconter sa vie, dans un ordre plus ou moins chronologique.

"C'était le 11 septembre 2008, quelques jours après mes douze ans..." Il avait aussitôt réagi au fait qu'elle mentionne une date exacte. "J'avais reçu un cadeau de ma copine Blessing, un bon pour une coupe dans le salon de coiffure de sa mère."

Blessing était une des meilleures amies de Mercy, et sa mère tenait un salon de coiffure dans le village, près de Kano. C'était la seule famille chrétienne du village.

Il lit ses notes : *11/09. Avant d'entrer, je me suis arrêtée sur la route devant la maison pour regarder en direction du fleuve. Un an plus tôt un homme avait été mordu par un mamba noir pendant qu'il défrichait en contrebas pour le nouveau lotissement. Le fleuve avait été canalisé, et n'était plus qu'un ruisseau plein d'ordures et de poissons morts.*

J'imaginais le fleuve comme une artère. Empoisonné, comme le sang dans le corps de papa. Godfrey, l'étudiant avec qui il avait baisé, lui avait transmis le sida.

Love écrit : *Il faut être faible pour souffrir, et souffrir pour être fort. Il faut donc être faible pour être fort.*

Probablement une citation, car ça lui était venu comme ça.

Comme la fille avait parlé presque sans interruption pendant presque une heure, il a plus de vingt pages de notes pour cette seule séance.

Et Love avait fait ce qui ne lui était jamais arrivé lors d'un entretien thérapeutique.

Il avait pleuré.

Il écrit alors *N & M*, souligne, puis poursuit :

Leur monde ressemble à un jeu d'enfant. Il existe en parallèle à la réalité, il a des fins totalement égoïstes et donne la possibilité de réaliser des envies et des actes contrariés ou interdits par le monde réel. Par exemple, faire souffrir un animal devient légitime, puisque cet acte résout des conflits intérieurs et libère des sentiments puissants et désirables.

C'est peut-être un peu dur. Mais il y a chez Nova et Mercy des facettes qui l'effraient.

Alice Pontén leur est diamétralement opposée.

Elle n'est pas une survivante.

Love se ressert un verre de vin. Il a honte d'en savoir si peu sur le Nigeria, sans parler de Boko Haram. Mais ce qu'il sait, grâce à son travail, c'est que les filles du Nigeria sont surreprésentées parmi les enfants et adolescentes victimes du commerce sexuel en Europe. Et donc aussi en Suède.

Et Mercy en fait partie.

Elle semble avoir eu une enfance heureuse jusqu'à ses douze ans, de bonnes relations avec ses parents, dans une famille aisée. À la différence de Nova, il n'y avait pas de problème d'alcool ou de drogue dans son environnement immédiat. Love joue à imaginer où en serait Mercy aujourd'hui si elle était née en Suède.

Pas au même endroit, en tout cas, songe-t-il avant de se remettre à écrire, bien conscient d'utiliser ses propres mots.

Le 11 septembre 2008, personne ne se souciait d'un incendie dans un petit village dans le Nord du Nigeria. Le voisin qui s'était jeté dans le brasier et avait réussi à sauver la vie d'une fillette de douze ans torturée et violée aurait peut-être pu raconter ce qu'il avait vu, si, lui-même gravement brûlé, il n'était pas décédé.

Il boit une gorgée de vin et relit ce paragraphe avant de le raturer. Ce ne sont pas les mots de Mercy, mais les siens, ceux d'un homme blanc d'âge moyen incapable de se mettre à sa place.

Il éteint l'ordinateur, la lampe de bureau et regarde l'heure.

Il est tard, la pluie fouette la fenêtre, et pourtant il rêve d'aller quelque part. N'importe où.

Peut-être rencontrer quelqu'un.

Au lieu de quoi il va dans la chambre prendre le pilulier dans le tiroir de la table de nuit.

Paroxétine et somnifère.

Puis il ouvre la boîte de Testogel.

ILS SERAIENT PIRES QUE DES FEMMES
Quatre ans plus tôt

En entrant dans la maison, Mercy croisa la petite sœur de Blessing avec leur père. Ils partaient faire des courses à Wudil, seraient absents quelques heures.

Le salon de coiffure était en fait une buanderie sur cour que la mère de Blessing avait aménagée pour ressembler aux établissements de Wudil. Un grand miroir en style victorien pendait au mur au-dessus de l'antique fauteuil de coiffeur. Blessing était en train de balayer tandis que sa mère nettoyait le lavabo.

Blessing l'aidait à recevoir les clientes, faire les shampoings, appliquer le conditionneur et couper les pointes, le tout avec le plus grand sérieux. Difficile de se retenir de rire quand elle accueillit Mercy en s'inclinant et en la saluant d'une façon exagérément formelle.

Voilà quelques années seulement, elles s'amusaient dans leurs jeux à imiter des vrais métiers. Aujourd'hui, elles basculaient dans l'âge adulte et Mercy se sentait soudain puérile. Blessing était en train de devenir coiffeuse, alors qu'elle, elle ne savait rien faire.

Elle n'était bonne qu'à penser des choses bizarres.

Mercy s'installa dans le vieux fauteuil et Blessing fit tourner la molette qui inclinait le dossier vers l'arrière. “Nous allons commencer par un shampoing.”

Elle ferma les yeux pendant que Blessing rinçait ses cheveux à l'eau tiède et les massait au shampoing avec de lents mouvements tout en douceur. À part le ronronnement du ventilateur au plafond, tout était silencieux. Les pales du rotor faisaient papillonner la lumière du soleil à l'intérieur de ses paupières. Elle était sur le point de s'assoupir quand elle entendit un bruit de voiture sur la route. Elle stoppa, le moteur s'arrêta et les portières claquèrent.

Mercy ouvrit les yeux. Au-dessus d'elle la lumière qui vibrait dans le ventilateur la força à plisser les yeux. Blessing rinça le shampoing et, quand elle commença à appliquer le baume, on entendit des pas dans l'entrée.

Un lourd bruit métallique de quelque chose qu'on posait sur le sol de la cuisine.

Puis le bruit de grosses chaussures.

Le robinet grinça quand Blessing fit couler l'eau pour rincer ses cheveux, lui éclaboussant un peu le cou.

Elle était toujours en arrière, du baume dans les cheveux, quand trois hommes firent irruption dans la pièce.

Ils portaient des tenues de camouflage, des couteaux et des matraques, et l'un d'eux avait un pistolet-mitrailleur pendu à l'épaule. Tous les trois avaient un grand sourire.

"Je ne coiffe pas les hommes. Vous devez vous en aller… Tout de suite." La mère de Blessing a une paire de ciseaux à la main qu'elle serre fort et brandit comme un couteau.

L'homme au pistolet-mitrailleur a une plaie au front. Une goutte de sang y brille : Mercy sait qu'il appuie sa tête contre une pierre quand il prie, pour se rapprocher de Dieu. Il appartient à Boko Haram et vient, armé, dans une maison chrétienne.

Mercy commence à sentir des démangeaisons. Comme des insectes à l'intérieur de son corps.

"Filez d'ici, salauds, crache-t-elle en faisant un pas vers eux. Si vous nous touchez ne serait-ce qu'un seul cheveu, je vous tue."

Pendant quelques secondes, les hommes se regardent en silence. Puis l'un d'eux dirige son attention vers Mercy. Il l'attrape. Elle ne lui arrive même pas à la poitrine. Elle est si proche de lui qu'elle sent son odeur de sueur. À dix centimètres d'elle à peine, il pose son index sur son nez et appuie. Si fort qu'elle trébuche en arrière et perd l'équilibre.

Ça ne fait pas mal, puisque rien ne fait mal à présent, et ce n'est pas elle qui se jette sur lui, ce sont la haine et la peur qu'elle ressent, unies en une seule entité.

Accueillir le mal. Le contrôler. Transformer la peur en haine.

Les jambes autour de sa taille, elle enfonce ses dents dans sa chair. Il a un goût comme son odeur, sueur âcre et métal. Il hurle en plein dans son oreille, et le son est coupé, au milieu du cri.

Elle ne sent pas la douleur, ni quand il lui arrache de grosses touffes de cheveux humides, ni quand il lui envoie des coups de poing au visage et dans le ventre, des coups de pied dans la poitrine, et qu'il finit par de grands coups de matraque.

Nouveau pas, succion de semelles sur un liquide huileux, puis bruit métallique de ce qu'ils lui mettent sur la tête.

Le premier coup sur le seau en tôle lui fait éclater le tympan.

Ils s'acharnent jusqu'à lui faire perdre connaissance. C'est le noir.

Quand la lumière lui pique à nouveau les yeux, elle est couchée sur le ventre.

Son visage est plaqué à terre et sa gorge émet un râle quand elle essaie de respirer. Son entrejambe est engourdi et son ventre brûle.

Quelqu'un la prend sous les bras, la soulève et, quand on l'assoit sur une chaise, elle découvre une longue coupure sur son ventre, de la poitrine jusqu'à l'aine.

Le corps de Blessing est inerte par terre devant elle. Sa robe est remontée sur sa tête et elle est couverte de sang des cuisses jusqu'en haut du dos. La mère de Blessing est assise adossée au mur près du miroir brisé. Sa tête pend, couverte de taches chauves, presque blanches. À la place de la poitrine, elle a deux grandes plaies, et le sol autour d'elle est jonché de touffes de cheveux noirs, sur une nappe luisante d'essence.

Une odeur âcre de poudre s'est mêlée aux vapeurs d'essence, et le père de Blessing la fixe, un trou de balle au front. Il tient dans ses bras un corps plus frêle : il lui faut un moment pour comprendre que c'est la sœur de Blessing, de deux ans sa cadette. Puis elle est cernée par une mer de feu.

Quand Mercy reprit connaissance, elle vit d'abord le visage désespéré de son père. Puis les larmes de sa mère et la confusion désemparée de ses frères de trois ans. Elle était chez elle, dans son lit, et le médecin du village, qui avait recousu sa plaie et pansé ses brûlures, lui dit qu'elle allait se remettre complètement, à part quelques vilaines cicatrices. La voix du médecin était étouffée et lointaine tandis que sa propre voix résonnait à l'intérieur de son crâne. En plus, elle entendait à l'infini dans sa tête un bruit permanent, un peu comme un crissement de freins, du caoutchouc sur l'asphalte : sans les antalgiques puissants administrés par le médecin, elle aurait certainement perdu la raison.

Elle ne se souvenait pas d'avoir été violée, mais comprenait que ça avait eu lieu. En revanche, elle ne savait pas quoi ressentir.

Elle fut tirée de ses pensées par la voix de son père :

"Godfrey a tout raconté à la police."

Il parlait bas, elle devait lire sur ses lèvres pour comprendre.

Maman serrait contre elle les jumeaux qui se regardaient avec inquiétude. Papa parlait lentement, en tenant la main de Mercy et en lui caressant le front. Godfrey avait craqué pendant l'interrogatoire de la police. Selon la charia, il s'en tirerait avec cent coups de fouet et un an de prison pour sodomie. C'était plus grave pour papa, qui était marié. Sodomie plus adultère signifiaient *rajm*, la lapidation à mort, une prescription de la charia, bien que cette punition ne soit nulle part mentionnée dans le Coran. Il fallait quatre témoins, que la police ne manquerait pas de trouver parmi les ennemis que papa comptait à l'université.

"Nous devons partir."

Puis il parla d'un pays au nord de l'Europe. D'après ce qu'il en savait, c'était un très bon pays, peut-être le meilleur au monde. On y aidait les personnes menacées comme lui et puis il avait le sida et ce pays offrait des soins gratuits si on obtenait la citoyenneté.

Sweden, lisait-elle sur ses lèvres. Elle savait très bien de quel pays il s'agissait. Sa capitale s'appelait Stockholm, le pays était loin au nord, le plus au nord qu'on puisse imaginer, et couvert de forêts. Une grande partie des allumettes dans le monde y étaient produites : elle songea à la boîte qu'elle avait trouvée dans la pente, sous la maison de Blessing. *Three Stars – Made in Sweden*.

C'était Blessing qui avait enterré le papillon. Dans une boîte d'allumettes qui pouvait très bien être de la même marque que celle utilisée pour mettre le feu à la maison de Blessing. Des allumettes fabriquées dans un pays pour lequel Mercy elle-même se mettait peut-être en route à présent.

Blessing était morte, sa sœur était morte, sa mère et son père étaient morts.

Pour eux, pas de peut-être. Pas d'alternative.

Pas de choix ou de possibilités.

Les larmes lui brûlaient les yeux. Papa les essuya du doigt en la regardant tristement.

"Ça va s'arranger."

Papa dit que le docteur avait promis de veiller à la vente de leur maison. Oui, tous leurs biens seraient vendus, et la chose faite, l'argent serait versé sur le compte de la famille.

Quelques heures plus tard, ils roulaient dans la nuit. Le milieu de la banquette arrière abattu, elle était sur le dos, la tête sur un oreiller contre la boîte de vitesses et les pieds dépassant dans le coffre. Dans les vitres des portières se reflétaient les lumières des villages qu'ils traversaient, et il lui semblait voir partout des brasiers.

Elle s'imaginait que le bruit qui hurlait dans sa tête était celui des prières silencieuses des enfants chrétiens, qu'elle était la seule à pouvoir entendre, des enfants apeurés tapis dans les ténèbres.

Boko Haram haïssait sa famille pour n'être pas d'assez bons musulmans, avoir des amis chrétiens et partager des valeurs occidentales. La police, censée protéger la population contre les extrémistes, haïssait papa pour ce qu'il était. Le fait était que tout le Kano State, ainsi que toutes les provinces voisines, haïssaient papa car leurs lois indiquaient qu'il méritait de mourir.

C'était comme si tout le monde les haïssait.

Avant leur départ, le médecin l'avait à nouveau regardée. Il avait sorti un petit bijou de cuir attaché à une lanière, ôté un fermoir et déplié le bijou. C'était comme ouvrir un petit livre, avec une couverture en cuir et un tissu rouge à l'intérieur. Ça avait l'air ancien, avec d'un côté un miroir collé et de l'autre un mot brodé sur l'étoffe : ASTAGHFIRULLÂH. Une prière musulmane ordinaire : je demande pardon à Dieu.

"Vous partez pour un long voyage, avait-il dit. Peut-être cette amulette pourra-t-elle vous aider d'une façon ou d'une autre."

Mercy ouvrit l'amulette protectrice. Un de ses yeux enflés se refléta dans le miroir, et elle regarda le mot, à côté.

ASTAGHFIRULLÂH. *Je demande pardon à Dieu.*

"Pourquoi doit-on sans arrêt demander pardon ?"

Parler était toujours douloureux, même si les antalgiques l'aidaient un peu. Maman lui caressa la joue, tandis que papa ralentissait pour tourner à gauche. Les graviers furent remplacés par de l'asphalte, il accéléra. Elle avait l'impression d'être en chute libre.

"Dès que tu commences à haïr naît un enfant nommé pardon, dit papa. Tu as alors le choix : tuer cet enfant ou le prendre dans tes bras. Tout est un perpétuel combat entre la haine et le pardon."

Elle réfléchit. "Tu as pardonné à Godfrey de t'avoir dénoncé ?

— Je ne hais pas Godfrey, aussi je n'ai pas besoin de lui pardonner. Si tu peux choisir de ne *pas* haïr ces trois hommes, fais-le. Ce sera peut-être le choix le plus important de ta vie." Il marqua une pause. "Sans haine, pas besoin de pardon, reprit-il. Et ces hommes-là ne méritent aucun pardon."

Elle n'était pas certaine de comprendre son raisonnement. Elle pensait à l'instant l'avoir saisi, mais voilà qu'il lui échappait.

La prière de l'amulette signifie que je demande pardon à Dieu, pensa-t-elle, ce qui suppose donc que Dieu me hait. Ou en tout cas que je *crois* qu'il me hait. Elle fut prise de vertige.

Si on pensait trop, il était facile de se faire manipuler. Elle décida que, désormais, elle ferait de son mieux pour moins penser. Elle n'écouterait plus les bons conseils, se contenterait de sentir. Si elle haïssait, elle haïssait, c'était comme ça. Les hommes qui avaient tué Blessing et sa famille avaient des couteaux, des bâtons et des pistolets-mitrailleurs, mais ils avaient aussi utilisé leur queue comme arme, et si elle en avait l'occasion, elle la leur couperait. Après, elle leur crèverait les yeux, leur trancherait les oreilles et la langue, puis ils erreraient le restant de leurs jours sans pouvoir voir, entendre ni parler, et ils ne pourraient plus être des hommes non plus, ils seraient pires que des femmes.

Ils ne seraient absolument rien.

Mille kilomètres jusqu'à Lagos, sur la côte, dix heures de rêves noirs, peut-être des hallucinations.

Blessing, qui enterre des papillons dans des boîtes d'allumettes, respire encore, elle gît à demi nue dans son sang et ça sent l'essence, comme dans la voiture, puis vient le feu et Mercy voit Blessing se lever, l'entend crier dans les flammes.

Mercy rêve et ses rêves sont des souvenirs.

Elles ont neuf ans, jouent aux billes sur la route et se disputent. Mercy lui jette une bille en plein œil. La lance de toutes ses forces, sans réfléchir, et atteint exactement ce qu'elle voulait atteindre.

Atteint l'œil qui, juste avant de se refermer pour toujours, voit un voisin porter Mercy à travers les flammes et, à un demi-mètre seulement du salut, être touché par une poutre du toit qui s'effondre.

Le blanc de l'œil de Blessing était resté rouge pendant plusieurs jours.

Mercy se redressa sur le siège arrière en se frottant les yeux.

De part et d'autre dormaient ses deux frères, comme deux chérubins presque identiques, et au-dehors grondait la circulation. De grands immeubles longeaient la large rue. Elle vit un panneau : LAGOS ISLAND, 1,2 km. Papa se retourna et dit qu'ils étaient presque arrivés.

Ils allaient voir quelqu'un qui pouvait leur arranger des passeports, des visas et des billets d'avion.

Probablement pour la Turquie, car c'était le visa le plus facile à obtenir. Le but serait ensuite d'arriver jusqu'en Allemagne, puis ce serait facile de pousser jusqu'en Suède.

Soudain un choc sourd retentit sous la voiture, et le ventilateur se mit à capoter.

Papa jura et pila net. Après un klaxon strident derrière lui, il s'arrêta le long du trottoir.

Du duvet grisâtre et des plumes brunes se déversaient du ventilateur, et ses deux frères se mirent aussitôt à pleurer.

"Pas grave, dit papa. C'est juste un oiseau. Ce sont des choses qui arrivent."

Une vive démangeaison la prit entre ses jambes : elle comprit qu'elle était déjà en train de guérir.

ON ROULE, ON VERRA BIEN
E4

Nova pleure.

Au-dessus du lit, la pluie crépite à la fenêtre du sous-sol et à côté de Nova est étendu un petit violeur. Mercy tient une femme nue en marbre vert.

Elle l'a frappé avec l'arête vive du socle épais de la statuette, elle a dû le tuer : le corps gît dans une posture bizarre.

Ne deviens pas comme moi, Nova, pense-t-elle. Ne franchis pas la frontière. Il n'y a pas de retour possible pour moi, mais toi, tu as encore tes chances. Tu n'as rien fait. Il était en train de te violer.

Je voudrais te dire que nos chemins se séparent ici. File, je reste faire face aux conséquences. Mais je ne dis rien.

C'est que je ne veux pas que tu me quittes !

Je serais si seule.

“On se barre”, dit-elle, tout en entendant les pas de l'autre type dans la grande pièce.

Elle se retourne, se précipite hors de la pièce, le trouve devant la piscine et se jette sur lui. Il tombe en arrière, elle laisse tomber par terre la figurine en pierre, elle roule dans la piscine avec un garçon tout nu, elle voit qu'il bande encore.

Ils tombent à l'eau. Le bateau coule, tout gargouille autour d'eux.

Ils coulent vers le fond.

C'est juste un bateau de réfugiés. Des choses qui arrivent.

Elle se relève et appelle Nova, mais elle arrive déjà. Elles remontent l'escalier en courant. Sur une chaise de l'entrée, Mercy trouve le blouson d'un des types, elle l'attrape, et se précipite dehors vers la voiture. Les clés tintent dans la poche du blouson. Elle ouvre la portière de la Volvo blanche et se jette au volant.

Nova ouvre la portière du côté passager au moment où Mercy démarre. Elle n'a aucune idée de comment se conduit une voiture, mais elle a vu faire des types plus ou moins débiles à Bräcke. S'ils y arrivaient, ça ne pouvait pas être bien difficile.

"Le frein à main", dit Nova, et Mercy le desserre, place le levier de vitesses sur "R", car elle sait que cela veut dire *"reverse"*, pour marche arrière.

Puis "D" comme *"drive"*, pour conduire, et ce n'est qu'en manœuvrant pour partir que Mercy s'aperçoit qu'elles sont encore toutes nues. Elle ne porte que son amulette : bien qu'elle la sache autour de son cou, elle la touche, la serre, pour en être bien sûre.

"Tiens…" Mercy tend à Nova le blouson du type en pensant qu'elle veut se couvrir, mais elle entreprend plutôt de lui faire les poches. "Bingo", dit-elle en brandissant le portefeuille du type, puis son portable et enfin, cerise sur le gâteau, un sachet de pilules bleues et rouges. De l'ecstasy.

"Il est mort ?" demande-t-elle alors, mais, sans laisser à Mercy le temps de répondre, elle ajoute qu'on s'en fiche : "De toute façon, c'était de la légitime défense."

Mercy lui a frappé l'arrière de la tête, et ça a fait comme un craquement.

No mercy.

"Il y a six mille balles dans le portefeuille." Nova lui sourit en agitant une liasse de billets. "Et une carte de crédit… Sauf qu'on n'a pas le code."

Elles s'engagent sur une voie rapide indiquée E4 direction Stockholm. Mercy accélère. "Mais si, j'ai le code, dit-elle. J'ai regardé quand il a tiré du liquide à Gävle, et je l'ai mémorisé."

Mercy ne peut pas se retenir de rire en voyant Nova grimper vers le siège arrière et montrer ses fesses nues aux voitures qui arrivent en face. Mais quand elle pousse un gémissement de douleur, Mercy cesse de rire.

Ce salaud a fait mal à Nova, il y a du sang sur le siège.

Nova abat la banquette arrière, cherche dans le coffre, et dégotte un bleu de travail taché de peinture rouge.

Elles roulent vers le sud et, au bout de quelques minutes, elles arrivent à une arche qui enjambe la route, avec une station-service, des restaurants et peut-être un distributeur de billets. Elles s'y engagent tandis que Nova enfile le bleu de travail.

Tout est fermé, à part la station-service. Mercy se gare à l'écart des pompes et Nova s'approche d'un type qui fait le plein. La combinaison est bien trop grande pour elle.

“Il dit qu'il y a un distributeur à côté de Stöveln Öberg, dit Nova en revenant, sinon il faut retourner en ville.

— Stöveln Öberg ?

— Oui, c'est le nom d'un centre commercial dans le coin.

— On s'en fout. On roule, on verra bien.”

Nova sort le sachet de pilules bleues et rouges, elles en prennent chacune une avant de repartir.

“Toutes nos affaires sont restées chez eux, mon sac, avec mon téléphone, le tien aussi…”

Nova hoche la tête, elles comprennent ce que cela signifie.

“On ne peut pas garder le portable de ce type, dit Mercy. Jette-le par la fenêtre.

— Par la fenêtre ?

— Oui, tu voudrais le jeter où, sinon ?”

Parfois, Nova est vraiment débile.

“Je t'aime, dit Mercy. Quand on aura du fric, on prendra un appart au noir, on s'installera et on grossira ensemble.

— À force de manger des chips et de la glace devant la télé.

— Exactement.”

Nova et Mercy sont comme des sœurs, comme des jumelles. Dans un monde parallèle, elles sont de vraies jumelles.

Le temps est étrange sous ecstasy. Si rapide et si lent. Elles quittent à nouveau l'E4 et c'est comme si elles étaient arrivées en Chine : derrière un mur, au bord de la route, se dresse un immense temple, avec des statues bouddhistes en façade. Un panneau annonce Dragon Gate. Mercy imagine une foule de dragons.

Nova lui pose un léger baiser sur la joue, tandis que Mercy roule à travers une forêt où la route devient de plus en plus étroite. Elles s'arrêtent devant un chalet de vacances rouge à angles blancs.

Mercy sue, même si une pluie glacée continue à tomber, et elle n'a pas vraiment besoin de vêtements, mais Nova insiste : elles brisent une fenêtre avec une pierre et grimpent à l'intérieur.

Ça sent l'égout et la cigarette dans le chalet. Dans un placard, elles trouvent des robes, qu'elles essaient devant un miroir dans un vestibule brun.

Il y a aussi un peu à manger, des cornflakes, des biscottes et au congélateur une boîte de glace marbrée blanc, rouge et vert, qui a un goût merveilleux. Dans la cuisine, elles trouvent un vieux téléphone mural à cadran qui cliquette chaque fois que Mercy y glisse le doigt.

C'est le numéro d'Erkan qu'elle compose. Nova est impressionnée qu'elle se souvienne si bien de tous les chiffres, mais lui pas particulièrement.

Il répond plutôt en rogne, il est 5 heures du matin, où sont-elles passées ? Mercy lui dit qu'elles ne savent pas, et qu'elles ne savent pas non plus où aller, vu qu'elles ont probablement la police aux trousses.

Erkan se calme un peu et leur donne une adresse, un endroit à Stockholm où se cacher un moment. C'est dans la zone industrielle de Västberga. Mercy répète l'adresse à Nova qui la note sur le bloc à côté du téléphone.

Sur le même papier, quelqu'un, sans doute le propriétaire du chalet, a dessiné un chat et une fleur au stylo plume, et Mercy se souvient d'un chat qui s'appelait Dusty. Le petit Dusty qui ressemblait à un mouton de poussière quand ils l'avaient recueilli à Munich, et qui les avait suivis jusqu'à Hambourg.

À Hambourg, où Mercy avait tué un type parce qu'il avait tué Dusty.

Elle raccroche, pour qu'Erkan ne l'entende pas pleurer. Nova la console et soudain elle a honte. Elles écrivent un mot qu'elles laissent sur la table de la cuisine.

"Pardon d'avoir cassé votre fenêtre, pris vos vêtements et mangé toute la glace."

Puis elles laissent deux billets sortis du portefeuille du type à côté du mot et regagnent la voiture.

Nova porte une robe blanche et une doudoune noire à rayures rouges et jaunes avec BIF écrit dessus, Mercy, elle, une robe verte et une veste rose. Elles trouvent qu'elles ressemblent à des SDF.

Mercy ne sait pas comment retrouver l'autoroute, mais elle finit par y arriver.

La route est déserte et, pour la première fois depuis une éternité, il ne pleut plus. Elles passent Tierp, Månkarbo et Storvreta, et quand elles voient indiqué Uppsala, elles prennent la sortie et partent à la recherche d'un distributeur de billets. Elles savent qu'on peut repérer les retraits d'argent, et que la police comprendra qu'elles sont parties vers le sud, vers Stockholm, mais elles s'en fichent et retirent de l'argent près de la gare.

Elles récupèrent dix mille couronnes avant que s'affiche "le retrait n'est plus autorisé".

"Ce n'est pas à Uppsala que Love habite ? dit Nova. On va le voir ?"

Mercy trouve que c'est une bonne idée et elles partent lentement à la recherche de son adresse.

Elles reconnaissent tout de suite la voiture de Love garée devant son immeuble.

"Et maintenant ?"

Nova ouvre la boîte à gants et commence à la fouiller. "On va lui dire au revoir… Je comptais juste lui laisser un message." Elle trouve un stylo et un mouchoir en papier sur lequel elle écrit quelque chose avant de sortir coincer le message sous l'essuie-glace de sa voiture.

Nova revient, un sourire aux lèvres. Mercy lui demande ce qu'elle a écrit.

"*Je te donne mon matin, je te donne ma journée.*

— Pourquoi ?

— Roule, je vais te raconter…"

TOUT CE MERDIER
EST TELLEMENT COMPLIQUÉ
Deux ans plus tôt

Nova fit ce qu'elle devait faire. Agit dans une curieuse clarté, comme si elle seule pouvait voir dans le brouillard, l'aveuglement gris dans lequel tous les autres erraient à tâtons.

Elle s'était glissée dans le séjour sans déranger le sommeil inquiet de sa mère, avait pris l'ordinateur de Jussi et s'était enfermée avec dans sa chambre. Puis l'avait remis à sa place avec un nouveau contenu quelques heures plus tard.

Et elle était allée se coucher, maudissant le monde entier.

Elle se réveilla avec un horrible mal de crâne. Elle entendait des portes s'ouvrir et se fermer dans l'appartement. Elle se leva et sortit de sa chambre en pensant à un glaçon pour ne pas vomir, comme maman le lui avait appris. Jussi sortit de la salle de bains avec sa chemise de bûcheron à carreaux et son jean élimé. Elle s'arrêta, juste une seconde, et le regarda.

Le vit comme il était vraiment : ses vêtements crasseux bien que d'une propreté étincelante. Et lui qui puait la sueur et le sexe alors qu'il sortait de la douche et s'était enduit d'après-rasage. Elle détourna les yeux avec dégoût et alla s'enfermer aux toilettes. Elle avait l'estomac retourné.

C'était la dernière fois qu'elle le voyait.

La porte d'entrée se referma. Il filait changer de vie pendant qu'elle était là, avec des couteaux dans le ventre et la diarrhée.

Quelques minutes plus tard, maman frappa à la porte. “Il faut que j'aille travailler… Je suis drôlement en retard, on parlera plus tard.”

Quand la porte se referma à nouveau, elle ne put retenir sa nausée plus longtemps et se leva pour vomir. Un moment plus tard, elle était prostrée au fond de la douche, et laissait l'eau lui couler dessus en essayant de ne pas penser à ce qu'elle avait fait pendant la nuit.

L'ordinateur de Jussi était dans le séjour, bourré de contenus illégaux : la police trouverait non seulement cent dix photos et deux films représentant sa belle-fille alors âgée de onze ans dans des positions sexuellement explicites, mais aussi une bonne centaine d'autres photos et quinze films qui contenaient parmi les choses les plus répugnantes qu'elle eût jamais vues.

Comment avait-il pu être aussi facile de trouver tout ça ? Ce qu'elle avait subi n'était rien en comparaison. Ces enfants-là ne pouvaient pas paraître excités. Ils pleuraient et criaient.

Qu'avait-elle fait ? Comment s'y prendre à présent ?

Se lever bien tranquillement, prendre son petit-déjeuner, puis appeler la police pour leur dire d'attendre Jussi chez eux et de l'arrêter à son retour à la maison ?

Voilà le plan tordu qu'elle avait échafaudé. Fruit de sa soi-disant clairvoyance.

Mais elle n'était pas assez bonne comédienne.

Était-ce lui ? Ça devait être lui, mais pas forcément.

Elle poussa un hurlement en tirant ses cheveux de toutes ses forces, comme si elle avait voulu extirper son cerveau et le piétiner.

Puis elle se mit à pleurer. Nova Horny. Nova Stupid.

Elle remonta les genoux et plaça sa tête entre. Des sanglots muets, désemparés, tandis qu'elle regardait au fond de la douche ses mèches arrachées emportées par l'eau et qui se rassemblaient au niveau de l'évacuation.

Quand l'eau commença à être froide, elle se calma un peu. Elle se leva et coupa la douche. À présent, il lui fallait réparer ce qui pouvait être réparé. Il n'était peut-être pas trop tard pour sauver malgré tout la situation. Elle se sécha en vitesse et se peigna avant d'entourer une serviette autour de sa tête et d'enfiler le peignoir de maman.

Il avait beau n'être que 10 heures, on étouffait dans le séjour : elle alla ouvrir la porte du balcon. C'était un des derniers étés qui s'allongeaient à l'infini. En vieillissant, le temps devenait plus court, elle l'avait déjà remarqué.

Elle inspira à fond et s'installa devant l'ordinateur de Jussi.

Elle entreprit d'effacer l'historique des téléchargements, ce qui était laborieux. Les adresses IP se trouvaient peut-être déjà sur une liste de connexions et de téléchargements suspects et quoi qu'elle fît, c'était peut-être déjà vain, puisque la police allait de toute façon un jour s'intéresser à Jussi.

Dehors, on entendait le vacarme d'un chantier. Ils rénovaient Fiskis, des temps nouveaux se profilaient, tout allait être réhabilité et nettoyé. Bruit de moteurs et de métal aux prises avec la pierre.

L'air était immobile derrière les persiennes toujours baissées et tout paraissait brumeux. Elle fouillait l'arborescence des dossiers. Elle avait tout sauvegardé en camouflant comme il fallait et, pour que ça ait l'air vraisemblable, avait rebaptisé les fichiers afin que ça ressemble à du langage informatique. Plein de lettres et de symboles qui pouvaient suggérer un fichier sans aucun intérêt. Mais putain, où les avait-elle cachés ? Elle était bourrée, alors, et voilà la nausée qui la reprenait. Et ça la chatouillait sous les pieds, comme toujours quand elle avait peur. Comme si ses pieds lui signalaient qu'il fallait fuir, filer au plus vite.

Elle reconnut alors le nom d'un des fichiers qu'elle avait créés et cliqua dessus. Elle commença à éliminer les fichiers. À chaque photo ou film, une boîte de dialogue s'ouvrait pour lui demander si elle voulait vraiment supprimer le fichier.

Elle cliquait alors machinalement avec la souris dans le bruit du chantier et ne remarqua pas quand Nounours arriva derrière elle sur la pointe des pieds.

Un craquement sur le parquet et deux mains qui saisissent ses épaules.

Nounours qui crie à ses oreilles.

Elle tente instinctivement de se défendre, tombe de sa chaise et s'emberlificote dans la serviette et le peignoir. Au-dessus d'elle, il éclate de rire.

Nounours regarde l'ordinateur de Jussi. “Qu'est-ce que tu fabriques ? Tu n'as pas ton ordinateur pour t'amuser avec ?”

Elle se lève. “Laisse tomber…”

Il la double, s'installe devant l'ordinateur et, avant qu'elle ait le temps de réagir, il clique sur un des films.

À l'écran s'affiche la photo d'une jeune fille couchée sur un lit, cuisses écartées.

"Putain, qu'est-ce que tu fous ?"

Maintenant, c'est fichu, pense-t-elle, les larmes aux yeux.

Elle reste assise par terre à pleurer sous la serviette tandis qu'il regarde plusieurs autres photos en silence.

Puis les clics cessent.

Les notes de *Master of Puppets*, la chanson préférée de Jussi. Puis sa voix de fillette de onze ans qui s'efforce de sembler résolue, mais qui est fragile comme une feuille séchée.

J'aime les grosses bites. Et j'aime me faire baiser. Baise-moi. Baise ma chatte. Vas-y.

Le son cesse brusquement. La chaise racle le sol quand il se lève.

Un léger courant d'air suivit d'un crash assourdissant quand il balance la chaise dans l'armoire vitrée.

Puis c'est le silence complet.

Elle n'entend plus le bruit du chantier. Juste la respiration violente de son frère. Au bout d'une éternité, elle sent sa main se glisser dans la sienne. Elle tremble, moite.

"Putain, qu'est-ce que Jussi t'a fait ?"

Tout est fini. Comment tout a-t-il pu aussi mal tourner ?

"Je voulais juste effacer tout ça, dit-elle. Jussi m'a *groomée*, ou plutôt je..."

Est-ce que c'est ça ? Elle n'en a aucune idée. Tout ce merdier est tellement compliqué.

"Quoi qu'il se soit passé, ce n'est pas ta faute."

Si, bien sûr que si. Autrefois peut-être non, mais aujourd'hui oui, c'est sa faute. Absolument tout.

Impossible.

Impossible de rester. Impossible de vivre.

Impossible de jamais revenir.

Elle sanglote, renifle, et Nounours pose son gros bras sur le sien.

Elle lui dit qu'elle n'avait que onze ans quand Jussi, sous le nom de Peter, l'avait forcée à lui envoyer des photos nues et des films cochons et, quand elle a fini de raconter toute son histoire avec Jussi, les choses répugnantes qu'il lui a fait faire, son frère pleure lui aussi.

Des sanglots silencieux qui vibrent de violence.

DEUXIÈME ET TROISIÈME JOURS

Novembre 2012

ILS CROIENT EN DIEU
Bergshamra

Le père de Tara est assis sur le canapé du séjour. Sur la table devant lui, un portrait encadré de sa fille. La fille sourit dans la lumière jaune d'une bougie et son père porte le même pyjama que lors de leur dernière visite.

Sur le canapé, il y avait un coussin dans un tissu des années 1970 à fleurs rouges.

Le coussin se trouve à présent sous plastique, marqué d'un numéro.

Dans la cuisine, le procureur procède à l'interrogatoire séparé de la mère de Tara. La police s'est occupée de l'enquête dans un premier temps, mais dès l'autopsie achevée, il a pris le relais.

C'est une pratique courante quand il est établi qu'un crime grave a été commis, et le procureur a dix ans d'expérience de ce genre de cas. Mais il ne s'y habitue pas pour autant.

Il parle la même langue que la mère de la morte, car il est né dans un petit village à deux heures de voiture de la ville que les parents de Tara ont été forcés de quitter quand ils étaient jeunes.

Ils croient en Dieu.

Lui non.

La mère se tient droite, mais son visage est bouffi de larmes.

"Quand la police vous a interrogée, vous avez dit ne connaître personne dans l'immeuble de six étages duquel il est supposé que Tara a sauté, dit le procureur.

— Je n'ai sûrement pas dit ça."

Le procureur lui montre le procès-verbal de police. "D'après nos informations, si.

— J'ai dû me tromper d'immeuble", dit la mère sans regarder le papier.

Quand, tôt le matin même, on avait frappé aux portes de l'immeuble devant lequel Tara avait été retrouvée, une femme avait ouvert, deux petits enfants accrochés à ses jambes. Elle avait déclaré que deux ou trois hommes avaient eu une discussion bruyante dans l'appartement au-dessus. Mais elle n'avait pas compris de quoi il s'agissait.

"Il est indiqué clairement qu'un des oncles de Tara habite là." Le procureur désigne le procès-verbal. "Le frère aîné de votre mari. Il habite au cinquième étage, et nous avons eu des informations selon lesquelles hier soir des éclats de voix ont été entendus provenant de chez lui.

— Je ne sais pas qui se disputait, ni à quel sujet, dit la mère de Tara.

— Au sujet du déshonneur que Tara causait à la famille ? propose le procureur.

— Je ne sais pas."

Ils se taisent un moment. Leurs pensées se rencontrent et le procureur a l'impression qu'elle cherche sa compréhension tacite. Mais la main qui lui est tendue est hors d'atteinte, il ne peut la saisir.

Le procureur finit par rompre le silence en posant la question inévitable :

"Pourquoi ne pas vous être débarrassés du coussin ? L'autopsie a montré que du duvet et des fibres de tissu se trouvaient dans sa gorge et ses voies respiratoires."

Elle plie l'échine, pense le procureur en voyant la mère de Tara se tasser sur la chaise.

"Ma fille est morte."

Le procureur hoche la tête et, comme pour prouver pour de bon qu'il l'a percée à jour, il reprend : "Maintenant, il faut me dire la vérité. Avez-vous écrit sa lettre d'adieu avant de l'étouffer, ou après ?"

COMMENT MARCHE UN BONHOMME DE PLUS DE QUARANTE ANS ?
Quartier Kronoberg

Tara est le premier cadavre d'Yrsa Helgadóttir. Elle a entendu ses collègues parler de fille au balcon.

En Suède, il y en a environ dix par an qui sautent, sont poussées ou tombent de balcons. La plupart du temps elles meurent, d'autres fois elles sont déjà mortes quand on les jette du balcon.

Mais Tara, elle, a été jetée d'un toit.

Le père et ses deux frères ont considéré qu'il y avait moins de risque d'être découverts s'ils portaient le corps jusqu'au toit-terrasse de l'immeuble de six étages.

De retour à l'hôtel de police à Kungsholmen, Yrsa sirote un café pendant que Schwarz contrôle qu'elle n'a rien oublié dans son rapport.

"Bien, dit-il. Clair et direct. Exactement comme j'aurais fait."

Les mensonges de la famille s'étaient effondrés un à un comme un château de cartes : le plus jeune des frères avait fini par tout raconter. Tout a été enregistré. Yrsa enfile les écouteurs.

Elle lance le magnétophone et écoute l'interrogatoire de l'oncle de Tara.

"Tara a filé, je l'ai vue sortir de l'immeuble." L'homme se racle la gorge avant de continuer : "Je l'ai suivie. Elle a retrouvé un bonhomme qui attendait devant la Coop, et ils sont allés de l'autre côté.

— Un bonhomme ? Vous l'avez vu ? Quel âge ?

— Je ne sais pas, il portait un blouson de cuir noir. Et une sorte de bonnet. Je ne l'ai vu que de dos.

— Alors comment savez-vous que c'était un bonhomme ?
— Sa façon de marcher. Plus de quarante ans, sûr.
— Et comment marche un bonhomme de plus de quarante ans ?
— J'en sais rien, moi. Ça se voit bien.
— D'accord. Donc ils ont fait le tour du bâtiment ? Et après ?
— Ils sont montés dans une voiture garée derrière.
— Derrière quoi ?
— La Coop, je viens de le dire.
— D'accord. Vous vous rappelez ce que c'était, comme voiture ? Vous avez vu la plaque ?
— Non, non. Je l'ai vue de côté, mais c'était une voiture flambant neuve, qui avait l'air argentée. Grise, peut-être.
— Une voiture neuve, grise ou argentée ?
— Oui, elle est partie en remontant vers Björnstigen.
— Et qu'est-ce que vous avez fait, alors ?"
Yrsa se souvient du regard de l'oncle quand elle avait posé la question.
"J'ai appelé mes frères, puis je suis rentré à l'appartement, où ils attendaient tous les deux."
Les yeux de l'oncle. L'angoisse qu'on y lisait. Impossible de noter ça dans un procès-verbal.
"Votre frère aîné et le père de Tara ?
— Oui.
— Où se trouvaient la mère de Tara et Chinar ?
— À mon domicile.
— Et ensuite ? Qu'avez-vous fait, tous les trois ?
— Nous avons attendu Tara, puis elle est arrivée, juste après 23 heures. Nous étions dans sa chambre quand elle est entrée. Elle est d'abord passée à la salle de bains, puis elle est entrée dans la chambre et nous l'avons attrapée et lui avons d'abord donné une chance.
— Donné une chance ?
— Oui, c'est-à-dire qu'elle le fasse elle-même. Sauter. Pour que ça ne se passe pas comme ça.
— Comme ça ?
— Oui, que tout le monde aille en prison, quoi. À cause de sa mort."

La voix du plus jeune frère s'était brisée en racontant comment ils avaient maintenu de force la fille sur le lit pour l'étouffer avec le coussin.

En mettant par écrit l'interrogatoire, Yrsa ne s'est pas donné la peine de noter que sa voix portait à peine, qu'elle s'était atténuée puis presque brisée, mais quand il s'était mis à pleurer, elle l'avait indiqué entre parenthèses.

Écrire entre parenthèses que quelqu'un pleure, ça lui avait fait une drôle d'impression.

Elle repose son rapport et retourne à son café.

Un bonhomme qui conduit une voiture neuve grise ou argentée, songe l'inspectrice Yrsa Helgadóttir, en espérant que son ADN soit dans leurs fichiers.

RÉFLEXES D'AMOUR
Mélancolie grise

Sven-Olof Pontén referme le tiroir de son bureau où le cannibale Armin Meiwes l'aide à soulager sa conscience, avec dix-neuf autres âmes anormales, mille fois pires que lui.

Il vérifie que la sonnerie est éteinte avant de glisser son téléphone sécurisé dans le compartiment interne de sa serviette.

Le téléphone qui peut l'aider à calmer sa faim.

L'homme à qui il vient de parler lui a promis du lourd. Au moins deux filles et un autre homme de son âge.

Sven-Olof verrouille le tiroir et retourne à son travail. Après avoir parcouru les notes prises aujourd'hui par sa secrétaire pendant la réunion du personnel et signé quelques factures, il quitte son bureau.

Alice est à la maison, certes muette et renfrognée, mais en tout cas à la maison.

En allant la chercher à Skutskär, il s'attendait à ce qu'elle proteste en faisant un esclandre, mais elle s'était installée dans la voiture, sans un mot.

Alice aide Åsa à préparer le dîner. Une bonne odeur sort du four quand il entre dans la cuisine.

Quand Alice pose une assiette devant lui, il lui prend la main. Il évite de regarder les cicatrices à ses poignets, elle reste immobile et, quand il cherche à croiser son regard, elle détourne les yeux. Il se rappelle sa propre vie, à cet âge.

Il avait si peur qu'elle finisse.

"Je t'aime, tu sais", dit-il avant de lâcher sa main.

Tandis qu'elle continue à mettre la table, et qu'Åsa, penchée sur une casserole de riz, fait comme si de rien n'était, il essaie de penser aux grands moments de sa vie, mais il y avait toujours un revers à la médaille, un caillou dans sa chaussure.

Il avait vingt-deux ans, travaillait comme assistant d'éducation. Un des enseignants étant malade, il avait dû le remplacer au pied levé devant une sixième. Quelques-unes des filles avaient un physique presque aussi développé que les filles de son âge. Mais elles étaient un peu plus simples dans leur tête et, à leur différence, elles n'avaient que de l'admiration dans le regard. Pour elles, il était excitant et désirable – mais elles ne se mettaient pas tout de suite à parler avenir et enfants.

Et ça lui plaisait.

Enfin, il était quelqu'un.

Mais il y avait un caillou dans la chaussure.

Le problème n'était pas que Sven-Olof avait vingt-deux ans et ces filles douze.

Le problème était qu'il allait traîner cette attirance pour la virginité des fillettes de cette salle de classe toute sa vie.

Il avait démissionné, car il savait que les choses allaient mal tourner s'il restait là.

"Tu dis le bénédicité, Alice ?" dit-il quand Åsa s'est assise.

Il tente à nouveau de croiser le regard de sa fille, mais elle a déjà baissé les yeux en joignant les mains. Elle dit la prière d'une voix mécanique, mais c'est bon de l'entendre enfin parler. Il aimerait qu'elle lui confie un jour un peu de ce qu'elle porte en elle.

Il aimerait qu'ils puissent être ensemble, seuls.

La tête appuyée sur son épaule, elle lui parlerait de ses rêves, et lui des siens. Il lui dirait combien il pouvait parfois être difficile d'être un homme. Humain. Il lui parlerait des personnes dans son tiroir, et elle le comprendrait, totalement.

"Merci, Alice", dit-il quand elle a terminé la prière.

À vingt-trois ans, Sven-Olof s'était fiancé avec une femme un peu plus âgée, Ulla, trente et un an, et ils avaient échangé des anneaux à Venise, avec la promesse de revenir là dix ans plus tard, qu'ils soient ou non encore un couple. Ça ne s'était pas passé comme ça. Un viol au sous-sol, devant la buanderie, alors qu'il était absent. Un voisin dérangé mental, un interrogatoire de police et le traumatisme qui s'ensuit.

Là, quelque chose était mort et autre chose était né.

“De rien.”

Åsa sourit et se tourne vers sa fille. “C’est bien que tu sois rentrée, et guérie.”

Alice triture son riz du bout de sa fourchette, sans répondre.

Sven-Olof Pontén songe à Ulla, qui aurait pu devenir Ulla Pontén, si elle n’avait pas été violée par un voisin souffrant d’hallucinations.

Il pense quand même qu’elle va bien aujourd’hui. Elle a déménagé au nord et, autant qu’il sache, elle s’en sort toute seule et peut envoyer les gens au diable si elle en a envie. Ce n’est pas donné à tout le monde.

Au fond, il souhaite à ses anciennes petites amies d’aller bien. En tout cas à toutes celles qui étaient gentilles avec lui. Quelques-unes l’ont trompé et elles peuvent être un peu moins bien loties. Mais finalement à elles aussi, il souhaite que la vie soit clémente.

“Vous croyez vraiment que je suis guérie ? demande soudain Alice.

— Mais tu es à la maison, répond Åsa.

— Tu n’as plus de problèmes”, assure Sven-Olof en posant ses couverts.

Ne peuvent-elles pas se taire ?

Il essaie de penser, de tout tirer au clair, mais il faut qu’elles bavassent.

Il ferme les yeux, se ressaisit.

Parfois, la colère arrive comme une piqûre de guêpe. Ou comme quand on se cogne l’orteil contre le seuil d’une pièce ou la tête à une porte de placard. Il serre les poings et s’efforce de respirer profondément.

“Pourquoi je t’écouterais ?” demande Alice de ce ton indifférent qu’il a tellement de mal à supporter.

Du calme.

Il pense à elle bébé.

Un petit baluchon dans ses bras, qui n’avait que lui. Qui souriait quand il lui souriait. Qui riait quand il lui chatouillait le ventre. Réflexes d’amour.

Ça aide.

“Je sais ce que tu traverses, dit-il. Tu as des pensées suicidaires, j’en avais aussi à ton âge. Les questions existentielles se posent très tôt chez certaines personnes. Tu es intelligente. Quand j’avais six ans, je pleurais à l’idée d’en avoir sept. À sept ans, la vie s’achevait, puisqu’il fallait commencer l’école et qu’on était obligé d’arrêter de jouer. À quinze ans, j’ai snifé de la colle, j’ai rejeté Dieu et quand j’ai compris mon erreur, il était presque trop tard. Mais il n’est jamais trop tard pour aller bien, Alice. Jamais.”

Il regarde sa fille.

“Crois-moi.”

Mais il voit qu’elle ne le croit pas.

“N’écoute pas Love et ses thérapeutes. Tu n’as pas de problèmes. Tu es en bonne santé. Point final. Tu as juste besoin de le croire, d’avoir la foi. Cette foi doit être la dernière chose que tu abandonnes, tu dois l’accueillir en toi.

— Oui, Alice, il faut y croire, dit Åsa. Écoute ton père.”

Tais-toi, Åsa, pense-t-il.

Ne gâche pas cette conversation.

“Tu nous trouves débiles, Alice ?” demande-t-il en veillant à ne pas laisser entendre son indignation. Celui qui perd son calme est faible. Quand on se cogne l’orteil, il faut serrer les dents et souffrir en silence.

“Oui, surtout toi”, dit-elle et, pour la première fois depuis qu’il est allé la chercher, elle le regarde droit dans les yeux. “Tu es un malade, papa.”

Ses yeux sont comme des couteaux.

Plus coupants et pires que ses paroles.

Parce qu’elle a raison.

UN GRAND GAILLARD QUI RESSEMBLAIT À ROLF LASSGÅRD
L'île du Diable

Au XIXe siècle, l'île Stora Essingen servait au travail forcé. Les bagnards y étaient amenés de la prison de Långholmen pour tailler les pavés destinés aux rues de Stockholm. C'était devenu une attraction populaire d'aller en excursion voir les bagnards avec leurs pioches et leurs torses en sueur. On avait alors commencé à surnommer Stora Essingen, l'île du Diable. Aujourd'hui, son surnom commun est Storan, mais quelques-uns parmi les plus anciens habitants de l'île continuent à l'appeler l'île du Diable. Le père de Kevin en faisait partie.

"If I could find a way to get off this island, would you like to come with me ?" songe Kevin en ouvrant la porte du chalet.

C'est une citation de *Papillon*, avec Steve McQueen dans le rôle-titre et Dustin Hoffman jouant son codétenu Louis Delga. En vérifiant que son yoyo est toujours dans sa poche, il se souvient qu'un des personnages secondaires du film s'appelle Jo-Jo.

Il n'est pas encore 7 heures, et il fait encore nuit noire. Aujourd'hui il va prendre le pont basculant de Liljeholmen au lieu de passer par Västerbron pour se rendre à l'hôtel de police. Un petit détour par la maison familiale de Stora Essingen qui ne l'empêchera pas d'arriver dans les temps au travail.

Encore une nuit presque sans sommeil : dès que le réveil a sonné, il a décidé d'aller voir une dernière fois la maison. D'après l'agent immobilier, les enchères s'étaient arrêtées à huit cent mille au-dessus du prix de réserve, et d'ici quelques jours tout serait signé et bouclé. C'est probablement sa dernière occasion de voir l'endroit où il a grandi avant que les nouveaux propriétaires ne le rénovent en faisant disparaître jusqu'à la moindre trace des précédents occupants.

Il fait démarrer la Vespa laquée rouge dont il a hérité avec le chalet.

La Vespa de papa, le chalet de papa, le yoyo de papa, se dit-il.

Le fils à papa.

En descendant la pente de Tantoberget, l'idée le traverse : si ses parents l'ont autant gâté, il y avait peut-être une raison.

Papa avait-il eu connaissance de son agression sur Grinda ? Maman est-elle au courant ?

Vera l'avait flairée après avoir vu son oncle une seule fois.

Maman et papa avaient eu dix-huit ans.

Peut-être s'étaient-ils au moins doutés de quelque chose, et pour cette raison l'avaient traité autrement ? Le yoyo lui avait été offert l'été de son agression. Et papa lui avait parlé de l'Épouvantail, le pédophile Gustav Fogelberg, qui lui avait donné ce yoyo. En somme, ça faisait beaucoup de coïncidences.

Il continue sur la piste cyclable au bord de l'eau, dépasse la plage de Tantolunden et son minigolf couvert de feuilles mortes. L'odeur de terre rappelle le printemps, mais le matin est froid et les dernières traces de verdure dépérissent sur le rivage. En s'engageant sur le pont de Liljeholm, il vient à penser à cet homme tombé d'un avion, mais il ne reste aucune trace du corps qui, quelques jours plus tôt seulement, s'est écrasé sur le pont, avant qu'une camionnette de livraison lui roule dessus.

En traversant Liljeholmen, devant le lac Trekanten, Kevin peste d'avoir oublié ses gants et, au pont de Gröndal, ses mains sont engourdies.

Au moins il ne pleut pas, se dit-il en roulant vers Aludden. Près de là, il reste des vestiges de l'époque où l'île était une colonie pénitentiaire. Quand il était petit, son père lui avait montré les trous en forme de marmite où les prisonniers préparaient leurs repas, une technique déjà utilisée à l'âge de pierre. Par ici, tout semblait ancien.

Tous les chemins tortueux qui mènent à la maison se conjuguent au passé.

La mousse envahit le muret autour du jardin, de grandes fissures courent dans le crépi gris de la façade en pierre et sous le pommier, là-bas, devant la remise à bois, le sol est jonché de fruits oubliés.

Il s'arrête devant la villa, pend son casque au guidon et masse ses mains engourdies. La grille en fer s'ouvre avec un grincement strident, il pousse la Vespa dans l'allée et l'appuie à la rampe du perron.

Comment tout avait-il pu aller aussi vite ? L'entreprise de déménagement avait vidé la maison voilà plus d'un mois et stocké tout le mobilier dans un entrepôt de Gröndal.

Il ouvre : deux tours de clé dans le verrou, le bruit familier du mécanisme. Quand il entre, il flotte dans le vestibule un parfum de pomme.

"Le parfum des pommes un jour d'automne clair et froid, disait papa. Tu sais, cette époque de l'année où le soleil ne fait que chauffer la peau, sans atteindre la chair et les os. C'est là que les pommes sentent le meilleur."

Personne n'avait cueilli les pommes ici depuis plusieurs années, et il n'y avait pas eu de seau plein de fruits dans l'entrée depuis longtemps. En outre, l'entreprise qui s'était occupée du déménagement avait tout nettoyé à fond, et c'était peut-être un détergent parfumé qui sentait ça.

Il allume au plafond et regarde autour de lui. Sur le parquet, on voit l'ombre du tapis de l'entrée et aux murs c'est le contraire : les tableaux et les meubles ont laissé des silhouettes claires, et il essaie de se rappeler les objets. Contre le mur, sur la droite, il y avait une commode peinte en blanc, avec au-dessus un miroir rond. Sur le mur de droite, il y avait quatre tableaux : une gravure de Peter Dahl, un paysage d'un parent de maman et deux reproductions de renards et lièvres dans la neige par Bruno Liljefors.

À son grand étonnement, il reste un carton dans l'entrée. Visiblement oublié là par l'entreprise de déménagement. Kevin envisage de les appeler pour se plaindre de leur négligence, mais n'en a pas le courage.

Il continue dans la cuisine et s'assoit par terre, à l'emplacement de la banquette.

Quand ils avaient des invités, son père s'adossait au plan de travail, une bière à la main, et sortait ses vieilles histoires de police. Des anecdotes sur la face sombre de la vie, comme des épisodes comiques et, avec le temps, Kevin avait fini par en faire lui-même partie. Comme l'histoire de sa décision de devenir policier, un des mensonges plaisants de son père.

"Kevin et moi, on regardait la télé, racontait-il. Une émission sur les buts célèbres dans l'histoire du foot. Ils ont montré un passage de la finale de la coupe d'Europe 1976, Allemagne de l'Ouest contre Tchécoslovaquie, le cinquième penalty, décisif. Le Tchèque Antonín Panenka prend un long élan, ça se présente comme un tir très puissant. Et puis voilà : ce salaud fonce sur le ballon, mais au lieu de shooter dedans, il l'effleure du bout du pied. Un petit lob tout mou qui trompe le goal allemand Sepp Maier, mais aussi les spectateurs du monde entier, y compris Kevin."

Kevin s'en souvient très nettement. Les grandes vacances où papa et lui s'étaient entraînés au penalty Panenka sur le terrain de Gröndal. Ils y étaient allés presque tous les jours, tout l'été, et Kevin avait l'habitude de chronométrer le trajet du retour.

Il y avait deux horaires. Un pour le trajet bref par le pont de Gröndal, et l'autre avec détour par Kungsholmen et Lilla Essingen. Kevin contrôlait que son père respecte les limitations de vitesse, et ajoutait du temps s'il les dépassait. Le jeu amusait autant son père que lui, sinon plus, ce dont Kevin était fier, car il l'avait inventé tout seul. Ce soir-là, ils avaient pris l'option courte et étaient tombés sur une scène de crime au centre de Gröndal. Une voiture emboutie dans un arbre. Deux poignées de civière dépassaient entre les véhicules de police, avec deux pieds chaussés de tennis. Couverts de sang.

Le type mort était un criminel connu qui avait tiré sur la police sous l'emprise de la drogue. Kevin avait été comme obsédé par ce fait divers, il avait gardé les coupures de presse et enregistré les infos télévisées sur cassette vidéo. Dans la version que racontait son père, il était affirmé que c'était un événement fondateur pour le choix de carrière de Kevin. C'était une version officielle acceptable, et Kevin avait l'habitude d'opiner du chef au récit de son père. L'anecdote s'arrêtait là, et il ne racontait jamais la suite.

Ils étaient rentrés à la maison tandis que la nuit tombait, papa roulait beaucoup trop vite. Kevin avait parlé à tort et à travers sur ce type tué et, juste à l'entrée de Stora Essingen, papa avait eu un moment d'inattention.

On a entendu un choc sourd contre la voiture. Papa a freiné et est descendu de voiture.

Un petit chat gris était inerte, la tête contre l'asphalte.

Papa avait l'habitude de dire qu'il était allergique aux chats. En fait, il devait en avoir peur, mais ne voulait pas l'avouer. Il a regardé alentour, a soulevé le chat par la peau du cou et est allé balancer l'animal dans un bosquet.

"Ne dis rien à maman, ça suffira déjà avec la fusillade de Gröndal", a-t-il dit en revenant à la voiture.

Kevin avait pleuré en repartant.

Il entre dans le séjour. Le vide lui saute à la gorge, doublé d'une sensation d'enfermement. À côté de la porte, contre le mur, il y avait le téléviseur. C'était là qu'il avait vu Panenka tirer son penalty, le bon vieux gros téléviseur qui dormait à présent dans un entrepôt de Gröndal.

Il ouvre la fenêtre du séjour pour faire entrer un peu d'air frais. Dehors, le terrain descend vers la haie de lilas. Au printemps et en été, elle cache la vue sur la baie, mais on voit à présent l'eau noire à travers les branches nues. S'il se souvient bien, les propriétaires du chat habitaient une des maisons de l'autre côté de la rue.

Plus tard, dans la soirée, il était sorti en cachette avec un sac-poubelle. Persuadé que c'était sa responsabilité, parce que c'était surtout sa faute si papa avait renversé le chat. Il avait rabâché l'histoire du type qui s'était fait abattre et papa l'avait regardé au lieu de surveiller la route.

Après avoir ramassé le chat dans le sac en plastique, il était allé à la cabine téléphonique sur la place principale de Stora

Essingen et avait composé le numéro indiqué sur le collier. Un homme avait répondu et lui avait demandé d'attendre là.

Un grand gaillard qui ressemblait à Rolf Lassgård, le chat semblait si petit dans ses bras. Il avait ramené Kevin chez lui, il y avait un siège enfant à l'arrière de la voiture, avec une poupée à côté.

Kevin avait compris qu'une petite fille était en train d'attendre le retour de son père, et qu'elle serait bientôt très triste.

Puis Kevin avait tout raconté.

Ça avait fait toute une histoire. L'homme avait crié sur papa, et Kevin avait couru s'enfermer dans sa chambre. Puis ça avait été le tour de maman de crier sur papa. Ils se tenaient exactement là, dans le séjour, et il avait tout entendu depuis sa chambre, à travers le plafond.

Il était aussi mauvais menteur qu'aujourd'hui. S'il y avait un trait de caractère dont il n'avait pas hérité de son père, c'était bien l'art de raconter des histoires de bandits en enjolivant la vérité. Papa était un maître pour améliorer ses récits en les truffant de petits mensonges. Ce dont il ne voulait pas parler, il le taisait. C'était aussi une forme de mensonge.

Kevin ferme la fenêtre et décide de jeter un coup d'œil à l'étage avant d'aller travailler. Il y a trois chambres en haut : la sienne, celle de ses parents et l'ancienne chambre de son frère devenue chambre d'amis.

L'étage est aussi vide que le rez-de-chaussée. Sa propre chambre ne lui dit rien, alors qu'il y a vécu dix-huit ans. Les murs sont constellés de trous de punaises, les affiches de films qu'il a déménagées à Tanto avec sa petite collection de singles punks, et il n'y a au fond rien d'autre à se souvenir de cette chambre. Les souvenirs importants sont enterrés dans un cimetière virtuel : des jeux vidéo, une lettre d'amour envoyée à une fille de la classe et la tentative pitoyable d'écrire un roman de science-fiction.

Tandis qu'il redescend, son téléphone sonne. C'est Vera qui le remercie pour la soirée de la veille et lui demande s'il n'aurait pas envie d'aller à la maison de retraite de Farsta rendre visite à sa mère.

“Peut-être demain, répond Kevin en arrivant dans l’entrée. Comme ça je pourrai aussi passer voir Sebastian, comme on a dit hier ?

— Très bien.”

Il raccroche et ouvre le carton de déménagement oublié pour voir s’il contient quelque chose de valeur. Une affreuse lampe dont il ne se rappelle pas l’emplacement, quelques livres et une sacoche d’ordinateur.

Le vieil ordinateur portable de son père.

C'EST SANS DOUTE IMPORTANT
E4

Je te donne mon matin, je te donne ma journée.

Le mot trouvé coincé sous l'essuie-glace est posé sur le siège passager et Love se demande ce qu'il signifie et qui l'y a mis.

Le papier était humide, l'encre avait un peu bavé, mais le texte ne faisait aucun doute.

Probablement l'écriture d'une femme.

Les hommes ne forment pas des lettres aussi souples, songe-t-il en ralentissant. Les toits du temple chinois Dragon Gate apparaissent au-dessus des arbres, il va bientôt tourner.

Il cherche à se souvenir d'une femme qui aurait la moindre raison de laisser une déclaration d'amour sur sa voiture, mais n'en trouve aucune. Son dernier rendez-vous sentimental avait viré à la catastrophe. Elle était visiblement alcoolique et s'était endormie au milieu d'une conversation après avoir englouti une bouteille et demie au dîner, et probablement autant avant de venir. Elle l'avait bombardé de mails et de SMS les semaines suivantes, mais avait fini par abandonner. Si c'était ce qu'il avait de mieux comme admiratrice, il pouvait tout de suite abandonner cette piste. C'était probablement une erreur, ou une plaisanterie.

Quand son téléphone se met à sonner, il songe d'abord à ne pas répondre, mais il est à peine 7 heures du matin : c'est sans doute important.

C'est un policier de Stockholm qui se présente comme chef d'une section de la criminelle. “Je veux vous envoyer quelqu'un aujourd'hui. D'après ce que j'ai compris, vous avez une pensionnaire de seize ans originaire du Nigeria. Est-ce exact ?”

Il mentionne le nom de Mercy et Love confirme. En l'entendant poser la même question à propos de Nova, il commence à s'inquiéter.

"Je voudrais m'assurer que ces filles sont bien celles que nous pensons, continue le policier. Mon collègue vous en dira la raison, c'est confidentiel, je ne veux pas en parler au téléphone."

Il passe Marma, où le Dalälven apparaît sur la gauche, si large qu'on dirait plus un lac qu'un fleuve. "Et il n'y a rien que je doive savoir, avant l'arrivée de votre homme ?

— Tout ce que je peux dire, c'est qu'il s'agit d'une affaire assez sensible. Si les filles sont celles que nous pensons, elles peuvent dans le meilleur des cas nous aider dans le cadre d'une enquête, et cela signifie aussi, pour l'une d'elles, que nous avons une très mauvaise nouvelle.

— L'une d'elles ? Mais qui ?"

Le policier soupire.

L'ALCOOL FAIT DU BIEN
Zone industrielle de Västberga

"Je me suis juste barrée..."

Elle cache son visage dans ses mains et Mercy passe un bras autour d'elle. "Tu trembles."

Les doigts de Nova s'enfoncent dans le matelas, comme pour le déchirer. Elle pleure en silence, vers l'intérieur : Mercy comprend que la blessure de son amie ne guérira jamais.

"Et après, qu'est-ce qui s'est passé ?"

Le souffle court, Nova regarde par l'unique fenêtre du grenier. Elles se trouvent dans un ancien entrepôt de Västberga, il y a partout des taches de peinture. Une araignée morte pendouille au bout de son fil, prisonnière de sa propre toile. "J'ai emporté l'argent que j'avais économisé en faisant la pute, quelque chose comme vingt-cinq mille balles, j'ai couru au centre commercial et j'ai pris le premier train pour Stockholm. J'ai picolé avec quelques alcoolos sur les hauteurs de Vitan, et c'est sans doute à ce moment-là que mon frangin s'est occupé de Jussi. Après, j'ai dormi pendant une semaine dans divers hôtels avant que les flics me retrouvent.

— S'est occupé de Jussi ?"

Les yeux de Nova sont luisants. "Ils l'ont tué. Ou plutôt... Je crois que mon frangin a tué Jussi pendant que maman regardait. Ils sont les seuls à savoir ce qui s'est vraiment passé."

Mercy lui caresse la main et appuie sa tête contre son épaule. "Tu sais ce qui s'est passé après ton départ ?

— À peu près, en tout cas..."

Elle essuie une larme sur sa joue en se tortillant. Les effets de la drogue sont en train de s'estomper, il lui en faut plus, elle tend la main vers le sachet d'ecstas et avale une pilule bleue.

Mercy n'en veut pas. Elle boit, maintenant. Le pote d'Erkan, propriétaire de l'entrepôt, un garçon efféminé surnommé Blomman, "la Fleur", leur a laissé quelques bouteilles de vin et un quart de vodka. Elle a déjà bu la moitié de la vodka et une des bouteilles, mais sent son esprit de plus en plus clair.

"Le poste à la papeterie de Tumba devait être le premier vrai boulot de Jussi depuis genre sept ans, mais il ne l'aurait pas eu, même s'il n'était pas mort.

— J'ai du mal à suivre quand tu mets plusieurs *pas* dans la même phrase.

— Les renseignements ont étudié son dossier, il ne leur a pas fallu plus d'une demi-journée pour comprendre qu'il n'était pas exactement la personne idéale pour imprimer des billets de banque. Il connaissait trop de criminels et même si pour lui il y avait prescription, ça ne changeait rien. Ce n'était pas vraiment la première fois qu'il plantait un boulot à cause d'anciennes conneries. Avant d'être au chômage, il bossait pour une agence d'intérim, était super mal payé, mais il était assez doué. Il avait fait une mission pour la Poste, et ils auraient voulu l'employer, mais ça n'avait pas été possible, parce qu'il avait été condamné à de la prison avec sursis pour vol, genre vingt ans plus tôt, alors l'agence lui avait trouvé une place dans une boîte de Sumpan qui construisait des respirateurs. Il y avait bossé pendant un mois, mais n'a jamais touché de salaire, parce que son agence d'intérim a fait faillite… Il avait beau faire gaffe, tout foirait toujours pour lui."

Mercy se dit que Nova n'a peut-être pas le courage de lui parler du meurtre lui-même, que c'est pour ça qu'elle s'arrête sur plein de détails insignifiants. "Ferme les yeux et imagine que je suis Love, dit-elle.

— Mais pourquoi ?

— Parce que tu as trouvé facile de parler avec lui hier, c'est en tout cas ce que tu me disais."

Mercy se sent presque jalouse de Love. Peut-être s'était-elle ouverte à lui parce qu'elle l'avait fait pour se venger ?

“J’ai raconté à Love l’histoire du lapin, dit Nova. J’ai dit que je lui avais brisé la nuque et que nous l’avions enterré dans la forêt. Pardon…”

Le visage de Mercy se fige. Elles s’étaient pourtant juré de n’en parler à personne.

“Ne recommence jamais ça, dit Mercy au bout d’un moment. Il faut que tu arrêtes de parler de ce que nous sommes seules à comprendre. Maintenant, tu dois me raconter quelque chose que tu n’as jamais dit à personne.

— Quoi ?

— Raconte-moi le meurtre de Jussi.” Mercy voit aux yeux de Nova que la pilule commence à agir. Quand on en prend plusieurs à la file, on décolle plus vite. “Love dit toujours que c’est bien de parler des choses pénibles. Si tu me racontes, je te promets de te raconter moi aussi quelque chose de pénible.”

Elle attrape la bouteille de vodka et en boit une gorgée. L’alcool fait du bien, ça ramène sur terre quand on a pris des drogues. L’alcool n’est pas aussi irréel, ça calme, les voix se taisent.

“Mon frangin avait pris plein d’amphètes, commence Nova. Quand Jussi est rentré, Nounours l’a assommé avec une batte de baseball. Puis, ensemble, maman et lui l’ont traîné au grenier pour être tranquilles. Là, ils l’ont achevé.”

Les yeux de Nova sont durs à présent, et Mercy lui passe la vodka. Elle la prend, en boit un peu et rebouche, mais ne rend pas la bouteille. “Nounours a dit à la police que maman n’était pas avec lui, qu’il l’avait tout fait seul, mais elle a été condamnée pour complicité, et le jugement est aujourd’hui en cassation, parce que le procureur veut qu’elle soit condamnée pour meurtre et pas seulement pour complicité.”

Soudain, Mercy comprend qui est vraiment Nova.

Il y avait eu beaucoup de presse sur cette affaire, à peu près quand Mercy était au Jämtland. Beaucoup de papiers avaient été écrits sur la belle-fille de la victime, qui avait témoigné lors du procès. Mercy se souvient du dessin d’une fille blonde tête baissée.

C’était donc Nova.

Mercy sent la noirceur se réveiller en elle, commencer à se mouvoir dans sa poitrine et son ventre, mais elle la repousse, se répète que c'est là leur tout dernier secret, le tout dernier dont il faudra parler pour ne plus faire qu'une seule personne. Elles doivent partager toute leur noirceur. De son côté, elle a parlé du type à Hambourg, sans révéler grand-chose de ce qui s'était passé quand elle avait quitté la Turquie, à son arrivée en Allemagne.

Elle *va* tout lui dire. Mais Nova d'abord.

Nova débouche à nouveau la bouteille, boit encore un peu et cette fois rend la vodka à Mercy. Celle-ci la prend, avale une grande gorgée qui va refouler ce qui reste de noir.

"Nounours a commencé par écraser les mains et les pieds de Jussi à coups de marteau, dit Nova, puis il lui a fait avaler un produit pour déboucher les canalisations, de la soude quelque chose…

— Soude caustique ?"

Nova hoche la tête, voit qu'elle est à nouveau au bord des larmes. Leurs yeux se croisent, mais c'est comme si Nova voyait à travers Mercy.

Elles sont sœurs jumelles, elles partagent le même ADN, forment une seule personne, et non deux.

Soudain, Mercy entend une voix dans sa tête, ténue et misérable, bien qu'elle crie de toutes ses forces. En elle du fond d'un abîme sans fond.

Nova se couche sur le matelas et prend la main de Mercy.

Mercy se blottit contre elle, lui caresse les cheveux en bougeant les lèvres pour parler leur langue, et Nova lui répond avec peu de mots et des phrases courtes.

C'est Mercy qui console et Nova qui veut être consolée et, sans prononcer un seul mot, elles s'entendent pour dormir.

Mercy étend sur elles la couverture et cale un oreiller sous la tête de Nova.

Elles s'endorment au même instant.

COUPABLE PAR ASSOCIATION
L'île du Diable

Le jour se lève quand Kevin quitte la villa. Le stade de Stora Essingen apparaît sur sa droite. Il coupe le moteur et laisse sa Vespa faire en roues libres les derniers mètres jusqu'à la clôture.

Il embrasse le stade du regard. Il n'avait jamais pu jouer en vert et blanc comme Antonín Panenka dans les Bohemians de Prague, n'était pas assez bon pour Hammarby et avait dû se contenter d'une place de milieu de terrain en jaune et noir au club d'Essinge. En revanche, il avait eu l'occasion de tirer un Panenka lors d'un match de série, l'automne de ses dix ans. Il s'était avancé vers le point de réparation, avait posé le ballon et, comme dans le stade de Belgrade, le temps s'était arrêté.

Ça s'était passé presque exactement comme à la télé, il en était resté choqué. Avait à peine jubilé, malgré l'exaltation de ses coéquipiers. L'entraîneur, en revanche, l'avait pris à part après le match pour lui dire de ne jamais recommencer : s'il ratait, il faisait perdre son équipe et, si contre toute attente il réussissait à nouveau, c'était humiliant pour le goal adverse.

Kevin sourit. Bref, Antonín Panenka n'était pas un bon modèle pour un policier.

Mais l'histoire enjolivée de son père avait malgré tout un fond de vérité. Antonín Panenka avait peut-être fait de lui un garçon plus courageux. À défaut d'autre chose, le penalty du Tchèque illustrait l'importance de toujours garder une carte surprise dans sa manche – ce qui lui servait tous les jours dans sa vie professionnelle. Lors des interrogatoires, pour prendre un exemple parmi tant d'autres.

Il avait arrêté de jouer à quatorze ans en découvrant le punk. Le foot s'accordait mal à son dogmatisme d'adolescent : il avait embrassé le style de vie préconisé par le collectif anarcho-punk anglais Crass, et décrété que tout sport était l'opium du peuple.

Ce qui s'accordait tout aussi mal avec des études pour entrer dans la police, mais il n'était plus anarchiste quand il était entré à l'École de police. Toujours punk en revanche, et son style s'était heurté aux préjugés de ses enseignants et condisciples au cours de sa formation, et plus tard à ceux de ses collègues. Punk, ça faisait des histoires, et c'était dans l'ordre des choses, puisque c'était fait pour.

Son choix d'orientation professionnelle avait lui aussi posé des problèmes. Il avait perdu ses anciens amis, et avait du mal à s'en faire de nouveaux. Le simple fait de s'occuper de pédopornographie le rendait coupable par association, et essayer de garder son travail secret était tout aussi problématique car cela éveillait soupçons et paranoïa.

Avant de remettre en marche sa Vespa, il chausse ses écouteurs, les branche à son téléphone et, en allumant la radio, il s'aperçoit qu'il va être en retard.

… et voici le flash info, il est 8 heures. Chers auditeurs, bonjour…

La sacoche d'ordinateur trouvée dans le carton oublié par les déménageurs est provisoirement roulée dans son pull, sur le porte-bagages. Il conduit prudemment : le portable qu'elle contient, avec ses quelques années au compteur, est sans doute sensible aux vibrations. Mais c'est un bon ordinateur qui a dû coûter cher à l'achat. Le reste du carton, lampe et livre, a fini à la poubelle.

… Suite au cambriolage présumé d'une villa de Gävle, un garçon de quinze ans a été hospitalisé dans un état critique, avec un grave traumatisme crânien…

… Un homme d'une vingtaine d'années est interrogé comme témoin potentiel par la police, qui reste très discrète sur l'enquête

préliminaire. La cause des blessures du jeune homme n'a pour l'heure pas été clarifiée…

Passé la place centrale d'Essinge, la radio est interrompue par un appel téléphonique. Il décroche avec son kit mains libres. C'est le boulot. Lasse, son chef.

"Je veux que tu ailles à Skutskär. Il s'agit des deux filles. Nous les avons peut-être localisées."

Skutskär ? songe Kevin. Près de Gävle, donc.

ELLE COMMENCE PAR SE CONNECTER À FACEBOOK
Zone industrielle de Västberga

Il fait sombre dehors, bien que ce soit la mi-journée.

C'est la période de l'année où la peau des gens dans le Nord commence à devenir translucide.

Beaucoup de Suédois ont la peau si claire qu'on voit distinctement leurs veines à travers : à la lueur de la lanterne devant l'entrepôt, le visage de Nova a des irisations presque bleues.

Erkan a appelé Blomman pour le prévenir qu'elles étaient recherchées et devaient rester cachées le temps que ça se tasse.

Recherchées. D'une certaine façon, c'est une libération : désormais, elles ont une raison de partir loin, très loin.

"Après le procès, on a voulu me placer en foyer de désintoxication, mais j'ai réussi à me barrer." Nova allume une cigarette. "J'ai habité quelques mois chez un mec, un pote de mon frangin qui connaissait quelqu'un dans le cinéma. Une réalisatrice, en fait, une nana jolie et sympa. J'avais déjà brûlé presque toutes mes économies, alors j'ai accepté pas mal de plans pervers. Mais ça, tu le sais déjà… Tu as en gros fait des trucs du même genre.

— C'est ton frangin qui a tué Jussi, pas toi.

— C'est ma faute s'il est mort."

Pour pouvoir partir très loin, il leur faut de l'argent, et elles en ont déjà un peu. Il faut repeindre la Volvo blanche et changer ses plaques pour la vendre.

Elles en tireront dix briques : avec ce qu'elles ont réussi à tirer avec la carte bancaire, ça leur fait presque vingt-sept mille. Pour leur boulot dans le studio de Blomman, elles auront quinze mille de plus. Elles n'avaient dormi que vingt minutes quand on les a réveillées pour un tournage. Ce soir, elles continueront au sous-sol, puis feront peut-être encore quelques heures devant les webcams.

Ça a l'air d'un ennui mortel de bosser dans ces box. Elles ont bavardé avec quelques-unes des filles qui leur ont dit qu'on passe surtout son temps à attendre, et que la plupart des types veulent juste mater, ils paient des cacahuètes pour un aperçu, puis se dégonflent et se déconnectent. Un seul des box sert à la baise en live, et c'est réservé aux filles qui ont le plus de bouteille. Il n'y a pas beaucoup de mecs qui assurent pour la baise en live, mais Blomman en a quelques-uns. Apparemment, les types préfèrent mater de la baise en live plutôt qu'une fille seule. Ça doit être parce qu'ils aiment regarder la bite des autres.

Nova passe la cigarette à Mercy.

Elle a encore un goût salé et moisi dans la bouche, la fumée purifie.

"Ils ont été durs avec toi ?" demande Mercy.

Elle voit assez clairement qu'ils traitent Nova comme une merde, alors que pour elle c'est plus facile, parce qu'ils ont peur. Plusieurs des types ont du mal à bander avec elle. Certains se retirent, d'autres s'énervent et se mettent à cogner, mais là Mercy devient plus dure encore, et c'est souvent elle qui gagne.

"Tu ne peux pas juste rester couchée à gémir en prenant tout, même quand ils te font mal, dit Mercy.

— C'est mon style, comme actrice. Ils aiment ça, et ça me fait plus d'engagements."

Nova lui sourit, Mercy ne sait pas si elle lui dit la vérité. Parfois, Nova décide quelque chose, et elle y croit. Nova invente une vérité.

"On bosse deux semaines ici, et on se tire, dit Mercy, et Nova opine du chef.

— On se tire à L.A."

Nova écrase la cigarette et défie Mercy du regard : elle sait qu'elle préférerait New York. Los Angeles a l'air moche et triste, rien qu'une longue autoroute.

"À L.A., les gens sont complètement dingues, continue Nova. Tous super beaux, genre hippies, ils glandent au soleil, se baladent en monocycle et s'habillent en singes ou en Playboy Bunnies.

— OK, on se tire à L.A. et on s'habille en singes.

— On achète une petite maison près de la mer. Sur Sunset Beach. On devient normales."

Nova ne remarque même pas que Mercy se met en colère, malgré elle.

"Je pourrai faire des études", dit Mercy pour chasser la noirceur. Elle s'efforce d'imaginer la maison : elle a un balcon avec vue. Elle y lit, Nova prend le soleil à côté. Sa peau bleuâtre a disparu, elle semble forte et en bonne santé.

"Je poserai ma candidature à Hollywood", dit alors Nova.

Sa naïveté est parfois tellement énervante… Mercy lui demande ce qu'elle veut dire par "poser sa candidature".

Nova ne sourit plus.

"Qu'est-ce qu'il y a ? demande Mercy. Il y a un problème ?

— Il a survécu, hein ? Le mec de Gävle ?

— C'est en tout cas ce qu'a dit Blomman."

Mercy détourne la tête. De l'autre côté de la clôture, sur la route, un type passe avec un chien, il a l'air ivre. Complètement à l'ouest. L'air devient soudain limpide comme le cristal, avec une odeur irritante de métal.

C'est ça que sent le noir, pense Mercy.

Et maintenant, c'est moi qui ai besoin d'aide.

"De quoi tu as le plus peur ? demande Mercy.

— Je ne sais pas… Et toi ?

— De savoir que je pourrais aller voir ce mec, là-bas…" Elle montre le type au chien. "Je pourrais le tuer, direct. Même s'il est beaucoup plus grand que moi, je pourrais l'assommer et piétiner sa tête jusqu'à ce qu'elle éclate. Son chien se barrerait sans demander son reste."

Nova ne répond pas.

"On rentre ? propose-t-elle au bout d'un moment, mais Mercy secoue la tête.

— Non, je veux essayer de comprendre, d'expliquer… J'ai peur que quelque chose de plus affreux encore se passe. C'est comme si je le savais, c'est tout, c'est si fort, organique.

— Je ne comprends pas.

— Quelque chose qui vit en moi.

— Je sens la même chose", dit Nova. Mercy sait qu'elle pourrait décider de croire Nova, mais non. Ce ne serait pas juste pour elles deux.

"Je ne te crois pas. N'essaie pas d'être comme moi. Il vaudrait mieux qu'on s'encourage mutuellement à s'améliorer. Laisse-moi plutôt essayer d'être plus comme toi. Comme ça, on aura une chance d'être des sœurs jumelles aussi dans ce monde-ci."

Nova semble blessée. "Il n'y a qu'une chose qui me fait peur, c'est que tu me quittes."

Les yeux de Nova sont brillants, Mercy sent que ça l'aide. Nova a le don de chasser le noir, parfois plus efficacement que l'alcool. Comme maintenant. Mercy serre Nova dans ses bras.

Il se met à pleuvoir. Des petites gouttes sur leurs joues. Mercy les voit atterrir comme des taches de rouille sur la peau blanche de Nova. C'est comme du sang. Elle embrasse Nova sur le front puis elles regagnent leur grenier.

Blomman leur a prêté un iPad si elles s'ennuient entre les tournages. Il est bourré de porno, mais elles peuvent aussi regarder leurs sites privés. "C'est mon tour", dit Nova quand elles s'étendent sur le matelas, et elle commence par se connecter à Facebook.

Mercy observe le visage de Nova tandis qu'elle fait défiler son actualité. "Il y a déjà au moins cinquante commentaires sur nous et…"

Soudain, Nova se tait, l'air complètement vide.

"Regarde ce que Freja a écrit ! Alice l'a partagé sur ma page…"

Nova incline l'écran pour que Mercy voie mieux.

ELLE A EN RÉALITÉ DIX-SEPT ANS, MAIS C'EST ÉCRIT DIX-HUIT
Quartier Kronoberg

"La Toyota est au garage, près des ascenseurs." Lasse lui passe les clés de la voiture tandis que Kevin feuillette le dossier qu'il doit prendre avec lui. Plusieurs clichés de la fille blonde, dont quelques anciennes photos de classe. Elle a fréquenté un collège de Fisksätra et il vient d'apprendre qu'elle a été témoin dans un procès retentissant voilà tout juste un an.

Son beau-père avait été assassiné par son frère avec la complicité de sa mère. Tous deux avaient été condamnés à de longues peines de prison. Les services sociaux avaient placé Nova dans un foyer pour jeunes abusées sexuellement à Skutskär.

C'est sûr, c'est la même fille que sur les photos.

Et il y a Blackie Lawless, l'amie de Nova. Pas de nouvelles images, juste le même portrait figé qu'il a regardé hier. Mais son dossier a été augmenté de la copie d'un passeport nigérian, et Kevin devine pourquoi. "Je suppose que si la photo de ce passeport se trouve dans le dossier, c'est que nous pensons que son propriétaire pourrait être un parent de Blackie ?

— Le type sur cette photo n'est pas n'importe qui.

— Ah ? Et qui c'est, alors ?

— L'homme qui est tombé d'un avion l'autre jour, et qui a atterri sur le pont de Liljeholm. Nous avons recherché des membres de sa famille en Suède, en éliminant plusieurs homonymes : c'est un nom de famille malgré tout assez commun, là-bas. Mais il nous reste quelques possibilités, dont une fille de seize ans, hébergée dans le même foyer que Nova. Elle s'appelle Mercy, et voici la photo que l'Office des migrations nous a fait parvenir ce matin." Lasse pose une nouvelle photo sur la table. “Tu ne trouves pas qu’elle ressemble à Blackie ? Et il n’y a pas un air de famille avec l’homme du passeport ?”

La photo de cette Mercy fournie par l’Office des migrations est difficile à comparer avec la fille des films pornos, mais il y a quelque chose.

“Elle ressemble à Grace Jones, dit Kevin. Pommettes hautes, visage un peu masculin. Tu as vu *Gordon’s War* ? Un film du début des années 1970. Le premier de Grace Jones.

— Non, je n’ai pas vu.” Lasse se met à tapoter un stylo sur le bord de la table. Une mauvaise habitude terriblement énervante. “Tu es un putain de physionomiste, toi ! Je n’ai jamais vu ça. Pour moi, Blackie est la copie conforme de Mercy, et même du type sur le passeport. Tu n’es pas d’accord ?

— Je suis d’accord que Mercy est probablement la même fille que Blackie, dit Kevin, ou du moins une parente très proche, mais il est risqué de dire quoi que ce soit sur l’homme, même s’il est mince, lui aussi, et avec des pommettes hautes.

— Il avait fait une demande d’asile en Suède qui a été rejetée. Si j’ai bien compris les explications du référent à qui j’ai parlé, il avait invoqué son homosexualité.

— Comme beaucoup.”

Le bruit du stylo continue. Après avoir tambouriné sur le bord de la table, Lasse le fait à présent rebondir sur le plateau. “Bon, j’y vais”, dit Kevin.

Il se lève pour partir, mais ne dépasse pas le seuil de la porte.

“Tu dors mal, hein ?

— Oui.

— Tu picoles, aussi ?”

Quelques bières et deux ou trois schnaps avec Vera au Pélican, se dit-il.

Il descend au garage et monte dans la Toyota. Les voitures banalisées sont moins bien entretenues que les véhicules de patrouille, l’habitacle sent le renfermé. Des heures de triste planque ont dû imprégner le revêtement des sièges. Alors qu’il s’apprête à s’engager dans Bergsgatan, son chef l’appelle à nouveau.

“Je viens d’avoir le directeur du foyer. Les filles ont disparu.

— Disparu ?

— Oui, depuis hier soir, et on dirait qu'elles se sont mises dans une sacrée merde.

— Comment ça ?

— On les suspecte d'avoir tabassé un type et volé une voiture. Elles sont recherchées.

— Tabassé un type ? À Gävle ?

— Oui. Et il est salement amoché.

— Putain… J'ai entendu ça à la radio.

— L'officier de police de Gävle n'a pas voulu en dire davantage au téléphone, mais il a promis de te briefer sur place. Et il y a encore autre chose…"

Kevin entend le stylo tambouriner en bruit de fond.

"Il y a bientôt sept semaines, une autre fille a disparu de ce foyer, dit Lasse. Va voir sur Facebook, une certaine Freja Lindholm. Elle a des cheveux bruns et raides et porte un top rouge sur sa photo de profil. Elle a en réalité dix-sept ans, mais c'est écrit dix-huit."

Kevin sort son téléphone et trouve toute une série de profils à ce nom. L'un d'eux correspond à la description. "J'ai trouvé la photo.

— Regarde son dernier post… J'ai l'impression que c'est une affaire pour nous. Qu'est-ce que tu en penses ?

— Il y a un risque", répond Kevin en voyant ce que la fille a écrit :

S'il vous plaît, aidez-moi, je ne sais pas où je suis plein de pièces ici une cave sol béton pas de fenêtres s'il vous plaît repérez le téléphone !!

"AIMERAIT" EST UN MOT TRISTE
Le Chaudron

Love Martinsson ne sait pas que les taches couleur rouille sur la fenêtre de son bureau contiennent des particules de sable du Sahara emportées dans l'atmosphère par-dessus l'Afrique du Nord et transportées par les vents jusqu'en Suède, à cinq mille kilomètres de là. Probablement une merde rejetée par l'usine, se dit-il en essuyant la poussière sèche et rougeâtre avec un chiffon.

S'il avait regardé le journal du matin à la télé, il aurait su que ce phénomène est appelé pluie de sang, qu'il est assez rare sous ces latitudes septentrionales et qu'à travers l'histoire de l'humanité il a souvent été considéré comme un mauvais présage, annonçant mort et destruction.

À l'arrivée de la police de Gävle plus tôt ce matin, la pluie commençait à faiblir. L'émotion des pensionnaires a augmenté inversement : quand la pluie a cessé, vers 11 heures, le Chaudron était en ébullition.

Nova et Mercy étaient considérées comme des héroïnes.

Il referme la fenêtre et retourne s'asseoir à son bureau.

Se sent vide.

Où étaient-elles passées ? De quoi étaient-elles capables ? La police avait été assez évasive sur ce dont on les suspectait. Vol et violences. Même si les détails étaient confidentiels, une rumeur s'était répandue parmi les pensionnaires.

Elles auraient laissé un type pour mort, volé une voiture et peut-être aussi une forte somme.

On frappe à la porte. La policière qui l'a déjà interrogé, une femme d'une cinquantaine d'années, entre et s'assied en face de lui, tenant le mot qu'il a trouvé coincé sous son essuie-glace.

"Nous avons comparé avec des échantillons d'écriture : c'est très probablement Nova qui vous a laissé ce message. Vous avez eu le temps de réfléchir à ce qu'elle a pu vouloir dire par là ?"

Dès qu'il avait appris que Nova et Mercy étaient recherchées, il avait compris qui avait écrit le mot. "Je ne sais pas, répond-il. Peut-être voulait-elle juste me saluer ?

— *Je te donne mon matin, je te donne ma journée.* La policière note quelque chose dans son carnet. Est-ce que la fille est amoureuse de vous ?" demande-t-elle alors sans lever les yeux de son papier.

Il est surpris. "Non, ça m'étonnerait.

— Vous avez donc avec elle une relation purement professionnelle ?"

Il se sent accusé mais comprend que ces questions font partie de la procédure standard. "Oui, répond-il.

— Mais elles sont quand même venues chez vous ?

— Apparemment.

— Nous avons eu la confirmation qu'elles se trouvaient à Uppsala tôt ce matin, vers 6 heures. Elles ont retiré de l'argent à un distributeur avant ou après leur visite chez vous. Vous dites avoir quitté votre domicile vers 7 heures ?

— Oui, juste avant. 6 h 45, 6 h 50 peut-être.

— Et vous avez été contacté par la criminelle alors que vous étiez en route pour votre travail, à peine une heure plus tard ?

— Oui, comme je vous l'ai dit précédemment, ils voulaient nous envoyer un policier au sujet d'une affaire concernant les deux filles.

— Quelqu'un peut-il confirmer que vous avez dormi toute la nuit chez vous ?" demande-t-elle alors.

Il n'en croit pas ses oreilles. "Vous croyez que je les ai aidées ? Et qu'elles ont laissé ce mot en guise de couverture ?

— Répondez simplement à la question.

— Non… J'ai dormi seul chez moi, dans mon lit. Je n'ai pas de partenaire en ce moment.

— Très bien, merci." La femme lève les yeux de ses notes. "Avez-vous quelque chose à ajouter que vous estimez devoir porter à notre connaissance ?"

Il réfléchit. “Juste avant sa séance de thérapie, hier, Nova a été contactée par chat, et elle a dit être sûre qu’il s’agissait de la même personne que celle qui l’avait *groomée* il y a cinq ans.”

La policière sursaute. “Qui ça ?

— Je ne sais pas… C’est en tout cas ce qu’elle m’a dit. Il se faisait appeler Peter, ou le Marionnettiste, Puppet Master ou encore Master of Puppets.”

Elle note et demande de quel forum de chat il s’agissait.

“J’ai oublié de le lui demander, répond-il. Mais apparemment cette personne a supprimé son compte hier, et si j’ai bien compris vous avez le portable des filles, l’application du chat devrait y être installée.

— Vos pensionnaires ont donc accès au téléphone et à internet vingt-quatre heures sur vingt-quatre ?

— Oui, à part pendant leur thérapie, bien sûr. Ce n’est pas une prison.”

La femme hoche la tête et il lui semble la voir lever les yeux au ciel. “À propos de téléphone, reprend-elle, une de vos pensionnaires déclare avoir été réveillée par une sonnerie vers 5 heures. Elle dit que ça venait de l’accueil, et que le gardien de nuit a répondu.

— Ah ? Je… Encore une fois, je n’étais pas arrivé à ce moment-là.

— Ce qui est bizarre, c’est que votre vacataire, Erkan, prétend ne pas avoir téléphoné cette nuit. Il n’a pas non plus remarqué de fugue dans la soirée ou la nuit. Ce n’est pas justement son boulot, de surveiller ça ? Vous n’organisez pas de rondes ?

— Non, sauf en cas de troubles.

— D’après vos dossiers, Erkan travaille occasionnellement ici depuis bientôt deux ans. Vous le connaissez bien ?”

Erkan fait d’habitude les gardes de nuit, et arrive le plus souvent après le départ de Love. C’est un aide-soignant psychiatrique diplômé, il a de bonnes références et est apprécié des filles et du personnel.

“Pour moi, c’est un garçon compétent, répond-il. Mais Erkan a été recruté avant mon arrivée, et je ne le connais pas très bien personnellement. On se croise aux réunions d'équipe, ça s'arrête là."

La policière le fouille du regard. "Et que pensez-vous des deux filles recherchées ? Y a-t-il quelque chose que nous devrions savoir, dans la perspective d'une éventuelle interpellation ?"

Il réfléchit. Pas question pour le moment de communiquer à la police des détails concernant leur thérapie, il n'y a encore rien de concret qui justifierait de rompre son devoir de réserve. Il décide de rester évasif.

"Traitez-les avec respect", se contente-t-il de dire.

Elle hoche la tête, mais ne semble pas intéressée par son conseil. "Et quelle est votre relation avec Freja Lindholm ?

— Aucune. Je ne l'ai jamais rencontrée, elle s'est enfuie avant mon arrivée… Vous pensez que la disparition de Freja a un rapport avec celle de Nova et Mercy ?

— Nous enquêtons", répond-elle en rayant quelque chose dans son carnet.

Freja, songe-t-il une fois la policière partie.

Et Nova et Mercy. Disparues.

Sa dernière note de la séance avec Mercy est sous ses yeux, sur le bureau. *Samos. Le rivage de la mort.*

Et Alice aussi.

Disparue.

Sur un autre papier, sur son bureau, Sven-Olof Pontén a signé une décharge sanctionnant la fin de la thérapie de sa fille.

Love se cale au fond de son siège et voit que la fenêtre est mal nettoyée. Il reste des taches rouge sang sur les joints des vitres et sur le rebord en zinc.

Là, il aimerait avoir quelqu'un à qui parler. Il aimerait pouvoir prendre son téléphone pour appeler cette personne, et parler de tout avec elle. Ce soir, il aimerait avoir quelqu'un qui l'attende à la maison. Ils prendraient un verre de vin sur le canapé en continuant de parler.

"Aimerait" est un mot triste.

Mais il ne peut s'en prendre qu'à lui-même, puisque sa solitude est choisie.

De fait, il y a une personne qu'il pourrait appeler. Elle serait peut-être contente, voudrait peut-être parler, peut-être le voir.

Mais il n'est pas encore prêt à franchir ce pas.

APPAREMMENT, ON APPELLE ÇA *FLUFFER*
Le Chaudron

C'est un trajet qu'il n'a jamais fait. La branche ancienne de l'E4, entre Marma et Skutskär, qui s'ouvre ici et là sur des paysages de champs, prés et bosquets qui doivent ressembler à une carte postale en été, mais qui, dans les conditions climatiques actuelles, ne sont qu'une triste bouillasse.

Du Colin Nutley mâtiné d'Ingmar Bergman, songe Kevin en prenant la sortie.

Quelques minutes plus tard, il se gare devant le foyer, un bâtiment bas en brique jaune qui lui fait penser à une crèche ou une école primaire dans une banlieue de Stockholm. Il se gare à côté d'une voiture de police.

La cheffe de la police de Gävle l'attend à l'accueil et ils s'installent au réfectoire.

Elle l'informe qu'elle vient de brièvement interroger le directeur. "Il m'a fait des réponses un peu évasives, dit-elle. Une certaine hostilité dans le ton, si vous voyez ce que je veux dire.

— Il est soumis au devoir de réserve, je suppose ?

— Oui, en partie. Mais c'est une notion floue, merde. S'il voulait vraiment nous aider, il aurait dû nous dire tout ce qu'il savait sur ces deux filles."

Elle sert des cafés et lui expose la situation. Deux de ses collègues se sont relayés pour interroger les pensionnaires et le personnel. "Celui qui était de garde cette nuit s'appelle Erkan Cihan Deniz. Allez lui causer, après. Ça pourra être intéressant. La première chose qu'il a faite quand on allait l'interroger a été de nous offrir des pâtisseries turques.

— Des pâtisseries turques ?

— Oui, un plat avec une espèce de gâteau sucré. Comme si c'était la pause-café."

Sur la table, des copies des documents d'identité de Nova et Mercy. Ce que la policière lui dit des deux filles dissipe tous ses doutes : ce sont bien celles que Lasse et lui recherchent depuis bientôt un mois.

Et les deux filles portées disparues sont désormais trois.

"Nous sommes en train de tenter de localiser le téléphone utilisé par Freja Lindholm pour poster son message sur Facebook, dit la femme, mais il semble malheureusement que la carte SIM soit cryptée ou endommagée. Est-ce que vous connaissez cette Freja, à la criminelle ?

— Non, pas sous ce nom en tout cas.

— D'après ce que je sais, c'est une fille assez amochée. Ses parents sont morts quand elle était petite, elle n'a pas de famille proche et a épuisé une poignée de familles d'accueil avant d'atterrir ici. Elle a commencé à se prostituer à treize ans et a un grave problème de drogue. J'ai parlé à sa thérapeute, qui m'a dit qu'elle avait collaboré à des films pornos.

— Collaboré ? Comme actrice ?

— Euh…" Il la voit rougir du cou. "Je ne sais pas bien. Apparemment, on appelle ça *fluffer*. Vous savez peut-être ce que c'est ?

— Oui."

Une *fluffer*, ce sont deux minces jambes nues qui passent quelques secondes à l'arrière-plan.

Une *fluffer* entretient l'érection des acteurs.

La troisième fille, se dit-il.

LA MER DU CIEL
Zone industrielle de Västberga

"Elle n'est pas ici, répète Mercy en secouant les épaules de Nova. Freja n'est pas ici. Pigé ?"

Après avoir lu le message de Freja sur Facebook, Nova s'est mis en tête qu'elle pouvait être ici, au sous-sol. Nova ne l'écoute pas, force le passage et se dirige vers le couloir. Mercy abandonne. Elle reste bras ballants dans l'odeur de cave, terre et moisissure, et regarde Nova tambouriner à la porte, dans la lueur rouge de l'ampoule au-dessus du cadre. Il fait froid, et pourtant les bras nus de Nova sont luisants de sueur.

Je t'aime, songe Mercy. Tu es si douée pour ne pas penser.

Derrière la porte, la fille préfère interrompre le direct : il ne faut pas plus de dix, quinze secondes pour que la lampe s'éteigne et que la porte s'ouvre.

Ce n'est pas Freja qui sort dans le couloir, drapée dans une couverture.

C'est une petite blonde qui leur demande timidement en anglais ce qu'elles veulent.

"Nevermind", répond Nova.

Mercy prend la main de Nova. "Viens, on rentre."

Il reste encore quelques heures avant qu'elles doivent reprendre le travail, et Mercy veut avoir Nova pour elle un moment. Et puis Nova commence à beaucoup trop penser à Freja. Même si elle se trompe pour le moment à son sujet, elle finira peut-être par penser juste. Par comprendre.

Et alors Nova sera brisée.

Elles se glissent sous la couverture et Mercy reprend son histoire là où elle l'avait laissée la dernière fois, au moment où ils avaient écrasé un oiseau. Elle ne veut pas que ce soit uniquement noir, il y avait aussi parfois de la lumière, et elle ne veut pas l'oublier. Si on oublie la lumière, on ne sait plus comment la retrouver. “Nous avons dû rester toute une semaine à Lagos, le temps que tous les papiers soient prêts. Papa avait dit que ce serait Ankara ou Istanbul, mais ça a été Izmir.”

Mercy raconte tous les détails dont elle peut se souvenir, pour ne jamais les oublier.

Elle raconte avoir embrassé son amulette au contrôle des passeports, non parce qu'elle y croyait, mais à tout hasard : elle espérait que, si contre toute attente elle avait le moindre effet, l'amulette ne la protégerait pas seulement elle. Elle raconte encore que son père avait passé la douane en premier, et que tout lui avait semblé possible, dès lors qu'on l'avait laissé passer.

“À Lagos, j'ai vu la mer pour la première fois de ma vie, et je voyais à présent le ciel, en vrai. Je l'avais toujours imaginé plat, mais dans l'avion j'étais en plein ciel, c'était comme un reflet de la mer, mais en plus vaste, puisqu'il couvrait tout le globe terrestre. Beaucoup pensent que c'est là qu'on va quand on meurt, dans la mer du ciel. Papa a dit que la pression dans l'avion était mauvaise pour mes tympans abîmés, mais c'était le contraire. Le ciel était une mer tonitruante, ça hurlait et grondait, mais ça couvrait aussi le bruit dans ma tête, et une fois posés à Izmir, j'aurais voulu y remonter…

— Comment c'était, la Turquie ?”

Mercy ferme les yeux en essayant de l'imaginer. “Izmir était au bord d'une baie bleue entourée de montagnes, commence-t-elle, et dans le port, il y avait des bateaux plus hauts que des immeubles et longs comme plusieurs pâtés de maisons.”

Incompréhensible comment ces bateaux de croisière pouvaient flotter.

Même ses frères n'avaient pas flotté, alors qu'ils étaient si petits et légers.

DES PETITES FOSSETTES SUR LES DOIGTS
Quatre ans plus tôt

Il y avait autant de monde à l'aéroport que sur les marchés de Kano et, dans la foule, Mercy a aperçu un homme avec un drapeau suédois sur son sac à dos. Elle est allée lui demander s'il venait de Suède. En effet, il était d'une petite ville au nom constitué de tant de syllabes qu'elle l'a aussitôt oublié. Quand elle lui a dit qu'avec sa famille elle était en route pour son pays, il a souri et s'est mis à chercher quelque chose dans son sac à dos. Le dictionnaire qu'il lui a donné était usé, sa reliure abîmée et plusieurs pages recollées au scotch.

Au bout de deux semaines passées dans une chambre d'hôtel d'Izmir, elle avait appris que *dead* se disait *död*. *Boat* s'écrivait *båt* en suédois, et la prononciation était presque identique. Comme pour *brother* et *broder*, tandis que *heaven* se disait *himmel* et *sea hav*, ce qui ne ressemblait peut-être pas tant que ça, mais était facile à retenir.

La chambre était petite, ils n'en sortaient presque pas, forcés d'attendre pendant une semaine un homme qui avait d'importants contacts.

L'homme est arrivé avec des promesses de rêves en échange de dix mille dollars et, quand papa lui a tendu la liasse de billets, il lui a demandé s'ils avaient besoin de gilets de sauvetage. *"Fifty dollars extra"*, a-t-il dit avec un fort accent. *"We only need three"*, a répondu papa en montrant maman et les jumeaux, qui ne savaient pas nager.

"Fifty dollars anyway."

Pendant que papa a commencé à fouiller dans son portefeuille, l'homme a fixé Mercy au niveau de la poitrine.

"Let me see… your muska." Il a souri en agitant l'index.

"Muska ?

— Amulet."

Elle lui a tendu l'amulette, il l'a ouverte et il a hoché la tête avec satisfaction. Puis il lui a montré la sienne. Elle était presque identique, à part que la lanière de cuir était brune et non noire, et que la prière à l'intérieur était différente.

Il s'est alors tourné vers papa : *"Never mind the fifty dollars. Life jackets' on da house."*

Les deux derniers jours dans la chambre d'hôtel, impossible de compter les heures. Elles étaient faites de minutes, elles-mêmes faites de secondes, et même dormir ne les faisait pas passer plus vite.

Quand ils ont fini par monter dans le bus qui devait les emmener, elle a pris ses frères par la main. "Encore deux heures, et nous serons sur le bateau."

Le bus était bondé de gens joyeux et enthousiastes, taciturnes et renfermés. C'était tout un brouhaha de rêves : combien se réaliseraient, combien resteraient des rêves ? On savait peut-être comment écrire le mot Europe, mais pas comment construire une phrase entière avec.

Elle partageait deux sièges avec ses frères, et ses parents étaient assis de l'autre côté de l'allée. Elle a ébouriffé les cheveux des jumeaux. "Vous vous souvenez où nous allons ?

— Voir les ours blancs, ont-ils répondu en chœur.

— Il n'y a pas d'ours blancs en Suède… Mais oui, c'est là qu'on va. Et avant ça ?"

Ils l'ont regardée, étonnés. Leur grande sœur. Pour eux, elle était une grande personne, qui savait tant de choses comparée à eux. "On va à Samos, en Grèce", a-t-elle expliqué, avant de demander la carte à son père.

Elle l'a dépliée sur les petites jambes potelées des jumeaux et leur a montré le trajet dessiné par papa, entre deux péninsules de part et d'autre d'un détroit large de presque quarante kilomètres. "On va prendre un bateau de là à là, pas le chemin le plus court, comme on pourrait le croire…" Elle leur montre la partie la plus étroite du détroit. "C'est plus dangereux par là. Mais par là, c'est la pleine mer, c'est moins risqué.

— C'est quoi, risqué ?

— Quand c'est dangereux."

Son frère a montré le grand golfe bleu. "Ce n'est pas dangereux, là ?

— Non", a-t-elle répondu en repliant la carte.

Elle se souvenait des bateaux de croisière vus dans le port d'Izmir et essayait d'imaginer à quoi ressemblerait leur embarcation.

Elle a pris ses frères sous ses bras, c'était comme embrasser deux poupées. Ils avaient des petites fossettes sur les doigts. Parfois, elle avait envie de leur mordiller les bras et de leur souffler sur le ventre pour faire une pétarade.

Plusieurs fenêtres du bus avaient beau être ouvertes, il y régnait une chaleur de four, et ils ont commencé à se tortiller.

"On veut maman, a dit le premier, bientôt imité par l'autre. Il fait trop chaud… lâche-nous."

Après deux heures, ils sont entrés dans une petite ville. Elle n'avait jamais vu de si belles et grandes villas, ni tant de voitures de luxe. Presque tout le monde se promenait en peignoir et pantoufles. Les gens étaient vieux et gros, mais surtout blancs comme la craie.

Le soleil ne se couchait pas aussi vite qu'à la maison. La nuit arrivait insidieusement, comme l'ombre d'une main arrondie au-dessus d'une mouche qui s'approche de plus en plus près avant de frapper.

Un flamboiement rouge avant la nuit.

Le bus s'est arrêté sur une route de gravier au milieu de nulle part, à deux kilomètres à peine d'une plage bordée de bars, de restaurants, de néons, de palmiers et de plates-bandes de roses. Il faisait sombre, mais on apercevait des rochers nus et escarpés, des broussailles épineuses et des tas d'ordures.

Une jetée s'avançait dans la mer en contrebas au bout de la route. C'était de là que devait partir le bateau, mais le port était désormais plongé dans le noir et il n'y avait personne. La mer et le ciel se confondaient en une seule masse sombre.

Quand on meurt on va dans la mer du ciel.

Une quarantaine d'ombres se sont avancées vers la jetée, des hommes pour la plupart, mais aussi un petit groupe de femmes, et Mercy a dénombré huit enfants, en se comptant elle et les jumeaux. Ils sont allés attendre sur la jetée, tandis que les feux arrière du bus disparaissaient sur la route.

Une jeep aux vitres fumées est arrivée, deux hommes en sont descendus.

On a bientôt entendu un bruit de moteur et, à mesure que le bateau approchait, le brouhaha a augmenté parmi les quarante ombres rassemblées sur le port. Même si c'était le plus grand canot gonflable qu'elle ait jamais vu, il ne semblait pas fait pour les embarquer tous.

"Hey… You are the family from Nigeria ?" Un homme s'était approché d'eux. *"You paid too late."* Il a montré un papier avec des signatures. *"Can you read ? Are you analfabets ?"* Puis il a ricané en haussant les épaules. *"Anyway… We need more money."*

Papa avait l'air las. *"How much ?*

— Three hundred dollars."

Elle savait qu'il ne leur en restait que cinq cents, mais papa a payé sans protester.

Elle a aidé maman à attacher les gilets à ses petits frères, puis lui a passé le sien. Il était trop petit, mais c'était mieux que rien. Elle le garda à la main.

Dans le bateau, tout le monde portait un gilet de sauvetage, à part elle, papa et sept hommes noirs.

La mer semblait lourde et huileuse. Toutes les couleurs avaient disparu dans le noir, le monde entier se confondait dans des nuances de gris et de noir.

Your lucky day.

Ils ont appris que ce bateau était le dernier avant l'entrée en vigueur de contrôles plus stricts des patrouilles le long de la côte grecque. Ils avaient eu de la chance.

Plusieurs des passagers du bateau avaient attendu plus longtemps qu'eux en Turquie, certains plusieurs années.

Quelle chance.

La météo était favorable. Une légère brise tiède, un ciel étoilé.

C'était leur jour de chance.

LEURS PÈRES ET UNE POIGNÉE D'AUTRES HOMMES
Le Chaudron

Le bureau du thérapeute Love Martinsson est exigu à en devenir claustrophobe : Kevin se demande si c'est l'idéal pour une thérapie. L'unique fenêtre donne sur un mur de sapins et la pièce semble obscure malgré les deux néons du plafond et la lampe de bureau allumés.

La première impression que fait à Kevin le thérapeute est celle d'un homme efféminé, dans ses gestes comme dans ses traits. Il a la quarantaine, ses cheveux courts sont teints en noir, avec de petites taches grises près des racines.

"Il est urgent que nous retrouvions ces filles, commence Kevin. Mais à la différence de la police de Gävle, à la criminelle, nous les considérons en premier chef comme des témoins potentiels, et non des criminelles."

Kevin lui résume en quelques mots l'état de l'enquête avant de demander à Love de lui dire tout ce qu'il sait sur les filles pouvant présenter un intérêt dans la situation actuelle.

Love se cale au fond de son siège. "Oui, bien sûr… Mais j'aimerais d'abord savoir une chose. Votre chef m'a appelé pour me dire que vous aviez une mauvaise nouvelle, mais il n'a pas voulu me dire si elle concernait Nova ou Mercy. Qu'est-ce que votre chef n'a pas voulu me dire au téléphone ?"

Kevin trouve aussi sa voix un peu féminine. Aiguë et un peu rauque.

"Nous avons récemment eu des informations sur une personne que nous pensons être le père de Mercy."

Kevin lui parle de l'homme tombé d'un avion et, en entendant le nom mentionné sur les documents d'identité, Love ferme les yeux et hoche la tête.

“Pouvez-vous confirmer que le père de Mercy porte ce nom ?
— Oui.”

Kevin prend son téléphone et lui montre la photo du passeport. “Et voilà à quoi il ressemble.

— Un instant…”

Love tape quelque chose sur son ordinateur puis tourne l’écran pour que Kevin puisse voir. C’est le site web d’une université technique.

Wudil, au Nigeria, lit Kevin, avant de parcourir les photos des employés. Tout en bas à gauche, il trouve le portrait du même homme que sur le passeport.

Le père de Mercy était donc lecteur à l’université.

Pas besoin d’en dire davantage.

Les yeux brillants, Love se racle la gorge au bout d’un moment.

Un homme gêné de montrer ses émotions, pense Kevin. En même temps, il donne presque une impression de fragilité : peut-être son travail avec ces filles traumatisées se manifeste-t-il physiquement chez lui ? Les psychologues travaillent souvent en miroir, ils imitent discrètement les émotions de leurs patients par des gestes et des expressions du visage pour les mettre en confiance et leur permettre de s’ouvrir à eux. Une technique également employée lors des interrogatoires : Kevin se demande s’il a lui aussi adopté des expressions des personnes avec qui il a eu affaire.

La honte, dans les yeux de l’agresseur ou de la victime.

Souvent identique.

“Le plus important, maintenant, c’est de retrouver Nova et Mercy…” Love baisse la voix. “Ce n’est qu’une supposition, mais je crois qu’elles peuvent être retournées à la seule vie qu’elles connaissent. La prostitution et l’addiction. Et je crois qu’elles courent à la catastrophe. Elles portent quelque chose en elles… Haine, vengeance. Sous la surface, elles sont en ébullition.”

Kevin songe au film français *Baise-moi*, dans lequel deux jeunes femmes se lancent dans une odyssée de sexe, de drogue et de violence. Un véritable carnage d’hommes.

“Et avez-vous une idée de qui elles pourraient avoir rejoint ?”

Love réfléchit un moment avant de répondre : “Mercy a été mêlée à un scandale de prostitution l’an dernier. Elle vivait à Bräcke, dans le Jämtland, et ce qui s’est passé là-bas est la cause principale de son placement ici.”

Bräcke ? songe Kevin. Ça me dit quelque chose.

Love lui raconte que Mercy a commencé à se prostituer à quelques garçons de cette petite localité du Jämtland. “Puis à deux de leurs pères et à une poignée d’autres hommes, ajoute-t-il. Il y a eu un procès et les adultes ont été condamnés.”

Kevin avait suivi l’affaire aux infos un an plus tôt, mais il avait été juste indiqué que la fille était d’origine immigrée.

C’était donc Mercy.

Love le regarde gravement. “Si j’étais vous, je commencerais par contrôler les anciens amis de Nova à Fisksätra. Elle a été assez discrète sur leurs noms, mais j’en connais au moins trois… Alex, Fadde et Albin, des copains du frère de Nova.

— Alex, Fadde et Albin ? Et leurs noms de famille ?

— Elle ne les a pas donnés. Mais ils faisaient partie d’une bande de jeunes à qui elle se prostituait. J’estime qu’il serait dégradant pour elle que je vous communique davantage de détails.

— Merci, dit Kevin. Autre chose que je devrais savoir ?

— Non, je ne crois pas. C’était tout ?

— Je voudrais parler au thérapeute qui était chargé de Freja Lindholm. Vous pouvez me conduire à lui ?

— À elle. Et son bureau est au bout du couloir, mais votre collègue l’utilise en ce moment pour parler à Erkan.” Love se lève. “Je vais aller la chercher, et vous pourrez emprunter mon bureau en attendant.”

Kevin hoche la tête. Erkan, pense-t-il.

Qui offre des pâtisseries turques.

CES AILES DE CIRE
Zone industrielle de Västberga

“Quand j’étais petite, mon frangin me racontait des histoires, dit Nova. Toi aussi, tu racontes bien. Quand on se sera installées à Sunset Beach, tu pourras faire des études pour devenir écrivaine, et gagner ta vie en écrivant des livres.”

Mercy rit un peu, et son rire est comme sa voix. Sombre et un peu lent.

Mercy se tait. Nova s’impatiente. Elle voudrait en savoir plus :

“Qu’est-ce qui s’est passé, à bord de ce bateau ?

— C’était un canot gonflable, pas en caoutchouc, mais en plastique dur, réparé avec des bandes adhésives et des rustines. Le fond était en contreplaqué fissuré de partout. À peine en mer, l’eau s’est infiltrée.”

Elle raconte qu’un type du Tchad s’occupait du moteur, et heureusement qu’il y avait de quoi écoper. “Tu imagines ? Le Tchad ? Le pilote du bateau venait d’un pays qui n’a pas la moindre côte, et après un cours accéléré de dix minutes, il avait entre ses mains la vie de quarante personnes, muni de son simple téléphone portable ! Rien que notre famille, cinq personnes, avait payé plus de dix mille dollars… Quarante divisé par cinq font huit, huit fois dix mille dollars, ça fait un total de quatre-vingt mille dollars. Combien en couronnes ? Six, sept cent mille ?”

Mercy raconte en détail, il est facile de se représenter les scènes.

Au bout d’un moment, sa voix se transforme. Nova entend sa colère quand elle raconte comment elle a dû s’asseoir sur un bord du bateau en se tenant à son père, tandis que sa mère et ses frères étaient assis sur le fond. “Le bois gémissait, comme si une main géante essayait de briser la coque.”

Nova ferme les yeux, Mercy raconte. Et de façon si vivante que Nova voit tout devant elle. Comme un film.

Les lumières de la terre ont fini par disparaître, il ne restait plus que le clair de lune sur une mer semblable à un sol poussiéreux. Une houle lente, presque imperceptible, mais Mercy la sentait dans son ventre.

Mercy reste un moment étendue en silence auprès de Nova, puis le film continue.

Ce serrement au ventre que Mercy sentait en mer naissait de sa peur, mais c'est exactement le même serrement que Nova éprouve juste avant de frapper quelqu'un, dans un coup de folie.

Comment la peur et la colère peuvent-elles produire la même sensation ?

“Sais-tu qui est Icare ? demande Mercy.

— Ce nom me dit quelque chose.

— Je ne me rappelle pas tous les détails, mais il voulait s'enfuir d'une prison, ou quelque chose comme ça, et son père lui a construit des ailes de cire. Son père l'a mis en garde de ne pas trop s'approcher du soleil, qui ferait fondre la cire de ses ailes, mais il l'a fait quand même, il est tombé dans la mer et s'est noyé.

— Bon, et alors ?

— La mer que traversait ce foutu bateau est la même où Icare est tombé. Je l'ai lu par la suite… C'est la mer Icarienne, une partie de la mer Égée. Quand on meurt, on va dans la mer du ciel, tu vois ? Partout, il est dit que le sujet de cette légende, c'est l'hybris et l'orgueil. Tu comprends, maintenant ?

— Je crois que oui, mais je ne sais pas exactement ce que c'est que l'hybris.

— Ce voyage, c'était de l'hybris, exactement comme ces ailes de cire.”

LE PLUS FORT D'ENTRE EUX
Quatre ans plus tôt

Mercy savait que tout le mal provenait de l'intérieur des hommes, mais il trouvait aussi sa source à l'extérieur. Il émanait d'autres personnes, comme s'il était contagieux, mais aussi comme s'il était une force invisible qui flottait dans l'air. Cette nuit-là, il était dans la mer et le vent.

Le temps n'était pas fiable, comme quand elle se tortillait dans son lit sans trouver le sommeil. Elle avait faim, mais rien ne lui faisait envie et, bien qu'elle ait froid, elle ne faisait pas attention à la couverture que son père lui avait donnée. Ce dernier avait l'air absent, mais lui souriait parfois en lui caressant la joue.

Elle était traversée par une impression qu'elle ne savait pas nommer. Ce n'était pas la peur, même si ça lui ressemblait.

Le clair de lune faiblissait, l'obscurité se faisait de plus en plus grise. Quelqu'un a allumé une lampe de poche dont le faisceau passait et repassait à la surface de la mer. Et le bruit incessant de l'eau rejetée par-dessus bord.

C'était sans fin, ils avaient beau écoper, il en venait toujours davantage.

C'est à ce moment précis qu'elle a été arrachée à son moi antérieur.

Ça a commencé par un bruit.

La fissure au fond du bateau fait soudain plusieurs centimètres de large, une déchirure noire en travers, et tout penche vers la gauche, plusieurs personnes tombent à l'eau, d'autres crient, elle reçoit un coude dans la figure et tombe à la renverse dans le froid et le noir.

La corde qui maintient les bouées en place s'enroule autour de sa jambe et l'entraîne vers le bas. Elle arrache la corde et remonte à la surface. Le bateau a disparu et la mer est couverte de monde, mais trop peu malgré tout. Ils crient désespérément, elle aussi, où sont-ils tous passés ? Où sont les jumeaux, où sont papa et maman ? Elle plonge, voit une tache orange un peu plus loin, la rejoint à la nage, l'attrape et la tire à elle. C'est si léger…

Léger comme un enfant.

Quand elle l'a ramené à la surface, elle voit que c'est Nonso. Le plus jeune de ses deux frères, celui qui est sorti presque une heure après son aîné, avec le visage un peu plus de travers et un seul rein, plus petit que son frère. Nonso qu'elle avait giflé la fois où il l'avait arrosée en sautant sur son lit avec un verre d'eau. Nonso qui aimait faire la grasse matinée et avait appris à compter avant son frère.

Il tousse de l'eau, mais il est en vie. Elle le soulève et nage sur le dos.

Elle ne sait pas combien de temps elle nage, mais sait que c'est dans la bonne direction, car elle entend le ressac de la mer sur des rochers. L'eau salée lui brûle les yeux, mais ses talons cognent contre quelque chose de dur et coupant, un fond rocheux, et quand, épuisée, elle s'effondre sur le rivage, elle sent le cœur de son frère battre sous le petit gilet de sauvetage.

Il est déchiré : elle voit qu'il est bourré de papier journal.

Ceux qui avaient payé un supplément pour des gilets de sauvetage remplis de journaux turcs ont coulé comme des pierres.

Un seul de ceux qui ne savaient pas nager a survécu au naufrage, et c'est Nonso.

L'autre frère de Mercy, le plus fort des deux, Ramy, qui avait une heure de plus, a été englouti dans les profondeurs, comme maman.

Papa s'en est sorti, il s'est hissé sur le rivage rocheux dix minutes après Nonso et elle.

Tantôt il hurlait et pleurait, tantôt il les serrait contre lui en leur disant qu'il les aimait.

Il tremblait de froid.

Il les avait lâchés.

Il les avait vus disparaître.

Quand un chalutier grec les a recueillis, Nonso s'est mis à tousser. Ça faisait comme un gargouillis tout au fond de sa gorge, et son visage est devenu rouge, puis bleu.

Nonso a eu exactement le même âge que son frère jumeau.

Il a rattrapé l'heure perdue à la naissance.

Nonso avait beau avoir regagné la terre ferme, l'eau l'avait étouffé. Les vieux marins pêcheurs pleuraient en portant le corps du petit garçon le long de la jetée du port de Samos.

Elle savait que le chagrin est comme la mer. Au début, les vagues sont hautes, puis vient la houle, mais la mer ne se calme jamais complètement.

Icare trouvait merveilleux de voler toujours plus haut, de voir tout devenir de plus en plus petit.

Sous lui, le soleil se reflétait à la surface de la mer, et il trouvait que ça ressemblait au ciel, que la mer était devenue le ciel : quand il a chuté, c'était comme s'élever encore.

LA DISTANCE NÉCESSAIRE
Le Chaudron

Comme une version dure à cuire de Kathy Bates dans *Dolores Claiborne*, se dit Kevin.

La femme qui, pendant onze mois, a été la thérapeute et la référente de Freja Lindholm à Skutskär semble une psychologue expérimentée. Elle est assise sur le siège que Love Martinsson vient de quitter. Sur la table, le journal de Freja. Il fait cinq centimètres d'épaisseur.

"Avez-vous remarqué quelque chose de spécial, les derniers temps avant la défection de Freja ?" demande Kevin.

La femme se penche en avant, pose les coudes sur le bureau et joint les mains devant son visage. Un geste qui peut marquer la soumission, comme dans la prière, ou, comme maintenant, l'autorité. "Certaines de ces nouvelles drogues qu'on trouve sur internet échappent complètement à mon radar, et il est difficile de repérer leurs effets. Mais je dirais qu'elle prenait sans doute un tranquillisant. Elle était dangereusement calme.

— Que voulez-vous dire ?

— C'est quand on croit qu'ils vont mieux, qu'ils font des progrès que, d'un coup, ils se suicident. Souvent ce n'est qu'après coup, après le suicide, qu'on réalise qu'on a été manipulé.

— Est-ce qu'autre chose vous fait croire que Freja se serait suicidée."

La femme semble soucieuse. "Hunger, dit-elle.

— Là, je ne comprends pas bien.

— Hunger est un groupe de rock qui encourage ses fans à se suicider. Freja l'idolâtre."

Kevin connaît ce groupe de nom, mais ne l'a jamais entendu.

Il réfléchit. "Si j'ai bien compris, Freja vous a confié avoir volontairement participé à des tournages de films pornos. Qu'a-t-elle dit exactement à ce sujet ?"

La thérapeute ouvre le journal de Freja et le feuillette. Cinq centimètres de papier, des centaines de pages, et encore aucun indice de ce qui a pu arriver à Freja.

C'est frustrant.

"Ah, voilà, dit-elle. Freja ne l'a évoqué qu'à une seule occasion, et voici ce qu'elle en dit, presque mot pour mot : *J'ai plusieurs fois servi de* fluffer, *c'était* OK, *mais pas mon truc. En fait, tout ça était dingue. Presque toutes les filles étaient des immigrées qui pigeaient à peine l'anglais. Une fois, on est allées dans un entrepôt où il y avait plein de pièces, genre une usine, et j'ai dit non en voyant ce qu'ils y fabriquaient.*"

Elle referme le classeur en soupirant.

Ça pourrait être l'endroit où elle est retenue prisonnière, pense Kevin. "Pensez-vous que Freja a tourné des films avec Nova et Mercy ?

— Je ne sais pas, mais ce n'est sans doute pas impossible."

Il hoche la tête. "C'étaient des amies proches, toutes les trois ?

— Difficile à dire. Je crois que c'était d'Alice qu'elle était la plus proche.

— Alice ? Celle qui a été récupérée par son père hier ?

— Oui.

— Et quels étaient les rapports entre Freja et Erkan ?"

La femme hésite un moment avant de répondre. "Erkan est très proche de toutes les filles, dit-elle. Il est bien avec elles. Un peu *trop* bien… Il faut dire qu'il n'a pas de formation de thérapeute et je trouve qu'il lui manque la distance nécessaire avec les filles. Je veux dire qu'il prend le risque de perdre pied, et ça pourrait vraiment mal tourner."

C'est sans doute déjà fait, pense Kevin.

Le reste de l'entretien avec la thérapeute de Freja Lindholm ne donne rien : tout ce qu'il sait en partant, c'est qu'il est possible que Freja ait des tendances suicidaires, que sa meilleure amie au foyer était Alice Pontén, que Freja a vu un entrepôt où sont produits des films pornos, éventuellement dans une zone industrielle, et que c'est peut-être de là qu'elle a écrit son message sur Facebook.

Quelqu'un a commandé une pizza, il en pique une part. Possible, éventuellement, peut-être. Une énervante série de synonymes, se dit-il, sa part de pizza à la main.

Et cet Erkan. Qui, d'après la thérapeute, est proche des filles.

"La pizza est bonne ?"

La femme de la police de Gävle s'assied à côté de lui tandis qu'il avale la dernière bouchée. "De loin la meilleure hawaïenne de ma vie, dit-il. Je ne sais pas pourquoi, mais les pizzas sont toujours meilleures en province… Vous avez fini avec Erkan ?

— Oui, il est à vous."

Elle lui tend un papier. "L'activité de son portable cette nuit. L'opérateur vient de nous l'envoyer."

Kevin regarde le papier. La liste des appels n'est pas longue. Un seul numéro, et le scénario s'éclaire quand elle lui donne le nom de l'abonné.

Erkan Cihan Deniz est censé avoir trente-trois ans, mais il fait plus jeune, et le sourire qui accueille Kevin ne laisse en rien paraître qu'il sort juste de trois heures d'interrogatoire.

C'est un garçon grand et mince, large d'épaules : à s'en tenir aux apparences, aucun doute sur la cause de sa popularité auprès des filles. Mais Kevin ne trouve pas immédiatement un acteur de cinéma qui lui corresponde, ce qui est inhabituel.

Ils se serrent la main, Kevin s'installe sur le siège libre et lui indique qu'il s'occupe entre autres de lutte contre la pédopornographie et l'exploitation sexuelle des enfants et des jeunes.

"Enfin un policier qui peut aider pour de bon, dit Erkan. Les autres ont l'air de croire que Nova et Mercy sont très dangereuses.

— Aider pour de bon ? Qu'est-ce que vous voulez dire ?"

Il sourit. "Vous travaillez sur ces sujets… Vous connaissez donc leurs problématiques."

Kevin sourit à nouveau, le papier de l'opérateur téléphonique plié dans la main. "Et vous n'avez donc aucune idée d'où elles se trouvaient cette nuit, ni d'où elles pourraient être en ce moment ?

— Si je le savais, je vous le dirais, évidemment.

— Ce qui vous donnerait l'occasion, comme vous dites, de nous « aider pour de bon » ?

— Oui, c'est ça.

— Dans ce cas, vous allez pouvoir nous aider pour de bon. Combien durent une minute et quarante-sept secondes ?

— Là, je ne vous suis plus."

Le sourire d'Erkan pâlit, et Kevin trouve à présent qu'il ressemble à Dev Patel dans *Slumdog Millionaire*.

Kevin déplie le papier de l'opérateur téléphonique et le pose sur la table. "Une minute et quarante-sept secondes, c'est la durée de l'appel reçu sur votre téléphone à 5 h 03 ce matin. Qui vous a appelé, et pourquoi avoir nié qu'on vous ait téléphoné ?"

Le visage d'Erkan se fige en examinant le papier. "Sans doute un appel accidentel."

Goof, pense Kevin. "Un appel accidentel depuis un numéro en 0293 ? C'est une ligne fixe, située à Tierp : un peu difficile, pour un appel accidentel.

— Je voulais dire un faux numéro."

Encore un *goof*.

"Un faux numéro… Mais qui était aussi sympathique pour que vous passiez tant de temps au bout du fil ? Evert ? Gunnvi ?"

On voit aux yeux d'Erkan que ses pensées tournent en boucle à la recherche d'un mensonge plus plausible que les mauvais qui lui ont servi jusqu'ici.

"Je n'ai aucune idée de qui sont Evert et Gunnvi, finit-il par dire. Et je suis complètement claqué d'avoir passé plusieurs heures à répondre à vos questions après avoir travaillé toute la nuit. Mais maintenant ça me revient… Je n'aime pas répondre aux numéros inconnus, alors j'ai rejeté l'appel, mais j'ai dû appuyer à côté et décrocher accidentellement. Ça expliquerait pourquoi la ligne est restée si longtemps ouverte.

— Evert et Gunnvi ont une maison de vacances près de Tierp, explique-t-il. La police de Gävle les a joints chez eux, à Upplands Väsby : ils se demandent bien qui a pu forcer la porte de leur chalet et utiliser leur téléphone. Et vous ne savez toujours pas qui a appelé ?”

Erkan soupire mais ne répond pas.

“J’ai un scénario possible, continue Kevin. Vous avez laissé filer Nova et Mercy pour qu’elles se prostituent à deux garçons de Gävle, leur rendez-vous a mal tourné, elles ont volé une voiture et roulé vers le sud. Elles ont atterri à Tierp, sont entrées par effraction dans ce chalet et vous ont téléphoné pour vous demander de l’aide. Je ne sais pas si vous les avez envoyées au diable pendant une minute et quarante-sept secondes ou si vous les avez aiguillées ailleurs. Qu’est-ce que vous leur avez dit, exactement ?”

Dans le film *Slumdog Millionaire*, le personnage principal, joué par le jeune Dev Patel, participe à l’équivalent indien du jeu télévisé *Qui veut gagner des millions ?* Au moment de la question cruciale, il baisse les yeux. Le regard complètement vide.

Exactement comme Erkan qui, à l’instar du personnage du film, n’a qu’un filin de sécurité auquel se raccrocher. Les règles du jeu permettent un unique appel téléphonique.

“Vous souhaitez peut-être que nous vous appelions un avocat ?” propose Kevin.

SEULES CHACUNE DANS SON COIN
TeenDaughterDaddySwapping.mp4

La première chose qu'ils ont faite en Europe : mendier et voler.

Elle était assise sur un bout de carton devant un Lidl. Le soleil grec n'était pas aussi brûlant qu'à la maison, mais pas non plus aussi doux. C'était un soleil tranchant comme une lame, qui piquait les yeux.

Papa se taisait près d'elle, sans chercher à croiser les regards. Personne ne gâcherait son argent pour un zombie, se disait-elle.

Ils étaient devenus deux personnes toutes nouvelles.

Tombées dans un autre monde, dont il ne serait jamais possible de s'extraire.

Des ombres défilaient, des jambes qui coupaient la lumière comme des ciseaux.

Mercy est éblouie par la lumière quand l'homme lui bloque les bras avec ses genoux.

Il n'y a pas de scénario. Tous ceux qui verront le film comprendront pourtant de quoi il s'agit.

Deux pères avec leurs filles.

Mercy joue le rôle de Blackie. L'homme qui joue son père est couché sur Nova, dont il écrase le visage sur le matelas.

"Open your mouth."

Mercy ouvre la bouche, aussi grand qu'elle peut, et tire la langue tout en le fixant droit dans les yeux. Il grogne, la gifle, et heureusement, elle n'a pas à résister, juste le laisser faire.

Elle recrache sur le matelas.

L'homme qui joue le père de Nova a la cinquantaine, bedonnant, pâle et le crâne dégarni. Il ne lui ressemble absolument pas. Le Zambien censé représenter le père de Mercy est lui aussi un cinquantenaire obèse. Il a débandé et Nova reste couchée tandis qu'il se relève.

"*Twenty minutes off*, dit Blomman. *Next scene we swap daddies.*"

Le père de Nova sourit à Mercy. "*I will miss you, little insect.*"

Son accent anglais est familier, mais le vertige l'empêche d'avoir les idées claires.

L'homme les quitte et Mercy reste là, couchée sur le dos. Il n'y a pas de couverture, la seule façon de se couvrir est de fermer les yeux.

Elles n'ont pas la force de se parler. Mieux vaut rester seules, chacune dans son coin, et se reposer.

Encore mieux, s'endormir, dix minutes suffisent bien.

Tandis qu'ils mendiaient, elle lisait son dictionnaire pour faire passer le temps.

Il était abîmé par l'eau, les feuilles gondolées comme la mer. Elle entendait encore ses frères rire quand ils avaient essayé de parler suédois dans leur chambre d'hôtel d'Izmir.

Elle savait que son père n'aurait jamais volé, et pourtant il avait bien dû : il avait dit qu'il allait se procurer de l'argent et, seulement deux heures plus tard, il était revenu avec assez d'argent pour les billets du bateau.

Quinze heures en mer, ils ont dormi dans la pièce de repos au-dessus de la salle des machines. Pas de fenêtre, ce qui évitait de voir la grande étendue impitoyable au-dehors. Le moteur tonitruant ne tomberait jamais en panne et la coque résisterait à n'importe quelle tempête.

Quand ils sont arrivés au Pirée, il y avait de l'orage, et ils ont passé leur première nuit dans un parc.

Au matin, elle a été réveillée par son père qui chantait pour elle. Elle avait oublié que c'était son anniversaire. Elle avait maintenant treize ans.

Mercy est réveillée par quelqu'un qui la masse entre les jambes et elle reconnaît aussitôt l'huile grasse et parfumée.

"Allez, quoi…" La voix de Blomman.

“Putain, qu’il est lourd, dit Mercy sans ouvrir les yeux. Sais pas si j’y arriverai.”

Elle voyait maman et les jumeaux à tous les coins de rue, paquets muets blottis sous des couvertures et de vieux journaux. Un soir, alors que papa la croyait endormie, il s’est éclipsé et elle l’a suivi.

Papa est d’abord entré dans une boutique de vêtements ouverte le soir. Il en est ressorti un sac à la main, puis il a cherché des toilettes publiques, dont il est revenu avec une chemise blanche neuve et un jean. Et il s’était lavé.

“Secoue-toi, dit Blomman. C’est le rôle de Nova de rester couchée à gémir comme une conne. Défends-toi un peu, bordel. Ils vont bientôt revenir. Plus le clip est bon aujourd’hui, plus il y aura de fric la prochaine fois.

— Je sais”, dit-elle en gardant les yeux fermés.

Elle saura bien quand ils reviendront.

Quand papa est revenu pour la cinquième nuit d’affilée, il a partagé l’argent en deux et lui en a donné la moitié. Il avait beau n’avoir que trente-cinq ans, il avait l’air d’un petit vieux, avec son dos voûté, son pantalon sale et la grande déchirure à la manche de sa chemise.

Il avait l’air au bout du rouleau.

“Maintenant, il faut qu’on se serre les coudes, a dit papa.

— Dans ce cas, sois sincère avec moi, a-t-elle répondu. Comment tu as eu cet argent ?

— Tu es trop jeune pour comprendre… dors, mon ange.

— Non, raconte.”

Elle écarquillait les yeux dans le noir. Il lui semblait voir les contours du corps épais de maman et entendre la respiration légère de ses deux frères.

Alors il lui a raconté.

Qu’il s’était vendu à d’autres personnes.

Elle avait la gorge sèche et une impression désagréable au ventre, mais c’était bon de l’entendre raconter ce qu’il avait fait pour elle. Elle n’en aurait jamais honte. Ne se sentirait jamais sale.

Jamais de la vie.

Mercy ouvre les yeux.
L'homme qui joue le père de Nova lui caresse la joue.
"So pretty when you're angry", dit-il, et elle reconnaît à présent son accent.
Alwaysland, songe-t-elle.
Jämtland.

EST-CE QUE ÇA EN VAUT LA PEINE ?
Quartier Kronoberg

“Erkan Cihan Deniz”, dit Kevin en s’engageant sur l’E4.

Ça grésille sur la ligne, il doit répéter le nom.

Puis une idée : “Vérifie aussi un certain Love Martinsson.”

C’est juste une impression. Il y a quelque chose de louche chez Martinsson.

S’agissant de Freja Lindholm, il n’y a pas grand-chose à faire. Après l’interrogatoire d’Erkan, il s’est brièvement entretenu avec les autres filles du foyer, mais aucune ne semblait avoir connu Freja particulièrement bien, et elles ne connaissaient pas d’entrepôt utilisé pour des tournages.

Une fois fait son rapport à son collègue, il raccroche et continue à rouler vers le sud. Il regarde sa montre et constate qu’il a largement fait ses huit heures aujourd’hui, surtout qu’il doit encore laisser la Toyota au garage de Bergsgatan.

Il pourrait peut-être rendre visite à Sebastian ce soir ? D’un coup de Vespa, de Bergsgatan à l’appartement de Sebastian sur Valhallavägen.

Il fait nuit quand il descend au garage de l’hôtel de police. En entrant dans l’ascenseur, il sent la fatigue lui piquer les yeux.

Il s’installe avec un café et un croissant à une table de la cafétéria. Il sort l’ordinateur portable qu’il a trouvé dans la villa de Stora Essingen, le branche sous la table et l’allume. Une page de connexion s’ouvre après une trentaine de secondes. Le nom d’utilisateur est déjà rempli, les prénoms de papa et maman en un seul mot. Il teste si c'est toujours le même mot de passe.

Non. Il essaie quelques alternatives, sans succès. Avec le bon équipement, pénétrer dans l'ordinateur ne devrait pas poser de problème : il pourrait monter voir les techniciens du labo, en une heure ce serait réglé. Mais est-ce que ça en vaut la peine ?

Non, se dit-il, avant d'éteindre et de fermer l'ordinateur.

Il ne sait pas pourquoi la phrase "pénétrer dans" lui reste en tête, et en rangeant l'ordinateur dans sa sacoche, il comprend pourquoi.

Depuis que Vera lui a suggéré de passer voir Sebastian, il sent qu'il a besoin d'un prétexte. Y aller comme ça lui semble un peu léger, Sebastian risquerait de l'éconduire.

Maintenant, il a un prétexte tout trouvé, dans la sacoche.

IL FAUT JUSTE FAIRE SEMBLANT
Black girl, 14 yo, full service

Mercy porte une légère robe d'été rose et une culotte en coton blanc avec des cœurs rouges.

Elle est censée être une fille de quatorze ans. Elle s'est fait des couettes pour avoir l'air plus jeune. Ses accessoires : quelques peluches, une petite poupée et sinon une poignée de godes à toutes fins utiles.

Tout le reste, c'est de la comédie, selon ce que veut le client de l'autre côté de la webcam.

Dans le box voisin, Nova est assise sur un lit avec le même matériel, et elles feront éventuellement box commun plus tard dans la soirée. Se produire en duo est mieux payé.

C'est la première séance de travail depuis le tournage du film, mais pas encore de client : Mercy est étendue sur le lit avec l'iPad de Blomman et écrit pour passer le temps.

Curieusement, parler avec une personne extérieure lui manque. Quelqu'un comme Love.

À force de baiser, papa nous a fait traverser l'Europe, écrit-elle. Tout le monde adorait sa bite noire, des pédés d'Aube dorée aux ronds-de-cuir de l'ambassade de Vienne. En même temps, nous étions haïs partout. Des tonnes de haine sur des drapeaux, des affiches, des autocollants, des façades et des réverbères. Aube dorée, en Grèce, a un signe noir sur fond rouge qui ressemble au drapeau nazi. En Bulgarie, ça s'appelle IMRO, avec un lion doré. L'équivalent roumain et Jobbik en Hongrie ont des sortes de croix. Le FPÖ en Autriche arbore une fleur bleue et en Allemagne le logo ressemble à un panneau stop. À Munich, j'ai recueilli un petit chat. Il boitait de la patte arrière, ressemblait à une boule de poussière : je l'ai appelé Dusty.

Elle cesse d'écrire. La lampe rouge s'est allumée.

"Hello ?"

Elle l'entend mais ne peut pas le voir. Vite, elle ferme le document sur la tablette, ouvre une page porno et se redresse sur le lit, l'écran pressé contre la poitrine, en essayant d'avoir l'air gênée, comme surprise en train de faire quelque chose d'interdit.

"What are you doing ?"

Elle entend que l'anglais n'est pas sa langue maternelle. Elle devine qu'il est japonais.

Elle baisse les yeux et lui montre l'écran.

"Nice, dit-il. *Are you home alone ?*

— *Yes.*

— *And what have you been doing today ?"*

Elle entend à sa voix qu'il est en train de se masturber.

"Just been playing with my toys", dit-elle en inclinant la tête de côté, les yeux levés vers le ciel.

Il n'est qu'une voix, elle ne se souviendra jamais d'elle ni de ce qu'elle lui demande de faire.

Sa tête est restée à Hambourg.

Il avait fallu qu'elle contribue, et mendier ne suffisait pas.

Il faut juste faire semblant.

Elle soulève une robe rose et lui montre une culotte à cœurs rouges.

Il n'est qu'une voix.

LE MAL HABITE À LA CAMPAGNE
Uchi

Sebastian habite cette résidence étudiante de Valhallavägen depuis plus de vingt ans.

Kevin n'y est jamais venu, même s'il est souvent passé devant le bâtiment sans y faire attention. Comme si les urbanistes avaient eu honte de cette boîte de béton et avaient placé hors de vue de l'esplanade cet immeuble tout droit sorti de l'époque où la Suède était la RDA du monde occidental.

En sortant de l'ascenseur, Kevin trouve un couloir sombre. L'appartement est tout au bout, près d'une fenêtre aux vitres dépolies jaunies. À la place de la sonnette, des moignons de fils électriques coupés net : il frappe à la porte. Il y a un judas : Sebastian l'observe sans doute pour décider s'il lui ouvre ou non. À côté de l'œilleton, un petit autocollant : SEKAI.

Kevin sort l'ordinateur de sa sacoche pour que Sebastian le voie et, au bout de quelques secondes, la serrure cliquette. La porte s'ouvre, mais d'un décimètre à peine, il aperçoit une chaîne de sécurité. "Qu'est-ce que tu veux ?"

Rien qu'une embrasure noire entre la porte et le mur.

Kevin brandit l'ordinateur. "J'ai un problème pour entrer là-dedans, et je me disais que tu pourrais m'aider. C'est à mon père. Je l'ai trouvé dans la maison de Storan."

Il entend un soupir, la porte se referme un peu, la chaîne de sécurité ferraille.

"Tu ne t'occupes pas de ce genre de choses, à la criminelle ?" demande Sebastian une fois la porte ouverte. Son regard se perd quelque part au-dessus de l'épaule de Kevin.

"Pas directement."

Sebastian, une sorte de John Goodman sans charisme, porte un jean et un marcel blanc. Son dos est tordu au point que Kevin se demande s'il ne souffre pas de scoliose. Sa tête semble directement fichée sur sa cage thoracique.

Quand Sebastian referme derrière eux, Kevin voit un autre autocollant près de l'œilleton, côté intérieur de la porte : UCHI. Sebastian verrouille et ils sont plongés dans la pénombre qu'éclaire seulement la lueur vacillante d'un écran d'ordinateur.

Un air sec et métallique, chargé de poussière, d'électricité, d'ozone et de fumée de cigarette accueille Kevin. Pas si différent de l'air des archives et du Cinéclub à la criminelle.

Sebastian entre tandis que Kevin reste sur le seuil. De l'entrée, il embrasse tout l'appartement du regard : à gauche un coin cuisine avec un petit réfrigérateur, des piles de journaux et de DVD sur le petit plan de travail, à gauche des toilettes sans porte. Kevin aperçoit un tas de vêtements à côté de la cuvette des WC, encore des liasses de journaux et un écheveau noir indéfinissable, peut-être des câbles électriques.

Partout des tas de cartons, de sacs en papier, de livres, de BD, de DVD, de jeux vidéo et de linge sale dont la hauteur varie de la taille jusqu'au plafond.

Il y a plein de matériel informatique, plusieurs écrans, claviers et vieux disques durs, un bac de vinyles, un tourne-disque, une machine à écrire et des boîtes de maquettes de navires de guerre et de tanks. Au plafond pend une maquette de Stuka, au mur un sabre de samouraï et une réplique de pistolet-mitrailleur Uzi. On dirait un grenier que personne n'aurait rangé depuis très longtemps, un endroit où l'on entrepose ce qu'on n'a pas le cœur de jeter.

Par ailleurs, les murs sont couverts d'affiches de films, principalement des mangas, mais Kevin voit aussi quelques posters de *hentai* – des dessins animés pornographiques.

Ils partagent donc la passion du cinéma mais, dans le cas de Sebastian, exclusivement consacrée aux films d'animation japonais.

Un étroit passage est pratiqué au sol jusqu'à l'ordinateur devant lequel s'étend un matelas : Kevin songe à l'allée centrale d'une église, qui conduit à l'autel. L'unique fenêtre, derrière l'ordinateur, a ses persiennes tirées et son rebord encombré d'objets : quelques poupées en porcelaine et un faucon empaillé.

Sebastian déplace quelques cartons pour faire de la place. Puis avance un tabouret. Il regarde Kevin sans vraiment le regarder. Le regard toujours fixé ailleurs, il s'assied sur le matelas.

"Bien sûr, je peux t'aider avec ton ordinateur, mais je comprends bien ce que tu fais là. Qu'est-ce qui inquiète donc Vera ?"

Peut-être le fait que son fils ne l'appelle plus maman, pense Kevin, sans la moindre idée de ce qu'il peut lui dire.

Ils sont comme deux oiseaux envolés dans deux directions opposées.

"Pardon, lâche Kevin. Je ne sais pas quoi dire. On ne s'est pas vus depuis longtemps, et on n'a pas eu le temps de parler à l'enterrement. Mais même si c'est Vera qui m'a demandé de passer ici, j'y songeais moi-même. Depuis un moment.

— Mais ça ne s'est juste pas fait ?

— J'ai parfois pensé à toi. Je me demandais ce que tu devenais."

Sebastian semble las.

"Je suis exactement le même qu'à vingt ans. Un bouseux venu étudier à Stockholm."

Comme le père de Kevin, Vera et son mari étaient originaires de petits villages de l'Ångermanland. Sebastian y a grandi et a déménagé à Stockholm juste un an avant ses parents. Officiellement, Vera s'y était installée parce que le père de Kevin lui avait déniché un poste au sein de la police de Stockholm, mais Kevin savait que c'était du baratin, car Vera était capable de se débrouiller seule pour trouver ça.

"Les étés en Ångermanland me manquent, dit-il. On avait l'habitude de louer un chalet…

— L'Ångermanland te manque ?" Sebastian rit. "Tu n'as pas idée…" Il sort un paquet de cigarettes, s'en fourre une dans la bouche et en donne une à Kevin. "Allez, montre-moi l'ordinateur, comme ça, après, tu pourras t'en aller."

Kevin prend la cigarette et pose l'ordinateur sur le matelas. "De quoi je n'ai pas idée ?" demande-t-il tandis que Sebastian le branche, ouvre l'écran et l'allume.

Il voit l'attention de Sebastian se concentrer aussitôt sur l'écran.

"Comment survit-on dans un trou paumé ? dit-il tandis que ses mains volent au-dessus du clavier. Grâce à l'héroïne, l'alcool ou une grave dépendance au loto ? En réduisant la voilure de ses rêves ? En fantasmant sur une nouvelle véranda, une annexe ou peut-être de longues vacances à Ko Samui ?" Son ton est indifférent, même si son propos est plein de mépris. "J'étais obligé de me tirer de là. Sinon je serais mort."

Kevin allume sa cigarette tandis que Sebastian tend la main vers une petite boîte en plastique d'où il extrait une clé USB qu'il connecte à l'ordinateur. L'écran est tourné vers lui : Kevin ne voit pas ce qu'il fait, mais suppose qu'il installe un programme.

"Ce sont les fous qui restent quand le train part, continue Sebastian, sa cigarette toujours éteinte aux lèvres. Les malades, les paresseux et les flegmatiques. Ils se construisent un sauna, s'achètent une nouvelle voiture, avant de s'en prendre à leur compagne ou à leur fille. Ils surfent trop sur les sites pornos et développent une vision déformée de la réalité basée sur les éditions en ligne des journaux du soir. Les agressions se produisent en province. Le mal vit à la campagne. J'étais un nerd, et donc une proie de choix pour tous ces foutus psychopathes et autres fondus de la motoneige."

Kevin est étonné. Il s'attendait à trouver un Sebastian taciturne et sur ses gardes, comme celui qui lui avait ouvert.

"Je voulais faire quelque chose de créatif, poursuit-il en allumant à présent sa cigarette. J'aimais peindre, tu te souviens ?"

Kevin hoche la tête. Petit, il était impressionné par les tableaux de Sebastian, mais aussi par ses bandes dessinées.

"Dans un trou paumé à la campagne, ça n'est pas simple, dit Sebastian en débranchant la clé USB. J'ai un peu traîné dans un centre d'art local, j'ai fait la connaissance de quelques artistes de province plus âgés, et j'ai vite réalisé que la plupart de ceux qu'on appelle créatifs sont en fait les plus grands paresseux du monde. Ils parlent, parlent sans arrêt de leurs projets et de leurs œuvres, mais quand on voit ce qu'ils ont effectivement fait dans les dernières années, putain, n'importe quelle personne normalement constituée en aurait pour une semaine. Parfois, je comprends le mépris des financiers pour les artistes. Ils triment comme des esclaves seize heures par jour pour placer et investir de fortes sommes de la façon la plus intelligente, utilisent toute leur imagination et leur créativité pour produire le plus d'intérêts possibles, pendant que tous ces *âârtistes* picolent en se lamentant de ne pas être inspirés." Il remet la clé USB dans la boîte en plastique et connecte l'ordinateur portable à sa propre machine. "Non, putain, vraiment, les artistes et les écrivains sont l'engeance la plus feignante qui soit, et je crois que c'est justement pour ça qu'ils ont choisi ce métier. Il suffit d'avoir une idée, et jamais de comptes à rendre. Ils peuvent aller se faire foutre."

Kevin devine qu'au fond, Sebastian parle de ses propres échecs, de ses rêves brisés d'artiste raté.

"Et toi ? Tu as cessé de peindre ?

— Oui, je ne voulais pas finir comme eux."

Et il est venu ici, se dit Kevin. A étudié l'informatique et la programmation créative. Pas trouvé de boulot, ou pas voulu en avoir. "Est-ce que tu as travaillé un peu, après tes études ?"

Sebastian ricane et écrase sa cigarette dans une assiette contenant des restes de nourriture. "J'ai eu un boulot de peintre sur un chantier. Je passais mes journées à nettoyer des murs à la ponceuse télescopique. C'était lourd et ça faisait une putain de poussière. Quand je rentrais à la maison, à 16 h 30, j'étais tellement crevé que je m'endormais directement dans le canapé. Même pas le courage de me doucher pour enlever tout ce plâtre. Puis je me réveillais vers 21 heures, je bouffais devant la télé et je m'endormais vers 23 heures. Et bordel, il ne restait pas de temps pour faire ce que je voulais vraiment. Non, les rêves, il ne faut pas les remettre à plus tard."

Et te voilà, songe Kevin, en train de te réaliser toi-même et tes rêves.

Sebastian se lève et se penche sur l'ordinateur. Une boîte de dialogue indique que les deux ordinateurs sont connectés. "Ça va prendre un peu de temps, dit-il en tournant le dos à Kevin. Tu voulais autre chose ?"

Kevin écrase sa cigarette dans la même assiette que Sebastian. “Parler du bon vieux temps, peut-être ? On se voyait souvent quand j'étais petit. Tu étais sympa avec moi.

— Tu te souviens, quand on a campé sur Grinda ?” Sebastian est toujours penché sur son ordinateur, le dos tourné.

Ça devait être l'été après celui où son oncle l'avait abusé.

Oui, c'était ça. L'été Panenka. Vera et Sebastian y étaient.

Sebastian se rassoit sur le matelas. “Tu voulais dormir dans ma tente. Tu te rappelles ?

— Euh… Pas vraiment.

— Tu ne te rappelles pas ce que tu as dit à ton père le matin, après qu'on avait dormi ensemble sous la tente ?

— Non.”

Sebastian le regarde à présent fixement. Un petit sourire au coin de la lèvre, qui rappelle à Kevin le Sebastian d'autrefois. Mais les yeux sont ceux d'un autre. “Ton père t'a demandé si tu avais bien dormi, et toi, tu as dit que j'avais passé toute la nuit à te serrer dans mes bras.”

Le sang de Kevin se glace. “Tu plaisantes, ou quoi ?”

Sebastian secoue la tête. “Pas le moins du monde. Toi, dix ans. Moi, vingt-trois. Et je peux te dire que ça a fait du foin. Tu ne t'en souviens pas, bien sûr, mais moi, j'y repense assez souvent.”

Pourquoi personne n'a jamais raconté ça, bordel ? songe Kevin. Pas même Vera.

Un instant, il se demande s'il aurait vraiment pu se passer quelque chose, mais repousse aussitôt l'idée. Si Sebastian lui avait fait quelque chose, il s'en serait souvenu.

“Pourquoi tu me racontes ça maintenant ?

— Parce que quand je pense à toi, je pense toujours à cet événement. Maintenant, je sais en tout cas que personne d'autre ne t'en a parlé. Peut-être que ton père et Vera ont aussi omis de mentionner que tu pouvais être un sacré petit salopard quand tu étais gosse ?”

Sebastian prend une nouvelle cigarette, l'allume, et lance le paquet à Kevin. Il y a quelque chose d'agressif dans ce geste.

Même si Sebastian n'a rien dit ou fait qui signifie directement qu'il ne veut plus de Kevin, ce dernier commence à se sentir de trop. Le langage corporel de Sebastian lui dit que ça suffit. Kevin repose le paquet de cigarettes. “Il faut que j’y aille, dit-il. J’étais content de te voir.”

Sebastian sourit. “Je ne crois pas, non.”

Le sourire de l’ancien Sebastian, mais les yeux du nouveau.

La porte de l’immeuble refermée derrière lui, il inspire à fond.

La pluie a cessé. Il fait démarrer sa Vespa et jette un œil par-dessus son épaule avant de s’éloigner. À la fenêtre de Sebastian, on aperçoit quelques faibles stries de lumière entre les lames des persiennes.

Ici, dehors, on respire, pense Kevin. Mais là-dedans, l’air n’arrive pas jusqu’aux poumons, il se coince dans la gorge, moisi et asséché par la poussière et les insectes morts.

Uchi et *Sekai*.

LES RÊVES SONT PEUT-ÊTRE SANS AVENIR
Svartbäcken

L'heure du loup commence sur le coup de 3 heures, la période de la nuit où le corps humain se met en veille, où la pression sanguine et le métabolisme sont au plus bas. En revanche, le taux de mélanine est à son pic. C'est une hormone qui, à hautes doses, provoque des cauchemars chez celui qui dort, et somnolence, nausées et maux de tête chez celui qui veille.

Love écarte sa couette et tend le bras vers la boîte de médicaments à côté de l'emballage de Testogel. La boîte tombe à terre, il allume pour la ramasser.

Il ne sait pas s'il en a encore besoin, mais il met les deux cachets dans sa bouche et les avale. Somnifère et paroxétine, un antidépresseur qu'il prend depuis plusieurs années.

À 3 h 36, l'écran de son téléphone le prévient de l'arrivée d'un mail.

Il va à la cuisine, allume la bouilloire et part à la recherche de cigarettes dans le placard à épices. Un paquet où il ne reste que trois cigarettes. Il en sort une qu'il fait rouler entre ses doigts. Archi-sèche après six mois passés parmi les sachets d'épices et les boîtes de bouillon.

Quelques cuillères de café soluble, il verse l'eau bouillante dessus, allume la cigarette sous la hotte et ouvre le mail.

Salut Love. C'est Mercy.

Depuis qu'on a filé j'ai l'impression d'être en ébullition, il faut que ça sorte. Je raconte ma vie à Nova, mais elle est trop gentille et, peut-être à cause de tout ce qui lui est arrivé à elle aussi, elle trouve tout ce que je raconte normal. J'ai besoin de parler à quelqu'un qui sait quand je dis quelque chose d'anormal. Quelqu'un qui puisse m'aider à comprendre où j'en suis.

Alors voilà : la moitié du temps, je vais assez bien, je n'ai pas mal au ventre, pas la nausée. L'autre moitié, c'est comme si je merdais absolument tout, que je voulais que tout foire.

Quand j'ai fini de travailler, je vais assez bien. Puis ça va de pire en pire, jusqu'à ce que je recommence à travailler.

À la bibliothèque, à Sankt Pauli, j'ai lu l'histoire d'un petit garçon qui travaillait dans une mine de charbon. Je pense toujours à lui quand je vais mal, pour arrêter de me lamenter sur mon sort quand je travaille.

Il écrase sa cigarette, la fumée âcre pique les yeux.

C'est positif, se dit-il. Peu importe ce qu'elle écrit, c'est positif qu'elle le fasse.

Le fait que j'arrive à travailler doit vouloir dire que je suis forte, qu'il n'est pas trop tard. Que je peux vivre. Mon corps fonctionne, le viol ne l'a pas bousillé, il peut accepter volontairement de recevoir un mec.

Accepter volontairement de recevoir un mec ? Sa formulation est si concrète, si… Il ne sait pas. À vif, peut-être ?

Oui. Sa formulation est à vif.

En quelques lignes, Mercy en a plus dit que durant toutes ses séances de thérapie : l'absence de thérapeute agit peut-être comme un catalyseur ?

Il est plus facile de se confier à un thérapeute imaginaire qu'à une personne réelle avec un regard qui vous toise et un bloc-notes qui enregistre tout ce qui se dit.

Il sait ce qui maintient Mercy à flots.

L'idée que son père est en vie.

Lui aussi a eu des rêves analogues, mais sur d'autres sujets. Même si les rêves sont peut-être sans avenir et suscitent parfois le doute, ils aident à tenir.

La pommade de Testogel est un raccourci vers ce qui lui manque. Il regagne la chambre et en ouvre un sachet.

Il s'oint les deux épaules, puis le ventre.

ABSOLUMENT SEUL AU MONDE
Trois ans plus tôt

Le journal était en anglais. Il y était question d'un garçon au visage couvert de suie. Seuls ses yeux n'étaient pas sales mais grands, blancs et brillants comme s'il venait de pleurer. Il s'appelait Liam, sept ans, travaillait dans une mine au siècle dernier. Quatorze heures par jour, il était sous terre à ouvrir les portes pare-feu pour les wagonnets. C'était si étroit, il faisait si chaud qu'il était presque impossible de respirer.

> Je dois souvent monter la garde sans lumière, et alors j'ai peur. Je ne dors jamais. Parfois je chante, quand j'ai de la lumière, mais jamais dans le noir. Là, je n'ose pas. Quand il y a des rats, je n'ose pas bouger, ils poussent des cris si affreux, ils sont froids et humides.

C'est impossible, a pensé Mercy. L'Angleterre est pourtant en Europe.

Ceux qui travaillaient comme ouvreurs de portes étaient le plus souvent des garçons ou des filles entre quatre et huit ans : après, ils étaient trop grands pour passer dans les galeries. L'obscurité leur faisait perdre le sens de la réalité. Ils prenaient grondements et raclements pour des monstres venus des profondeurs pour les emporter.

Elle a encore regardé la photo du garçon et son ventre s'est noué en pensant à Nonso, aux yeux de son petit frère quand elle l'avait sorti de l'eau.

Liam était le seul survivant d'un éboulement, son père et sa petite sœur travaillaient dans la même mine et n'avaient pas été retrouvés. Lui, on l'avait déterré d'une petite poche d'air, couvert de poussière noire, un chat mort dans les bras.

> Le chat est mon meilleur copain. Parfois, il vient me voir, se frotte, ronronne, et je ne me sens plus aussi seul.

Elle a songé à Dusty, comme c'était bon de l'avoir dans les bras. Étrange comme la vie de ce garçon correspondait à la sienne.

Même si elle ne travaillait pas dans une mine de charbon, elle avait comme lui perdu presque toute sa famille. Et elle ramenait de l'argent en se vendant elle-même.

Et puis cette histoire de chat. Papa et elle dormaient mieux la nuit grâce à Dusty qui éloignait les rats, comme les chats dans les mines. Ils étaient même comptés parmi les employés. Ils chassaient les souris et les rats, en échange de quoi ils avaient à manger, du lait, et leur place dans la mine, avec paniers et couvertures chaudes.

Elle avait honte de ne pas avoir pensé à acheter une corbeille pour Dusty, pour qu'il dorme confortablement, et elle avait honte de s'être comparée au gamin anglais. La vie de ce dernier était évidemment bien pire que la sienne.

Elle avait lu qu'un contremaître l'avait menacé : des diables et des démons viendraient le prendre s'il faisait mal son travail. Quand on l'avait sauvé de la mine, les adultes avaient dit que c'était grâce à Dieu qu'il avait survécu, mais il était mort de tuberculose seulement quelques mois plus tard. Sa mère était morte entre-temps de la même maladie et le garçon était absolument seul au monde quand il a enfin pu rejoindre Dieu.

Je hais la religion, a-t-elle pensé en rangeant le journal.

Elle est sortie de la bibliothèque et a regagné l'arrêt de bus où papa et Dusty attendaient. Elle allait parler de Liam à papa, mais avant tout acheter une corbeille à Dusty.

Quelques euros pour une corbeille en osier matelassée à l'intérieur.

Mais quand elle est arrivée à l'arrêt de bus, papa n'était pas là.

Et Dusty non plus.

PUIS VIENT L'ANGOISSE
Mélancolie grise

Il est 7 heures du matin quand Sven-Olof Pontén gare sa voiture devant l'immeuble de bureaux de Frösundaleden. Tout en haut de la façade, le logo qu'il a lui-même dessiné chez lui, à Stocksund, voilà presque vingt ans. Un P rouge italique en Arial Bold se penche contre le reste du nom de la société. Volontairement un peu laid, mais simple et efficace.

Il contemple un moment l'enseigne, essaie de ne plus penser à Alice en se remémorant les premières années difficiles, quand Pontén Reklam n'était qu'une petite société.

Mais la nostalgie ne peut pas refouler l'inquiétude et la déprime.

Tu es malade, papa. Je ne serai jamais comme toi.

Alice qui devrait peut-être être dispensée de le voir pendant un temps, pour pouvoir l'aimer à nouveau, comme quand elle était petite.

Mais il ne peut pas penser à elle maintenant.

Il prend l'ascenseur jusqu'au quatrième étage, et constate qu'il est le premier arrivé. Premier arrivé, dernier parti, c'est la clé du succès.

La réunion de direction est à 8 heures. Son assistante sera là un quart d'heure avant, tandis que les quatre autres traîneront jusqu'aux toutes dernières minutes.

Il ouvre la porte de la salle de conférences, pose sa serviette sur la table, en sort les documents qui vont être discutés. L'agence est en bonne voie pour remporter un contrat à vingt-cinq millions avec un géant français.

Il ouvre la fermeture éclair de la poche intérieure de la serviette, sort son téléphone sécurisé et se rend aux toilettes.

Déboutonne son pantalon, baisse son boxer et s'assied.

Il a déjà regardé une dizaine de fois le film que lui a envoyé Blomman, mais son cœur bat fort quand il appuie sur *Play*.

L'esthétique est brute, image nette et filles naturelles. Blomman n'a peut-être pas inventé la poudre, mais il sait ce que les gens veulent. C'est la fille du voisin qu'on veut baiser. Plus les fantasmes sont proches de la réalité, plus fort ils font vibrer la corde sensible.

Et ce qu'il regarde là est un fantasme devenu réalité.

Sa première fille noire.

Open your mouth.

L'angle de vue est latéral, Blackie, sur le dos, ouvre grand la bouche en tirant la langue, lui à cheval sur elle. Son érection est aussi douloureuse maintenant, sans Viagra, qu'elle l'était alors. Il voit son propre visage sur le film, une grimace bestiale, front en avant, yeux enfoncés. Il se voit lui frapper doucement la joue du plat de la main.

Son regard va et vient du visage de la fille à son membre. Membre qu'il connaît si bien, jusqu'à la moindre veine, le moindre lentigo. Il accélère le tempo de sa main pour synchroniser son éjaculation avec le film.

Il n'aimerait être nulle part ailleurs que là.

Là, à l'intérieur de sa tête.

Sven-Olof Pontén connaît les effets de la masturbation pour chasser les pensées indésirables.

Le sentiment immédiat est le soulagement et une sorte d'abattement : le plus souvent, il faut recommencer immédiatement et, cette fois, il se vide deux fois en douze minutes. Puis vient l'angoisse et, ici, il n'a pas le tiroir de son bureau à disposition. Ses dossiers dans la salle de conférences contiennent un plan marketing sur cinq ans pour l'entreprise française qui veut s'établir en Europe du Nord : il espère réussir à tenir en échec son angoisse par le travail acharné. Et pour pouvoir travailler avec concentration, il faut commencer par se masturber.

On prétend parfois le contraire, qu'on est davantage sur la brèche plein de semence, mais ça n'a jamais été le cas pour lui.

Sven-Olof prépare sa présentation depuis une demi-heure quand son assistante se pointe. Elle a vingt et un ans, presque aucune expérience professionnelle, mais possède une ambition tenace et une rare capacité à penser hors des sentiers battus.

À mesure que les autres entrent dans la pièce, il les coche mentalement. Roger, trente-neuf ans. Lèche-cul efficace. 7 h 57. Responsable clientèle. Christer, quarante-six ans. A beaucoup œuvré pour l'agence. En même temps que Christer arrive Ibrahim, vingt-sept ans. Directeur de la création récemment engagé. De bonnes références, mais va-t-il supporter la pression ? 8 heures pile. Chef du personnel. Katarina, quarante-deux ans. En cours de burn-out.

"Bon, il n'y a plus qu'à ramer pour rentrer au port." C'est Roger, le lèche-cul.

"Les grandes affaires ne se manœuvrent pas dans des petites barques, sourit Sven-Olof. Elles arrivent dans des cargos insubmersibles."

Il ouvre un des dossiers et, en distribuant le calendrier des réunions, il voit que son directeur financier a un journal du soir.

"Qu'est-ce que c'est que ça ? demande-t-il en montrant le journal. C'est comme ça que tu prépares nos réunions ? Les ragots de la presse de caniveau, tu penses que ça va nous être utile dans les prochaines heures, ou quoi ?"

Le directeur financier s'excuse et, au moment où il l'escamote dans son sac, Sven-Olof cesse de sourire.

"Attends, fais voir", dit-il.

Le directeur financier s'arrête. "Le journal ?

— Oui… Donne."

Le haut de la première page affiche le début du titre, TARA, 15 ANS, NOUVELLE VICTIME, et la moitié d'un portrait. Boucles sombres sur un front pâle et deux yeux.

Il déplie le journal.

TARA, 15 ANS, NOUVELLE VICTIME D'UN MEURTRE D'HONNEUR.

Il voit son sourire, la petite fente entre ses dents et le grain de beauté sur la lèvre supérieure.

MAUDITE GARCE
Farsta

Kevin est mal réveillé quand Vera passe le prendre à Tanto à 10 heures, et il continue à dormir dans la voiture pendant tout le trajet jusqu'à la maison de retraite de Farsta pour voir sa mère.

C'est son premier sommeil profond depuis longtemps. Il ne se réveille que lorsqu'elle coupe le moteur.

"Excuse-moi, dit-il. On dirait que ta compagnie me détend."

Elle sourit, mais il voit qu'elle s'inquiète pour lui. "La privation de sommeil est parfois utilisée comme méthode de torture… Qu'est-ce que tu fais de tes nuits, Kevin ?

— Je regarde des films." Il se frotte les yeux et essaie de se rappeler le dernier qui l'a fait s'endormir.

"Tu es en deuil", dit-elle. Il suppose qu'elle a raison.

Sa mère ne les reconnaît ni l'un ni l'autre. Kevin comprend aussitôt que ce sera encore une de ces visites toujours plus courtes à mesure que la mort approche. Il est content que Vera l'ait accompagné.

Maman est dans un fauteuil de la salle commune, et quand l'infirmière lui annonce la visite de son fils, elle ne quitte pas la télévision des yeux.

Il la revoit, dix ans plus jeune, dans son fauteuil, à la maison. À part que son visage était plus rond et son regard plus clair, il y a une différence essentielle par rapport à aujourd'hui.

Elle avait l'air gentille à l'époque. Plus maintenant.

Ce n'est que lorsqu'ils s'installent sur le canapé à côté d'elle qu'elle tourne la tête et les regarde.

"C'est vous qui m'avez mise là ? crache-t-elle. Toi et cette salope…"

L'infirmière a beau l'avoir prévenu que son état s'était dégradé, il est choqué. Si son père truffait de jurons la moindre de ses phrases, il n'a jamais entendu sa mère prononcer un seul gros mot.

Elle dévisage Vera, qui détourne le regard.

Il tend la main pour prendre celle de sa mère, mais elle la retire aussitôt avec une grimace de dégoût, comme s'il était contagieux.

"Est-ce que mon frangin est venu te voir ? demande-t-il sur un ton qu'il imagine léger. Il m'a dit qu'il passerait après l'enterrement. Il est quand même venu des USA et…

— Sale pute…" le coupe-t-elle en jetant un coup d'œil à Vera avant que son regard ne soit à nouveau attiré par la télévision.

Deux garçons et une fille blonde plongent dans une piscine. Ils font comme si batifoler dans ces éclaboussures était leur heure de gloire, et ils ont sans doute raison : dans un an, plus personne ne se souviendra de leurs corps bronzés et athlétiques. Le vainqueur de cette émission de téléréalité se retrouvera DJ sur un obscur bateau de croisière.

"Tu veux que j'aille t'attendre dans la voiture ?" glisse Vera à voix basse.

Maman aimait bien Vera. Pendant des années, elles ont été des amies proches.

"Attends un peu, chuchote Kevin. Elle est juste dans un mauvais jour. On ne va pas rester longtemps."

Vera lui prend la main et la serre.

Maman les fixe. "Pute, répète-t-elle. Traînée."

On dit souvent des personnes gravement atteintes de démence sénile qu'on ne les reconnaît plus, que leur personnalité a changé. Kevin se demande si cette affirmation n'est pas une insulte faite aux malades. S'agissant de sa mère, il n'y a plus grand-chose à reconnaître. Son état a nettement empiré depuis sa dernière visite.

Vera lâche sa main et se lève avec un sourire gêné. "En tout cas, il vaut mieux que je vous laisse seuls."

Le générique défile tandis que Vera quitte la pièce et, dès qu'elle est hors de portée de voix, sa mère se met à marmonner quelque chose.

“Qu’est-ce que tu dis ?”

Elle hausse la voix et le cloue du regard. “Elle n’avait que treize ans… maudite garce.

— De qui tu parles ?

— La pute. Sa petite pute.”

Sa voix se brise, elle se met à tousser. Un filet de salive pend de son menton.

À la télé : une publicité pour une margarine allégée. Il se lève, fait un pas vers elle et pose la main sur son épaule.

Cette fois, elle ne le rejette pas. Elle ne dit rien, mais lui tapote la main.

Peut-être un geste gentil, peut-être le signal qu’elle veut qu’il s’en aille.

“Maman, je m’en vais, mais je reviendrai dans quelques jours. Tu seras peut-être plus en forme.”

Il regagne le parking sans se retourner. Au moment où il s’installe sur le siège passager dans la voiture de Vera, son téléphone sonne. C’est l’enquêteur avec qui il a parlé après sa visite au foyer de Skutskär.

“Il s’agit de Love Martinsson, dit l’enquêteur. En réalité il s’appelle autrement, et bénéficie en plus d’une identité protégée.”

Un changement de nom ? Une identité protégée ?

“Pourquoi ?

— Ça n’apparaît pas, mais tu devrais parler avec Lasse Mikkelsen. Je crois qu’il pourra t’expliquer de quoi il s’agit.”

QUAND L'USINE SENT MAUVAIS
Le Chaudron

Le vieux journal de Love est ouvert sur le bureau. Il se demande si c'est vraiment lui qui l'a écrit. On dirait quelqu'un d'autre.

Une adolescente est avant tout un objet de jugement, lit-il. *Aussi réceptive aux compliments qu'à la critique. Elle est exposée, notée. Seins, fesses, démarche, vêtements.*

Son moi adolescent restera à jamais comme une autre version d'elle-même, comme un sourire faux reflété par une lame de rasoir luisante.

Adulte, elle se souviendra de son adolescence comme d'une maladie diffuse. Une infection dont elle n'aura jamais tout à fait guéri.

Cette note est datée du début des années 1990, quand il suivait sa formation de psychologue. Il a retrouvé ce journal coincé parmi des livres de psychologie du développement – sans doute atterri là par erreur quand il s'est installé ici.

Un sourire faux reflété par une lame de rasoir luisante, songe-t-il en refermant le carnet. En tout cas, cette formulation est bien de lui.

Il sort de son bureau et gagne la salle de thérapie.

Depuis que Sven-Olof Pontén est venu chercher Alice, le groupe est presque réduit de moitié.

Les quatre filles restantes ne disent mot quand il entre dans la pièce et va s'asseoir. "Je voudrais que nous parlions de ce qui s'est passé. La parole est libre, mais chacune son tour. Qui veut commencer ?"

Elles lèvent toutes la main. Il donne la parole à la première.

"Qu'est-ce qui est arrivé à Erkan ? demande-t-elle. Pourquoi les flics l'ont emmené ?

— Il a été arrêté, il est suspendu jusqu'à nouvel ordre. Et je trouve que nous devrions éviter de spéculer à ce sujet avant de savoir ce qui s'est passé. Un remplaçant arrive ce soir.

— Est-ce que la police a retrouvé Freja ?"

Il secoue la tête. "Non, mais je vous promets que vous serez les premières informées si j'apprends quelque chose. Le plus important, maintenant, c'est comment vous allez, et...

— Est-ce que la police a retrouvé le Marionnettiste ? le coupe une des autres filles.

— Pareil, répond-il. Je ne sais pas."

Par la fenêtre derrière elle, sur la pente brunâtre qui remonte vers la forêt, Love perçoit comme un mouvement. Un lapin ?

Ça y ressemblait, mais ça a disparu à présent.

À Tallmon, il y a un type qui élève des lapins.

Il se rappelle, presque mot à mot, ce que Nova lui a confié lors de leur dernière séance de thérapie.

J'ai pris un petit lapin à qui j'ai cassé le cou. Nous l'avons enterré dans la forêt. Tu peux aller voir, si tu ne me crois pas. On a mis une petite croix faite avec deux brindilles attachées par un élastique à cheveux.

Il se racle la gorge. "Encore une fois, la parole est libre.

— Je voulais des nouvelles de Nova, Mercy et Freja, dit la fille suivante, et sa voisine opine du chef. Ça fait vide, ici, sans elles, tu vois ?"

Ils sont dérangés par des coups rapides à la porte. "Oui ?" fait Love.

C'est l'ancienne thérapeute de Freja. "Tu as une seconde ?"

Il se lève et sort avec elle.

Elle semble soucieuse. "La femme de ménage vient juste de passer me voir... Elle a trouvé ça en nettoyant la chambre d'Alice ce matin." La thérapeute lui montre un tee-shirt noir.

"Ah ? Oui, les filles se servent de vêtements pour boucher les aérations quand l'usine sent mauvais."

Elle soupire. "Ce tee-shirt n'est pas à Alice. C'est celui de Freja."

Il regarde le tee-shirt : *HUNGER*, marqué en lettres rouges en travers de la poitrine.

“Freja adorait ce tee-shirt, dit-elle. Qu’est-ce que tu en penses ? Est-ce qu’Alice pourrait savoir quelque chose sur la disparition de Freja ?”

TÔT OU TARD, ÇA FINIRA PAR ÊTRE INTERDIT
Nynäsvägen

Kevin ne sait pas ce qu'il doit dire ou ne pas dire, mais c'est quand même Vera qui pose la question.

"Love Martinsson bénéficie d'une identité protégée, dit-il. Jusqu'à il y a un an et demi, au printemps 2011, il s'appelait autrement.

— Et qu'est-ce que ça signifie ?

— Ce n'est pas clair, mais quelque chose a dû se passer… Peut-être un témoin protégé."

L'odeur de cigarillo dans la voiture de Vera est la même que dans celle de papa et, depuis que Kevin est tout petit, elle est rassurante.

Il porte depuis longtemps une très grave question, sans avoir la moindre idée de ce à quoi elle ressemble. Aujourd'hui, il parvient enfin à la formuler.

"Papa et toi, vous aviez une liaison ?"

La réponse est rapide et courte :

"Oui", dit-elle en jetant le cigarillo par la fenêtre.

C'est comme si sa réponse confirmait ce qu'il avait toujours su : il se sent soulagé.

Il les imagine ensemble. Clint Eastwood et Helen Mirren.

Papa et Vera ont travaillé ensemble pendant presque trente ans, se sont fréquentés en privé, et Kevin n'a aucun mal à les imaginer ensemble dans un lit.

Soudain, cela semble tellement évident. "Combien de temps ?"

Elle démarre. "Par intermittence, depuis notre adolescence jusqu'à il y a quinze, vingt ans."

Qu'est-ce que maman avait dit ? “Elle n'avait que treize ans… maudite garce.”

Vera quitte le parking.

“Tu es fâché ?

— Non, pas fâché contre vous, dit-il en ouvrant la boîte à gants, où est le paquet de cigarillos. Je peux en prendre un ?”

Elle hoche la tête.

Ils se taisent un moment, tandis que Vera roule parmi les grands immeubles. Il allume son cigarillo et baisse la vitre de la portière.

“Comment ça s'est passé, avec Sebastian ?” demande-t-elle.

Kevin lui parle de ce week-end sur l'île de Grinda, où à dix ans il avait prétendu que Sebastian l'avait serré dans ses bras toute la nuit et empêché de dormir.

Et où papa et Vera avaient remonté les bretelles à Sebastian.

“C'était un malentendu et une réaction hâtive de notre part”, dit Vera en s'engageant sur Nynäsvägen vers le nord, direction le centre-ville.

Ces quelques heures d'éclaircie sont finies, il recommence à pleuvoir, et il prend chaque goutte pour une insulte personnelle. Il a lu quelque part qu'aux yeux des immigrés, les Suédois passent leur temps à se plaindre du temps qu'il fait. Qu'ils dépensent inutilement une énergie considérable pour quelque chose sur quoi ils n'ont pas prise. Peut-être commet-il la même erreur en ressassant ces histoires concernant son père ? De toute façon, il ne peut rien changer à sa mort.

Il y aura toujours des secrets.

Vera se racle la gorge. “J'ai beaucoup songé à Sebastian, ces derniers temps… C'est peut-être un peu catégorique de ma part, mais je pense qu'il souffre de mégalomanie.

— Tu es dure”, dit Kevin, qui suppose que c'est plus compliqué que ça.

Après sa visite chez lui, il s'est renseigné sur la signification des mots *Uchi* et *Sekai*. C'est le japonais pour “maison” et “monde”, ce qui lui a donné une idée du problème que pouvait avoir Sebastian.

“Il refuse de me parler, poursuit Vera. Mais il n'arrête pas de faire allusion au fait qu'il s'est trouvé une mission si importante que toutes nos occupations sont totalement futiles en comparaison. Tant qu'il continue à être persuadé qu'il est destiné à quelque chose de grandiose, il n'a pas besoin de lever le petit doigt pour assurer son quotidien. Trouver un putain de boulot normal." Elle frappe le volant. "Un but réaliste dans la vie, si modeste soit-il. Qu'est-ce que je peux faire, nom de Dieu ?

— Qu'est-ce qui va se passer, à ton avis ?"

Vera secoue la tête. "Je ne sais pas. J'ai tout essayé. Psychologues, stages pratiques, voyages à l'étranger, et il a tout envoyé balader. Avant ma retraite, j'ai pris deux semaines de congé pour qu'on cherche une solution ensemble, qu'on se redonne une chance pour mieux se connaître, mais je suis retournée au boulot au bout de deux jours. Il refusait de quitter son appartement.

— *Uchi* et *Sekai*, dit Kevin.

— Hein ?

— Sebastian est *hikikomori*."

Vera le regarde sans comprendre. "Qu'est-ce que tu as dit ?

— *Hikikomori*."

Elle accélère pour doubler. "Et qu'est-ce que c'est ?

— Au Japon et dans d'autres pays d'Asie, le phénomène des *hikikomoris* est une épidémie. Rien qu'au Japon, il y en a plus d'un million. Et c'est de plus en plus fréquent, même chez nous. Il s'agit d'une volontaire mise à l'écart de la société. *Uchi* signifie « maison » et *Sekai* « monde » : c'est lui contre le reste du monde.

— Ah bon… Et qu'est-ce qu'on fait pour en venir à bout ? Il y a un remède ?"

Kevin s'attendait à cette question. Avec Vera, c'est toujours le résultat qui compte : ce n'est pas par hasard que ses collègues la surnommaient la Patronne. Mais là, il n'y a sans doute pas de solution rapide et simple. Les personnes ne fonctionnent pas comme des entreprises.

"Euh… À Umeå et Uppsala, on prend en charge des *hikikomoris*, mais je ne sais pas ce que ça donne comme résultat.

— Je comprends, dit-elle d'un ton tranchant. Quand il faut aller travailler pour rembourser son emprunt d'étudiant, on met les bouchées doubles, et rien ne se passe. Alors on s'enferme et on continue à intellectualiser les injustices du monde. En tout cas, c'est comme ça pour Sebastian. Depuis bientôt vingt ans, il est dans ce studio de Valhallavägen, le nez sur son foutu ordinateur.

— Il y a sans doute d'autres facteurs, dit Kevin. La pression sociale, la recherche de statut et d'argent, les attentes de l'entourage…

— Et la famille, je suppose." Vera a l'air triste.

Kevin ne sait pas trop quoi dire, et se contente de quelques mots évasifs, comme quoi tout ça est sans doute plus compliqué, que ce n'est pas qu'une affaire d'éducation.

S'il se souvient bien, le mot japonais *hikikomori* signifie "se retirer, s'enfermer à l'intérieur". Les *hikikomoris* se renferment sur eux-mêmes parce qu'ils souffrent de burn-out ou de phobie sociale. Ils trouvent souvent refuge sur internet et dans des mondes alternatifs. D'après les statistiques, il s'agit le plus souvent d'un jeune homme ayant traversé une crise existentielle, avec un père absent et une relation de dépendance avec sa mère.

Sebastian correspond parfaitement au schéma.

"Les parents japonais disent à leurs enfants de voler de leurs propres ailes, mais ils les retiennent par les chevilles.

— Comment sais-tu tout ça ? demande-t-elle. Tu t'intéresses à la culture japonaise ?

— Google.

— Je m'en doutais." Elle hausse les épaules.

Il jette son cigarillo par la fenêtre, et remonte la vitre. Un embouteillage fait ralentir Vera. Devant eux, une marée rouge de feux arrière. Au lieu d'avancer gentiment au pas, elle déboîte sur la bande d'arrêt d'urgence et double tout le monde, avec le même style de conduite sans gêne qu'avait adopté son père. Le passage a beau être étroit, elle file à plus de quarante en frôlant les rétroviseurs. Quand son téléphone sonne, elle fouille dans la poche de sa veste et répond.

Depuis que l'Albanie a instauré voilà deux ans l'interdiction du portable au volant, la Suède reste le seul pays d'Europe à l'autoriser. Tôt ou tard, ça finira par être interdit ici aussi. Mais ça ne changera rien pour Vera.

“Sebastian ?”

Elle regarde avec étonnement Kevin, qui entend la voix de son fils à l’autre bout du fil.

Il l’entend mentionner son nom et elle lui tend le téléphone.

“Il veut te parler.”

Tandis que Sebastian lui explique qu’il a réussi à pénétrer dans l’ordinateur trouvé par Kevin chez ses parents, Vera ralentit pour s’immobiliser complètement sur le bas-côté.

La première chose qui frappe Kevin, c’est que Sebastian est ivre, ou sous l’emprise de drogues.

La seconde, que c’est à cause de ce qu’il a à lui dire.

La troisième, que plus rien ne sera désormais comme avant.

ONZIÈME JOUR

Décembre 2012

LA VIE DEVRAIT ÊTRE COMME UN LIVRE DONT ON NE VEUT PAS QU'IL FINISSE
Institut médicolégal

Elle s'appelle Emilia Svensson, quarante-neuf ans, elle a grandi dans un grand ensemble de Brandbergen, au sud de Stockholm, avec ses parents Inger et Gunnar, tous deux originaires du Västerbotten. Emilia mesure un mètre quatre-vingt-sept en chaussettes, tandis qu'Inger fait un mètre cinquante-trois et Gunnar un soixante-sept. La peau d'Emilia est brune et douce tandis que celle d'Inger et Gunnar est sèche, d'une teinte entre le gris et le beige. Emilia est née dans un petit village dans l'Est du Nigeria, près de la frontière camerounaise. Elle est arrivée comme une bénédiction pour Inger et Gunnar un clair soir d'été au milieu des années 1960.

L'homme qui gît devant Emilia sur une civière en acier inoxydable vient lui aussi du Nigeria, mais d'un village du Nord du pays, et il a fait un voyage vers la Suède tout à fait différent.

Deux semaines plus tôt, il était monté incognito à bord d'un Airbus A320 de la Brussels Airlines à destination de Stockholm. Il avait soudoyé un technicien au sol et pris place dans le logement du train d'atterrissage arrière gauche.

La température avait été agréable les dix premières minutes après le décollage de l'aéroport de Bruxelles, mais déjà, au-dessus du Sud du Danemark, elle ressemblait à celle de la planète Mars.

La technicienne de la police scientifique Emilia Svensson lit le rapport du légiste.

> La cause primaire du décès est le froid et le manque d'oxygène. Quand le train d'atterrissage s'est ouvert, le défunt était déjà mort.

Le défunt était déjà mort.

Ivo Andrić a un langage sec comme une dépêche.

> Il existe plusieurs cas documentés de personnes cachées dans un train d'atterrissage et tombées de l'avion. Par exemple à New York en 2000 et en 2007. Les lésions chez ces personnes sont identiques : elles sont comparables à celles d'un alpiniste.

Après une chute de huit cents mètres, le corps est tombé sur le pont de Liljeholm, avant d'être écrasé par une camionnette.

> Étouffement, engelures et contusions. Environ soixante-quinze pour cent des os sont fracturés ou écrasés, et les lésions du crâne sont particulièrement importantes.

Le corps est informe, aplati, ses yeux gonflés la fixent, vides.

Malgré toutes ces déformations, c'est un bel homme, et ils connaissent à présent son identité. Sa fille se trouve en Suède, dans un lieu inconnu. Elle s'appelle Mercy, elle est recherchée par la police.

Emilia recouvre le corps et range la civière dans son casier réfrigéré.

Socio interruptus.

Une vie est une série de ruptures sociales, songe-t-elle. Des collègues qui arrivent et s'en vont, des divorces, des amis qui déménagent. Des passages d'un milieu à l'autre. La mort est la rupture la plus concrète, et elle s'efforce d'éviter de spéculer sur la vie du défunt.

Sauf qu'elle ne peut parfois pas s'en empêcher. La fille de cet homme ne sait même pas qu'il est mort. Dans le monde de Mercy, seize ans, son père est toujours en vie, la rupture sociale n'a pas encore eu lieu.

Emilia se souvient de ses premiers cas dans la police scientifique, quand elle n'avait pas encore appris à ne pas se faire des idées sur les morts.

Un homme avait bousculé sa femme qui avait fait une mauvaise chute et était morte. Le couple était marié depuis soixante ans et, d'après l'homme, ils ne s'étaient encore jamais disputés. Mais ce jour-là, pour une raison banale, il avait perdu patience. Quand Emilia et ses collègues étaient arrivés chez le vieux couple, l'homme les attendait dans l'entrée. Il avait brossé les cheveux de son épouse morte. "On s'entend pourtant si bien", avait-il dit.

L'homme était décédé quelques jours plus tard seulement. Techniquement, ce n'était pas un suicide, juste un cœur qui avait abandonné.

Emilia sort de l'institut médicolégal, ouvre sa voiture et se met au volant.

Prochain arrêt Kronoberg et l'examen final de l'ordinateur portable déposé une semaine plus tôt par Kevin Jonsson. Un ordinateur dont le contenu a provoqué une rupture d'un genre plus violent : elle espère que son jeune collègue va y survivre. C'est injuste, se dit-elle. La vie devrait être comme un livre dont on ne veut pas qu'il finisse, pas un livre qui s'interrompt au milieu d'une phrase.

Elle doit aussi transmettre au groupe anti-prostitution un rapport du labo de Linköping.

Quand elle quitte l'institut médicolégal de Solna, la première neige de l'hiver se met à tomber.

DES MOTS QUE PERSONNE NE COMPREND
Zone industrielle de Västberga

Depuis que Nova est petite, un conte lui a donné des cauchemars à répétition. Il y était question d'une géante qui vivait dans une grotte. Elle s'appelait Gryla, était méchante et laide, avec un nez crochu couvert de verrues poilues. Elle sortait parfois de sa grotte à la recherche d'enfants méchants pour les manger. Et elle trouvait toujours des garnements qui attendaient d'être mangés.

Le cauchemar était toujours le même, et la terreur lui laissait un mauvais goût dans la bouche au réveil.

Nova se réveille avec ce goût.

Après huit jours à Västberga, isolées du monde extérieur, elles ont commencé à se donner mutuellement des missions.

Gamines désobéissantes.

Nova a volé des sprays de laque, des pots de crème et des flacons d'huiles de luxe qu'elle aligne sur la table.

Le seul fait de se rendre en centre-ville constituait un risque. Depuis quelques jours, elles sont recherchées, avec leurs noms et leurs photos dans les journaux, et même si Nova s'est coupé les cheveux court et les a teints en noir, elle peut quand même être reconnue.

L'autre jour, Mercy a donné rendez-vous à un type dans une station-service de Knivsta. Le même type qui jouait le père de Nova dans le film qu'elles ont tourné. Elle a réussi à lui piquer sa voiture, une BMW gris métallisé. Blomman leur en donnera trente mille, même s'il est furieux contre leur imprudence.

À part empocher de l'argent, elles n'ont pas eu grand-chose à faire, et l'ennui les a gagnées. Nova regarde les objets qu'elles ont volés. Un vase ancien et moche et un échiquier russe qu'elles n'ont jamais utilisé. Sous le canapé sont glissés trois cartons de flûtes à champagne Ikea à cent dix-sept couronnes – l'aller-retour en taxi à Kungens Kurva pour les voler a coûté nettement plus à Mercy.

Sinon, il y a de sérieux stocks de cigarettes et de bonbons. Même si elles n'ont rien payé pour plus de la moitié de ces trucs, elles ont dépensé de l'argent.

Elles ne devraient pas le gaspiller comme ça : elles doivent filer aux États-Unis.

Mercy fume dans le fauteuil. La fumée est aspirée par la fenêtre mal isolée. Nova se serre dans la couverture. "Tu n'es pas impressionnée par ce que j'ai fauché ?"

Mercy rit et serre sa main. "Bah… Tu as juste l'air de t'être lassée de jouer les voleuses. Est-ce que tu es lassée de moi aussi ?"

Elle réfléchit. "Lassée de toi ? Mais tu es parfaite."

Et c'est vrai. Elles peuvent parler d'absolument tout, s'ouvrir l'une à l'autre, et il n'y a plus aucune honte.

"Tu es la meilleure, mais qu'est-ce que tu me trouves, en fait ? demande Nova.

— Tu es la seule au monde que je ne veux pas tuer", répond Mercy.

Un bref silence avant qu'elles n'éclatent de rire.

Il est si facile d'anéantir la grisaille, de chasser la tristesse, quand on est deux à s'entraider.

Une autre chose qu'elles ont faite pour passer le temps a été d'écrire une lettre à Love. C'est sans doute grâce à lui qu'elle et Mercy se sont tant parlé.

C'est comme si Mercy avait besoin de raconter.

Comme si tout en dépendait.

Mercy éteint sa cigarette et en allume aussitôt une autre. "Tu te souviens de notre première rencontre ?"

Nova se souvient. C'était au Chaudron, un matin, après le petit-déjeuner. "C'était ton premier jour à Skutskär. On est sorties fumer et bavarder sur le parking.

— Oui, et tu m'as donné ta dernière cigarette."

Nova revoit son paquet vide.

“Une fille qui donne sa dernière clope, continue Mercy, c’est forcément une fille bien.”

Mercy réfléchit tout en faisant des ronds de fumée qui dérivent lentement dans le courant d’air de la fenêtre. Nova, elle, a beau essayer, elle n’arrive pas à faire des ronds de fumée. “Tu te souviens de cette fille qui venait d’un trou du côté de Gävle, et se faisait un film en croyant que Stockholm était à peu près aussi cool que New York ?

— Oui, elle prenait tellement de cachets qu’on les entendait s’entrechoquer.

— Et le putain de dialecte qu’elle parlait. *Huälamäla* ?”

Nova avait mis un moment à comprendre que c’était comme ça qu’on prononçait *hur är det med dig ?* (comment ça va ?) dans la cambrousse du côté de Gävle.

— *Dävälbrale*”, répond Mercy, un sourire en coin, et Nova comprend *det är väl bra* (ça va).

Nova ouvre un paquet de chips et le vide sur une assiette en carton. “Et l’ancienne directrice, celle avant Love… Elle croyait dur comme fer que je n’aimais pas le boudin parce que c’était associé à quelque chose d’horrible que j’avais vécu. Mais le boudin, c’est juste *dégueulasse*, merde ! Il fallait toujours qu’elle interprète nos moindres faits et gestes à la sauce psy.

— Tu sais ce que mon père m’a appris, sur la psychologie ?”

Nova secoue la tête.

“C’est l’art de dire ce que tout le monde sait déjà avec des mots que personne ne comprend.”

Mercy se met à tourner dans tous les sens une des bouteilles de shampoing volées à Åhléns. “J’aime bien apprendre des mots que personne ne comprend, continue-t-elle. Les premiers jours, à Bräcke, avant qu’ils nous fournissent des livres et des journaux en suédois, les étiquettes des bouteilles de shampoing, c’était tout ce qu’il y avait à lire, à part mon dictionnaire. Sur ces notices, tu sais, ils mélangent le suédois, le norvégien et le danois, pour gagner de la place.” Elle lui montre la bouteille. “Cette langue, ça s’appelle le shamponois.

— Non ?

— Si, les mecs de Bräcke me l’ont dit.”

Nova prend une poignée de chips et verse un peu de vin rouge dans son verre de soda. Le vin devient buvable, mélangé à du coca.

Blomman leur a fait comprendre qu'elles ne pouvaient plus rester là. Qu'il fallait qu'elles s'en aillent.

TOUTES UTILISENT LE MÊME PSEUDO
Quartier Kronoberg

La technicienne de la police scientifique Emilia Svensson fume sous la neige abondante devant le garage de l'hôtel de police à Kungsholmen. À sa droite, les arbres nus se dressent contre un ciel triste et, à gauche, on aperçoit la façade lisse du bâtiment. Entre les bouffées, elle observe les Volvo avec leurs bandes à carreaux bleus et jaunes, en se disant que c'était là le plus petit dénominateur commun entre une pâtisserie anglaise et une voiture de la police suédoise. Un collègue lui avait un jour expliqué que des années de recherche avaient permis de conclure que la génoise en damier du gâteau de Battenberg pouvait servir à optimiser la visibilité des véhicules d'urgence.

Et c'était ce qu'on avait fait.

Il s'agit de rendre visible, songe-t-elle en écrasant sa cigarette. De voir l'inattendu dans l'attendu.

Lars Mikkelsen, un des chefs de la criminelle, lui a demandé son aide : il voudrait utiliser des méthodes non conventionnelles pour identifier plusieurs personnes qui diffusent des contenus pédopornographiques sur internet. Emilia a accepté, ce qu'il demandait lui semblait dans ses cordes, et elle était curieuse de voir de près le travail de la criminelle.

Lasse lui a dit qu'ils seraient aidés par un "chapeau gris", ce qui l'avait obligée à reconnaître qu'elle n'avait pas la moindre idée de ce que c'était.

Maintenant, tandis qu'elle rentre au chaud dans l'hôtel de police, elle sait qu'un chapeau gris est un hacker. Comme dans les westerns classiques, où les bons portent un chapeau blanc et les méchants un noir, il existe dans le monde des hackers ceux qu'on appelle des chapeaux gris : ceux qui touchent un peu à tout, d'un côté et de l'autre de la loi. Un peu comme les gens en général, songe-t-elle en prenant l'ascenseur pour les locaux de la criminelle, où Lasse et le chapeau gris en question la retrouvent devant la machine à café.

Emilia se présente à l'homme qui hoche nerveusement la tête sans lui serrer la main.

"Sebastian Dagerman, dit-il, le regard fixé sur la machine à café. Ma mère a été chef ici."

Chacun son gobelet de café fumant à la main, ils gagnent la salle de réunions, où un ordinateur portable les attend sur la table.

Lars Mikkelsen explique qu'il a appartenu à un ancien employé de la police de Stockholm, décédé voilà à peine un mois.

"Il a été retrouvé par son fils, poursuit Mikkelsen, Kevin Jonsson, lui aussi un collègue, dans la maison de ses parents."

L'ordinateur du policier défunt contient une quantité considérable de pédopornographie.

"Au moins six mille photos et neuf cent cinquante-sept films. Une grande partie nommés *PTHC*, dit Mikkelsen.

— *Preteen hardcore*", explique Sebastian.

Mikkelsen boit une gorgée de son café et se tourne vers Emilia. "Ton travail consistera à analyser d'un point de vue purement technique ces enregistrements, ainsi que l'ordinateur lui-même."

Emilia apprend que l'appareil a été acheté quelques années plus tôt dans une boutique d'une grande chaîne d'électronique dans une banlieue sud, et payé avec une carte bancaire au nom de son propriétaire.

À part les empreintes digitales de Sebastian et de Kevin Jonsson, l'ordinateur est cliniquement propre.

"Est-ce que ce n'est pas étrange ? demande Emilia. Je veux dire, il devrait bien y avoir aussi des empreintes digitales du père de Kevin ? Sinon, pourquoi les aurait-il effacées ?"

Mikkelsen hoche la tête. "Oui, mais pour le moment, on se concentre sur ce qu'on a. Le contenu de l'ordinateur."

Il se tourne vers Sebastian et lui fait signe de prendre la parole.

“J’ai trouvé cent soixante-trois adresses IP ayant partagé du matériel, dit-il en se penchant au-dessus de l’ordinateur. Elles ont toutes en commun d’avoir utilisé Asus, un routeur présentant une énorme faille de sécurité. Un des arguments de vente de ce routeur est un port USB où on peut connecter par exemple un disque dur externe. C’est juste que si on ne coupe pas activement le routeur, le contenu de l’ordinateur devient visible à la terre entière. Un hacker un tant soit peu expérimenté peut en principe faire ce qu’il veut.”

Et Emilia comprend que c’est exactement ce que Sebastian a fait. Heureusement que son chapeau n’est pas noir, songe-t-elle.

“Celui qui se fait appeler « le Marionnettiste » n’est pas une unique personne, poursuit-il, mais vraisemblablement vingt-trois personnes qui toutes utilisent le même pseudo. Bon, il y en a sûrement davantage, mais il y a en tout cas ces vingt-trois-là sous Asus. Ils ont tous utilisé la même identité sur divers sites de chat ou de rencontres.” Sebastian se racle la gorge. “Votre ancien collègue, qui se servait de cet ordinateur, était l’un d’entre eux. Ils utilisent tous les mêmes photos de profil, les mêmes mises à jour de statut, la même tactique. C’est un peu comme une armée de pédophiles, quoi… C’est une question d’endurance. Imaginez un tas de types qui se relaient pour *groomer* une fille, je veux dire… ils peuvent y travailler jour et nuit. La fille croit avoir un admirateur secret, alors qu’en fait elle est attaquée par quelques douzaines de types qui collaborent.”

La voix de Sebastian est monotone et son visage figé, mais Emilia devine la colère qui bout sous la surface neutre. “L’ordinateur contient en outre trois enregistrements originaux, continue-t-il. Ces films n’ont donc pas été téléchargés, mais créés directement sur ce disque dur. Les images ont été tournées au moyen d’un appareil Canon, et transférées le 19 août 2007.

— Voilà tout juste cinq ans, dit Emilia. J’ai analysé le son du film avec une méthode nommée Electric Network Frequency Analysis. L’an dernier on a eu soixante-douze affaires de ce type, dont vingt-neuf analyses de voix. Il y en aura encore plus cette année.

— Comment ça marche, concrètement ? demande Lasse.

— Le réseau électrique fournit du courant alternatif à une fréquence de cinquante hertz, qui produit un bruit de fond faible mais perceptible. Mais cette fréquence de cinquante hertz n'est pas complètement stable. Ses fluctuations forment un schéma unique qui, s'il est enregistré, permet de disposer d'une base de données pour établir quand exactement un enregistrement a été fait.

— Et que peut-on faire de cette information ?"

Sebastian a sorti son téléphone, Emilia comprend qu'il note ce qu'elle dit.

"Nous pouvons isoler le bruit de fond et le comparer avec la base de données. On aura alors une date, et on pourra aussi déterminer si l'enregistrement est manipulé, ou constitué de plusieurs fragments montés.

— Il y a une voix d'homme sur trois films, dit Mikkelsen en la regardant gravement. Correspond-elle à celle du propriétaire de l'ordinateur ?"

Emilia dispose, pour comparer, d'une vingtaine d'échantillons de voix, tirés d'interrogatoires auxquels le défunt policier a participé au cours de sa carrière.

"Oui. À cent pour cent. C'est une seule et même personne."

Elle entend encore résonner cette voix.

"L'ancien chef de la police Jonsson ?

— Encore une fois : c'est sûr à cent pour cent."

La voix dans sa tête est agressive et crie.

Debout, bordel !

C'est la voix du père de Kevin. Le chef de la police bien connu.

Tu es tellement dégueulasse !

C'EST COMME ÊTRE DÉBARRASSÉ D'UNE PARTIE DE SOI-MÊME
Rosendalsvägen

Stockholm repose sur un socle de roche primaire vieux de six cents millions d'années, strié de fractures. Comme les rides d'un visage vieilli par une lassitude si impitoyable qu'elle a pulvérisé le granit.

Un ravin rempli de larmes s'est formé entre les îles de Södermalm et de Djurgården : tandis que les falaises de Söder s'élèvent à pleins poumons au-dessus des eaux du Mälar, les rives de Djurgården suffoquent, à peine au-dessus de leur surface.

Il est bientôt minuit. Depuis la fenêtre de sa chambre, Kevin embrasse du regard la baie de Djurgårdsviken, en contrebas de la villa 1900 de Vera.

L'eau est grise au clair de lune.

Une personne n'est faite que de souvenirs, songe-t-il en faisant tourner son yoyo.

Une personne, ce sont des milliards de souvenirs empilés les uns sur les autres.

Si on écorche la peau, qu'on racle la chair sur les os, puis qu'on observe la personne libérée de sa foi, de ses espoirs et de ses illusions, il ne reste plus que les souvenirs.

Aucune vérité.

Chercher la vérité revient souvent à chercher la confirmation de ses préjugés. Il est facile de se méprendre. Il faut rester hostile et critique vis-à-vis de la réalité.

Une semaine plus tôt, ses souvenirs étaient tout à fait autres.

Tout a été bouleversé sur Nynäsvägen, quand Sebastian a appelé pour lui révéler ce qu'il avait trouvé dans l'ordinateur.

Kevin n'avait eu le courage de regarder qu'un seul des films. En tout une minute et dix-sept secondes.

La voix de papa, une pièce anonyme et une fille nue avec des taches de rousseur, onze ans, peut-être douze.

Sa première pensée a été d'aller à Storan mettre le feu à la villa, puis jusqu'à Tanto brûler aussi le chalet.

Effacer les restes d'un père qui n'a jamais existé.

Anéantir son passé et recommencer à zéro.

Détruire le souvenir d'un souvenir.

Mais Kevin n'est pas allé mettre le feu à la maison.

Il a suivi Vera chez elle, à Djurgården.

Et une semaine plus tard, il est toujours chez elle.

Il a ressassé papa.

Papa, papa, papa.

À peine parlé d'autre chose.

Comme la langue qui cherche sans cesse la dent fendue.

Petit, il avait imaginé à plusieurs occasions ce que ce serait si papa était mort. Chaque fois, il arrivait à la conclusion que ça aurait été comme être privé d'une partie de soi-même. Aujourd'hui, il a changé d'avis.

C'est comme être débarrassé d'une partie de soi-même.

Il est diablement facile de se mettre à haïr quand on a été dupé à aimer.

Il revoit sa mère et entend ses paroles accusatrices. "Elle n'avait que treize ans… maudite garce." Ce n'était donc pas de Vera qu'elle parlait dans le brouillard gris de sa démence.

Il n'est pas retourné la voir, n'a pas contacté son frère, n'a parlé à personne d'autre que Vera. Il n'a toujours pas signé la promesse de vente de la villa et a bien une dizaine d'appels de l'agent immobilier. À peu près autant de son frère. Il n'a pas répondu au téléphone lorsque Lasse l'a appelé. Ni à Emilia Svensson.

Il rattrape le yoyo et se couche sur le lit dans la chambre d'amis de Vera.

Elle lui a parlé de la cicatrice de papa. La grande cicatrice sur le côté gauche de son ventre, qu'il aimait tant montrer, comme une médaille de bravoure. Ce n'était qu'une intervention de routine, rien d'héroïque. Un dealer bien connu, qu'ils devaient expulser de Gullmarsplan, avait sorti son couteau et frappé papa au côté. Rien de profond, mais assez pour qu'on doive le recoudre. Aujourd'hui, Kevin comprend que, pour un homme victime de plusieurs infarctus, c'était probablement une consolation de pouvoir exhiber une blessure de guerre.

Les souvenirs de son père se dissolvent comme du papier de riz dans un bain acide.

Et Kevin n'a vu qu'un seul des films.

TOUT EN TRANSFÉRANT DES FICHIERS
Rosendalsvägen

Vera est assise à son bureau. Le vent gémit à la fenêtre, la vue sur la pelouse en pente est sinistre et, au milieu de tout ça, le reflet de sa détestable silhouette.

Elle allume l'ordinateur et cherche parmi les dossiers.

Elle a menti à Kevin au sujet de sa liaison avec son père. Ils n'ont pas cessé de coucher ensemble il y a quinze, vingt ans. Plutôt cinq.

Elle clique sur le dossier *ÉTÉ 2007*.

D'après Lasse, de la criminelle, un appareil Canon a été connecté à un ordinateur via un port USB à 17 h 43 le 19 août 2007.

Elle regarde les photos. Kevin lui ressemble affreusement. Les mêmes yeux, la même mâchoire et le même sourire un peu en coin. C'est surtout une photo qui l'arrête, prise le 19 août.

Elle fait accélérer son pouls.

Dimanche 19 août 2007, une journée étouffante de fin d'été, incognito, ils avaient pris le bateau pour aller camper deux nuits dans l'archipel. C'est la dernière fois qu'ils avaient couché ensemble.

Sur la photo, ils sont allongés sur une couverture, au soleil. C'est lui qui l'avait prise, de haut, un peu penchée : on ne voit que leurs deux visages et deux verres de vin blanc levés.

À peu près en même temps, un film illégal avait été transféré sur son ordinateur.

Elle fixe la date : 2007-08-19.

On ne peut pas être à deux endroits en même temps.

On ne peut pas camper dans l'archipel tout en transférant des fichiers en ville.

Est-ce qu'un fichier image daté suffit à le blanchir ?

Probablement pas, mais elle n'a rien de mieux. Elle veut se souvenir qu'ils avaient acheté du vin et des provisions en ville. Ensuite, ils avaient passé le dimanche à lézarder au soleil, à faire l'amour : l'idée était que personne ne sache où ils étaient.

Même s'il était encore possible de ressortir des relevés de banque de cette époque, ça ne prouverait rien.

Soudain, elle se met à douter. Peut-être était-ce la semaine d'avant qu'ils étaient partis en bateau, et qu'elle n'avait transféré les photos que le week-end suivant ? Comment fonctionne la datation des fichiers image ?

Le plancher grince, elle entend Kevin s'approcher. D'un clic, elle fait disparaître la photo. Peut-être s'est-elle trompée ?

Il faut qu'elle soit absolument sûre.

Elle ferme les yeux quand il pose les mains sur ses épaules.

“Comment ça va, Vera ?”

Quelqu'un te veut du mal, se dit-elle.

LÀ OÙ MEURENT LA PLUPART DES OISEAUX
Zone industrielle de Västberga

Une nova est une "étoile nouvelle" qui, pendant une période, augmente fortement son rayonnement, se met à luire et éblouit.

Quand elles se sont rencontrées la première fois, Nova rayonnait d'une lumière si puissante que Mercy ne pouvait pas y voir clair.

Peu importait ce que Nova disait ou faisait, elle était juste d'accord et faisait pareil.

Au début, elle craignait que Nova ne l'abandonne et, quand elles n'étaient pas ensemble, tout s'obscurcissait autour d'elle.

Aujourd'hui, sur le canapé, Nova semble plus grise, elle mange des chips et boit du vin mêlé de coca.

On pourrait la prendre pour une petite fille. Mais c'est une *orre*, comme Mercy. *Orre* veut dire "pute".

"Tu connais d'autres expressions bizarres ? demande Mercy.

— *Hockey de droite.*

— Qui veut dire ?

— Golf.

— Encore !

— *Dormir à l'hôtel communal*, dit Nova au bout d'un moment.

— Je ne pige pas…

— Les SDF qui dorment dans les bus de nuit.

— *Faire des yeux de merlan frit*, dit Mercy.

— Hein ?"

Mercy regarde droit devant elle. Les yeux fixes, mais dans le vague.

"Arrête, tu as l'air complètement shootée.

— *Coupe X*", continue Mercy, même si elles savent toutes les deux ce que ça veut dire. Il n'y a sans doute qu'en suédois qu'existe une expression pour désigner les cheveux ébouriffés après l'amour. Mais *fuck hair* sonne bien, ça pourrait faire école en anglais.

Elles se lassent rapidement des expressions et se blottissent sous la couverture.

Au milieu de tout le porno dont est bourrée la tablette de Blomman, elles trouvent une application consacrée aux films animaliers, qu'elles se mettent à regarder pour passer le temps.

Les films sont courts, entre cinq et dix minutes. Au début, ils sont beaux. Beaux paysages et animaux passionnants : lézards, oiseaux et poissons. Puis un film sur un oisillon capturé par un grand aigle de mer. L'aigle l'arrache de son nid, s'envole avec, le largue sur un rocher et commence à le becqueter et à le déchiqueter. Le petit oiseau se fait dévorer vivant et le narrateur s'extasie sur ces images uniques et fantastiques.

"J'ai envie de vomir", dit Nova en se serrant contre elle.

Mais elles n'arrêtent pas de regarder pour autant. Les films sont de pire en pire. Les animaux s'accouplent et se massacrent au ralenti. Des types en treillis regardent à la jumelle un ours monter sa femelle et un lion plaquer une gazelle.

À ce moment précis, Mercy comprend quelque chose sur l'homme, même s'il est difficile de le formuler. "Nous sommes si froids, tente-t-elle. Nous trouvons beau de voir les autres souffrir. Nous sommes pires que les bêtes. Elles, tout ce qu'elles cherchent, c'est survivre."

Les yeux de Nova sont luisants. "Si ça avait été des hommes à la place des bêtes, ces films auraient été strictement interdits", dit-elle.

Mercy songe à leur dernier tournage, au sous-sol. Un des types a pris Nova à part avant qu'ils commencent, et elle a bien entendu ce qu'il lui a dit.

"Quoi que je te fasse, souviens-toi que c'est juste du cinéma, ce n'est pas pour de vrai, si je me comporte mal, c'est pour le film, pour que ce soit bien. Souviens-toi que je t'aime bien."

C'est le type qui s'était le plus comporté comme un porc avec Nova.

Un nouveau film commence sur l'iPad. Il a l'air plus calme que les précédents. Mercy caresse le front de Nova tandis qu'elles regardent un vol d'oiseaux couvrir l'écran.

"C'est drôle, dit Nova. C'est presque le même chemin que celui que tu as suivi. Ils volent d'Afrique centrale jusqu'au Nord en faisant halte en Méditerranée pour reprendre des forces.

— C'est là où meurent la plupart des oiseaux", dit Mercy.

Soudain, des pas retentissent dans l'escalier, et Nova se lève.

"Allez, venez !" C'est Blomman, avec un autre type qu'elles n'ont jamais vu.

Il a l'air dur, ses gros bras sont couverts de tatouages.

"On va où ?" demande Nova en attrapant son blouson.

Blomman dévisage Nova, la toise de la tête aux pieds, puis remonte en haussant les épaules. "Ne pose pas tant de questions, bordel."

Sans savoir où, on les conduit à travers la ville vers l'est.

Blomman est shooté et quand Nova voit le panneau Fisksätra, il commence à expliquer de quoi il s'agit.

Ça va mal tourner, se dit-elle.

ELLE A FAIT ÇA GRATIS
Le Chaudron

Il est 22 h 20, et Love est toujours au travail. La raison est sur son bureau : vingt pages de papier à lettres rose à bordure fleurie. Cette fois, il ne peut pas le cacher à la police. Il ne peut plus les protéger plus longtemps.

Vu le contenu de la lettre, Mercy est probablement plus dangereuse qu'il ne le croyait, beaucoup plus dangereuse.

Le problème est qu'il ne sait pas bien comment aider la police à retrouver les deux filles.

Elles lui ont écrit toutes les deux, mais la traçabilité d'un papier à lettres à l'ancienne est sans doute plus délicate que celle d'un email. Depuis la centralisation des services postaux, impossible de savoir où a été déposée une lettre.

Salut Love. On t'écrit, parce qu'on pense que tu es le seul à nous comprendre.

C'est l'écriture de Nova.

Ça ne fait rien si tu montres cette lettre à la police. De toute façon, ça a l'air assez cuit pour nous. On va fuir à l'étranger, mais on ne dit pas exactement où.

D'abord, je voudrais que tu comprennes pourquoi Mercy a eu peur et a tapé ce type à Gävle.

Elle a essayé de me protéger et a paniqué. Parfois, c'est comme si elle n'arrivait pas à se contrôler. Mais l'explication de son geste est beaucoup plus profonde. Elle va te l'écrire, pour que tu puisses le dire à la police.

(Elle te fait coucou, d'ailleurs !)

Ce matin, Love a appris que le garçon de Gävle était sorti de l'hôpital. La police a interrogé à nouveau les deux frères, et la vérité est apparue : Erkan a servi d'intermédiaire.

Cette lettre, c'est pour dire au revoir et merci à la Suède. Tu seras la seule personne qu'on regrettera. C'est une très longue histoire, mais ce serait dommage de t'endormir avec ça.

Je passe le stylo à Mercy.

Il tourne la page, et l'écriture menue et soignée de Mercy prend le relais. Il y a une certaine ressemblance avec celle de Nova : il sait qu'elle a essayé d'imiter le style de cette dernière, sans grand succès. Un graphologue dirait que c'est l'écriture d'une personne timide, sur ses gardes.

À Hambourg, j'ai passé une semaine entière à chercher papa et Dusty sans les trouver, j'ai appris à connaître les moindres rues de Sankt Pauli et j'allais à la gare routière au moins trois fois par jour pour voir s'il était revenu. J'avais des pensées bizarres, comme quoi tout ce que nous avions vécu depuis notre fuite n'était qu'un rêve, que c'était moi qui avais tout inventé et que je me trouvais dans un monde illusoire.

Quand j'étais petite et que j'avais du mal à m'endormir, papa me disait toujours que le sommeil est comme un chat qui ne vient que si on ne fait pas attention à lui. Et c'est exactement ce qui s'est passé !

Un matin, en arrivant à la gare routière, j'y ai trouvé Dusty, sur un muret près d'un buisson, en train de se lécher une patte. Après ça, on est restés ensemble, il se débrouillait toujours pour m'avoir à l'œil, et je n'avais pas besoin de le chercher. Il se pointait comme ça, de temps en temps.

Dusty était un drôle de chat qu'on reconnaissait de loin parce qu'il boitait et ressemblait à un mouton de poussière. Pas beau, mais bon camarade.

Dans la marge du papier à lettres, parmi les roses ampoulées, l'une des deux avait dessiné un chat.

Mercy écrit qu'elle était allée tous les jours à la bibliothèque, au cas où son père l'aurait cherchée là. Elle avait posté un avis de recherche sur Facebook avec le nom de son père, sans résultat.

Il repose la lettre.

Facebook. Pourquoi ne pas y avoir pensé plus tôt ?

Il se connecte et cherche le profil de Mercy pour voir si elle a utilisé son compte ces derniers temps. Mais le dernier message sur sa page date de l'été, et ce n'est pas elle qui l'a posté.

Mercy est une grosse salope noire qui aime sucer la bite et lécher le trou de balle. Elle ment si elle dit qu'elle a été payée pour. Elle a fait ça gratis.

Le type qui a posté le message pose en casquette. Un fier Suédois de Bräcke, Jämtland : Love comprend que c'est en rapport avec le procès. En faisant défiler la page, il trouve une grande quantité de messages du même genre.

Il cherche alors le profil de Nova, mais rien n'a été posté depuis un mois.

Qu'est-ce que je suis en train de faire ? songe-t-il. Surveiller les réseaux sociaux, c'est naturellement la base du travail de la police.

Il reprend la lettre et tourne la page. Tout en haut, un dessin sans rapport avec le texte : une fleur stylisée avec un visage inexpressif, et à côté la légende BLOMMAN SUCE DES BITES.

UN CERVEAU MALADE
Rosendalsvägen

Les maisons anciennes au bord de la baie de Djurgårdsviken sont noires et silencieuses dans la nuit. La seule lumière vient d'une fenêtre d'une des villas 1900 sur les hauteurs. Une lueur bleuâtre et tremblante qui semble animer les arbres alentour.

Kevin s'est réveillé et n'a plus réussi à dormir. Il est descendu au séjour chercher un film. Il a choisi *Shining*, de Stanley Kubrick, le moins commercial qu'il ait trouvé dans la collection de DVD de Vera. Le téléviseur du séjour montre en gros plan le visage de Danny, l'enfant qui voit ce que les autres ne voient pas.

Les morts et les souvenirs des morts.

Kevin sent ses idées étrangement claires. Et s'il avait lui aussi le don de Danny de voir les souvenirs des morts ? Les souvenirs de son père ?

Il ferme les yeux, essaie d'accepter ce que soupçonnent ses collègues de la criminelle.

Papa était pédophile, se dit-il. Un putain de pédo. Il produisait même lui-même ses propres films.

Il a beau faire, impossible d'y croire tout à fait : il décide que, tant qu'il reste l'ombre d'un doute, il s'y accrochera.

Il comprend qu'il faut qu'il aille à l'hôtel de police s'asseoir devant ce maudit ordinateur. Rechercher le cœur du doute qu'il éprouve.

Il faut qu'il trouve un *goof* décisif.

Il fait tourner le yoyo et se concentre sur l'écran. D'après une théorie du complot largement répandue, l'alunissage de 1969 a en réalité été filmé sur Terre par Stanley Kubrick qui a, par la suite, parsemé ses films, entre autres *Shining*, de messages secrets à ce sujet.

Ce dont Kevin a besoin, c'est d'une théorie du complot personnelle au sujet des films contenus dans l'ordinateur de son père.

Il fait défiler le film en avance rapide jusqu'à une des scènes principales. Le petit Danny joue assis par terre dans le couloir de l'hôtel. Une petite boule blanche roule jusqu'à lui sur la moquette à motifs géométriques. Le motif est inversé dans le plan suivant, ou bien Danny s'est retourné de cent quatre-vingts degrés en une microseconde. Il s'agit probablement d'une erreur de script, ou d'un *goof* volontaire.

Danny porte un pull décoré d'une fusée avec le texte APOLLO 11, USA. Quand le motif de la moquette s'inverse en miroir, il ressemble à s'y méprendre à une rampe de lancement de la Nasa. Danny se lève, emprunte le couloir, la boule blanche à la main, et s'arrête devant une porte.

ROOM n° 237.

La distance de la Terre à la Lune est de 237 000 miles anglais et, d'après les conspirationnistes les plus forcenés, le numéro de cette chambre est la preuve définitive que Kubrick voulait dire qu'il avait participé au tournage d'un faux film.

Le film continue, et Danny refuse de dire ce qu'il y a dans la chambre 237.

Peut-être qu'il a juste joué ? Un voyage fictif sur la Lune avec des accessoires simples : une boule blanche en guise de capsule spatiale, une moquette à motifs comme rampe de lancement, le pull orné d'une fusée et un porte-clés au chiffre de la distance vers la Lune.

Un jeu, songe Kevin. Des décors, des coulisses. Exactement comme Stanley Kubrick a joué avec les accessoires de son film. Le jeu est toujours synonyme de faux, et le faux peut toujours être démasqué.

Il fait quelques figures simples au yoyo tout en réfléchissant.

Les scènes de *Shining* se succèdent, il met en avance rapide.

Le personnage joué par Jack Nicholson, un visage et une hache dans une porte. *"Here's Johnny !"*

La neige tombe à la fenêtre du séjour et à l'écran. Jack Nicholson poursuit son fils, sa hache à la main, avance dans la neige entre les haies du labyrinthe, devant Overlook Hotel.

"You can't get away !"

Ce labyrinthe représente peut-être les recoins d'un cerveau malade.

Il faut que Kevin ouvre la porte de la chambre 237 de son père, peu importe ce qui l'attend.

Il s'est assez apitoyé sur son sort.

Et puis il faut qu'il appelle Lasse pour savoir pourquoi Love Martinsson bénéficie d'une identité protégée.

D'UNE INNOCENCE PRESQUE RIDICULE
Le Chaudron

Tout avait commencé avec cette maudite pluie de sang. Il avait entendu à la radio l'explication du phénomène. Des particules de sable venant du Sahara.

Le jour de la pluie de sang, Nova et Mercy avaient disparu.

Il aurait dû rentrer chez lui dormir. Pour la première fois depuis plusieurs mois, il n'aura pas pris sa dose de médicaments. Mais il pourra bien se passer de somnifère, comme de paroxétine.

Et probablement aussi de testostérone.

Cela semble variable d'un individu à l'autre, et peut-être est-il malgré tout vain d'essayer par l'automédication de ressusciter l'envie d'aimer. Le désir sexuel qu'il a perdu voilà plusieurs années.

Ce qu'il aurait voulu lui donner, et n'avait pas pu.

Un souvenir refait surface.

Un canapé dans une maison qui sent bon. Chez elle. Ils s'embrassent.

"Tu ne veux pas rester dormir ? demande-t-elle.

— Si", répond-il, puisque c'est bien alors la seule chose qu'il désire.

Jadis, songe-t-il. Dans une vie antérieure à laquelle il ne peut plus revenir.

Il se force à ne plus penser à elle.

La raison pour laquelle il est encore au bureau à 3 heures du matin est, pour le moment, plus importante. L'impression d'avoir raté un élément décisif dans la lettre de Nova et Mercy ne le laisse pas en paix.

Cette lettre ne dit en général presque rien du présent, mais parle d'événements qui se sont produits il y a longtemps. Du voyage de Mercy vers la Suède, de ce qui l'a provoqué et de ce qui s'est passé à Hambourg. Pourtant, il a l'impression que quelque chose se cache dans le texte.

Il reprend la lettre et continue sa lecture.

Il entend la voix de Mercy.

J'ai été chassée par la police, et un couple de Roms m'a aidée. Je suis montée dans leur voiture sans poser de questions et ils m'ont dit que nous allions à Buchenwald, où je serais en sécurité.

Buchenwald était un campement de caravanes dans un bois de hêtres, près de Hambourg. L'aéroport voisin y produisait un grondement continu.

Les avions vrombissaient à basse altitude : tout le temps que j'ai habité là, j'ai souvent imaginé papa à bord de l'un d'eux. Et c'est probablement ce qui s'est passé.

Ceux qui l'avaient recueillie s'appelaient Florin et Roxana, originaires de Roumanie. D'après la description de Mercy, il comprend qu'ils étaient gravement alcoolisés, mais visiblement elle les aimait bien malgré tout. Ils ne l'avaient pas seulement sauvée de la police, mais aussi hébergée.

À côté du texte, un dessin représente une Coccinelle Volkswagen avec une caravane.

C'est Florin et Roxana qui avaient fondé le campement et invité les membres de leurs familles à les rejoindre, puis d'autres migrants s'y étaient installés. "Il faut un peu faire preuve d'hospitalité quand on est à l'étranger, disait Florin, puisqu'on est soi-même un invité." Je trouve que c'était assez bien dit.

Mercy raconte qu'en revanche plusieurs des parents de Florin et Roxana lui étaient franchement hostiles, et qu'un groupe de quatre hommes et une femme ont d'emblée montré leur mécontentement de la voir là. *J'ai vite compris que* negru stricata *voulait dire quelque chose comme sale pute noire. Et ils crachaient et jetaient des pierres sur Dusty.*

Dès le premier soir, un des cousins de Roxana est venu lui proposer un moyen de gagner de l'argent pour continuer son voyage vers la Suède.

Ils sont allés en ville sous prétexte de vendre des roses à des touristes éméchés dans les bars de Sankt Pauli. Les autres filles avaient déjà fait ça à plusieurs reprises. Une fois descendues de voiture, elles ont embrassé Mercy en lui assurant qu'elle n'avait pas à avoir peur.

Je me souviens clairement que tous les bâtiments étaient en briques et que le ciel était plein de mouettes. Puis j'ai bu de l'alcool et avalé quelques cachets qu'on m'avait donnés et qui ont rendu le monde brumeux et supportable.

Supportable ? songe-t-il en se massant la nuque, calé au fond de son siège.

Laisse tomber… Assez pour aujourd'hui – ou plutôt pour cette nuit.

Il va chercher dans la remise un oreiller et une couette marqués du logo du foyer. Puis un tas de couvertures en guise de matelas.

Il regagne son bureau, déplace une chaise et commence à disposer les couvertures par terre. Elles ont différentes couleurs et motifs, la dernière qu'il étend sur le dessus est noire, couverte de fleurs roses.

Il se souvient alors du dessin de la fleur.

Au lieu de finir de faire son lit, il reprend la lettre et le regarde. Puis il se rassoit devant son ordinateur et se connecte à nouveau à Facebook.

Blomman n'est pas un surnom rare : il fait défiler les amis Facebook de Nova et Mercy à la recherche d'un Blom, Blomberg ou autre nom approchant, il faut bien commencer quelque part, mais il abandonne au bout de dix minutes.

Mieux vaut laisser faire la police, se dit-il.

Il écrit le nom d'artiste de Mercy dans la fenêtre de recherche.

Blackie Lawless.

Un certain nombre de résultats mènent tous à des pages concernant le groupe de hard rock WASP. Il se souvient d'eux au milieu des années 1980, quand il était jeune et qu'ils avaient fait scandale dans un pays d'une innocence presque ridicule. Ou alors c'était la Suède qui était maléfique. La différence n'est pas forcément si grande.

Puis il entre Nova Horny dans la fenêtre de recherche. Un seul résultat, qui montre Nova maquillée à outrance, qui fait plus que son âge. Elle se vend comme modèle et actrice, basée à Hollywood, Californie.

La majorité de ses amis ont des noms suédois et ce sont presque exclusivement des garçons.

Un d'eux s'appelle Ulf Blomstrand.

Blomman, qui suce des bites ?

LES PLAIES AUX PAUMES DE LEURS MAINS
Rosendalsvägen

Le froid réveille Vera.

Elle entend un faible bruit au rez-de-chaussée : sans doute Kevin qui regarde un film. Son radioréveil affiche 2:22. Sa première idée est de descendre lui demander comment il va, mais elle décide de rester couchée le temps que son rêve s'estompe un peu. Elle a rêvé de Sebastian.

Elle tourne la tête et regarde la photo au-dessus de la commode : le père de Sebastian, d'après Kevin le portrait craché de John Goodman, est mort voilà dix-neuf ans. Si la chose était possible, elle se ferait amputer ce souvenir, mais elle voit encore clairement les images. Elles reviennent sous forme de cauchemars.

L'épreuve de l'enterrement était passée et la première explosion de chagrin était retombée.

Sebastian est venu la voir, elle est allée lui ouvrir. Son visage était tout blanc dans la lueur de la lampe du perron. Elle l'a fait entrer, ils ont bu du vin et, avec une inquiétude croissante, elle a vu changer le regard de son fils de vingt ans.

Une heure ou deux se sont écoulées. Elle est allée à la cuisine leur chercher des bières.

Sans remarquer qu'il la suivait.

Sans remarquer qu'il avait pris le tisonnier dans la cheminée. Un lourd objet en fer rouillé.

Elle ne lâche pas des yeux le portrait au-dessus de la commode. Le père de Sebastian et elle étaient si différents.

Il se décrivait en plaisantant comme un navigateur solitaire sans boussole, alors qu'elle était un train sur des rails. Et Sebastian ? se demande-t-elle. Un bathyscaphe ?

Qui a coulé tout au fond et implosé sous la pression environnante.

Elle tenait deux bouteilles de bière de la main gauche, et la porte du réfrigérateur de la droite. Une ombre aperçue du coin de l'œil et un coup sur la nuque si soudain qu'elle n'a presque rien senti. Elle est tombée à genoux, les bières ont roulé par terre, et son premier réflexe a été de se protéger contre le coup suivant. Elle a levé la main droite, et le deuxième coup l'a touchée audessus du poignet.

Puis Sebastian a lâché le tisonnier, qui est tombé par terre avec un lourd bruit métallique. Il s'est alors assis par terre, appuyé au plan de travail, et s'est mis à pleurer.

Des mots sans paroles. Des yeux qui demandaient qui elle était, qui il était lui-même, et dans quel lieu il était arrivé.

"Maman…, a murmuré son fils adulte avec ses yeux de nouveau-né. Pourquoi je fais ça ? Qu'est-ce qui se passe ?"

Ensuite, elle avait passé deux jours à l'hôpital.

Elle sait à présent que la mort de son mari ne l'a en aucune façon rapprochée de son fils. Malgré ce qui s'était passé, elle a nourri toutes ces années un espoir naïf que peut-être, peut-être, quelque chose de positif en sortirait.

On dit bien que les racines se renforcent par grand vent. Mais ce n'est qu'un poncif. Sebastian et elle sont deux arbres que la tempête a brisés.

C'est se moquer des hommes de les laisser se plaindre que la vie ne soit pas éternelle, songe-t-elle. L'homme qui s'est lui-même assigné une existence supérieure à tous les autres animaux, mais qui est en même temps incapable de faire face à ce que la vie a de plus évident : qu'elle finit.

Les traces de sa traversée de la vie seront balayées par le vent. Peu importe leur profondeur. Le temps les anéantira, tôt ou tard.

Ressaisis-toi, maintenant, songe-t-elle. Ressaisis-toi, bordel.

Vera sort de son lit et descend l'escalier, s'arrête un moment devant la porte de la cuisine et réchauffe ses pieds nus sur le tapis moelleux. Ce tapis était dans l'entrée de la maison de ses parents. Son père et sa mère, morts depuis mille ans.

Ils l'avaient baptisée Vera, un prénom d'origine latine qui signifie "vraie".

Vera est vraie. Mais elle a menti toute sa vie. Menti ou caché la vérité.

Elle regarde le visage concentré de Kevin dans la lueur bleuâtre de la télévision.

Elle n'a jamais raconté à personne ce que Sebastian lui a fait voilà dix-neuf ans, mais c'est le moment. Et elle va aussi parler de l'Épouvantail, Gustav Fogelberg.

"Kevin ?"

Elle se place dans l'ouverture de la porte en espérant avoir l'air plus en forme qu'à son coucher.

Il la regarde, éteint la télévision avec la télécommande et fait mine de se lever.

"Je peux m'asseoir un moment avec toi ?"

Il hoche la tête et se cale à nouveau au fond du canapé. Ce même canapé où elle s'était étendue dix-neuf ans plus tôt avec un poignet cassé et une cervicale fêlée.

Elle s'assied à côté de lui et lui explique pourquoi elle portait une minerve quand il était petit. Elle lui parle de son fils, du tisonnier et, quand elle a fini, Kevin lui prend la main.

Il la regarde avec les yeux de son père. "Pourquoi me racontes-tu ça ?"

Ce regard ravive quelque chose en elle. Le souvenir d'une plage. Un baiser. Un rendez-vous interdit au milieu de la nuit dans un hôtel d'Uppsala. Le goût d'un homme. Le goût de la trahison.

Elle appuie sa tête contre son épaule. "Quand ton père et moi étions petits, nous étions inséparables. Nous nous sommes promis de ne jamais nous trahir, nous avons même mélangé nos sangs. Mais une fois, je l'ai trahi, et dans les grandes largeurs…"

Elle lui raconte l'été de ses huit ans, quand le père de Kevin en avait neuf. Ils s'étaient baignés dans l'Ångermanälven, et les plaies aux paumes de leurs mains après leur serment de fidélité éternelle avaient à peine cicatrisé.

"On avait sauté à tour de rôle dans l'eau au bout d'une liane, puis on s'était assis sur le bord pour bavarder. Soudain, un homme s'est pointé et nous a demandé s'il pouvait s'asseoir avec nous. J'ai tout de suite compris que quelque chose clochait, qu'il en avait après ton père. Je me souviens de son odeur..."

La tête appuyée contre l'épaule de Kevin, elle entend les battements de son cœur, plus lourds et rapides. Il ne dit rien, ils restent immobiles. Rien que ces lourds battements.

"Il l'a forcé à baisser son pantalon, a-t-elle fini par dire. Pendant que moi... je me suis juste sauvée. Dans la forêt, je me suis cachée derrière une souche." Elle se racle la gorge. "Après, j'y suis retournée, l'homme était parti et ton père pleurait, assis par terre. Je lui ai menti en lui disant que j'avais couru chercher de l'aide, mais n'avais trouvé personne.

— L'Épouvantail, dit Kevin. Gustav Fogelberg."

Elle sursaute. "Donc il t'en a parlé, comment...

— Pas directement, la coupe Kevin. Il m'a raconté une autre histoire, une histoire où tu n'es pas. J'ai trouvé plusieurs articles dans les journaux locaux, tous des années 1940, sur un certain Gustav Fogelberg qui était pédophile. Il était surnommé l'Épouvantail, et on l'a retrouvé mort sous un pont l'hiver 1946."

Elle se sent à la fois inspirée et étonnée. Elle sait qu'ils songent alors à la même chose.

Est-ce que son père peut être devenu pédophile à la suite d'une agression sexuelle survenue l'été 1946 ?

C'est Kevin qui rompt le silence. "Est-ce que papa avait des ennemis ? Qui auraient des raisons de le salir ?"

Elle réfléchit. "Beaucoup", répond-elle sans pouvoir préciser.

DOUZIÈME JOUR

Décembre 2012

PLUS OU MOINS CINGLÉS
Le Chaudron

C'est presque une nuit blanche.

Love ne sait que faire de l'information qu'il a découverte. Soit il a raison, soit il s'agit d'un hasard incroyable.

Erkan, songe-t-il. Ami sur Facebook avec Ulf Blomstrand.

À 7 heures, il écarte la couette et range le lit provisoire. Puis il s'assoit à son bureau et passe un coup de téléphone.

Il appelle la criminelle.

L'homme qui répond est le même qui l'a contacté une semaine plus tôt.

Love commence par raconter qu'il a reçu une lettre de Nova et Mercy, puis en expose brièvement le contenu. Il s'en tient à ce qui présente un intérêt policier, comme les noms de personnes et de lieux.

Il y a une formulation qui a retenu son attention et qu'il veut citer.

"Mercy écrit ceci : « Je ne l'ai pas compris alors, mais maintenant je sais que dix à vingt pour cent de toutes les populations humaines sont des gens plus ou moins cinglés, et Buchenwald ne faisait pas exception. Ce salaud l'a bien mérité. »"

DÉSINFECTANT ET BANDAGES
Trois ans plus tôt

Le sang à l'intérieur de sa cuisse est mélangé à un autre liquide. Mercy approche le pommeau de douche et se rince.

Elle prend le temps de bien se laver.

Ses larmes se mêlent à l'eau, elle savoure le répit qu'offre l'instant de vide entre gémissement et soupir. Savoure ? Non, ce n'est pas vraiment ça.

Elle entend le brouhaha inquiet des hommes dans le séjour, une canette de bière qu'on ouvre. C'est le bruit de l'attente impatiente, et elle n'a aucune idée de combien il y en a. Un jour normal, c'est entre huit et vingt-deux.

Mercy sait que ça commence à faire mal après quatre, et que la limite de la douleur est à vingt-deux.

Mais c'est entre quatre et vingt-deux que ça compte. C'est son billet pour partir d'ici. Les quatre premiers, c'est pour les frais, la nourriture, le loyer, etc.

Vingt-deux, c'est un verre de champagne pour se consoler.

Elle lance *"Next one !"* à la cantonade dans la pièce remplie d'étrangers.

Ils savent qui elle est. La jeune, la Noire. La nouvelle.

Ça bouge dans le séjour.

Le "suivant" semble timide et hésitant.

"Use a condom !" dit-elle.

Elle l'entend fouiller dans un sac et il revient avec un petit paquet rouge, avant de tirer la porte derrière lui.

Elle la ferme à clé. Il la dévisage.

"Je ne veux pas", dit-il soudain. Il a les yeux luisants. "On pourrait juste faire semblant ?

— Semblant de quoi ?

— Qu'on baise."

Ils se regardent. Ça bouge dans la pièce voisine.

"Viens", finit-elle par dire.

Il avance de quelques pas vers elle.

Elle n'arrive pas à détacher ses yeux des personnages dessinés sur son slip. Elle voit qu'il commence à bander. Elle voit qu'il a honte.

Mercy s'accroche au bord du lavabo et commence à le secouer.

Elle gémit. Il la regarde fixement. Elle fait semblant de jouir. Il fait semblant de jouir.

Un verre à dents se brise par terre. Elle halète et crie : *"Oh Jesus… Fuck me. Fuck me harder."*

Il est trop timide pour participer au simulacre.

Elle joue. Il fait de son mieux.

Puis il la paie et ils se séparent.

Elle appelle *"Next one !"* dans la pièce pleine d'étrangers.

Le "suivant" est un routier polonais, cinquante ans, le dos velu, qui pleure après avoir joui.

Mercy est assise sur une chaise de camping à Buchenwald et elle n'est plus une enfant.

Elle a treize ans, il est tôt et elle est encore ivre. Tout autour d'elle se fond dans des couleurs sourdes, des troncs gris-brun couverts de mousse verte, et les feuilles par terre font comme un tapis jaune, rouge et brun.

Elle ouvre la dernière bouteille de bière et boit. Devant elle, la gazinière rougeoie sous la marmite cabossée de Roxana. Ce sera sans doute son dernier repas avant de filer, car la police est venue hier soir pour la troisième fois cette semaine, en leur donnant vingt-quatre heures pour partir.

Dans son sac à dos, elle a quarante billets de dix euros emballés dans une serviette. Ce qui lui reste après ses voyages dans la maison de briques rouges du port de Hambourg, l'argent de vingt-deux hommes en tout, lassés des bordels légaux, un argent passé entre les mains de deux intermédiaires, Gavril, le cousin de Roxana, et une vieille Allemande qui s'appelle Bärbel.

Ils se font appeler *Vermittler*, intermédiaires, et c'est Bärbel qui prend le plus. La vieille a besoin d'argent pour le maquillage, les vêtements, l'alcool, les drogues, les sex-toys, les caméras, les films pornos et les téléviseurs, les préservatifs et les pilules du lendemain, le loyer et les produits de soins, compresses de glaçons, désinfectant et bandages. Ces derniers articles sont absolument nécessaires, car il est impossible de savoir à l'avance ce que les hommes vont vouloir leur faire.

La nuit dernière, l'un d'eux a cassé le bras d'Iryna, la fille ukrainienne.

C'est comme s'ils avaient deux cerveaux différents.

À deux reprises, Mercy a jeté l'amulette que le médecin lui avait donnée, mais elle a regretté et l'a ramassée. C'est comme une malédiction. Si elle la porte, elle est superstitieuse, et si elle s'en débarrasse, elle est aussi superstitieuse. Elle n'aurait jamais dû l'accepter. ASTAGHFIRULLÂH.

Je demande pardon, songe-t-elle. Mais pas à Dieu.

Pardon, papa.

Elle pense à lui presque tous les jours, toutes les heures, parfois chaque minute. Parfois, ça fait très mal, et heureusement qu'elle a Dusty.

Nous te retrouverons, je te le promets.

Elle a le sentiment que papa a réussi à passer en Suède, et qu'il l'y attend. Quelques nuits plus tôt, elle a rêvé qu'ils parlaient suédois ensemble, et que cette langue rappelait un chant.

Elle a fini la dernière bouteille de bière quand les trois hommes arrivent. *"Stricata"*, crache l'un d'eux, avant de la pousser d'un coup de botte dans le dos.

En tombant de la chaise de camping, elle voit encore deux personnes à l'arrière-plan. Un homme et une femme.

Ce sont les membres de la famille de Florin et Roxana, qui la haïssent parce qu'elle est noire.

L'homme qui l'a frappée jette un paquet gris par terre.

D'abord, elle ne voit pas ce que c'est, puis elle ne veut pas le voir, pas le comprendre, ne peut pas.

Ça se met à crier dans sa tête, de plus en plus fort, ça la déchire tellement que ses larmes se mettent à couler. Elle est toujours étendue à terre, et tend la main vers la bouteille de bière.

L'homme fait un pas vers elle. Son dernier pas.

Sa haine est concentrée en un point de son front, et c'est là que le cri dans sa tête fait le plus mal.

Toute la haine qu'elle a accumulée est contenue dans ce cri, et cet homme devant elle est à la fois les trois violeurs de Boko Haram, le médecin qui leur a volé leur maison, le Turc qui leur a vendu d'inutiles gilets de sauvetage, tous les racistes qui leur ont craché dessus avec des insultes innommables, le gros type qui a brisé le bras d'Iryna en la tenant pour qu'un autre gros type puisse la baiser dans la bouche, et encore Bärbel qui rafle tout l'argent pour elle.

L'homme qu'elle a devant elle est tous ceux-là ressemblés en une seule et même personne.

Et il vient de faire son tout dernier pas.

Elle fracasse la bouteille de bière contre le bord métallique de la gazinière puis frappe. Le tesson se plante dans sa gorge et ça gargouille quand il tente de crier, elle le retire et frappe à nouveau, encore et encore jusqu'à être penchée sur lui, et elle lui frappe encore la gorge jusqu'à ce que le tesson de bouteille se coince dans les tendons.

Le cri dans sa tête couvre les cris des idiots qui essaient de l'arracher à cette bouillie sanguinolente par terre et elle se débat, lacère, griffe et mord avant de réussir à se dégager, elle attrape son sac à dos avec son argent et part en courant, droit vers la forêt où les arbres sont si serrés qu'aucune voiture ne peut y passer. Mais ils ne la poursuivent pas.

Ils ont vu la crevasse noire s'ouvrir et le mal s'en échapper.

UNE MAISON SUR SUNSET BEACH AVEC UN GRAND BALCON
Fishy

Les immeubles de Fisksätra sont exactement comme dans le souvenir de Nova.

Revenir ici, c'est comme revenir sur les lieux du crime : un mauvais goût emplit sa bouche quand ils passent devant l'immeuble où elle a grandi. Elle lève les yeux vers leur balcon et imagine Jussi là-haut, appuyé à la rambarde, canette de bière à la main et cigarette au coin des lèvres.

Mercy la prend sous son bras. "C'est bizarre que ça soit justement là.

— Peut-être pas si bizarre que ça. Fishy reste encore assez bon marché, même si c'est assez près du centre-ville. C'est assez commode d'avoir un appart ici."

Blomman loue un appartement à trois immeubles de là où elle habitait. Un des quatre appartements dont il dispose à Stockholm.

Blomman et son pote Juris, de Lettonie, sont apparemment tombés sur l'affaire du siècle. En route, Blomman leur a expliqué de quoi il s'agissait.

Un des hackers qui les a aidés pour que les flics ne puissent pas localiser les lives illégaux dans l'entrepôt de Västberga a réussi à mettre la main sur l'identité de quelques clients.

L'un de ceux qui se sont branlés en regardant les films auxquels Mercy et elle ont participé est un type influent, juriste, policier ou quelque chose comme ça.

Le hacker a rassemblé plein de choses sur lui, et a conclu que c'était le type idéal à qui extorquer des fonds.

En plus, il en pince apparemment pour Nova, et il est persuadé que c'est elle qui a chatté avec lui et lui a promis une séance de domination avec elle et Mercy, même si c'est en réalité Blomman qui a tout arrangé. Ce dernier est resté assez réservé sur l'identité de cette personne, elles savent juste qu'il dispose d'un chalet près de la réserve naturelle de Nacka, et que c'est là qu'il veut le faire.

Selon Blomman, Nova et Mercy vont ramasser au moins cent mille balles, peut-être davantage.

Elles vont peut-être pouvoir se barrer de Suède d'ici quelques jours seulement.

En entrant dans l'immeuble, Nova essaie de refouler tous ses mauvais souvenirs de ce lieu.

On dit qu'il faut visualiser ses rêves pour pouvoir les réaliser, et elle se représente des palmiers, des plages, des gens beaux, Mercy et elle dans une maison sur Sunset Beach, avec un grand balcon et une vue sur une mer azur.

Elle voit son nom dans une étoile sur le Hollywood Walk of Fame.

Blomman et Juris restent à la cuisine pour se chauffer pendant que Mercy et Nova essaient de se reposer. L'appartement est spartiate. Dans leur chambre, il n'y a pour seul meuble qu'un lit de quatre-vingt-dix qui grince, où elles se blottissent.

Les murs nus rappellent à Mercy sa première nuit dans la baraque du camp de réfugiés de Bräcke. C'était tellement silencieux, comme si tous les animaux dormaient là-bas enfouis dans la neige.

“On se barre…” Elle chuchote à Nova pour que Blomman et Juris n'entendent pas. “Je sens que ça va foirer. Si le type est flic, impossible que ça se termine bien.

— Il n'est peut-être pas flic. Blomman a aussi parlé de juriste. Il plane tellement. Viens, on va un peu leur causer.”

Blomman et Juris sont en pleine discussion, mais ils se taisent quand Nova et Mercy entrent dans la cuisine. Elle est aussi spartiate que la chambre, complètement nue, à part une table et quatre chaises. Les persiennes sont baissées. Sur la table, une bouteille de vodka, un pack de jus de pomme et quelques bouteilles de bière vides.

Juris prend la bouteille de vodka, en verse dans deux verres et complète avec du jus de pomme.

“Je sais que vous avez plein d’amphètes, dit Nova. On en a besoin pour se relaxer un peu avant ce soir.”

Blomman hausse les épaules et pose un sachet sur la table que Nova rafle aussitôt tandis que Mercy vide son verre et le repose devant Juris.

Juris a l’air irrité, mais il lui prépare un nouveau mélange. Dans la voiture, elle a remarqué qu’il lorgnait son amulette. Elle saisit le cordon en cuir et fait se balancer le bijou. Vu certains de ses tatouages, Juris ne doit pas beaucoup aimer les musulmans.

Juris referme le pack de jus de pomme et la regarde sans rien dire.

“Sorcellerie”, dit-elle en lui agitant l’amulette sous le nez.

Juris ricane et serre la mâchoire.

Ses bras sont larges comme les cuisses de Mercy. Mais elle cogne plus salement.

“Je suis une sorcière musulmane”, dit-elle en prenant son briquet, qu’elle place quelques centimètres sous sa paume. L’allume, tandis que Juris essaie d’avoir l’air indifférent.

La flamme brûlante lèche sa main et elle attend le crépitement un peu humide de la peau qui fond. Elle sait le bruit que fait une personne qui s’enflamme.

Une fillette qui s’appelait Blessing.

Juris ne dit rien, mais il commence à se tortiller sur place, il boit sa bière, allume une cigarette et à présent Blomman pige ce qu’elle est en train de faire. Il s’est passé au moins une minute.

Tu es une meurtrière.

“Laisse tomber”, dit Blomman en lui attrapant le poignet pour essayer d’éloigner sa main de la flamme, mais elle est plus forte que lui.

Tu es folle.

“Allahu akbar”, dit-elle mécaniquement, impassible, le visage complètement détendu et la main immobile. Deux

minutes ont dû s'écouler et elle peut rester comme ça aussi longtemps qu'elle veut, jusqu'à ce que sa main se mette tout entière à brûler.

Nova lui saisit l'épaule et tente de l'entraîner, mais elle est inébranlable.

"Allahu akbar."

Juris se lève en serrant le poing. Malgré sa carrure, il est rapide et le coup lui touche la main en envoyant le briquet rebondir sur la table à l'autre bout de la pièce.

L'homme qu'elle a devant elle est trois violeurs de Boko Haram, il est un médecin qui leur a volé leur maison, il est un Turc qui vendait d'inutiles gilets de sauvetage, tous les racistes qui leur ont craché dessus avec des insultes innommables, tous les gros types qui brisent des bras de fillettes et baisent des bouches de fillettes, et il est ces vieilles qui raflent l'argent pour elles, il est ces hommes qui tuent des chats.

L'homme devant elle est tout ça à la fois rassemblé dans un seul corps.

"T'inquiète pas, crache-t-elle. Je me branle de l'autre main."

Mercy renverse sa chaise et se jette sur lui.

TROUBLER UNE CÉRÉMONIE RELIGIEUSE
Quartier Kronoberg

La neige tombée en abondance plusieurs jours durant a été balayée par la pluie en quelques heures seulement. Elle crépite sur son casque et, au niveau de Cityterminalen, l'humidité a pénétré à travers la cape de pluie prêtée par Vera. Des rigoles glacées lui ruissellent le long du dos quand il s'arrête au feu rouge.

Ce matin, réveillé plein d'une résolution toute neuve, il a appelé Lasse pour lui dire qu'il revenait travailler. Lasse lui a dit qu'il s'en réjouissait et qu'il avait une mission pour lui.

Avant son départ, Vera l'a serré dans ses bras.

“Donne de tes nouvelles ce soir”, lui a-t-elle dit.

En la quittant, il a très clairement réalisé qu'il n'aurait pas fait face à toute cette semaine sans Vera. Elle avait été là pour lui, un vrai roc, et ils avaient été deux dans la solitude. Leur mélancolie commune avait eu un certain charme.

Il regarde la gare centrale, en perpétuelle rénovation. Des échafaudages couverts de bâches en plastique autour de la statue du roi du chemin de fer, Nils Ericson, que quelqu'un a affublé d'un bonnet et d'une écharpe vert et blanc. Quelques fumeurs se serrent sous leurs parapluies devant l'entrée. Tous, sauf un. Une silhouette voûtée, trempée sous la pluie.

Sebastian ? se demande-t-il en remontant sa visière pour mieux voir. Oui, c'est bien lui.

Sebastian parle avec un homme, et leurs gestes suggèrent une discussion animée. L'homme pose sa main sur l'épaule de Sebastian et ils se dirigent vers l'entrée. Les courts pas traînants signalent un homme assez âgé. Avant d'entrer, ce dernier s'arrête et cherche quelque chose dans sa poche.

Kevin voit Sebastian et le vieil homme disparaître ensemble dans le hall d'attente de la gare.

La porte de la salle de réunions est entrouverte. Il aperçoit son chef derrière une femme imposante aux cheveux noirs bouclés. Il devine qu'il s'agit d'Emilia Svensson, la technicienne que Lasse a empruntée à la police scientifique pour travailler sur l'ordinateur portable. Quelle n'est pas sa surprise en entrant dans la pièce : dans son univers, quelqu'un qui s'appelle Emilia Svensson est une jeune femme de trente ans maximum, probablement blonde. Cette femme est noire et a la cinquantaine.

Ils se serrent la main et il salue Lasse de la tête avant de fermer la porte et de s'asseoir.

Lasse l'informe que Love Martinsson a appelé dans la matinée et qu'il a reçu une lettre des filles recherchées. Il consulte des notes. "La lettre contient une description détaillée de ce qui semble être un homicide. Mercy reconnaît avoir tué un homme il y a trois ans à Hambourg.

— Un homicide ?

— Oui, ou un meurtre. J'ai envoyé l'info à nos collègues allemands. Love Martinsson nous a aussi donné un nom qui peut être intéressant. Un certain Ulf Blomstrand, surnommé Blomman."

Kevin n'a jamais entendu ce nom.

Il y a deux ordinateurs sur la table, il reconnaît l'un d'eux.

"Faisons brièvement le point sur ce que nous avons trouvé dans l'ordinateur, dit Lasse en se tournant vers Emilia. Peux-tu nous résumer où nous en sommes ?

— Nous avons été aidés par Sebastian Dagerman qui est venu hier et nous a présenté d'intéressants…"

Kevin sursaute. "Attends. Qu'est-ce que tu dis ? Vous avez eu l'aide de Sebastian, le fils de Vera ?"

Emilia semble perplexe. "Oui, c'est bien lui qui t'a aidé avec cet ordinateur ?

— Qui est à l'origine de cette collaboration, nous ou lui ? demande Kevin.

— C'est Sebastian qui est venu nous voir." Emilia allume son ordinateur. "Il a développé un logiciel pour repérer les personnes qui partagent du matériel pédopornographique. Par l'intermédiaire d'un bug installé dans le routeur Asus, il peut rendre parfaitement transparent le contenu de leurs ordinateurs. Absolument tout : relevés de banque, documents personnels, historique internet. Cela peut nous épargner des mois de travail.

— J'en suis ravi", dit Kevin.

À bien des égards. C'est vraiment une excellente nouvelle, et il ne peut pas s'empêcher de sourire.

Sebastian est peut-être en train de s'extraire de sa bulle.

"Il y a juste une chose, glisse Lasse. Nous ne savons pas si ce logiciel est légal. S'il s'avère que d'une façon ou d'une autre ce procédé enfreint la loi, les éléments ainsi collectés ne pourront pas servir de preuves. Nos juristes sont en train d'examiner ça."

Emilia tourne son ordinateur pour que Lasse et lui puissent voir l'écran. Un registre d'adresses IP qui se remplit en temps réel. "Voici les personnes qui, depuis quelques jours, partagent ou téléchargent du porno pédophile. Ou qui sont en train de le faire en ce moment même…" Deux nouvelles adresses IP s'affichent. "Beaucoup d'entre eux utilisent Direct Connect, ils copient donc les films directement sur leurs ordinateurs respectifs." Elle semble dégoûtée. "C'est nouveau pour moi… Je n'ai pas vu le matériel proprement dit, mais je n'aurais pas imaginé que ce trafic soit aussi dense. Ça devient tellement concret quand on le voit de ses propres yeux."

Il la comprend. Le registre se remplit de trois nouvelles adresses IP, et il songe au chasseur de primes dans *Arizona Junior*, Leonard Smalls, qui a des chaussures d'enfant comme des trophées sur sa moto. *"My friends call me Lenny. But I got no friends."*

"Avant de te montrer ce que nous avons trouvé grâce à Sebastian, continue Emilia, je voudrais juste dire une chose à laquelle je n'avais jamais vraiment réfléchi avant que vous me demandiez mon aide. J'ai passé en revue tous les décrets des hommes politiques suédois élus depuis 2006. Pas une seule directive gouvernementale sur la façon dont la police suédoise doit utiliser ses ressources n'évoque la pédopornographie. Les sanctions sont scandaleusement basses."

Lasse hoche la tête. "Dans le Code pénal, ça relève toujours du onzième chapitre, « Troubles à l'ordre public ». Le sixième serait évidemment plus logique.

— « Crimes sexuels », dit Kevin. Ou le second...

— « Atteintes à la vie et à la santé », complète Emilia. Mais non, c'est mis dans le même sac que des broutilles comme troubler une cérémonie religieuse ou faire du tapage dans un lieu public."

Emilia tape quelque chose sur son ordinateur puis le connecte à l'ordinateur portable. "La personne qui a utilisé cet ordinateur..." Elle s'interrompt. "Je suis désolée, Kevin. Tout indique qu'il s'agit indéniablement de ton père, mais je préfère dire « l'utilisateur » jusqu'à ce que nous soyons sûrs à cent pour cent."

Kevin hoche la tête.

"L'utilisateur de cet ordinateur, reprend Emilia, est l'un des vingt-trois hommes qui se sont fait appeler le Marionnettiste, Puppet Master ou Master of Puppets. Ces hommes sont dispersés à travers toute la Suède, de Vellinge en Scanie à Skellefteå dans le Västerbotten. Ils utilisent les mêmes photos de profil, les mêmes publications, la même tactique et ils collaborent. Au début, c'était pour pratiquer le *grooming*, mais à la fin ils ont produit des photos et des films partagés au sein du réseau, et même diffusés au-delà. Il y a aussi trois utilisateurs étrangers, deux en Thaïlande et un aux USA."

Elle leur montre toute la liste. Chaque fois, une adresse IP, suivie d'un nom et d'un numéro de Sécurité sociale.

Tout en haut, le nom de son père, et son ventre se serre à nouveau.

Il parcourt des yeux le reste des noms. Des noms suédois ordinaires, des hommes entre dix-huit et soixante-quinze ans. Son regard s'arrête sur l'un d'eux. Il se sent parfaitement calme tandis qu'il contrôle que le numéro de Sécurité sociale correspond. C'est logique, songe-t-il.

Un oncle pervers.

Parfaitement logique.

TRANCHER LA GORGE D'UN HOMME
Le Chaudron

D'après la théorie des six degrés de séparation, un Esquimau qui creuse des latrines au Groenland n'est qu'à six relations humaines d'une invitation à dîner avec le président américain. Transposé à la situation suédoise, les amis d'amis et leurs amis respectifs couvrent tout le pays. Tout le monde connaît plus ou moins tout le monde, et Love se demande si Blomman et Erkan entrent dans cette catégorie.

Il se sert un peu de café au thermos. C'est une curieuse impression de s'endormir et se réveiller au travail. C'est comme être interné. En somme, on n'a pas d'autre choix que de continuer à trimer.

Kevin, de la criminelle, sera là d'ici quelques heures, et Love se demande ce qu'il va pouvoir lui dire. Il préférerait parler à quelqu'un qui ne soit ni policier ni psychologue.

Ils pourraient parler du sens. Du sens des personnes et des situations.

Il retourne à la lettre des deux filles. Mercy y décrit sa première nuit dans la baraque du camp de réfugiés près de Bräcke. Qu'elle ait ou non tué un homme, elle ne manque pas d'empathie. Elle n'est pas psychopathe.

C'était tellement silencieux, comme si tous les animaux dormaient enfouis sous la neige, et j'ai pensé à Liam, l'enfant au fond de la mine anglaise. On l'a déterré et sauvé après un éboulement, mais la mine s'est vengée et il est mort peu après de tuberculose.

Puis elle écrit au sujet de son petit frère, mais dans son cas c'est la mer qui s'est vengée quand il s'est noyé sur le rivage d'avoir trop d'eau dans les poumons. Elle parle aussi du chat

Dusty, disparu à Hambourg. Elle l'avait cru parti à jamais, mais il avait refait surface pour se faire étrangler quelques semaines plus tard seulement.

C'est peut-être mon lot dans la vie de me réjouir de quelque chose, d'être soulagée puis que la mort me trompe en me l'arrachant. Si c'est comme ça, un jour je vais retrouver papa et il mourra presque aussitôt. Si je n'arrive pas à me noyer dans l'alcool avant, comme j'avais presque réussi au Jämtland.

Son séjour à Bräcke se traduit par un enlisement dans la paralysie sexuelle, se dit-il. Et dans son problème d'alcool.

Elle ne se plaisait pas au camp de réfugiés et faisait de plus en plus souvent de longues promenades jusqu'à la petite localité. Il y avait un café près de la gare où elle retrouvait un garçon, Mårten. Il lui offrait des sodas et, avec ses cheveux blonds bouclés, elle en oubliait ce que ça faisait de trancher la gorge d'un homme et de le regarder gargouiller pendant que ses yeux s'éteignaient.

La présence de Mårten lui permettait d'oublier que sa famille était anéantie.

Puis il l'a présentée à ses deux frères aînés. Ils vivaient dans une maison en forêt, et il y avait le plus souvent deux ou trois autres garçons. Tous voulaient voir la fille noire.

Au cours de l'été, elle a cessé de rentrer dormir au camp et a commencé à passer la nuit sur le canapé chez les frères.

Love a lu plusieurs fois la lettre, mais ce passage en particulier le saisit. Dans son récit Mercy alterne, apparemment inconsciemment, première et troisième personnes.

Une nuit, elle a été réveillée par Mårten en elle. Je ne me suis pas fâchée, on s'était déjà embrassés quelques fois, alors j'ai décidé que moi aussi j'avais envie. Quand il a eu fini, elle est descendue sur lui et a fait en sorte qu'il ait envie de recommencer, parce qu'elle, elle n'avait pas fini, et le deuxième coup, ça a été bien pour de bon. Après, on s'est assis nus sur le canapé et on a continué à boire jusqu'à ce que je me rendorme couchée sur ses genoux.

Au début, le sexe est une aspiration à l'amour ou à la considération, songe Love. Ou juste à quelque chose d'excitant. Ensuite, passé la passion amoureuse initiale, c'est pour fuir la tristesse et cette mélancolie difficile à définir, grise et muette.

Puis s'installe la routine, et on s'imagine peut-être même qu'on se porterait mieux en gagnant de l'argent avec ça.

Quand je me suis réveillée, il y avait plusieurs garçons dans la pièce, et Mårten me léchait entre les jambes. Sa première réaction a été d'attraper la bouteille d'alcool et d'en boire une grande gorgée. Puis j'ai ri et dit que si un autre que Mårten voulait participer, il fallait qu'il paie. Ce n'était pas bon au point qu'elle le fasse gratis, et après cette nuit j'ai aussi fait payer Mårten, car il n'était plus aussi mignon que ça, mais exactement comme les autres, juste un peu plus jeune.

Plus ils étaient âgés, plus ils avaient d'argent, et plus d'argent avaient leurs pères.

C'est dangereux, songe-t-il. Cette absence de limite involontaire entre *je* et *elle*.

Ça permet de se dédouaner, de se distancier.

Il a déjà vu ce comportement et, d'expérience, il sait que le traitement est difficile.

JE VEUX REGARDER MOI-MÊME
Quartier Kronoberg

"Ton oncle ?" Emilia le regarde en hésitant.

Kevin hoche la tête. "Le salaud m'a agressé quand j'étais petit." Il hausse les épaules, l'air presque soulagé, tandis que Lars Mikkelsen tambourine doucement de son crayon contre le bord de la table. Ça ressemble au tic-tac d'une horloge et ça la stresse. "Je suis désolé, Kevin, finit par dire Mikkelsen.

— Pardon de demander, mais comment s'entendaient ton père et ton frère aîné ?"

Kevin fronce les sourcils. "Ils..."

Il s'interrompt. Se passe la main dans les cheveux et se cale au fond de son siège.

"Ils s'entendaient mal, constate-t-il alors. Je ne sais pas comment c'était quand il était petit, il est nettement plus âgé que moi et nous n'avons presque aucun contact, mais... Non, ce n'est pas vraisemblable."

Il hésite, pense Emilia. Ça se voit dans ses yeux.

"Pouvons-nous revenir à l'ordinateur ?" Kevin montre le portable de la tête. "Donc, il n'y avait pas d'empreintes digitales dessus, alors qu'il était rangé dans une sacoche ?"

Emilia comprend que Kevin cherche à blanchir son père.

"C'est exact, dit-elle. Il y a des traces d'alcool isopropylique, un ingrédient qui entre dans la composition des détergents à claviers. Mais pas d'empreintes, à part les tiennes. On peut bien sûr penser qu'il devrait y avoir celles de la personne qui a rangé l'ordinateur dans sa sacoche, pour autant qu'elle n'ait pas porté de gants, s'entend.

— En outre, poursuit Kevin, j'ai vérifié avec les déménageurs : même s'ils admettent avoir pu oublier un carton, ils en doutent. Il n'est peut-être pas exclu qu'il ait été mis là ultérieurement."

Emilia observe le jeune homme qui veut tout faire pour que tous ses souvenirs de son père décédé ne soient pas détruits jusqu'au dernier. Elle le comprend.

Lasse semble soucieux. "Et les films, alors ? Peuvent-ils être truqués ?"

Elle réfléchit. Sa seule certitude, c'est que la voix sur un des films montrant un viol est celle du père de Kevin.

"Comme ça, je dirais que s'il s'agit d'une manipulation, c'est bien fait. Je vais mener plusieurs séries de tests, de l'amélioration du son des enregistrements à l'examen de son authenticité. Comme nous ne savons pas où les films ont été tournés, je ne peux malheureusement pas faire d'enregistrements de référence *in situ*, ce qui donne souvent de bons résultats. Mais je peux chercher si le son a été manipulé, je ne manquerai pas de faire les tests."

Emilia songe à la façon dont les pédophiles manipulent les images – souvent des images fixes, plus faciles à faire passer pour authentiques que les images en mouvement. Il suffit d'un programme de retouche d'images.

Depuis qu'elle a été chargée de ce travail par la criminelle voilà une semaine, elle a ratissé la jurisprudence. La loi a beau paraître dure en surface, la faiblesse des sanctions alliée à la différence très subtile entre ce qui est délictueux et ce qui ne l'est pas incite peu de procureurs à ordonner une enquête préliminaire. À quoi s'ajoute le fait que dans certains cas, il semble plus être question de morale sexuelle que d'une réelle volonté de protéger les enfants d'une agression.

Elle pense à ce qu'on a appelé le "procès des mangas". Un traducteur spécialisé dans la bande dessinée japonaise avait été mis en examen pour délit pédopornographique après que la police avait saisi des dessins relatifs à son travail de traduction. Il s'agissait d'images du sous-genre *hentai*, le manga pornographique, censé représenter des enfants dans des situations sexuelles. Le traducteur a beau avoir finalement été relaxé par la Cour de cassation, il avait d'abord été condamné en première et deuxième instances.

Si les tribunaux se trompent trop souvent de cible, on pourrait finir par interdire toute forme d'art représentant des enfants nus, et fini alors les films d'Astrid Lindgren et les tableaux de Carl Larsson.

"Rien n'indique en tout cas que les images soient manipulées, dit Lasse. Toute l'équipe a regardé, et…

— Nous faisons parfois des erreurs." Kevin baisse les yeux et soupire. "Je veux regarder moi-même."

Lasse hoche la tête et regarde l'heure. Emilia commence à se sentir mal à l'aise, mais Lasse fait passer l'ordinateur en tournant l'écran vers lui.

Kevin lance le film et, quand Emilia voit l'écran se refléter dans ses pupilles, elle ferme les yeux. Écoute.

D'abord la musique d'ambiance, faible volume, très certainement une vieille radio analogique. Une espèce de musique guillerette qui crée un contraste pervers avec la voix agressive.

Sale gosse ! Debout, bordel…

La fillette obéit, se place dos à la caméra, se penche en avant, fesses en arrière, tandis que la caméra zoome et s'arrête en gros plan sur son sexe.

Tu es tellement dégueulasse !

"Aucun doute, c'est bien mon père. C'est donc censé avoir été tourné il y a cinq ans ?"

La voix de Kevin la fait sursauter, et elle ouvre les yeux.

Mâchoires serrées, il se tortille sur place.

"Nous ne savons pas, répond-elle. Ça a été transféré depuis un appareil photo il y a cinq ans, et, d'après un technicien, une petite correction de la lumière a été effectuée par un programme d'édition. Ça a pu être enregistré il y a entre cinq et dix ans maximum."

Kevin soupire en rabattant l'écran du portable.

Il a l'air changé, trouve Emilia. Fatigué, peut-être vieilli.

EN RETARD À LA GYM
Skutskär

Avant de se jeter dans la mer au niveau de l'usine à papier de Skutskär, le Dalälven se scinde en un bras est et un bras ouest, qui forment quelques îles. La plus grande est Rotskär. La partie sud de l'île est couverte par une forêt où ont été retrouvées des traces de loups et d'ours.

Deux vélos sont appuyés à des arbres à côté du sentier de randonnée, près des ravins qui tombent vers la rivière. Deux enfants sont accroupis devant quelque chose à l'orée du bois.

En fait, les deux garçons sont venus là à la recherche d'un papillon vampire. C'est une espèce très rare, qu'on ne trouve que là dans toute la Suède, et qui se nourrit de sang. De sang humain aussi, si l'occasion se présente. C'est presque plus excitant que les loups et les ours.

Mais après avoir cherché le papillon pendant presque toute la pause déjeuner, ils en ont eu assez et, en rentrant, sont tombés sur la tombe.

Il y a de la neige, le sol est dur, mais on arrive à le creuser à la main. Quelque chose dépasse au fond du trou, on dirait le bord d'un sac en plastique.

À côté du trou, bientôt grand comme un ballon de foot, une petite croix est plantée dans le sol. Deux brindilles liées au moyen d'un élastique à cheveux noir.

Ils seront sans doute dix minutes en retard à la gym.

ESPÉRER UN MIRACLE
Le Chaudron

Les Suédois ont beau ne pas aimer parler aux étrangers, ils disent toujours bonjour aux gens qu'ils ne connaissent pas. La pizza est leur plat national, l'alcool leur boisson préférée. Que je me sois mise à picoler était le signe du début de mon intégration en Suède.

Love prend une gorgée de café, mais le recrache dans la tasse. Il a refroidi. Lorsqu'il en dévisse le bouchon pour se resservir, il découvre que le thermos est vide.

Il sort de son bureau et se rend dans la cuisine pour en refaire. En attendant que le café soit prêt, il essaie de voir le monde du point de vue de Mercy.

Elle est indignée que personne en Suède ne semble se soucier de la situation au Nigeria. Après le soulèvement de Boko Haram, le groupe terroriste est plus puissant que jamais, avec un nouveau leader encore plus charismatique que le précédent. À présent, les hommes de Boko Haram se battent aussi contre des musulmans, contre tous ceux qui ne sont pas rigoristes, et continuent à se battre même quand on leur tire dessus, tellement drogués qu'ils n'y font pas attention. Comme des zombies, exactement comme elle, comme No Mercy, la déchirure noire.

Dans le monde de Mercy, ça bouillonne toujours, ça déborde et ça dérape.

Si on sent une forte odeur de parfum dans une foule, attention : ils enseignent aux kamikazes qu'on est sûr d'aller au paradis si on se met du parfum avant de se faire sauter.

Le père de Mercy lui a dit que celui qui n'était pas digne d'être aimé n'était pas digne d'être haï. ASTAGHFIRULLÂH.

Love salue la femme de ménage, puis l'infirmière qui a la première garde, puis le Chaudron s'éveille lentement à la vie autour de lui.

Même s'il a mal dormi, ses cachets ne lui manquent pas.

Il va à l'accueil regarder son casier. Il est peut-être arrivé quelques demandes auxquelles il faut répondre. Depuis le départ d'Alice, Nova et Mercy, il y a trois places libres au foyer, et la direction du groupe privé qui le gère préfère ne pas laisser de vacances plus longtemps que nécessaire : ils reçoivent une subvention par lit, et les lits vides coûtent cher.

Dans son casier, il trouve une enveloppe adressée à Love Martinsson, mais ça ne ressemble pas à une demande de place des services sociaux.

Ça a l'air d'un courrier privé.

Dès qu'il a ouvert l'enveloppe, il comprend que c'est plus que ça.

Un miracle est un bienfait, et il est donc naturel que les miracles soient extrêmement rares, quasi inexistants en comparaison de phénomènes nettement plus pénibles comme par exemple les catastrophes.

Espérer un coup dur est statistiquement beaucoup plus sûr qu'espérer un miracle.

Et pourtant il en espère un. Le miracle peut être la même chose que le bonheur.

Leurs écritures se ressemblent, pense Love.

Le père de Mercy est en vie.

EXACTEMENT COMME TOI
Quartier Kronoberg

Emilia est partie, Kevin reste seul avec Lasse dans la salle de réunions.

Son chef semble pensif. Ils se taisent un moment.

“Bon… Pourquoi Love Martinsson bénéficie-t-il d’une identité protégée ? demande Kevin. D’après l’enquêteur avec qui j’ai parlé, un changement de nom a eu lieu il y a un an et demi. Je voulais le contrôler, parce qu’il me semblait y avoir quelque chose de louche chez lui.”

Lasse hoche à nouveau la tête. “Je comprends. Mais d’après ce que je sais, c’est une perte de temps.

— Qu’est-ce que tu sais ?

— Ceci doit rester entre nous.”

Lasse joint les mains et se penche au-dessus de la table. “Love a bénéficié d’une identité protégée dès 1988, quand il avait dix-huit ans. Il nous a aidés dans une enquête, et je suis un de ceux qui ont recommandé cette protection. J’étais également partie prenante quand la mesure a été renouvelée, avec un nouveau changement de nom à la clé, en 2011. Il avait alors à nouveau témoigné, dans une autre affaire.

— Donc Love a déjà collaboré avec nous ?

— Oui, il semble naturel que cela se produise régulièrement, vu sa profession. La première fois que j’ai eu Love au téléphone, je me suis douté que c’était peut-être la même personne. Je ne connaissais bien sûr pas son nouveau nom, mais il y avait quelque chose dans sa façon de parler. Et puis son métier. C’était logique.

— Logique ?

— Oui. Love a été victime d'abus sexuels enfant. Exactement comme toi.

— Et devenu adulte, il veut aider les autres dans la même situation, tu veux dire ?"

Kevin revoit Love. L'impression presque fragile dégagée par le thérapeute lors de leur conversation au foyer, une semaine plus tôt. Kevin avait imaginé que la fragilité des filles avec lesquelles Love travaillait avait déteint sur lui.

Mais peut-être venait-elle au contraire de l'intérieur.

De ses blessures.

DANS L'ATTENTE DE SON EXPULSION
Le Chaudron

Au moment où, treize mois plus tôt, Mercy descendait du bus à quelques centaines de mètres du Chaudron en compagnie des deux infirmières qui l'avaient escortée depuis Bräcke, dans un bureau de Vintergatan à Malmö, un homme regardait fixement un écran d'ordinateur.

L'homme, qui travaillait à l'Office des migrations, avait reconnu un nom sur la liste des demandeurs d'asile déboutés. Il a aussitôt sorti le dossier de la personne concernée.

Une grosse erreur avait été commise, et le fonctionnaire espérait qu'elle puisse être corrigée.

Treize mois plus tard, Love Martinsson tient une lettre à la main en se demandant à quoi joue l'administration suédoise.

Le père de Mercy a une belle écriture.

Cher monsieur Love Martinsson,

J'espère que vous êtes la bonne personne à contacter dans mon cas. Je ne veux pas vous importuner en vous appelant au téléphone, aussi je choisis de vous écrire cette lettre que vous lirez quand vous aurez le temps.

D'après les informations fournies par les services sociaux, Love est indiqué comme personne-contact la plus proche de Mercy, puisqu'elle n'a pas été placée en famille d'accueil.

Son père lui explique que, pour la deuxième fois en seulement un an, il est venu en Suède pour demander asile, cette fois au bureau de l'Office des migrations à Stockholm, et qu'on l'a informé que sa fille se trouvait vraisemblablement en Suède.

Alors qu'il attendait la réponse à sa nouvelle demande, il a vu des photos de sa fille dans la presse suédoise, et il ne la reconnaît pas dans les descriptions que les journalistes font d'elle.

Si ce qu'ils écrivent est exact, quelque chose d'horrible a dû lui arriver quand ils ont été séparés à Hambourg.

Love aurait voulu crier.

Le père de Mercy aurait dû obtenir l'asile dès sa première demande.

En continuant sa lecture, Love n'en croit pas ses yeux.

Un nouveau problème bureaucratique s'est ajouté.

Le père de Mercy a tout récemment été déclaré mort par la police suédoise, et l'Office des migrations a été renvoyé à une circulaire réglant la prise en charge des personnes décédées.

Techniquement, le père de Mercy se trouve actuellement dans un cercueil réfrigéré en route pour Kano au Nigeria, et non dans le bureau de l'Office des migrations à Stockholm.

Du Kafka, se dit Love en tournant la page. Tous les systèmes informatiques passent évidemment au rouge quand une personne décédée dépose une demande d'asile. Le père de Mercy écrit que les premières heures après son arrivée, il était certain d'être plongé dans un cauchemar. Première mesure, on lui a confisqué son passeport, forcément faux, puisque la personne qu'il prétendait être était morte. Un des fonctionnaires chargés de son dossier avait contacté la police, qui l'avait informé que le mort avait été trouvé sur un pont au centre de Stockholm.

D'après le rapport d'autopsie, soit il était mort de froid, soit il avait suffoqué dans un des logements de train d'atterrissage d'un avion, dont il était tombé, avait atterri sur un pont avant d'être écrasé par un camion. D'un point de vue médicolégal, le corps n'était pas identifiable, mais les papiers de l'homme étaient ceux du père de Mercy.

La raison pour laquelle ce dernier écrit une lettre au lieu de venir en personne est qu'il n'est pas libre de ses mouvements, retenu à Stockholm dans l'attente de son expulsion.

Love note que son écriture prend de l'ampleur et se met à pencher, comme si le père de Mercy s'était mis à écrire plus vite.

Je vais revenir en arrière et vous raconter mon histoire, depuis le triste jour où j'ai perdu ma fille à la gare routière de Sankt Pauli jusqu'au moment de mon arrivée à Stockholm.

Il a commencé par être chassé de la gare routière par deux vigiles. Il a erré quelques semaines sans réussir à retrouver sa fille, puis a été conduit par un routier polonais jusqu'à Malmö, où il a demandé l'asile, qui lui a été refusé.

Je sais que la Suède est un pays tolérant, mais je ne pouvais pas prouver mon homosexualité. Ils ne m'ont tout simplement pas cru, parce que je leur avais dit que j'étais marié et avais une famille. Ils disent que beaucoup de demandeurs d'asile mentent. Si j'avais menti au sujet de ma famille, plutôt que de dire la vérité, peut-être qu'ils m'auraient cru.

Il devait être expulsé vers le Nigeria, et s'est retrouvé sur un vol avec escale à Bruxelles, où il a réussi à s'échapper.

C'est là que je l'ai rencontré. L'homme que je crois qu'ils ont trouvé sur ce pont à Stockholm. Il s'appelait Moïse, du Ghana, nous avions à peu près le même âge. Parfois, les Européens ont du mal à nous distinguer, nous les Africains de l'Ouest.

Il écrit qu'il a passé quelques jours avec Moïse avant qu'il se réveille un matin et il n'était plus là. Plus tard, en découvrant que son passeport avait disparu, il a supposé qu'il l'avait perdu, et ce n'est qu'en arrivant à Stockholm qu'il a compris que c'était sans doute Moïse qui le lui avait volé.

Après avoir traîné presque huit mois à Bruxelles, il a réuni assez d'argent pour un nouveau passeport et de quoi continuer son voyage. Il ne précise pas comment. Il a sans doute à nouveau voyagé avec un routier, cette fois jusqu'à Stockholm.

Maintenant, je ferai tout pour retrouver ma fille. Elle est tout ce qui me reste.

Je vous en prie, monsieur Martinsson, pouvez-vous m'aider de quelque façon ?

Les sapins au-dehors sont gris dans la faible lumière du jour, le temps est doux, mais la pluie légère pourrait se transformer en neige dans la nuit.

Une idée commence à prendre forme, et Love repose la lettre.

UNE PORTE ENTREBÂILLÉE
Skutskär

La neige a recommencé à fondre, mais la chaussée est partiellement recouverte d'un verglas traître : Kevin est prudent dans les virages. Quand il approche d'Älvkarleby, son téléphone sonne. Il connecte son kit mains libres.

C'est une employée du foyer de Farsta. "Tout d'abord, je vous transmets le bonjour de votre frère. Il est passé et il a dit qu'il avait plusieurs fois cherché à vous joindre. Il s'agit de la vente de la maison, il ne manque que votre signature."

Il est donc encore en ville, pense Kevin.

"OK. Je le rappellerai.

— Votre maman aimerait vous parler. Vous avez un moment ?"

Il sent une pointe de mauvaise conscience. "Naturellement... Au fait, comment va-t-elle ?

— Elle répond mieux à son nouveau traitement. Les effets secondaires se sont un peu atténués.

— Très bien. Vous pouvez me la passer.

— Tout de suite... Elle m'a demandé de noter quelque chose, pour ne pas oublier pourquoi elle voulait vous appeler. Il vaut peut-être mieux que je vous le lise d'abord ?

— Oui, c'est mieux.

— Alors voilà ce qu'elle a dit : « Papa battait Kevin. Papa voulait lui demander pardon, mais il n'a pas eu le temps. Dites pardon à Kevin. »" L'infirmière se racle la gorge. "Si c'est la vérité, je suis désolé.

— Papa ne m'a jamais battu, dit Kevin. Jamais de la vie.

— OK... Tant mieux. La voilà."

La ligne grésille tandis qu'il franchit le pont sur Dalälven. “Bonjour mon petit bonhomme…” Sa voix est plus douce et lente que la dernière fois.

“Bonjour maman. Tu voulais me parler. Tu as demandé à l'infirmière d'écrire un papier.

— Un papier ? Ah oui… regarde : là, un papier.”

Même si elle est confuse et parle d'une voix traînante, on peut au moins s'adresser à elle. “Qu'est-ce qu'il y a sur ce papier ?” demande-t-il.

Nouveau silence de dix, quinze secondes. “Papa voulait demander pardon, dit-elle alors. Parce qu'il te battait.

— Papa ne m'a jamais battu, dit Kevin.

— Ça n'était pas bien, dit-elle comme si elle n'avait rien entendu. Le pire, c'était avant notre déménagement à Storan. Je sais qu'il en avait honte, mais il avait ces sautes d'humeur…

— Maman, il ne me battait pas. Tu te trompes, tu…”

Et soudain il comprend.

Il revoit son frère. Non pas l'adulte prétentieux, mais une photo de lui petit, dans un album.

Sur un ponton, une canne à pêche à la main, sans doute sur l'île de Grinda.

C'est lui que papa battait. Pas moi.

Papa ne frappait pas le petit dernier gâté, le petit bonhomme qui avait tout ce qu'il voulait, y compris un yoyo rouge.

Papa frappait son aîné.

Lui faisait-il d'autres choses ?

Kevin sent poindre l'irritation, il hausse la voix : “Est-ce qu'il faisait du mal à mon frangin ?”

Pas de réponse. D'abord, il croit qu'elle a raccroché, mais il entend une voix à l'arrière-plan, sans doute une infirmière. Sans y avoir fait attention, il a accéléré, et passe à quatre-vingts kilomètres-heure devant un panneau de limitation de vitesse à cinquante. Au moment où il se met à patiner, elle répond.

“Personne n'a fait de mal à personne.”

Il débraye, la voiture dérape un peu sur la droite, puis se redresse, les pneus adhèrent et il peut freiner.

“Au revoir, Kevin…” Elle raccroche.

Il entre dans Skutskär, avance sur des petites rues entre des maisons basses, mais il est ailleurs. Sur les genoux de papa, à cinq ans, une de ces petites consoles de la marque Game & Watch, avec le jeu Donkey Kong Jr., qu'il avait héritée de son frère.

Après seulement une semaine, il joue beaucoup mieux que papa, qui met ça sur le compte de ses mains raides et crevassées, abîmées depuis qu'ado il avait travaillé sur les bateaux de pêche au hareng dans l'Ångermanland.

Quand il se gare devant le Chaudron, Lasse l'appelle et lui résume le passé de Blomstrand. “Il y a dix ans, son nom apparaît dans une enquête pour agression sexuelle sur un garçon de treize ans. Les poursuites ont été abandonnées, mais c'est quand même un signe. En plus, il a été condamné à deux reprises pour diffusion de copies pirates de films, dont beaucoup de pornographie. Là aussi, c'est un signe, même si, à ma connaissance, il n'est nulle part question de pédopornographie.”

Quand il raccroche, Kevin est convaincu que Love Martinsson a vu juste au sujet d'Ulf Blomstrand.

La fragilité n'est plus aussi flagrante chez Love Martinsson, et Kevin s'interroge : n'a-t-il pas pris sa force pour de la faiblesse ?

Love sort la lettre que Nova et Mercy lui ont écrite et lui en expose le contenu, tandis que Kevin examine la liasse de papiers.

J'ai frappé, frappé encore sa gorge avec le tesson de bouteille, jusqu'à ce que les tendons lâchent.

“Pensez-vous Mercy capable de tuer à nouveau ? demande Kevin.

— J'en ai peur.”

Love sort d'autres papiers. “Ceci est une lettre du père de Mercy.

— Son père ?”

Kevin prend la lettre et se met à penser à une porte entrebâillée alors qu'elle devrait être fermée.

“Je voulais vous attendre, aussi n'ai-je parlé ni avec lui, ni avec personne de l'Office des migrations, mais le contenu de la lettre ne laisse pour moi aucun doute : personne d'autre que le père de Mercy n'a pu l'écrire. Il y a des détails qui correspondent à ce que Mercy m'a confié lors de nos séances de thérapie."

Kevin lit rapidement les six pages de la lettre.

Love a raison, songe-t-il, et cela signifie qu'on a bâclé le travail à l'institut médicolégal. Il ne connaît pas personnellement le légiste en chef, mais sait qu'Ivo Andrić a la réputation d'être perfectionniste. Ce n'est peut-être pas le cas de tous ses collègues. Parfois, des cas comme celui-ci passent à la trappe.

À présent, la porte n'est plus entrebâillée. Elle est grande ouverte, puisqu'elle n'a jamais été fermée.

Il n'a jamais rencontré Mercy, mais d'une certaine façon il a l'impression de la connaître, et ce n'est pas seulement l'espoir qui lui chatouille le ventre, il y a aussi de la joie.

"J'ai une idée, dit Love.

— Ah ? Laquelle ?

— Vous ne pourriez pas vous servir des médias pour retrouver Mercy ?"

Kevin réfléchit. "Peut-être… Nous pouvons demander à son père de lui demander publiquement de se faire connaître. Ça pourrait marcher."

On va bientôt les retrouver, pense Kevin en composant le numéro de la criminelle.

Tout en parlant, il observe Love assis devant lui, jambes croisées, mains jointes sur les genoux.

Comme s'assoient tous les psychologues.

UN FOYER CHRÉTIEN
Stocksund

Emilia Svensson se gare devant la maison de la famille Pontén.

D'après ses informations, Sven-Olof possède une BMW, mais elle n'est pas là.

C'est spontanément qu'Emilia s'est proposée pour aller parler avec Alice. Elle voulait décharger Lasse et Kevin mais, dès la fin de la réunion, elle s'est trouvée un peu embarrassée : au fond, qu'allait-elle lui demander ? Puis elle a téléphoné au labo central pour qu'ils lui envoient des photos du tee-shirt de Freja Lindholm, et le motif imprimé dessus lui fournit au moins une question à poser.

Elle sort de la voiture et se dirige vers le sentier dallé conduisant au pavillon de la famille Pontén.

Landgren, Johansson, Frykberg et Sund, lit-elle en passant devant les différentes boîtes aux lettres. Ces noms, combinés aux modestes pavillons des années 1960 en briques rouges, sont l'archétype de la banlieue suédoise pour classe moyenne mais, en même temps, le code postal indique que loger là n'est pas à la portée de toutes les bourses.

Premier indice qu'elle rend visite à une famille chrétienne, le heurtoir en forme de Jésus, dont elle cogne légèrement les chevilles contre la porte.

Åsa Pontén a un visage de poupée qu'encadre une coupe au bol. "*Yes ?* fait-elle avec un sourire crispé. *My husband is not here.*"

Emilia est estomaquée. "Bonjour, je m'appelle Emilia… et vous pouvez me parler suédois."

Elle explique qu'elle est technicienne de la police scientifique et souhaite échanger quelques mots avec Alice. "Ce n'est pas un interrogatoire, précise-t-elle. Je voudrais juste parler un peu à votre fille à des fins d'information, mais c'est à la fois important et urgent.

— S'agit-il de ces deux filles ?

— Oui, et elles sont plutôt trois."

La femme regarde par la porte, comme pour s'assurer que personne alentour ne les observe. "Entrez", dit-elle alors en reculant d'un pas pour céder le passage à Emilia.

C'est une femme mince, entre quarante et cinquante ans. Ses traits fins, presque pointus, et ses banals vêtements gris laissent une impression froide et raide.

Åsa Pontén est nerveuse. Mais on devine aussi sa curiosité.

Elles traversent un séjour qui fleure le rétro des années 1950 et Åsa s'arrête sur le seuil du bureau. Alice n'y est pas, mais un parfum de lavande y flotte encore. Les murs sont couverts d'étagères à crémaillère où sont soigneusement rangés des classeurs. Comptabilité, suppose Emilia. En face, deux sièges vides devant un bureau où s'empilent des manuels scolaires.

"Attendez dans le séjour, je vais la chercher", dit Åsa.

Emilia s'assied dans un fauteuil en cuir noir et regarde par la baie vitrée derrière la maison. Une petite terrasse et un jardin d'à peine trente mètres carrés. Le mobilier du séjour a été fabriqué, au jugé, entre 1950 et 1965. Rien de luxueux, se dit-elle, quand retentit une sonnerie de téléphone.

Des pas rapides à l'étage, et Åsa répond. Les cloisons sont fines dans ce genre de maison : Åsa a beau baisser la voix, Emilia entend tout.

"Salut Erik... Oui, il est parti travailler, mais Alice est à la maison. Et j'ai de la visite, il faut que je te laisse. Je te raconterai."

Sur l'étagère, à gauche, un tourne-disque. Tout en écoutant la conversation, elle se penche pour essayer de lire le dos des vinyles rangés à côté.

"OK... Oui, bien sûr, je peux demander à Alice de passer te voir plus tard... Et Sven-Olof est absent tout le week-end, alors on pourrait, toi et moi... Oui, je te rappelle... Bises."

D'abord quelques disques de musique classique et de chant grégorien, puis elle est étonnée.

Elle se lève du fauteuil pour regarder de plus près.

The Clash ? Kraftwerk ?

"À qui sont ces disques ? demande Emilia quand Åsa Pontén revient dans la pièce.

— Les vieux disques de Sven-Olof. Il refuse de s'en séparer."

Emilia remet l'album *Autobahn* de Kraftwerk dans le rayonnage. "J'espère que je ne vous dérange pas. Je veux dire, si vous devez parler au téléphone, je peux monter toute seule voir Alice."

Åsa sourit. "Mais non, pensez-vous. C'était juste ma sœur."

Qui s'appelle Erik et avec qui tu trompes ton mari, pense Emilia en souriant à son tour. "Bon, donc nous attendons Alice, c'est ça ?

— Elle s'est enfermée aux toilettes, et refuse de sortir.

— Nous pourrions peut-être monter ensemble lui parler ?" propose Emilia, et Åsa acquiesce.

L'escalier qui monte à l'étage est ouvert vers l'entrée côté gauche, tandis que le mur de droite est décoré d'une série de portraits de famille. Des photos d'atelier d'Alice et ses parents. En montant, Emilia remarque qu'elles sont classées par ordre chronologique : Alice est de plus en plus jeune sur les photos. À la fin de l'escalier, c'est un petit bébé dans les bras de son père.

L'escalier débouche sur un petit couloir avec trois portes closes. Celle des toilettes est la dernière. Au mur, à côté, une reproduction encadrée de la *Naissance de Jésus* de Rubens.

Il n'y a pas de seuil, la moquette vert clair semble continuer dans les toilettes.

"Alice ?" Åsa s'arrête devant la porte. "Tu peux sortir ?

— Non."

Alice, dix-sept ans, a encore une voix d'enfant, qui met Emilia mal à l'aise.

Dans le dossier de l'enquête sur Nova et Mercy, elle est mentionnée comme témoin potentiel, et une des phrases l'a marquée.

D'après sa thérapeute, Alice s'est révoltée contre ses parents en tournant dans des films pornos.

D'après la même source, plusieurs de ces films contiennent des scènes si violentes qu'on les suppose être des viols réels.

C'était trois ans plus tôt.

Alice en avait quatorze, songe Emilia. Elle était en quatrième, probablement dure et rebelle, comme il se doit. Une ado en tee-shirt moulant et minijupe, une enfant s'entraînant à être adulte. Parfois assez mûre pour prendre des décisions cruciales, mais tout aussi souvent facile à manipuler et naïve.

Elle frappe à la porte. "Je m'appelle Emilia. Je suis de la police scientifique, et je voudrais te poser quelques questions sur…

— Partez, s'il vous plaît."

Åsa pose sa main sur l'épaule d'Emilia. Un geste inattendu. Un court moment, leurs yeux se croisent. Son regard et ses lèvres forment un mot en silence : continuez.

"De quoi as-tu peur, Alice ?" demande Emilia.

Sa question est suivie d'un long silence. Juste un choc sourd contre le mur : Emilia devine qu'Alice s'y appuie de l'autre côté.

"Pourquoi tu ne veux pas me parler ? Parce que je suis de la police ?"

Toujours aucune réponse. Emilia laisse passer quelques secondes avant de recommencer du début.

"Je me pose des questions sur le tee-shirt que Freja Lindholm t'a donné. Je ne l'ai pas vu moi-même, c'est la police de Gävle qui l'a examiné et l'a envoyé à des experts à Linköping. Tout ce que je sais, c'est qu'on y a retrouvé des cheveux et des traces de terre. Tu n'es pas forcée de sortir si tu ne veux pas, mais cela me serait d'une grande aide si tu pouvais me consacrer ne serait-ce que quelques minutes. Il y avait quelque chose imprimé sur ce tee-shirt : *Hunger*, et…

— Freja m'a dit qu'elle ne reviendrait jamais. Elle m'a donné ce tee-shirt comme une sorte de cadeau d'adieu, mais il était trop grand, alors je l'ai utilisé comme bouchon à merde.

— Bouchon à merde ?

— Oui, on bouche les aérations pour ne pas sentir l'odeur de l'usine."

Retour du silence.

Sanglots étouffés de l'autre côté de la porte.

"Freja n'était pas seule quand elle a filé… finit par continuer Alice. Je croyais que l'idée était qu'elles s'évadent toutes les trois, mais les autres sont revenues.

— Qu'est-ce que tu veux dire ? Quelles autres ?

— Nova et Mercy sont revenues, dit Alice. Mais pas Freja."

ÊTRE ASPERGÉ D'ESSENCE
Gävle

Si Kevin avait une idée assez claire du passé de Nova, l'histoire de Mercy commence elle aussi à avoir des contours plus nets.

Elle a fréquenté des garçons suédois à Bräcke, s'est régulièrement prostituée à eux, puis également à leurs pères. Aucun n'a semblé se soucier du fait qu'elle était encore une enfant.

D'après ce que Mercy écrit dans sa lettre, il y a peu de chance qu'elles se soient enfuies là-bas dans le Nord. La piste du Jämtland ne semble pas à suivre.

En quittant le parking du Chaudron pour rejoindre la nationale 76 vers Gävle, Kevin songe à une femme, Barbro Göransson, la seule personne qui semble s'être intéressée pour de bon à Mercy.

Barbro était une bénévole du camp de réfugiés de Bräcke, qui avait l'habitude de partir à la recherche de Mercy à travers toute la localité. Les rumeurs allaient bon train et, à la fin de l'été, elle avait disposé d'assez d'éléments pour aller à la police. Mais il va de soi que le centre de police d'un district vaste comme un petit pays et ne comptant que trois employés n'a pas d'équipe dédiée aux crimes sexuels. Grâce à Barbro, une action a été mise en branle avec l'aide de la section criminelle régionale d'Östersund. Le tout a débouché sur sept condamnations, dont deux à l'encontre des pères des garçons concernés.

Ça avait été une infâme campagne de dénigrement.

Les avocats des hommes avaient prétendu que la Nigériane les avait séduits, puis leur avait extorqué de l'argent après des rapports sexuels.

Mais regardez-la, n'est-ce pas qu'elle a l'air d'avoir dix-huit ans ?

Il ne sait pas combien de fois il a entendu ça.

Elle a menti à mes clients dans le but de les induire en erreur. Et aujourd'hui, ses mensonges menacent d'anéantir les carrières de deux hommes importants et respectables.

L'un des pères accusés était sous-chef d'une administration communale et membre actif du Parti de Gauche, tandis que l'autre était un thérapeute libéral.

"I'm not really a therapist. I'm the rapist."

Il a beau être à peu près certain que la citation ne vient pas de *The Walking Dead*, c'est à cette série télévisée qu'il songe en sentant se renforcer la puanteur de l'usine de pâte à papier.

L'humanité est en train d'être anéantie par les zombies, il ne reste que quelques humains sur terre, mais ils n'arrivent pourtant pas à s'entraider, pas même à cohabiter en paix.

Les zombies, au moins, on peut s'y fier. Ils sont prévisibles, ils ne vous trompent pas, ne jouent pas la comédie. Ils tuent seulement parce qu'ils ont faim et, au fond, ne sont pas plus mauvais que des animaux.

Mais les hommes se trompent les uns les autres pour des saloperies.

Les hommes sont mauvais, pour de bon.

Il songe à Erkan. Formé en psychologie et en assistance sociale, même s'il n'est pas thérapeute. D'après ses chefs et collègues, un garçon sensible, très engagé dans son travail. En même temps, un maquereau qui trahit ses soi-disant idéaux pour de l'argent.

La puanteur de la papeterie augmente, et Kevin se souvient ce que son père avait l'habitude de dire en passant devant l'usine de Kramfors. Que ça ne puait ni le sulfite, ni le sulfate.

C'était l'odeur de l'argent.

Il entre dans Gävle couverte d'une fine couche de bouillasse de neige. Il y est passé un nombre incalculable de fois en allant ou en revenant de l'Ångermanland, sans jamais visiter la ville elle-même. La sortie ouest descend vers le centre, les bâtiments sont de plus en plus denses sur sa gauche. C'est un joyeux mélange de styles d'architecture, et comme dans beaucoup de villes suédoises, peu de bâtiments sont plus anciens que le dernier incendie. Ici et là surgissent des immeubles cossus aux airs de palais et, sur sa droite, s'étend un parc à la française qui semble immense. Au bout du parc, il tourne à gauche dans une des allées centrales, et continue à descendre vers la rivière.

Des feuillus noueux s'alignent sur des quais maçonnés et, de l'autre côté de l'eau, se dresse à plus de dix mètres de hauteur le grand bouc en paille qui attend que quelqu'un vienne lui mettre le feu. Il a beau être la star locale à Gävle, c'est l'amour vache. Aspergé d'essence, renversé par des voitures-béliers, bombardé par des fusées et des flèches enflammées, il fait presque pitié.

Erkan est incarcéré dans un bâtiment de tôle et de briques en forme de boîte. L'hôtel de police de Gävle ressemble à une copie miniature de la maison d'arrêt de Kronoberg, mais l'austère bâtiment des années 1970 est gris alors que celui de Kronoberg est brun.

L'enquêtrice principale l'attend à l'accueil. Il l'a déjà rencontrée à Skutskär.

"Il y a quelque chose que vous devez voir avant de parler à Erkan", dit-elle.

Ils suivent un long couloir jusqu'à une petite pièce.

Deux sachets translucides pour pièces à conviction attendent sur une table. Dans l'un on aperçoit quelques brindilles, tandis que le contenu de l'autre est moins clair.

Ça ressemble à une boule de papier froissé.

Elle enfile une paire de gants jetables. "Deux gamins ont trouvé ça enterré dans la forêt de Rotskär, à Skutskär, près de la rivière."

Dans le sachet, un sac plastique souillé de restes de terre. Il contient une feuille de papier A4 ordinaire qu'elle étale sur la table pour qu'il puisse lire.

Je n'ai plus la force de vivre.

ACTIF SUR INTERNET
Stocksund

Aussitôt au volant de sa voiture, Emilia branche son kit mains libres et appelle Lasse.

“D’après Alice, Nova et Mercy étaient avec Freja la nuit de sa disparition”, dit-elle en jetant un coup d’œil à la fenêtre de la cuisine du pavillon.

Åsa et Alice Pontén sont assises, légèrement penchées l’une vers l’autre, comme si elles se faisaient des confidences.

Emilia démarre, mais laisse le moteur tourner au point mort. “Alice dit qu’elles avaient pris de la drogue, continue-t-elle, et que Nova planait complètement à leur retour.

— Rien d’autre ?

— Je crois qu’Alice a peur de Nova et Mercy, et qu’elle n’ose pas tout dire.”

Elle passe la première et s’engage sur la rue au moment où une voiture arrive et remonte l’allée. Elle stoppe le long du trottoir.

“On convoque Alice”, dit Lasse tandis qu’Emilia voit dans son rétroviseur Sven-Olof Pontén descendre de voiture. Elle aperçoit son visage. Il a l’air fatigué.

“Il y a autre chose, dit Lasse.

— Quoi ?”

Elle garde l’œil sur le rétroviseur. “On vient de recevoir un fax des USA”, dit Lasse, tandis qu’Åsa Pontén ouvre à son mari. Quand la porte se referme, Emilia recule pour mieux voir.

“Le fax contient des informations sur le citoyen américain au nom de qui est enregistrée une des vingt-trois adresses IP”, continue Lasse.

Alice et son père se font face dans la cuisine. Emilia voit le visage d'Alice, tandis que Sven-Olof tourne le dos à la fenêtre. Alice porte la main à son visage.

Elle pleure, pense Emilia.

Lasse lit : “Joseph Louis McCormack. Né le 16 avril 1951 à Marion, Illinois. Mort le 21 novembre 2006 à Atlanta, Géorgie.”

Par la fenêtre de la cuisine, elle voit Sven-Olof Pontén entourer sa fille de ses bras. Il la serre, la console, comme doit faire un vrai papa.

“Un des marionnettistes est donc mort ?

— Oui, il y a six ans.” Lasse marque une pause. “Le problème, c'est que Joseph Louis McCormack est toujours actif sur internet. En ce moment même, pendant qu'on se parle toi et moi.”

Une voix venue d'entre les morts, songe Emilia.

Ou encore un autre marionnettiste.

ELLE EN AVAIT ASSEZ DE TOUT
Maison d'arrêt, Gävle

Deux brindilles nouées en croix.
Et une feuille A4 froissée en boule.

Je n'ai plus la force de vivre.

Je ne possède rien de valeur, mais je veux qu'Alice ait mon châle, puisqu'il lui plaît. Elle peut aussi avoir mon tee-shirt Hunger, même si elle ne comprend rien à leur musique. Je laisse mes clopes à Nova et Mercy, elles se les partageront. Le reste des trucs, dans ma chambre, vous n'avez qu'à les jeter. Eli, eli, lema sabachtani !

Je vais me noyer dans le fleuve, dans la tenue où Satan m'a créée.

Je vais mourir selon la Volonté Vraie. Ne jamais s'opposer à la Nature. Couler avec le fleuve vers la mer. Ma chair nourrira les poissons et mon squelette pourrira en vase.

Veni, vidi, VIXI.

Freja Lovisa Lindholm.

Hunger, songe Kevin. La thérapeute de Freja en a parlé.

Le groupe de black metal qui prône le suicide. Il se remémore les mots de la thérapeute.

Les derniers temps, Freja était calme et détendue. Dangereusement paisible.

Si Freja s'est suicidée il y a sept semaines, réfléchit-il, qui donc a écrit en son nom sur Facebook ?

“Cette lettre semble écrite pour qu'on la lise, dit Kevin. Pourquoi l'enterrer ?

— Elle a peut-être changé d'avis ? propose l'enquêtrice.

— Tout ça sonne un peu creux… il y a des empreintes digitales ?

— Oui, celles de deux fouineurs de dix ans, les gamins qui ont déterré la lettre, et aussi celles de leur prof, à qui ils ont montré la lettre. Et encore celles de trois autres individus, dont une série appartient probablement à Freja."

Les autres sont de Nova et Mercy, se dit-il.

"Sais-tu ce que ces phrases signifient ?" Il regarde la lettre de plus près. "*« Eli, eli, lema sabachtani »* ?

— « Mon Dieu, mon Dieu, pourquoi m'as-tu abandonné. » Les dernières paroles de Jésus sur la croix, mais va savoir pourquoi, quand dans la phrase suivante elle se réfère à Satan. L'autre, *« Veni, vidi, vixi »*, n'est pas correctement orthographiée, mais tu sais sûrement ce que ça veut dire ?

— « Je suis venu, j'ai vu, j'ai vaincu. » Une phrase de César après une victoire, constate Kevin. Elle a bien orthographié la première citation la plus difficile, mais celle qui est en majuscules est fausse…"

L'enquêtrice principale sort son téléphone et entre la citation dans son moteur de recherche.

Vixi. Il lit par-dessus son épaule tandis qu'elle fait défiler les réponses.

"Là ?" propose-t-il en indiquant un article de dictionnaire.

Elle lit tout haut : "*Vixi*. Définitions. 1) Latin pour : « J'ai vécu. » 2) Nombre 17, qui porte malheur selon la numérologie. Somme des chiffres latins 5, 1, 10 et 1. « J'ai vécu », c'est-à-dire : « Je suis mort. »

— Je suis venue, j'ai vu, je suis morte ?

— Ça n'est pas complètement illogique, dit-elle en rangeant son téléphone dans sa poche. Freja venait d'avoir dix-sept ans avant sa disparition. Un nombre porte-malheur.

— Elle parle de Volonté Vraie. Ça me dit quelque chose, mais je n'arrive pas à savoir de quoi il s'agit exactement.

— Moi pareil, alors j'ai cherché sur Google. Je crois qu'elle fait allusion à Aleister Crowley et à une philosophie consistant à se détacher de tous les artifices pour trouver son vrai moi."

Kevin hoche la tête. "Oui, ça me revient, j'ai lu sa prose. Il avait la réputation d'être l'homme le plus mauvais du monde, alors j'ai acheté quelques-uns de ses livres il y a quelques années. Cette réputation est largement exagérée.

— Si tu le dis." Elle remet la lettre dans le sachet, qu'elle referme.

Kevin gagne la salle d'interrogatoires, devant laquelle il trouve l'avocat d'Erkan.

Un homme maigre d'âge indéfinissable, ventre saillant, cheveux gris, barbe bien taillée et une poignée de main exagérément ferme. "Erkan supporte mal la détention", souligne-t-il avant qu'ils entrent dans la pièce.

Kevin s'assied d'un côté de la table, l'avocat de l'autre, à côté de son client.

Erkan n'a pas l'air d'aller mal. Il a l'air plutôt innocent.

Kevin pose son téléphone sur la table, lance l'enregistreur et, après avoir indiqué la date, l'heure et le lieu de l'interrogatoire, il pose la première question.

"Que s'est-il passé, la nuit où Freja Lindholm a disparu ?"

Erkan regarde son avocat qui, d'un geste, l'invite à répondre. Kevin scrute son visage, à l'affût du moindre signe qu'il ment ou omet quelque chose.

"J'ai fait sortir Freja, Nova et Mercy juste après minuit, dit Erkan. À 4 h 30, Nova et Mercy sont revenues, ivres et shootées. Nova planait complètement, mais Mercy était un peu plus nette.

— Et Freja ?"

Erkan secoue la tête. "D'après Mercy, Freja avait dit qu'elle en avait assez de tout et partait en stop pour Stockholm. Puis elle s'était tirée, c'est tout.

— En ont-elles dit davantage sur ce qu'elles avaient fait entre minuit et 4 h 30 ?"

Erkan fait un geste d'impuissance. "Elles avaient pris des drogues et bu de l'alcool. Dans la forêt."

Kevin réfléchit. "Nova et Mercy vous ont appelé d'un chalet près de Tierp il y a tout juste une semaine. Pouvez-vous nous résumer votre conversation ?

— Oui… Nova et Mercy m'ont appelé, m'ont raconté ce qui s'était passé, j'ai paniqué et je leur ai dit d'appeler une certaine personne…"

Erkan s'arrête net. Même s'il ne sourit pas, ses yeux scintillent.

L'avocat adresse à Kevin un regard impérieux qui signifie qu'il est temps d'arrêter l'enregistrement et d'appeler la procureure s'il veut qu'Erkan en dise davantage.

"L'avocat fait signe que le détenu souhaite faire une pause", note-t-il et, après avoir indiqué l'heure, il arrête.

Il compose le numéro de la procureure et active la fonction haut-parleur de son téléphone.

Kevin lui explique qu'il vient de commencer l'interrogatoire, et que la défense veut négocier. "Ils sont là, en face de moi, et peuvent vous entendre.

— Que demande la défense ?" demande la procureure.

L'avocat se penche vers le téléphone et parle exagérément fort. "Bonjour Caroline, dit-il. Comme tu le sais, mon client a un casier vierge. Nous recommandons que la mise en examen se limite au proxénétisme.

— Ah ? Et que comptes-tu nous donner en échange ?

— À part les aveux de mon client concernant le proxénétisme, vous aurez trois noms, dont deux sont mêlés à des trafics d'êtres humains. La troisième personne a acheté les services sexuels de mineures."

S'ensuit un long silence. "Je peux ajouter quelques lignes sur la situation d'Erkan, finit-elle par dire.

— Merci Caroline, dit l'avocat. Nous sommes satisfaits."

Elle raccroche et Kevin a l'impression que tout ça a été convenu à l'avance entre l'avocat et la procureure. Que c'est la routine.

L'avocat regarde son client. "Maintenant, vous pouvez dire ce que vous m'avez confié. Commencez par la personne que vous avez invité Nova et Mercy à contacter quand elles vous ont appelé du chalet.

— Il s'agit d'Ulf Blomstrand, dit mécaniquement Erkan. J'ai pensé que Blomstrand disposait des ressources nécessaires pour leur trouver une planque.

— Merci, mais cela ne fait que confirmer ce que nous soupçonnions déjà. Avez-vous une suggestion sur l'endroit où trouver ce Blomstrand, et où il cache les filles ?"

Erkan regarde son avocat, qui l'encourage de la tête.
"Il travaille avec un type, Juris Selesnick."
Kevin note le nom. "Et que savez-vous de lui ?
— C'est une sorte de gorille… Genre mafieux.
— Blomstrand et Selesnick. Ça fait deux noms… Et le troisième ? Le micheton dont vous parliez ?
— L'été dernier, j'ai fourni un contact à Freja, dit Erkan. J'ai reconnu la voiture et quand Freja est montée dedans, j'ai aussi reconnu le conducteur.
— Vous avez reconnu la voiture et le conducteur ?
— Oui, c'était une BMW gris métallisé. Et c'était Sven-Olof Pontén, le père d'Alice."

IL VOUDRAIT LA BATTRE
Mélancolie grise

“Quand j’étais enfant, je croyais qu’un être humain était quelqu’un qui avait appris à brider ses instincts, dit Sven-Olof Pontén en se tournant vers la fille sur le siège passager. De la même façon qu’un cheval dressé a renoncé à son envie de courir librement.”

Elle opine en souriant timidement, tandis qu’il change de file. Le volant lui semble mou et tout dans la voiture au mauvais endroit. Il déteste conduire la petite Nissan d’Åsa.

“Être humain, c’était ne jamais mentir, continue-t-il, et ces exigences étaient, dans mon enfance, les piliers fondamentaux de ma représentation d’une personne vraiment humaine.” Il marque une pause avant d’ajouter. “Représentation… Tu entends combien c’est ridicule ?”

Elle continue à sourire en haussant les épaules. *“Ja ne ponimaju…”*

Il a oublié comment elle s’appelait et de quel pays ex-soviétique elle venait. Mais il sait qu’elle ne connaît pas un mot de suédois, et c’est pour ça qu’il apprécie tant de parler avec elle.

Elle est arrivée à Stockholm par le ferry de Riga il y a quelques jours, elle a dix-huit ans et, si on fait abstraction de ses mauvaises dents, est très mignonne. Elle a attrapé une maladie vénérienne et il doit la conduire chez un médecin à une adresse en banlieue sud. En échange, elle va lui rendre un petit service, et il espère qu’elle ne lui a pas menti en lui assurant que sa maladie n’était pas transmissible par voie orale.

“Tu sais ce que j’ai fait la semaine dernière ?” demande-t-il en la regardant à nouveau.

Elle met la tête de côté et écarte une boucle de ses cheveux sombres de son visage. "*I speak English, you know. Want to speak English ?*

— Non, c'est mieux comme ça."

La neige tombe lentement sur la chaussée tandis qu'il s'engage sur le pont de Västerbro. Un crépuscule scintillant, monochrome, à part les têtes d'épingle rouges des voitures devant eux. "En huit jours, j'ai grillé quarante-cinq mille balles pour des filles comme toi, continue-t-il. Åsa me croit au travail, et au travail, ils me croient à la maison avec une gastro."

Il rit, lui tapote la cuisse, met le clignotant et jette un coup d'œil dans le rétroviseur avant de changer à nouveau de file. Il y a une voiture de police derrière lui, et sa gorge s'assèche soudain.

Il serre fort le volant en ralentissant un peu. "C'est votre faute, tu comprends ? Les filles comme toi", dit Sven-Olof.

La fille hausse à nouveau les épaules et détourne la tête.

Mais peu importe qu'elle ne comprenne pas un mot.

Tout doit sortir. À qui parler, sinon ?

Il regarde à nouveau dans le rétroviseur. La voiture de police est toujours là. Quand le pont débouche dans Långholmsgatan en direction de Hornstull, il clignote à droite et s'engage dans une rue plus petite.

La voiture de police continue tout droit. Il fait demi-tour et reprend Långholmsgatan. Mais il ne se sent pas soulagé. Plutôt le contraire.

"Écoute-moi, maintenant." Il lui tape sur l'épaule. "C'est important, compris ?

— *Da ?*"

Elle a l'air embarrassée.

"*Just listen, okay ?* Écoute-moi, c'est tout…"

Elle se passe la langue autour de la bouche. C'est une de ces bouches qu'on ne peut pas fermer complètement. Si elle ne serre pas les lèvres, on voit tout le temps ses dents.

Tout en roulant vers l'est sur Hornsgatan, il continue à lui parler suédois. Il lui raconte qu'il a passé toute cette dernière semaine à se masturber, baiser, rouler au hasard dans sa voiture, rentrer à Stocksund, déjeuner comme d'habitude avec

Åsa, repartir en voiture, aller chercher une fille de plus, baiser, se masturber et encore se masturber.

Ça soulage de raconter, même si elle ne comprend rien.

Elle le regarde fixement. Sa bouche est entrouverte.

“Je suis en train de perdre les pédales”, dit-il.

Sven-Olof Pontén tente de rire, mais ne parvient qu'à coasser.

Quand il s'engage sur Ringvägen au niveau de Zinkensdamm, ses joues le brûlent, et il réalise qu'il pleure. La fille caresse sa main crispée sur le levier de vitesse. “*Don't cry*, dit-elle. *Keep talk. I listen.*

— Merci”, répond-il, avant de lui raconter son enfance dans la région de Vitvattnet, au Jämtland.

La paroisse, Père, Mère. C'est difficile de trouver les mots.

Après quelques minutes, il estime que ça suffit.

“Il fallait vénérer les Anciens”, conclut-il.

La neige tombe plus dru, et la circulation ralentit à l'approche de Skanstull. Peut-être que la fille a écouté, peut-être pas ? Mais elle a peut-être d'une certaine façon compris, se dit-il en s'arrêtant au feu rouge au niveau de Ringen.

De l'autre côté du pare-brise tremblote le monde en noir et blanc, un peu de côté au-dessus d'eux luit le feu rouge et il se prépare en silence tandis qu'il passe à l'orange puis au vert.

“Tu penses peut-être que mon comportement est lié à mon éducation dans une famille religieuse, dit-il tandis qu'une voiture klaxonne derrière lui. Mais tu te trompes. Si quelque chose a abîmé ma sexualité, ce n'est pas Dieu ou mes parents. C'est le monde *sans* Dieu qui est mauvais, ce monde qui m'a poussé à remettre en question l'existence de Dieu.”

Un klaxon retentit à nouveau derrière eux, mais il attend que ça repasse à l'orange puis au rouge.

Alors, il démarre. Un virage serré à droite et il monte sur le pont de Skanstull, direction Gullmarsplan.

“J'ai perdu Dieu pendant quelques années, continue-t-il. Mais je l'ai retrouvé une fois adulte. Åsa m'y a aidé, mais il s'est avéré par la suite que c'était sa foi à elle qui n'était pas assez forte. Åsa aurait dû me soutenir davantage.

— *You talk a lot about Åsa*, dit la fille. *Who is Åsa ?*”

Il commence à avoir du mal à respirer. Son regard est sans arrêt attiré vers la bouche de la fille, avec ses dents en avant. Quand elle sourit, elle montre beaucoup trop ses gencives. Si elle se détend, ses lèvres se séparent et elle montre les dents, comme en colère. Les rares fois où sa bouche est entièrement fermée, elle remonte la lèvre inférieure, ce qui lui donne l'air imbécile. Et pourtant, elle est indubitablement belle.

Ça se durcit, en bas. La pulsion est un labyrinthe. L'érection le signe qu'il s'y est égaré.

Il voudrait la battre, comme il a battu Blackie.

Expulser sa pulsion par les coups.

“Je me masturbe au moins dix fois par jour, dit-il, et sa propre voix lui semble comme enfermée dans sa tête. Parfois le double, mais jamais moins. Le soir, ça ne donne plus de sperme. Juste une secousse de la bite, puis je me retourne et je m'endors la tête dans l'oreiller. Les draps sont raides, mais mon cerveau est à l'abri.” Il ralentit, passe le rond-point et prend Nynäsvägen vers le sud. “C'est comme ça que tout a commencé, explique-t-il. Et c'est ce défaut de ma personnalité, qui pourrait passer pour insignifiant, qui m'a conduit à ces atrocités.”

Il pense entendre la fille dire quelque chose, mais il continue à parler.

Ils approchent du Globe, quand une voiture de police branche sa sirène, quelques centaines de mètres derrière.

Au moment où il la voit, Sven-Olof Pontén comprend que c'est peut-être exactement ce qu'il souhaite.

Que tout, enfin, finisse.

Mais avant que tout ne tourne à la catastrophe, il veut vider son sac, jusqu'à la moelle.

La fille se retourne. *Police ! Police !*

Mais Sven-Olof Pontén ne fait que parler, parler, et parler encore, car il n'en a pas encore fini.

CLASSÉS PAR GENRE
Tanto

L'état crépusculaire, *twilight state*, est un désordre psychique caractérisé par une limitation de la conscience et un arrêt de la perception du monde extérieur. Une version aggravée de ce trouble est appelée zombification : un état analogue à un téléviseur privé de la capacité de recevoir ou traiter des informations. Il n'y a que de la friture.

La colline de Tanto repose dans un crépuscule gris où les petits chalets cubiques aux couleurs vives forment un décor géométrique rouge, jaune et vert. Quand il gare la Toyota sur Tantolundsvägen, Kevin se souvient à peine d'avoir roulé depuis Gävle. D'une heure quarante-cinq sur le tronçon d'autoroute le plus ennuyeux de Suède, il ne garde aucune impression de paysage, rien qu'une bande d'asphalte de cent soixante-dix kilomètres de long. La friction du temps qui a défilé l'a laissé écorché et fragile : en remontant l'allée de gravier vers son chalet, il pense aux zombies.

Au Marionnettiste Joseph Louis McCormack. Un mort-vivant américain.

Et à Sven-Olof Pontén, un monstre bien réel. Il devrait être arrêté à l'heure qu'il est.

Kevin n'est pas rentré chez lui depuis plus d'une semaine : il ne doit pas faire plus de quelques degrés dans le chalet. L'air est saturé d'une masse compacte d'humidité immobile. Il ne pleut pas, il ne neige pas, et il n'y a pas non plus de brouillard. Juste le Mälar et la Baltique qui s'unissent en un baiser mouillé.

Il ouvre la porte et allume le radiateur, qui démarre avec un faible ronronnement. Puis il s'assied sur le canapé, sort son téléphone et appelle Vera.

Ça fait du bien d'entendre sa voix.

Il lui raconte sa conversation avec Love et sa visite à Gävle, et, quand elle lui demande pourquoi il ne se sent pas dans son assiette, il a du mal à lui donner une bonne réponse. "C'est comme si mon cerveau était paralysé, comme si j'avais raté quelque chose qui se trouve juste sous mes yeux. Je me sens trompé.

— Trompé ? Par le type que tu as interrogé ?

— Non… Je pense à ce film. Avec la voix de papa… Il y a quelque chose qui ne colle pas, mais je n'arrive pas à mettre le doigt dessus. C'est trop confus dans ma tête pour le moment.

— Mets-toi un film d'action et fatigue-toi les yeux avec.

— C'est à peu près comme ça que je voyais les choses."

La conversation terminée, il allume l'ordinateur et se met à chercher quelque chose qui puisse le détendre suffisamment pour pouvoir dormir.

Les dossiers sont classés par genre. Il clique sur l'icône *Horreur et Gore*, fait défiler la liste à la recherche d'un film qui puisse contrecarrer son impression d'être dans un état crépusculaire.

Son regard s'arrête sur un titre qui, dans le contexte actuel, devrait faire office d'antidote.

RESPIRER PAR LE NEZ
Fishy

Nova regarde la main de Mercy et se demande comment on apprend à supporter à ce point la douleur. C'est une chose de le faire moyennant paiement, mais Mercy l'a fait gratis. Beaucoup de choses qu'elles font dans les films font mal, mais elles l'endurent parce qu'il y a une rémunération. Le plus dur, ce sont les choses dégoûtantes, mais il y a un truc pour les faire plus facilement.

Parfois, ça aide d'éviter de respirer par le nez.

Pourquoi as-tu fait ça avec ce briquet ? se demande-t-elle.

Mercy déplie une jambe, pose les orteils par terre tandis que Nova l'aide à se redresser en position assise. Nova l'aime vraiment beaucoup en ce moment. Elle semble si petite et abîmée.

Nova tente de la soulever, mais elle est trop faible et tombe en avant sur Mercy.

Elle reste allongée là.

Elle veut sentir un moment la chaleur de Mercy avant qu'elles se barrent de là.

Sa joue repose contre la poitrine de Mercy, et elles restent ainsi le plus longtemps possible.

"Tu n'as jamais brisé le cou d'aucun lapin, dit Mercy.

— Ah non ?

— Non, Nova… Bien sûr que non. Tu aimes les animaux."

Nova comprend où Mercy veut en venir, et commence à avoir une drôle d'impression dans la tête.

C'était ma faute. Mais Freja insistait tellement ! Elle rabâchait, et rabâchait qu'elle voulait mourir.

Nova chasse ces pensées, exactement comme Mercy le lui a appris.

Nova songe à Sunset Beach.

Elles ne peuvent pas se reposer bien longtemps. Blomman vient bientôt leur dire que c'est l'heure d'y aller, qu'elles doivent se préparer.

Mercy titube sur les premiers pas du lit à la porte, un bras passé autour de l'épaule de Nova. "Je peux marcher seule", dit-elle en la lâchant.

Pendant que Mercy se déshabille et entre sous la douche, Nova s'installe devant le miroir de la salle de bains et commence à se maquiller.

Elle prend un rouge à lèvres carmin qui s'accorde bien avec ses nouveaux cheveux noirs et se dit qu'elles vont assurer sur ce coup-ci. Cent mille, ce n'est pas exactement de la gnognote.

"Dans une semaine, on aura peut-être acheté une maison sur Sunset Beach, dit-elle.

— Sunset Beach n'existe pas pour de vrai, répond Mercy depuis la douche.

— Comment ça ?

— Sunset Beach est une série télé. Pas un vrai endroit.

— Bien sûr que si."

Ça va marcher, pense-t-elle. Ça va marcher, bordel.

Hollywood, nous voilà.

Aucune chance qu'on merde, cette fois.

Et parfois, ça aide de juste éviter de respirer par le nez.

CE QU'ON APPELLE DE LA MUSIQUE D'ASCENSEUR
Tanto

L'antidote à son état crépusculaire est donc *Zombie : le crépuscule des morts-vivants*, le classique gore de 1978.

Deux heures de massacre de zombies. Kevin se cale au fond du canapé. Pendant le générique du début, on voit un studio de télévision, un violent débat sur ce qu'ils appellent une peste. Les gens se transforment en morts-vivants et on aurait dû voir venir la crise beaucoup plus tôt.

"You have not listened !"

Le film grouille de *goofs* qu'on retrouve pour la plupart sur internet, même si ça ne l'amuse pas tellement.

"If we'd listened, if we'd dealt with this phenomenon properly…"

C'est plus satisfaisant de les trouver soi-même.

Il commence à jouer avec le yoyo, le laisse monter, descendre, tourner, vivre sa vie et faire tout seul des figures emporté par son propre élan.

Il a vu *Zombie* un nombre incalculable de fois et a par lui-même identifié toute une série d'erreurs. L'équipe du tournage a beaucoup de mal à rester hors du champ. Un trampoline utilisé par un cascadeur se voit à un endroit et, ailleurs, on aperçoit un membre de l'équipe par une fenêtre.

La réalisation est brouillonne, mais l'énergie des scènes est pur amour. Tous les *goofs* sont à leur place, comme une composante essentielle du film.

Il se met à bouillonner d'adrénaline et son plus grand souhait serait d'être là, au milieu de cette anarchie et de ce saccage symbolique du capitalisme.

"You have not listened !"

Partout, des déviances de la normalité prévisible. Le yoyo tourne de sa main au sol, effleure le tapis et revient à son point de départ.

Coups de feu, bris de verre, alarmes hurlantes, vrombissements de moteurs. Cette cacophonie l'apaise, et l'adrénaline aiguise ses sens.

Mais il y a quelque chose qui ne colle pas.

Quelque chose qu'il n'a pas vu auparavant.

Il met l'image sur pause, attrape son yoyo et le serre fort. Revient trente secondes en arrière et regarde à nouveau le film.

"You have not listened !"

On peut entendre sans écouter, mais pas écouter sans entendre. Et à présent, il écoute.

Le massacre dans le centre commercial est accompagné d'une musique qui d'habitude passe inaperçue. Dans le film, elle est utilisée pour créer un contraste bizarre, comme un écart avec le comique du gore, et ça sonne faux, déplacé.

C'est de la musique pour le shopping, ce qu'on appelle de la musique d'ascenseur, insouciante, rafraîchissante. C'est elle qui déclenche tout. Comme un caillou dans la chaussure.

Il coupe le film, prend son téléphone et appelle Emilia en espérant qu'elle est encore au travail.

Il regarde par la fenêtre. Une importante couche de neige s'est amassée sur le rebord : il a dû neiger assez longtemps. Probablement pendant toute la durée du film.

"Je veux continuer à écouter, dit-il quand Emilia décroche et lui confirme qu'elle est encore à l'hôtel de police.

— Quoi ?

— Le clip avec mon père et la fille rousse. On entend de la musique en bruit de fond.

— Oui, c'est exact. Ça vient d'une radio.

— Tu peux me le repasser ?"

UNE ÉVENTUELLE ANALYSE
Quartier Kronoberg

Emilia trouve Kevin fatigué et impatient quand il l'appelle au sujet du fichier son.

Une minute et dix-sept secondes plus tard, elle débranche le câble.

"Tu as entendu quelque chose que je n'ai pas entendu ? demande-t-elle.

— Je me demande : on passe souvent ce genre de musique bluegrass à la radio, en Suède ?

— Bonne question. J'ai passé le morceau dans plusieurs applis et programmes d'identification musicale, mais sans résultat. Tout ce que je sais, c'est qu'il y a du banjo, de la mandoline et du violon. Le niveau sonore est très faible, la qualité assez mauvaise, et mes tests montrent qu'il s'agit vraisemblablement d'une émission sur une fréquence AM qui a été abandonnée à la radio suédoise voilà quelques années, et n'était pas particulièrement courante auparavant non plus.

— Est-ce que le film a été enregistré à l'étranger ?

— Oui, probablement.

— Est-ce que ça peut être aux USA ?

— Oui, mais aussi bien entendu toute une série d'autres pays, et je…

— Je trouve que ça sonne comme de la musique improvisée, ce qui diminue encore les chances que ce soit la radio suédoise, non ? Où aux USA était enregistrée l'adresse IP américaine, déjà ? Celle au nom de ce mort, Joseph Louis McCormack ?

— Atlanta, Géorgie, répond-elle, entendant aussitôt un soupir à l'autre bout du fil.

— *Délivrance*, dit-il. « *Goddamn, you play a mean banjo.* »

— Qu'est-ce que tu veux dire ?

— C'est un film qui se déroule en Géorgie, dans les Appalaches, la région du bluegrass. Si tu as vu un film avec un garçon édenté qui joue du banjo, c'est celui-là.

— Oui, je l'ai vu.

— Ce n'est pas la musique de cette scène, ni d'aucune autre du film, mais ça donne la même impression de sonorité brute de décoffrage. Un groupe local quelconque de la Bible Belt.

— J'ai aussi repéré autre chose dans la bande-son, dit-elle.

— Quelque chose que je n'ai pas entendu ?

— Oui… J'aurais préféré vérifier avec un collègue du labo avant de t'en parler, mais c'est peut-être aussi bien d'en discuter maintenant… Je commence à croire que la voix de ton père est enregistrée. Il y a un bruit blanc en fond, et les variations du signal sonore indiquent qu'il pourrait s'agir d'une cassette.

— Une cassette ?

— Oui, celui qui a filmé tenait probablement un dictaphone à la main, contenant un enregistrement de la voix de ton père. Si le son n'a pas été ajouté après coup, c'est probablement pour rendre plus difficile une éventuelle analyse."

Un long silence suit. "Merci, finit par dire Kevin. Il ne reste plus qu'à trouver qui tenait ce dictaphone."

Ils sont arrêtés quand on frappe au cadre de la porte.

"Tu parles avec Kevin ? demande Lasse. Dans ce cas, mets le haut-parleur."

Emilia l'enclenche et pose le téléphone sur son bureau.

"Ulf Blomstrand dispose de quatre appartements, commence Lasse. Il possède deux appartements à Rissne et Akalla, et en loue deux autres à Rågsved et Fisksätra. Je viens de t'envoyer les adresses par mail.

— Autre chose qui puisse avoir un lien avec Blomstrand ? Locaux commerciaux ? Chalets de vacances ?

— Non, pas que nous sachions."

Kevin se racle la gorge. "Lasse, tu es un bon chef.

— Merci… Je fais ce que je peux.

— Ce qui signifie que tu ne te préoccupes pas de ce que je fais pendant mon temps libre", dit Kevin avant de raccrocher.

Emilia et Lasse se regardent un moment, puis Lasse hausse les épaules.

“Tu as l’air fatiguée, dit-il. Tu as le courage pour une dernière réunion avant de rentrer chez toi ? Quelqu’un avec qui tu as travaillé à Bergshamra t’attend à la cafétéria.

— Schwarz ? Il n’est pas en arrêt, après la fusillade ?

— Non, c’est Yrsa Helgadóttir, et ça a l’air assez pressé.”

DISPOSE D'UN CHALET
Nacka

Ulf Blomstrand a trente-sept ans, mais en fait dix de moins, ce qui est remarquable, vu la vie qu'il a vécue. En vingt ans, il n'a jamais dormi plus de six heures d'affilée, le plus souvent trois ou quatre maximum et le jour en général, puisque c'est la nuit qu'il travaille. Depuis le début de son adolescence, toutes ses entreprises commerciales servent à financer son automédication contre la dépression, mais les seules traces visibles laissées par les drogues sont des joues creuses et de vagues cernes sous les yeux.

Plus grave, ce qui ne se voit pas, et dont il n'a pas lui-même connaissance : cœur et foie abîmés, fonction rénale réduite à vingt-cinq pour cent, poumons en bonne voie vers la pneumopathie obstructive chronique, et la sinusite qu'il traîne depuis sept ou huit ans s'est propagée au cerveau.

Quitte à mourir, autant avoir le plus d'alternatives possibles.

Tout ce qu'il fait, il le fait bien.

Tout, sauf une chose.

Il n'a jamais aimé une autre personne.

Et en refoulant son attirance pour les hommes, il a développé une puissante haine des femmes.

Blomman ne veut pas vraiment se l'avouer, mais Mercy lui fait peur, et ce n'est pas seulement parce qu'elle est intelligente.

Elle est folle, aussi.

Une chance que Juri soit fiable. Il regarde à la dérobée l'homme imposant au volant : des mâchoires de chien de combat et des bras comme des poutres d'acier.

“Tu ne peux pas nous dire qui c’est, ce type qu’on va voir ?” demande Nova de sa petite voix énervante qu’il déteste de plus en plus chaque fois qu’il est forcé de l’entendre.

Blomman compte jusqu’à dix, les yeux fixés à travers le pare-brise sur la neige qui virevolte au-dessus de la route, avec sur la gauche les lueurs de l’autoroute qu’ils vont bientôt croiser. Il ne sait pas combien de fois les jacasseries de Nova lui ont fait serrer les poings, mais sait en revanche que la frapper n’est pas une bonne idée. Mieux vaut évacuer sa violence par la réalisation, en la fixant sur des films. Voir de grosses bites s’enfoncer dans ses petits trous dégoûtants.

L’homme qu’ils vont rouler a cinquante-huit ans, travaille au Bureau du procureur et a un faible pour les mineures en général et pour Nova en particulier.

Le type dispose d’un chalet près de la réserve naturelle de Nacka, un endroit parfait, car le voisin le plus proche est à plusieurs kilomètres. Ils vont se garer à quelques centaines de mètres, hors de vue. Puis les filles rejoindront le chalet à pied. Le type leur ouvre, les fait entrer, et ils se mettent d’accord sur le tarif. Elles se déshabillent et font ce qu’il veut. Le plus pervers, le mieux. Même s’ils disposent d’une importante documentation sur l’historique internet du type, c’est toujours mieux d’avoir une base tangible pour marchander.

Quand le type est le plus exposé, Juri et lui font irruption. Juri avec son pistolet, lui avec une caméra.

Ensuite, c’est simple. Juri lui explique ce qu’ils ont sur lui, tout ce qu’ils n’ont pas envie de devoir montrer à sa femme ou à ses collègues du Bureau du procureur. Puis ils lui proposent un prix raisonnable pour leur silence.

De Fisksätra, ils ont suivi Saltsjöbadsvägen vers l’ouest, parallèlement à l’autoroute. Ils dépassent le centre équestre et entrent dans la réserve, la route est plus étroite et moins bien entretenue : il espère qu’il ne va pas se remettre à pleuvoir.

Il demande à Juri de rouler doucement sur le dernier tronçon. Là où ils vont se garer, leur voiture ne sera pas visible, tandis qu’eux pourront surveiller le chalet aux jumelles sans risquer d’être repérés. Ce qu’Ulf Blomstrand n’avait pas prévu, c’est cette maudite neige qui rend la vue plus difficile.

Une fois garés, il est frappé par le silence.

Il voit que les filles sont nerveuses, même Mercy semble tendue.

Il sort ses jumelles.

D'abord, il ne distingue rien que de la neige qui tourbillonne dans le noir. Puis une lueur, la lampe de la véranda du chalet et, devant l'entrée, une voiture.

C'est une Ford d'un modèle ancien, et il se demande pourquoi un type avec vingt-trois millions à la banque roule dans une guimbarde pareille. Mais c'est peut-être juste une mesure de précaution de sa part.

Soudain, il aperçoit quelqu'un qui se déplace devant la maison.

Une ombre file devant la façade, puis une autre.

Il balaie plusieurs fois la zone, mais ne voit plus rien.

"Bordel…"

Quelque chose cloche.

"Vous deux, restez ici en attendant."

En avançant vers le chalet avec Juri parallèlement à la route, à couvert des arbres, Blomman reprend confiance. Il a, à côté de lui, cent vingt kilos de muscles loyaux et un Sig Sauer P226, le même modèle ultra fiable qu'utilisent les flics.

Ils s'arrêtent derrière quelques sapins, à dix mètres de la véranda.

On ne voit qu'une persienne tirée. Il demande à Juri de tenir les jumelles pendant qu'il sort son portable et cherche le numéro du type.

Salut, c'est Nova, écrit-il. *On arrive. Tu es là ?*

Puis il regarde à nouveau dans les jumelles et attend.

Aucun mouvement dans le chalet. Rien. Rien qu'un silence compact et oppressant. Le signal du message entrant y retentit très fort.

Il aurait aussi bien pu se lever en criant : *On est là !*

"Merde !" siffle-t-il en coupant le son, tout en lisant le message.

Je suis sur place. Vous êtes les bienvenues.

Très bien, pense-t-il en faisant signe à Juri qu'ils regagnent la voiture.

Au même instant, Ulf Blomstrand, trente-huit ans – surnommé Blomman par ses amis ainsi que par des connaissances moins bien intentionnées – comprend que son scénario était condamné d'avance.

"Plus un geste, bordel !" dit la voix dans leur dos.

OH MERDE !
Quartier Kronoberg

Yrsa Helgadóttir a déjà fini son café quand Emilia la rejoint. “Pardon de t’avoir fait attendre. De quoi s’agit-il ?

— De l’homme qui a eu un rapport sexuel avec Tara, dit la jeune femme.

— OK, je t’écoute.”

Yrsa lui explique que le meurtre a beau avoir été théoriquement élucidé, elle a eu du mal à laisser tomber Tara. “C’est mon premier mort. Après l’élucidation du meurtre en lui-même, c’est comme si la question de la prostitution avait été oubliée, dit-elle. Je ne trouvais pas ça correct vis-à-vis de Tara.”

Sa voix est contenue, mais une légère rougeur aux joues d’Yrsa témoigne de son indignation. “Je comprends, dit Emilia. Et cet homme n’était pas dans nos fichiers ?

— Non… Mais en passant voir le groupe anti-prostitution cet après-midi, j’ai appris qu’ils avaient une poignée de plaintes avec un signalement du même genre en souffrance depuis six mois. Un homme entre quarante et cinquante ans possédant une voiture gris métallisé. Selon toute apparence une BMW. Qui ramasse des filles en banlieue nord. Des témoins l’ont vu à Rissne, Hallonbergen et à Bergshamra…

— Attends…”

Yrsa l’interrompt en levant la main. “Si j’ai bien compris, tu es passée à Bergshamra ce matin, pour aller voir les Pontén à Stocksund ?”

Emilia hoche la tête.

“Il y a deux heures, Sven-Olof a été arrêté près du Globe, continue Yrsa. La fille dans sa voiture était une prostituée russe que nous soupçonnons d'être mineure. Je mettrais ma main à couper que le labo va nous prouver que c'est lui qui a eu un rapport sexuel avec Tara avant qu'elle ne meure.

— Oh merde !" soupire Emilia.

JE T'AIME… BISOU-BISOU
Nacka

Mercy est assise sur la banquette arrière, le regard posé sur quelques taches brunes sur le dossier devant elle. Elle sait que c'est du chocolat au lait, puisque, quelques jours plus tôt, étendue sur cette même banquette, elle a vomi un mélange de lait O'boy, de sandwich au fromage et de sperme.

Le père d'Alice, dans l'ordre, l'avait payée cinq cents couronnes, avait déboutonné son pantalon, s'était masturbé, l'avait traitée de sale pute noire, avait fourré ses doigts entre ses jambes et son pénis dans sa bouche. Elle avait vomi et, furieux, il avait commencé à la battre. Il n'avait arrêté que lorsque son téléphone avait sonné et qu'il était descendu de voiture.

Le père d'Alice avait parlé avec la mère d'Alice et sa voix s'était faite aiguë, douce et conciliante. "Tu me manques, on se revoit bientôt. Je t'aime… Bisou-bisou."

Mercy, de son côté, les yeux rivés sur la clé de contact, s'était tranquillement installée au volant, avait mis en marche la BMW argentée et lui avait faussé compagnie.

La même clé qui pend à présent sous le volant.

Juris l'a oubliée.

Un mouvement dans le rétroviseur. Une voiture s'approche, elle se retourne pour mieux voir.

Le frère de Nova lui a appris comment reconnaître une voiture de police banalisée.

Des phares supplémentaires à l'avant, pense-t-elle tandis que la Toyota s'approche dans le rétroviseur.

Vitres fumées et longue antenne.

"On se tire", dit Mercy en enjambant le siège pour se mettre au volant.

Un claquement sourd retentit, lointain mais bien reconnaissable : un coup de pistolet.

La Toyota approche et, quand elle finit par s'arrêter, Mercy fait démarrer la BMW et appuie sur l'accélérateur.

Demi-tour, la voiture dérape et heurte une congère avec un choc étouffé, puis elle parvient à la redresser et fonce droit sur la Toyota.

La neige fouette le pare-brise. La Toyota se met à reculer, se range sur le côté et, au moment de passer devant, Mercy met les pleins phares et rebrousse chemin vers l'autoroute.

Elle roule vers Sunset Beach.

TROP TARD, MON POTE
Nacka

Ulf Blomstrand et Juris Selesnick sont chacun sur une chaise dans le chalet, entourés de quatre jeunes hommes.

Le coup de feu a touché Juris en haut de la cuisse : les cent vingt kilos de loyauté sont avachis sur la chaise en sapin, laissent échapper un râle, et le Sig Sauer a changé de propriétaire.

“Je suis Alex, dit un des types en agitant le pistolet de Juris. Et voici Fadde et Musse.”

Il montre ses copains : Fadde pointe sur eux un pistolet-mitrailleur et Musse brandit une hache.

Puis il montre de la tête le quatrième, le gros de la bande. “Et ne vous fiez pas à l’air gentil d’Albin. Il est très rapide au couteau.”

Ça n’est pas en train d’arriver, songe Blomman.

“J’ai de l’argent si c’est ce que…”

Il s’entend lui-même pépier d’une voix qui se brise.

“Ferme-la, un peu, dit Alex en s’accroupissant pour regarder Blomman droit dans les yeux. T’es un sacré tordu, toi, tu sais ? Tu devrais faire un peu gaffe avec les drogues, ça te fait avoir une grande gueule. Les bruits vont vite, tu sais, comme par exemple que tu tournes des films pour faire chanter des michetons… Bien sûr, on aurait pu fermer les yeux, s’il ne s’agissait pas de la frangine de Nounours.”

Le cœur de Blomman est écrasé par une grosse main, tout au fond de sa poitrine. Il tousse.

“Je ne pige pas… Quoi, la frangine de Nounours ?”

Le jeune homme secoue la tête. “Peu importe que tu piges ou non. Trop tard, mon pote.”

Le poing serré autour du cœur de Blomman serre de plus belle, son sang se met à tambouriner fort contre ses tempes.

Ça n'est pas en train d'arriver, répète la voix dans sa tête.

Ça n'est pas en train d'arriver.

Mais c'est justement ce qui se passe.

Ça arrive.

LA TOUTE DERNIÈRE ROUTE
La fin, route 222

Quand elles se sont rencontrées, leurs vies ont fusionné, elles ont appris à lire dans les pensées de l'autre, leurs vies antérieures n'ont plus fait qu'une et leur avenir est exactement le même.

Quatre-vingt-dix kilomètres-heure sur l'étroit Erstaviksvägen. Elles roulent vers Sunset Beach, mais doivent d'abord regagner Stockholm, à cent dix elles s'engagent sur Värmdövägen dans les tourbillons de neige, dépassent le centre commercial de Nacka Forum, à peine visible dans la masse blanche des cristaux de glace qui virevoltent.

Cent cinquante et elles ne savent pas que la Toyota qui les suit a un problème de freinage qui va la faire déraper dans le virage de Svindersvik.

Elles ne se doutent absolument pas qu'elle heurte la glissière de sécurité, dérape sur deux cents mètres avant de se retourner et de s'immobiliser sur le toit.

Elles voient juste que la Toyota a disparu. “Tu as vu ? On s'est débarrassées de lui.

— Lui ? Comment sais-tu que c'est un homme ?

— C'est toujours un homme.”

Cent quatre-vingt-dix kilomètres-heure.

“Quatre-vingt-dix pour cent des meurtres et quatre-vingt-dix-neuf pour cent des viols sont commis par des hommes, disent-elles, car elles savent que c'est vrai.

— Et sur cent pédophiles, il n'y a que deux femmes.”

Ce qu'elles ne savent pas en revanche, c'est que le policier qui les suivait dans la Toyota rouge a ordonné l'ouverture du pont de Danvikstull. Elles ne savent pas non plus qu'il se nomme Kevin Jonsson et fera plus tard l'objet d'une enquête pour faute professionnelle.

Elles parlent à voix haute de la raison pour laquelle tout foire. Les hommes, comme Blomman et Juris, le père d'Alice qui a fait vomir du chocolat chaud à Mercy, et tous les hommes qui croient ne pas être comme les autres hommes mais qui ne valent pas mieux.

"Ils sont responsables de neuf accidents de la route sur dix. Et ils aiment faire souffrir les animaux… Sur mille personnes qui aiment baiser avec d'autres espèces, par exemple des vaches, des chèvres, des chiots ou des petits poussins sans défense, neuf cent quatre-vingt-dix-neuf sont des hommes, et la femme qui accepte de se faire enfiler par une bite de cheval y a été forcée par un homme.

— Ils ont inventé les viols en réunion, les bombes atomiques et les chaises électriques.

— Mais qu'est-ce qui leur a donc pris ?

— Ils ont tellement confiance en eux-mêmes. Ils savent tout sur tout. Mais au fond, ils ne sont qu'une grosse erreur, un raté de l'évolution. Oui, la seule chose positive chez eux, c'est que genre un milliard de fois par jour ils se tabassent ou se démolissent. Pourquoi ont-ils seulement le droit de vote ?

— Tuer dix hommes choisis au hasard, c'est empêcher quarante-huit actes violents, dit-elle. Dont des meurtres et des abus sexuels sur enfants. Tous les hommes devraient, dès l'instant de leur naissance, être encouragés au suicide."

Elles ne voient pas les lumières qui clignotent là-bas, devant le pont de Danvik.

Elles songent à leurs pères.

L'un d'eux s'est suicidé à Fisksätra et l'autre a disparu à Hambourg. Ils étaient gentils, c'est triste qu'ils aient disparu.

Tous les hommes sauf eux deux devraient se suicider.

Et elles roulent à tombeau ouvert.

Elles voient toutes les routes qui les ont conduites là, sur la toute dernière.

Elles voient une pièce dans un appartement de Fisksätra, où flottait toujours une odeur d'alcool.

Elles voient une petite maison avec une maman, un papa et deux petits frères grassouillets.

“Allez vous faire foutre !” font-elles en chœur avant de s’élancer vers le néant.

Pls call Nova

ACCOUNT CLOSED

Mercy Hot Chocolate -18

ACCOUNT CLOSED

LES JOURS SUIVANTS

Décembre 2012

PARFOIS, ILS SONT MÊME UN PEU DÉBILES
The Woodlands

"Darling ?" D'un coup de menton impérieux, elle lui montre le sac dans l'entrée, qu'il prend de sa main libre. Il n'est pas lourd, sa femme pourrait le porter elle-même sans difficulté. Il jette un coup d'œil à son contenu. Quelques exemplaires du nouveau livre discuté à son club de lecture. *We Need to Talk About Kevin* de Lionel Shriver.

Il parcourt la quatrième de couverture sans rien en retenir, à part un petit détail. Pour une raison ou une autre, le nom de l'éditeur, Serpent's Tail, lui reste en mémoire.

Il prend les sacs de ses filles, maillots de bain et serviettes, tout ce dont deux gamines de neuf et onze ans peuvent avoir besoin pour un après-midi au centre aquatique Wet'n'Wild, et fourre le tout dans le coffre de la voiture. Il jure en silence en sentant une douleur l'élancer aux reins. Il a beau n'avoir que quarante-huit ans et faire régulièrement du sport, ça n'y change rien. Sa déchéance physique se rappelle sans arrêt à son souvenir, et c'est comme s'il prenait un kilo à chaque séance de sport. On marche sur la tête.

Les filles sautent à l'arrière et il fait le tour de la voiture pour ouvrir la portière à sa femme. Tant que sa voiture est en réparation, il faut qu'il se fasse une raison et joue les chauffeurs privés. La femme qui accueille le club de lecture cette semaine n'habite pas spécialement loin, Pleasant Cove est de l'autre côté de Lake Woodlands, et ce serait une parfaite occasion de faire un peu de sport en y allant plutôt à pied. Mais The Woodlands n'est plus aussi sûr qu'autrefois.

Quand ils se sont installés là, c'était un endroit de rêve. Une villa de deux cents mètres carrés au bord du lac, avec des palmiers dans le jardin, dans un quartier que toutes les statistiques indiquaient comme le plus sûr de Houston : neuf habitants sur dix étaient blancs, seulement deux pour cent de Noirs et, à sa connaissance, il n'y avait aucun musulman dans le coin. Le revenu annuel moyen était un des plus élevés de l'État, et le fait que celui des femmes atteignait à peine la moitié de celui des hommes était garant d'une communauté défendant les valeurs familiales où on valorisait le rôle des femmes responsables de la maison et des enfants.

Dix ans plus tard, une inquiétude générale s'est diffusée dans la zone. Depuis quelques mois, un pédophile sévit par ici. Ses portraits-robots décrivent un homme dans la force de l'âge, d'origine latino-américaine. Ses victimes sont exclusivement des fillettes, la plus jeune à avoir été agressée n'avait que dix ans. Le journal local *The Villager* l'a baptisé The Woodland Ghost.

Il se retourne et, en voyant ses filles, il a du mal à respirer. De tout ce qu'il a fait dans sa vie, y compris sa success-story dans le secteur des nouvelles technologies, elles sont de loin sa plus grande réussite.

"Ready for Wet'n'Wild ?" leur demande-t-il.

Elles jubilent et lèvent les mains en scandant : *"Splash Town ! Splash Town ! Splash Town !"*

Il rit, fait démarrer la voiture. L'air conditionné se déclenche aussitôt. À l'approche de Noël, il fait plus de vingt degrés. Malgré dix ans de soleil texan, il ne s'est pas encore habitué. Il essuie la sueur de son front et s'engage sur la rue. "Vous en avez pour combien de temps, au club de lecture ?"

Sa femme le regarde comme un idiot. "Il faut que je m'adapte à toi, je suppose ? On te demande souvent quand tu auras fini, quand tu travailles à la maison ?

— Je vais chercher les filles à 16 h 30. Vous aurez fini avant ça ?

— Non, dit-elle. Nous allons avoir la discussion finale sur *Gone Girl*, il y en a bien pour deux heures, puis c'est le buffet. Après ça, je dois présenter le nouveau livre, alors tu vois bien qu'il y en a pour plus de trois heures en tout, probablement quatre."

Elle détourne la tête tandis qu'il tourne vers la rive sud du lac. Les maisons sont sur des langues de terre arborées qui avancent dans le lac artificiel, à peu près toutes flanquées d'un rectangle bleu clair. Il se demande si elle a vraiment digéré le fait qu'il ait fait une croix sur la piscine en achetant leur villa.

Elle est insondable, songe-t-il en la regardant. Il y a dix ans, elle était considérée en général comme une belle femme, mais aujourd'hui, il n'en a aucune idée. Là où il voit encore un visage jeune et bien dessiné, celui qui la rencontre pour la première fois voit certainement tout autre chose. Une grosse bonne femme qui radote.

De fait, l'agacement général de sa femme à son endroit commence à l'inquiéter : est-ce qu'elle le trompe ?

Il la dépose devant chez son amie et rebrousse chemin.

On commence à s'impatienter sur la banquette arrière et, en passant devant la plage sud du lac, il leur montre l'eau. "Vous voyez le serpent, là-bas ? Vous savez d'où il vient ?"

Une sculpture se dresse près du rivage. Un monstre marin peint en vert, dont le corps se love dans l'eau et se dresse en arcs au-dessus de la surface.

"Il vient de Suède, disent les filles en chœur, et ils éclatent de rire tous les trois.

— C'est exact, dit-il, même s'il sait que le monstre légendaire vient du Nord en général, et pas spécifiquement de Suède. La sculpture s'appelle *The Rise of the Midgard Serpent*. Si vous voulez, je peux vous raconter comment Thor a vaincu le serpent de Midgard. C'était tout près de l'endroit où j'ai grandi. Un petit village dans un très ancien pays légendaire appelé Ångermanland.

— O-n-g-e-r-m-a-n-l-a-n-d, ânonnent-elles dans un suédois laborieux.

— Raconte !

— Oui, raconte, papa !"

Tout en roulant vers l'Interstate 45 puis en prenant vers le sud, vers la zone de Spring et le centre aquatique, il leur raconte l'histoire de Thor qui pêchait avec le géant Hymer sur la côte de l'Ångermanland. "Le serpent de Midgard a mordu à l'hameçon, mais au moment où Thor s'apprêtait à le tuer, Hymer a coupé la ligne."

Comme son père, il fait des ajouts personnels et invente un peu quand ça l'arrange. Par exemple que la montée des terres sur la côte de l'Ångermanland vient de la déception de Thor qui, en voyant le serpent lui échapper, a frappé le sol de son marteau, enfonçant toute la région de plusieurs centaines de mètres. Le paysage ne s'est pas encore remis du coup, et il faudra plusieurs milliers d'années pour qu'il se soit complètement redressé. "Pendant bien des années, Thor a attendu une nouvelle occasion de tuer le serpent, explique-t-il.

— Combien de temps a-t-il dû attendre ? demandent-elles. Plusieurs milliers d'années ?

— Encore plus. Aussi longtemps que vous pouvez l'imaginer. Juste avant la fin du monde, ils vont enfin se retrouver dans un grand combat appelé Ragnarök."

Il ralentit sur le dernier tronçon du trajet pour avoir le temps de finir de broder ses descriptions de la grande bataille entre les dieux et les géants où Thor finit par tuer le serpent de Midgard d'un puissant coup de marteau.

"Bang !" Il lâche le volant et frappe dans ses mains. "Comme un coup de tonnerre !"

Elles rient à l'arrière, et il en arrive à la dernière partie de l'histoire. Celle où Thor, gravement blessé, quitte la bataille après avoir vaincu le serpent et où le venin de ce dernier commence à agir, entraînant la mort de Thor. Ce qu'il aime bien dans la mythologie nordique, c'est que les dieux et les héros ne sont pas parfaits. Parfois, ils sont même un peu débiles.

Il dépose ses filles devant le centre aquatique et salue de la main les volontaires de la paroisse, quatre jeunes qui vont prendre la responsabilité de douze enfants pendant trois heures, et il se dit que ça devrait bien se passer. Les baptistes sont des gens bien, en général. Mais si ce n'était pour sa femme, dont la famille est baptiste, et parce que ça peut être bon pour faire carrière aux States, il ne se serait jamais laissé baptiser.

Il ne repart pas tout de suite, mais reste un moment dans sa voiture.

Serpent's Tail ? La queue du serpent ?

Ah oui, c'est ça : le nom de cet éditeur.

C'est drôle. Serpent's Tail, puis la sculpture *The Rise of the Midgard Serpent* qui l'a conduit à raconter la légende de Thor et du serpent de Midgard.

We need to talk about Kevin, pense-t-il et, par la suite, il se remémorera cet instant comme le début de son Ragnarök privé.

Mais pour le moment, il se contente de hausser les épaules, il met la radio et tandis qu'il rentre à la maison, le prénom de son propre petit frère ne lui effleure pas l'esprit.

Un des voisins, un vieil homme, le salue de la main quand il se gare. Il le salue à son tour avant d'entrer chez lui.

Deux heures et demie seul dans une maison vide, et déjà il a une puissante érection.

TOUT EST ALLÉ SI VITE
Hôtel de police de Stockholm, salle d'interrogatoire EI

La femme assise de l'autre côté de la table a meilleure réputation que la plupart des autres membres de l'Inspection générale de la police. Elle est sympathique et ses questions sont à peu près ce à quoi s'attendait Kevin.

Son avocat, assis à côté de lui pour l'aider à plaider sa cause, a trente ans d'expérience des enquêtes internes : c'est probablement le plus compétent pour le représenter.

Pourtant, la pièce dégage une impression oppressante de renfermé.

L'enquêtrice interne lance l'enregistreur. "Nous reprenons donc l'interrogatoire, Kevin. Je voudrais que vous recommenciez du début. Que s'est-il passé à partir du moment où, vers 23 h 30, vous avez localisé la BMW à Fisksätra ?"

Son regard est plus compatissant qu'hostile, mais elle le met pourtant mal à l'aise.

"Si la BMW n'avait pas détonné parmi les autres voitures, je ne l'aurais sans doute pas remarquée, commence-t-il. Elle sortait du parking, et j'ai vu deux hommes à l'avant. À l'arrière, une tête était appuyée contre la vitre gauche. J'ai fait demi-tour et je l'ai suivie. Entre-temps, j'ai fait une vérification, et constaté que la BMW était bien celle de Sven-Olof Pontén. J'étais donc certain de suivre la bonne voiture..."

Il se tait et réfléchit. Difficile de tout trier.

Car il fallait dire vrai quand on était du mauvais côté de la table.

"Dans le tunnel sous Saltsjöbadsleden, je n'ai pas osé garder mes phares, dit-il après une pause qui lui avait semblé plus longue qu'elle n'était en réalité. La route s'est dégradée, mais ils étaient quand même faciles à suivre. Quand ils se sont arrêtés, je me suis arrêté aussi quarante ou cinquante mètres derrière. J'ai coupé le moteur et sorti mes jumelles…"

Il marque à nouveau une pause. Cette fois, il compte jusqu'à trois avant de recommencer.

"J'ai d'abord vu un homme accroupi près de plusieurs sapins, et j'ai supposé que c'était Blomstrand. Puis un autre homme, et ils ont disparu parmi les sapins le long du fossé…

— Et alors vous avez redémarré la voiture pour vous approcher ?"

Il prend son verre d'eau et boit une gorgée. Elle a un goût de vieux.

"Oui, j'ai mis le contact, et j'ai alors entendu une détonation. Juste après, la BMW a démarré, fait demi-tour, et là, elles m'ont probablement vu.

— Vos phares étaient allumés ?"

Peu importe que je dise vrai, se dit-il. Je suis assis du mauvais côté.

"Non, bien sûr, mes phares étaient éteints. Mais quand elles ont foncé sur moi, je les ai allumés et j'ai reculé pour m'écarter. Après, ça a été l'enfer pour me retourner sur cette route étroite, et elles ont pris une sacrée avance. J'ai rebroussé chemin jusqu'à Saltsjöbadsvägen… Saltsjöbadsleden, et je les ai suivies. Je pensais qu'elles allaient finir dans le décor, elles roulaient drôlement vite. Revenu au tunnel, j'étais à quatre-vingt-dix, et j'ai dû deviner par où elles étaient parties. J'ai pris vers le centre-ville. Apparemment, elles ont pris la petite route, Saltsjöbadsvägen, direction le centre, et moi la plus grande, la voie rapide. Je les avais donc rattrapées quand j'ai rejoint la 222.

— Värmdöleden.

— Précisément. Je les ai vues s'y engager, alors j'ai mis mon gyrophare et j'ai donné l'alarme. La police de la route avait quelques voitures près de la gare d'Henriksdal, elles étaient censées rappliquer, mais apparemment elles n'ont même pas eu le temps de prendre l'autoroute. N'est-ce pas ?

— Non, en effet. Continuez.

— Je… Je me doutais presque qu'ils ne seraient pas là à temps, alors j'ai appelé la gardienne du pont de Danvikstull.

— À quelle vitesse rouliez-vous alors ?

— Je ne sais pas. Cent trente, peut-être.

— Vous avez été flashé à cent soixante, dit l'enquêtrice en retournant un papier. En même temps, vous avez eu une conversation téléphonique avec la gardienne du pont qui a duré une minute et vingt secondes.

— C'est possible, dit Kevin.

— Cette conversation a-t-elle pu avoir une influence sur la perte de contrôle de votre véhicule ?

— Non, j'utilisais un kit mains libres. Le problème de frein de la Toyota n'a pas déjà été confirmé ?"

Son avocat se racle la gorge. "Il est confirmé par le revendeur." Puis il se tourne vers l'enquêtrice. "Kevin n'est pas soupçonné de conduite dangereuse. Tenez-vous-en à l'essentiel."

La femme hoche la tête. "L'ouverture du pont, Kevin… Pourquoi avoir ordonné l'ouverture du pont ?"

Elle est assise du bon côté de la table.

Lui du mauvais.

"J'ai vu là ma seule chance de les arrêter. J'admets que c'était une décision précipitée, mais tout allait si vite."

L'enquêtrice sort un autre papier. "Selon la gardienne du pont, elle a d'abord refusé votre requête, mais elle a eu beau mettre en avant les risques, vous avez insisté en disant, je cite : « Ouvrez ce putain de pont, sinon, il y aura des conséquences. »"

Ce putain de pont, se dit-il. J'ai vraiment dit ça ?

"Mon jugement a failli, ajoute-t-il.

— Vous avez eu des problèmes de sommeil pendant une période ?

— Oui.

— Pensez-vous que cela ait pu altérer votre décision ?

— Oui."

PAS LA MÈRE DE KEVIN
Rosendalsvägen

Vera est dans son bureau avec vue sur Djurgårdsbrunnsviken. Elle aime être là-haut, à regarder par-delà la glace le ciel bleu pâlir avant le coucher du soleil. Un trait scintillant de blanc le long des berges empierrées et, de temps à autre, l'hiver qui approche frappe à la vitre. Mais la neige ne date que de la nuit, se dit-elle. Demain elle aura déjà disparu.

Le vieux vélo militaire de Sebastian est rouillé, ses pneus craquelés. L'étonnement de Vera est double : qu'il arrive à rouler et que son fils soit vraiment venu avec.

Est-il en train de changer ? Le monde clos de l'*Uchi* n'est-il plus aussi important pour lui ? Se mettrait-il même à sortir parmi les autres, dans le monde ouvert du *Sekai* ?

Elle l'espère. Elle ne cessera jamais d'espérer.

En parlant avec Sebastian ce matin, elle a mentionné le fait que Kevin l'avait vu à la gare centrale en compagnie d'un homme d'un certain âge et, à son grand étonnement, il est passé aux aveux.

Avec des remords sincères, il a reconnu avoir vendu des informations à des criminels, avoir hacké des bases de données d'entreprises et piraté des ordinateurs privés. C'est comme ça qu'il a subvenu à ses besoins au cours de l'année écoulée. Mais il a affirmé avoir arrêté désormais, et elle a choisi de le croire.

Elle sort sur le perron. “C'est idiot, dit-elle. Tu t'es donné du mal pour venir jusqu'ici au moment précis où je partais en ville.

— Je voudrais te parler de Kevin, dit Sebastian en rangeant son vélo.

— Il dit que tu l'as aidé avec cet Américain, Joseph Louis McCormack.

— Là, c'est un autre truc."

Ils s'assoient sur les marches du perron. "Il faut d'abord que je te raconte une chose." Sebastian se tortille sur place, l'air de chercher ses mots. "Comme tu le sais, j'ai développé un logiciel pour piéger les pédophiles en ligne, reprend-il après un moment. La criminelle étudie en ce moment la possibilité de s'en servir, mais j'en ai également parlé ailleurs… Un type m'a aidé à entrer en contact avec le FBI, ils veulent m'acheter le logiciel, et là ils viennent de me proposer dix briques. En fait, je devrais refuser, puisque c'est…

— Stop !" Elle regarde son fils, qu'elle a entretenu toute sa vie. "Dix millions ?

— De dollars."

En cet instant précis, il ressemble à l'enfant qu'il était.

Quand il avait fait une bêtise et savait qu'on l'avait vu.

"Tu envisages de refuser dix millions de dollars ? demande-t-elle sans savoir si elle chuchote ou crie. Pourquoi ?

— Parce qu'ils veulent acheter le brevet du logiciel. Ils le revendront dans le monde entier et gagneront des milliards sur quelque chose qui devrait être gratuit. Mais… ce qui me fait quand même pencher pour le vendre malgré tout, c'est que ce logiciel, tant qu'il sera gratuit, sera considéré comme illégal dans beaucoup de pays, vraisemblablement dans toute l'UE, et donc aussi en Suède."

Elle a des éclairs devant les yeux, comme si son cerveau avait reçu une décharge électrique. J'ai perdu la raison, se dit-elle. Et c'est l'impression qu'elle a. "Alors tu vas le vendre, finalement ?

— Ça penche plutôt dans ce sens. Mon programme n'est pas conforme à la loi suédoise. Il enfreint toute une série d'articles sur la protection de la vie privée, on peut le comparer à des écoutes illégales. Je crois malheureusement que la criminelle va devoir y renoncer. Ce qui signifie donc qu'il sera peut-être dur de faire plonger ces vingt-trois types.

— Les Marionnettistes ?
— Oui, dont l'un est l'oncle de Kevin."

Il parle soudain davantage comme un collègue très pointu que comme son fils et contrairement à elle, il est parfaitement au courant de la situation.

"OK. Donc tu veux vendre ton programme aux USA parce que tu penses qu'il sera légitimé par sa commercialisation et qu'alors il sera aussi utilisé en Suède ?

— Oui, c'est la seule raison. J'ai bien réfléchi. À long terme, c'est la meilleure décision, mais putain, je ne garderai pas cet argent. Ça ira direct à l'ECPAT ou à une plus petite organisation de protection de l'enfance. Cent millions de couronnes, tu imagines ?

— Tu es fou."

Elle a les larmes aux yeux. Elle n'a jamais éprouvé autant de fierté pour quelqu'un.

Et il fallait que ce soit Sebastian.

Elle allume un cigarillo, lui une cigarette.

"Mais il y a cette histoire avec Kevin, dit-il. Je suis à peu près sûr qu'il s'apprête à faire une connerie. Quand on s'est vus, ce qu'il a dit m'a laissé penser qu'il veut remonter jusqu'à son oncle, et qu'il ne fait pas confiance aux moyens légaux pour y parvenir.

— Comment ça ?

— Il a parlé d'engager quelqu'un."

Merde, se dit-elle. Qu'est-ce que Kevin est en train de fabriquer ?

"Ça m'a inquiété, alors je me suis introduit dans son ordinateur, dit Sebastian.

— Tu as quoi ?

— J'ai utilisé un cheval de Troie. Il fait très attention à ne pas laisser de traces, mais j'ai trouvé des preuves qu'il planifie un crime. Il s'est entre autres procuré les plans de la maison de son oncle et a été en contact avec deux types, je crois qu'il s'agit de ceux qui ont passé à tabac Blomman et le Letton dans la réserve naturelle de Nacka."

Elle soupire. Kevin est déjà sous le coup d'une enquête pour faute professionnelle, mais ça, c'est d'un tout autre acabit.

Ils restent un moment assis là, et elle a l'impression de couler de plus en plus profond. À travers les planches de l'escalier, la couche de terre, et dans le socle granitique.

Je ne suis pas la mère de Kevin, songe-t-elle. Il n'aura qu'à s'en prendre à lui-même et assumer les conséquences de ce qu'il choisira de faire.

D'une pichenette, elle se débarrasse de son cigarillo dans le noir et, quand son rougeoiement s'est éteint, elle aperçoit la lumière d'une voiture sur la route. C'est son taxi.

Elle prend son téléphone sans savoir quoi faire avec. Va-t-elle appeler Kevin pour lui dire de venir, afin de lui passer un savon ? Ou prendre le taxi jusqu'au restaurant Pélican et le mettre là-bas au pied du mur ?

Son téléphone sonne alors dans sa main.

Elle regarde Sebastian. “C'est lui.

— Allez, réponds !”

Elle se ressaisit le temps de deux sonneries. Puis elle répond et, quand Kevin lui dit d'une voix brisée qu'il doit se rendre à Farsta parce que sa mère est morte, Vera se met à pleurer.

SUCRÉE, UN PEU COMME DU LAIT
The Woodlands

Le virus qui réussit le mieux est l'avidité, pas l'argent en soi. D'autres virus efficaces sont l'alcool, la nicotine, la caféine ou le cannabis.

Le sexe est la seule drogue qui ne soit pas un virus.

Le sexe, c'est le pilote.

Sans lui, rien ne marche.

Et sans pilote, l'ordinateur se plante, se dit-il en montant l'escalier vers son bureau.

Il allume son ordinateur et, en attendant qu'il démarre, il en profite pour ranger sur leurs rayonnages les CD qui ont tendance à s'accumuler en piles sur son bureau. En tout et pour tout, il possède une collection d'au moins deux mille disques, qu'un collectionneur passionné pourrait décrire comme impersonnelle et lisse.

Ces dernières années, il s'est mis à écouter des disques qu'il aimait enfant. Il en trouve un sur le bureau. Il avait profité de ce qu'il était en Suède pour l'acheter. Un disque collector de Fred Åkerström. Il le classe à sa place sur l'étagère et s'assied devant son ordinateur.

À côté du clavier est posé un yoyo rouge.

We need to talk about Kevin, songe-t-il.

Avant de rentrer aux États-Unis, il était passé au chalet pour parler avec Kevin de la vente de la maison, mais il n'était pas là. Par une fenêtre, il avait vu le yoyo sur une table, et n'avait pas pu résister à la tentation. Comme quand il était petit, la clé était accrochée à un clou sous le toit de la remise ; il était tout simplement entré et avait volé le yoyo.

Comment un objet si laid et quelconque peut-il être si important ?

Qui sait pourquoi, il comptait énormément pour papa. Et c'est Kevin, personne d'autre, qui en a hérité.

Il range le yoyo dans le tiroir du bureau et clique sur une icône tout en déboutonnant sa braguette.

Un contact pour donner et prendre en toute discrétion : pas plus tard qu'hier a eu lieu un échange de vingt-cinq gigas.

Il ôte son short en cliquant sur une autre icône qui le mène dans un endroit sûr où on n'a pas besoin de camoufler les noms des fichiers.

Si, contre toute attente, quelqu'un surveillait son activité, cette personne, grâce à une dernière mesure de précaution, ne saurait pas qui il est et qu'il se trouve à Houston.

Il apparaîtrait sous un autre nom, devant un ordinateur situé à mille kilomètres de là, plus précisément à Atlanta, en Géorgie.

Il sélectionne une série d'images baptisées *Unknown girl, 11 y old, n° 1-16*, et les ouvre dans un programme de visualisation crypté.

Les photos ont plus de quatre-vingts ans, prises quelque part sous la République de Weimar.

Il regarde la première de ces vieilles photos en noir et blanc. Leur qualité est étonnamment bonne, leur netteté proche de la perfection, et elles sont imprégnées d'un sens artistique qui manque le plus souvent aujourd'hui.

Tandis que la fillette montre ses petits boutons pas encore éclos, il baisse son slip jusqu'aux genoux.

Après l'incident qui l'a forcé à quitter l'université, un psychologue a prétendu que des signes indiquaient chez lui une sexualité restée au niveau de maturité d'un garçon de treize ans.

Il fixe l'image tout en se caressant, mais c'est complètement mort par en bas.

Son père est assis dans la cuisine, à la maison sur l'île du Diable, une bière à la main. Lui en face, un enregistreur dissimulé dans la poche de sa veste. Ivresse plus sénilité, le cocktail parfait si on veut pousser quelqu'un à dire des choses inconvenantes. Et il a fait de son mieux pour le provoquer, l'insulter et être désagréable en tout depuis la demi-heure qu'il est là.

"Sale gosse ! crie papa. Debout, bordel…" Le vieux se lève, chancelle et s'appuie à la table. "Tu vas l'avoir, ta raclée… Debout !"

Il obéit à son père et se lève.

Il lui dit qu'il est excité par les fillettes prépubères, entre onze et quatorze ans environ. Lui dit qu'il n'en a pas honte.

Lui raconte toutes sortes de saloperies, vraies et fausses, car on ne risque à peu près rien à raconter n'importe quoi à une personne sénile et, qui plus est, ivre. À son réveil, le vieux aura tout oublié.

"Je suis pédophile. Tu piges ?"

Ces paroles semblent atteindre papa comme tous les coups que ce vieux salaud a lui-même distribués. Ses jambes se dérobent, il retombe sur sa chaise, où il reste plusieurs minutes assis en silence.

Ses yeux sont brillants de larmes. "Tu es tellement dégueulasse…" finit-il par lâcher, et sa voix à présent est calme, comme s'il savait vraiment et avait toujours su.

Il souffle un peu dessus pour qu'il se raidisse à nouveau, mais rien ne se passe, et il entreprend de le masser d'une main tout en ouvrant le fichier *Lolita 12 y old w 3 men, 2005-11-17*.

Réalisé par Joseph Louis McCormack, d'Atlanta, Géorgie.

La même fille rousse qu'il avait lui-même filmée, un magnétophone à la main. La même chambre de motel et le même soir où il était présent lui aussi.

Elle avait une peau fraîche, la chair de poule. Une odeur sucrée, un peu comme du lait.

Sa bouche a un goût de métal, son sang se met à circuler et son érection revient tandis qu'il regarde le film.

La fillette est à quatre pattes. Le mieux équipé des hommes est McCormack, professeur de philosophie orientale dans une université de Géorgie.

Quand la fillette se met sur le dos et les laisse lui éjaculer dessus, il n'éprouve aucune honte.

Elle a été payée pour ça et, tout au fond, elle aime ça.

Elle aime ça. Elle adore. Chienne en chaleur, petite cochonne, espèce de sale…

Il est penché en avant à quelques centimètres seulement de l'écran quand ça arrive.

L'écran s'éteint.

Après une attente sans fin, un message s'affiche. Quelques mots en blanc sur noir, et il comprend qu'il ne s'agit pas d'un problème technique.

Ce n'est pas en train d'arriver, se dit-il.

Mais ça arrive.

BIEN LE BONJOUR D'UN CHAPEAU GRIS.

Houston s'assoupissait lentement, bercé de drogues et de tristesse, le jour où Fredric Jonsson, frère de Kevin Jonsson, de la police de Stockholm, se trouvait devant son ordinateur dans son bureau.

Au-dehors, le soleil prêtait ses innocents rayons pour éclairer une belle toile de fond faite d'idylle familiale et de bien-être harmonieux.

Fredric Jonsson ne vit pas la voiture noire aux vitres teintées garée un peu plus loin dans la rue, ni les hommes en noir du FBI qui s'approchaient de sa maison arme au poing.

Mais il les entendit forcer la porte de la véranda.

On appelle ça une intrusion explosive : la police utilise des grenades pour faire diversion et diminuer le risque que le suspect détruise des preuves.

Une microseconde après la détonation, l'ordinateur de Fredric Jonsson s'éteint complètement.

Un ordinateur rempli de photos qui n'auraient jamais dû être prises.

Une triste collection de traces de pas laissées dans le marécage virtuel.

CERTAINS HOMMES, D'UN COMMUN ACCORD, SE MANGENT MUTUELLEMENT LES ORGANES SEXUELS

Mélancolie grise

Sven-Olof Pontén reçoit sa première visite à la maison d'arrêt. Alice n'a jamais été plus belle, et sa femme est plus grise que jamais.

Ces journées en prison ont relâché tous ses barrages mentaux. Il est comme à côté de lui-même, et voit ses actes comme étrangers à sa personne.

Il a songé à tout ce qu'on disait sans doute de lui. À tout ce qu'on écrivait à son sujet. Et à tous les mensonges diffusés sur internet.

Il se demande s'il existe une vérité ou mille.

Les murs de sa cellule sont peints d'un jaune sombre censé symboliser la joie et l'énergie. Mais il imagine l'inverse : que cette peinture d'un jaune sale, qui commence à s'écailler, infuse plutôt dans des décennies de violence et de colère.

Est imprégnée d'angoisse.

Il leur raconte qu'il a des toilettes et un lavabo dans sa cellule. Qu'il a un lit, une table, une petite étagère et une fenêtre placée beaucoup trop haut.

"Je vois la cime de quelques arbres et un nid d'oiseau, dit-il. Je regarde le nid tous les jours, mais je n'y ai encore pas vu un seul oiseau. Et il y a un globe lumineux au plafond, où s'entassent les mouches crevées. Elles entrent donc à travers deux tours de pas de vis…" Il écarte les bras. "Comment est-ce seulement possible ?"

Åsa et Alice se regardent sans rien dire.

Elles voient sa folie, mais ne savent pas comment y répondre, et comprennent, toutes deux, qu'il n'a aucun besoin de leur compassion.

“Peut-être sont-elles là depuis le début, sous forme de larves, dit-il. Nées prisonnières, institutionnalisées.”

Sven-Olof Pontén ressasse.

Enfin libre à présent.

“Au mur, il y a un interphone avec une diode verte quand j’appuie pour communiquer avec le gardien. Rouge quand je ne suis pas connecté, mais apparemment, ils peuvent m’entendre dans tous les cas, que ce soit rouge ou vert. Ils m’entendent me masturber la nuit, et quand je l’ai appris j’ai eu honte, mais plus maintenant.”

Il est temps de dire les choses comme elles sont.

Tout doit sortir. Pas de censure.

Il n’éprouve aucune amertume pour ce dont on l’accuse. Ça pourrait arriver à n’importe qui, vu qu’il vit dans un pays où il y a davantage de candidats pour l’émission *Paradise Hotel* que pour l’inscription en fac de droit.

Mais il est amer de n’avoir jamais dit la vérité.

Il lève la main et regarde sa femme. “Tu es un désert d’empathie, Åsa. Tu ne t’intéresses pas aux autres. Même pas à ta propre fille. Et ton manque d’empathie a eu un effet moralement délétère sur moi : tu savais très bien ce que je faisais à Alice, sans intervenir. Tu m’as laissé être malade, Åsa.

— Non…

— Si. Tu n’as pas aidé Alice, ni moi. Tu t’es contentée de garder le silence.”

Åsa regarde sa fille, tandis qu’Alice dévisage son père.

Mais Sven-Olof Pontén ferme les yeux.

“Alice n’en a parlé à personne, poursuit-il. Même pas dans son foyer. C’était notre secret. Alice ne m’a pas trahi… Contrairement à toi, Åsa.

— Ah non, rien n’est jamais de ta faute”, dit Åsa.

Alice ricane. “C’est grâce à maman que je ne me suis pas suicidée, dit-elle avant d’éclater en larmes tout en serrant la main de sa mère. Il n’y a qu’une seule personne malade dans cette pièce”, sanglote-t-elle.

Sven-Olof Pontén, un homme de quarante-cinq ans résidant à Stocksund, PDG d’une entreprise au chiffre d’affaires annuel de quatre-vingts millions de couronnes, a du sommeil dans les yeux.

Lâche prise, songe-t-il.

Je t'en prie !

Si on ne nous laisse que ce temps-là, serre-moi fort.

Ma chérie.

Maintenant.

"Va te faire foutre", dit sa fille.

Sven-Olof reste les yeux fermés et, pour tenter de se sentir normal, il imagine le dîner chez Armin Meiwes à Rotenburg, en Allemagne.

Après avoir échoué à arracher le pénis de l'ingénieur informatique, l'ancien militaire de carrière lui avait écrasé les testicules avec les dents avant de lui trancher les parties.

Certains hommes, d'un commun accord, se mangent mutuellement les organes sexuels.

GÉNÉRIQUE

Avenir

Some people think little girls should be seen and not heard
But I say…
Oh Bondage ! Up yours !
1, 2, 3, 4 !

À UN QUART D'HEURE DE VOITURE DE SUNSET BEACH
Comme à la télé

Ça n'a pas été un appartement avec balcon à Hollywood, mais un bungalow au bord de la mer.

Tous ceux qui doutaient qu'elles puissent réussir à arriver jusque-là peuvent aller se faire foutre.

C'est un petit château en bois avec deux niveaux et véranda donnant sur la plus vaste et plus blanche plage de Californie. Beaucoup mieux qu'Hollywood qui, contrairement à ce que Nova a dit, n'est pas du tout situé sur la côte. Ici, la chaleur n'est pas aussi étouffante et poisseuse, les gens sont un peu plus décontractés, les palmiers plus verts et lisses, pas jaunes et desséchés comme en ville.

Elles ont une chance incroyable d'avoir décroché ce contrat, ça n'aurait sans doute pas été possible sans l'agence de Nova, et elles ont eu assez pour acheter cent litres de peinture. Au lieu de sa triste couleur ocre, la maison sera entièrement rose, et c'est pour ça qu'elles sont sur la véranda ouest avec leurs pots de peinture, leurs pinceaux et leurs rouleaux, habillées en bleus de travail.

Elles sont en sueur après avoir terminé deux des murs. Elles vont peut-être descendre se tremper à la plage si elles en ont le courage, mais resteront plus probablement à la maison pour se baigner dans la piscine. En tout cas, Nova doit avoir le temps de travailler un monologue et Mercy de rédiger sa dissertation avant la fête de ce soir, un barbecue chez Ben et Meg, qui habitent à quelques maisons de là.

Nova a appris son monologue par cœur, il reste juste à le peaufiner. "J'espère que Meg, qui est une bonne actrice, pourra me donner quelques conseils."

Nova ferme les yeux et travaille les mots, exactement comme son prof d'art dramatique le lui a appris.

"When the moon rises early, just as the Santa Ana wind kicks up out of nowhere, and the sun is just dropping out of sight, whoever you meet at the far side of the pier, is who you destined to be with."

Mercy baisse le dossier de sa chaise longue et s'étire. Ça fait drôle d'être ici. Il ne leur a pas fallu plus d'un an, mais cela lui semble une éternité.

Les premiers temps, elles ont logé dans un studio de sept mètres carrés à San Bernardino, et elles ont dû travailler dur. Mais il faut bien être un peu réaliste, il faut se battre un peu, si on veut devenir quelqu'un : au début, Nova a tourné un peu de porno soft, le genre que les femmes mûres aiment regarder. Si elle n'avait pas fait ça, elles ne seraient pas arrivées jusque-là, puisque c'est comme ça qu'elle a été repérée par un producteur de séries télévisées. Pendant ce temps, Mercy a commencé à étudier à l'UCLA de Westwood, à seulement un quart d'heure de voiture de Sunset Beach, en traversant Santa Monica. Mercy a dû elle aussi se battre au début : UCLA est une des meilleures universités du monde, mais rien n'est impossible, et ils ont assez vite compris ce qu'elle avait dans le ventre : d'abord les efforts, puis les résultats.

On récolte ce qu'on a semé.

"La Suède te manque ?" demande Nova.

Mercy sourit et ouvre le Cava qui rafraîchissait dans le seau de glace. "La langue suédoise me manque, dit-elle. Me wassberger *me manque, la réchauffette et les baisers d'ours aussi, mais pas le froid.*

— Les baisers d'ours, je vois ce que c'est, mais le reste… comment tu dis ?"

Mercy sert deux verres de Cava, qu'elle couronne de fraises. "Se wassberger, *c'est se moucher en l'air, comme faisait le skieur Thomas Wassberg. La réchauffette, c'est ce qu'on fait quand on a froid et rien pour se réchauffer." Elle étend les bras, s'en entoure le corps et se frictionne énergiquement. Elle éclate de rire et lève son verre. "Santé !*

— Santé."

Les bulles leur piquent le nez. Mercy est bien contente qu'elles n'aient pas dû arrêter complètement l'alcool. L'été dernier, elles ont suivi une cure pour apprendre à boire raisonnablement. Apparemment, c'était une méthode scientifiquement testée sur des souris qui disposent d'un enzyme qui les empêche de devenir dépendantes et boivent à des niveaux tout à fait inoffensifs. Désormais, elles prennent un médicament qui contient cet enzyme.

En fait, elles n'ont plus besoin d'aucune drogue. C'est comme si leurs corps se dopaient tout seuls. Mais un verre de bulles passe toujours.

"Tu sais qui il y aura ce soir chez Ben et Meg ?

— Aucune idée. Whoever you meet at the far side of the pier.

— Je crois que Tuys Robinson sera là. Tu l'aimes bien, non ?

— Mais quoi ? Juste parce qu'il est noir ?

— Non, parce qu'il est mignon.

— Bah, Tuys est trop vieux pour moi, de toute façon… Au fait, tu as entendu ce qu'on raconte ? Que Virginia aurait drogué Vanessa pour l'inséminer avec son sperme ?

— Hein ?" Nova éclate de rire. "Avec le sperme de Tuys Robinson ? Qui dit ça ?

— Personne. C'est juste une rumeur.

— Tu sais quoi… J'ai entendu une autre rumeur. Que l'ancienne femme de Ben n'est pas du tout morte, et qu'elle est revenue. Quelqu'un l'a vue sur la plage.

— Je n'y crois pas.

— Moi non plus…" Nova ôte son tee-shirt et attache les bretelles de sa salopette autour de sa taille avant de s'étendre sur le ventre sur un tapis de sol, munie de sa crème solaire. "J'espère que Cole sera là ce soir.

— Cole Deschanel ?

— Mmm…

— Méfie-toi de lui."

Elle sourit. "J'aime bien les garçons dangereux.

— Tu aimes bien courir avec des ciseaux en poche, dit Mercy.

— Courir avec des ciseaux en poche ?

— Oui, prendre des risques inutiles, quoi."

Nova lui tend la crème solaire. "Tu peux m'en mettre un peu sur le dos ?" Elle se soulève sur les coudes et défait son soutien-gorge avant de se recoucher sur le ventre.

Mercy prend un peu de crème et l'étale sur les épaules de Nova. Sa peau est éclatante. Avant d'arriver ici, elle était fine et pâle, presque translucide, au point qu'à plusieurs endroits on y voyait courir des veines bleues. Désormais, Nova est légèrement bronzée, un peu comme le sable du désert. Mercy rajoute de la crème et la masse pour bien lui imprégner le dos.

“La colonne vertébrale est écrasée et deux cervicales pulvérisées. La peau sur tout le haut du corps présente des brûlures au troisième degré. Le côté gauche du crâne est enfoncé et toute trace de pilosité y a disparu.”

“Quand vient ton père, déjà ? Noël ou le Nouvel An ?

— Papa vient fêter Noël avec nous.”

Mercy rebouche la crème solaire, prend un élastique à cheveux qu'elle enfile à son poignet avant d'entreprendre de tresser les cheveux de Nova. Ils sont à nouveau blonds, parfaits. Elle aimerait bien avoir des cheveux aussi droits et souples.

“Et toi, quand ta famille viendra-t-elle nous voir ?” demande Mercy une fois la tresse achevée et attachée tout en bas au moyen de l'élastique.

“Pour résumer, ma conclusion est que la jeune fille est décédée au moment précis de l'impact du véhicule avec la surface de l'eau.”

Le médecin légiste Ivo Andrić coupe son dictaphone. Il attache une étiquette jaune au sac mortuaire gris et y écrit : Nova Stridsberg.

“Ça va aller très vite, maintenant”, répond Nova en tournant la tête pour que leurs yeux se croisent. Apparemment, l'état de Jussi n'est pas si grave. Quand il est sorti du coma, il allait bien et avait tout oublié. Les preuves de l'accusation ne sont plus valables, et ils vont devoir libérer maman et Nounours. Ils devraient être là en janvier, ou quelque chose comme ça.

— Jussi va venir aussi ?”

Nova bâille et referme les yeux. “C'est presque sûr, s'il arrive à avoir un congé de l'imprimerie de billets de Tumba… Au fait, tu sais qu'il va être responsable du papier qui va servir à imprimer les dollars nigérians ?

— Les dollars nigérians ? Non, je ne savais pas. C'est drôle.”

Avant de refermer le sac, Ivo Andrić regarde le visage de la fille. La bouche est ouverte, mais pas comme si sa vie s'était éteinte au milieu d'un cri. Elle semble plutôt paisible, un peu fatiguée.

Comme si son dernier souffle avait été un bâillement, songe Ivo Andrić.

Mercy se gratte un peu l'épaule sous son tee-shirt. Ça brûle un peu, peut-être une piqûre d'insecte, et ça commence à l'irriter.

Elle songe à un mamba noir et à un forestier à qui on a scié la jambe. Ses pensées dérivent vers une cuisine noyée d'essence. L'homme qui va mettre le feu à la maison est en slip, et son paquet en pend comme deux clémentines. Dans une fraction de seconde tout sera en feu et la température indescriptible.

Ça commence à la brûler beaucoup en haut de la poitrine et elle comprend que ce doit être son collier amulette.

Emilia Svensson se tient près d'un lit, à l'hôpital sud, où Mercy est étendue sur le dos, gravement brûlée. Emilia regarde le corps de la jeune fille. Entre la troisième et la quatrième côte, elle note un renfoncement. Sans doute un objet qui, en brûlant, s'est incrusté sous la peau. Au-dessus du cou, les brûlures sont moins graves, sans doute parce qu'elle a essayé de se protéger le visage de ses mains.

La fille étendue sur ce lit d'hôpital se nomme Mercy Abiona.

Son nom de famille signifie "né pendant un voyage."

Sa respiration est calme et régulière, son pouls et sa pression sanguine ont été stabilisés.

Elle va bientôt pouvoir revoir son père.

Mais Nova Stridsberg, née en 1996, reste assise pour l'éternité sur la véranda de la maison dont elles ont rêvé. Au coucher de soleil, sur Sunset Beach.

S'ADAPTER À SON ENVIRONNEMENT, C'EST MOURIR

Sentier des Sept Sources, janvier 2013

Les bonnes résolutions du premier de l'an font du jogging. Deux hommes d'âge mûr en survêtements pastel passent en courant devant Love, qui se demande depuis quand il est devenu normal de faire du sport dans un cimetière par moins vingt-trois degrés. Les joggeurs obliquent dans un sentier sur la droite et disparaissent parmi les sapins tandis qu'il sort son téléphone, vérifie qu'il n'est pas en retard et le met en mode silencieux.

Avant de continuer vers la chapelle de la Résurrection, il lève les yeux vers la foule rassemblée devant le crématorium. La plupart sont des policiers en uniforme, puisqu'on enterre aujourd'hui Jens Hurtig, un de leurs collègues. Même si on en a beaucoup parlé dans les médias, les détails ont été passés sous silence, mais Love sait que ça a un rapport avec Hunger. Le culte du suicide, dont les filles du foyer sont plus ou moins adeptes.

Il connaît quelques-uns des policiers qui grelottent là-haut sur la colline.

Il est reconnaissant envers certains d'entre eux, comme Lasse, d'avoir pu quitter sa vie précédente.

Son changement d'identité.

À l'une d'entre eux, il voudrait pouvoir demander pardon d'avoir fait ce choix.

De quitter une vie, songe-t-il. De mourir.

Pour elle, il avait disparu du cadre, était devenu le personnage inachevé d'un film.

Il marche jusqu'au bout du sentier, la gorge nouée.

La façon la plus efficace pour un organisme de s'adapter à son environnement, c'est mourir. Une citation de Freud ?

Peut-on se tromper davantage ?

Mourir est toujours très compliqué, surtout pour l'environnement. Même aux animaux, ça pose des problèmes. Le seul qui peut éventuellement tirer son épingle du jeu, c'est Dieu lui-même. Ce Dieu inventé par les parents pour que leurs enfants dorment la nuit.

Love descend le sentier des Sept Sources vers la chapelle de la Résurrection.

Il n'y aura pas autant de monde à l'enterrement auquel il se rend.

À la demande de la famille de Nova, ce ne sera un adieu que pour ses proches.

Il les aperçoit à présent. La mère de Nova et Björn, son frère. Ainsi que les quatre gardiens de prison qui escortent les condamnés à perpétuité depuis leurs maisons d'arrêt respectives de Kumla et Hinseberg.

Quelques filles du foyer, et il lui semble voir Alice devant la chapelle.

Mais pas Mercy, qui se trouve en ce moment même à l'hôpital sud, dans l'attente de sa troisième ou quatrième opération.

Il ralentit en arrivant et s'arrête à vingt mètres de l'entrée.

Il regarde la fille qui parle avec Alice. Il ne l'a jamais rencontrée, mais l'a vue en photo.

Elle est maigre, presque décharnée, et ses longs cheveux noirs lui descendent jusqu'à la taille.

Freja.

PLUS SEUL
Stockholm, février 2013

C'est maintenant février, un mois après l'enterrement de Nova, et même si le soleil est encore trop faible pour s'attaquer à la neige, il est plus haut dans le ciel que depuis une éternité. Emilia Svensson remonte Västerbron depuis Södermalm, des congères d'un mètre de haut séparent la chaussée de la piste cyclable et cachent la vue vers le centre-ville.

Si le quartier de Söder est le petit dernier, imagine-t-elle, le charmant petit frère à qui on passe si facilement tout, Vasastan la magnifique sœur du milieu, alors Östermalm est l'aîné de la fratrie. Le prétentieux Je-sais-tout.

En dépassant Rålandshovsparken pour se diriger vers Fridhemsplan, elle se dit que Birkastan est la cousine de province et Djurgården la tante fortunée.

Elle sourit toute seule en essayant de trouver un bon rôle pour Kungsholmen dans cette famille.

L'enfant tardif, peut-être ? Celui qui obtient tant gratuitement. Ses parents ont appris de leurs erreurs et laissent l'enfant se développer sans trop s'inquiéter. Les frères et sœurs plus âgés contribuent l'air de rien par leurs expériences et, sans crier gare, l'enfant de trois ans sait compter jusqu'à cent. Kungsholmen a grandi, est devenu un quartier indépendant, quand bien même un peu imbu de sa propre excellence.

Emilia salue d'un geste le gardien qui lui ouvre le porche, elle descend au garage et trouve une place près des ascenseurs. En verrouillant sa voiture, elle réalise qu'elle a oublié un membre de la famille, ce qui en soi n'est pas si étonnant.

L'enfant adoptif. Elle-même. Un rôle parfois oublié dans la famille, et que certains réduisent même à la portion congrue.

Hammarby Sjöstad ? songe-t-elle dans l'ascenseur. Un nouveau venu dans le centre-ville, désiré par certains mais vu par d'autres comme un étranger plus ou moins indésirable. Un immigré.

Au département de la police scientifique, elle tombe sur un collègue qui l'interpelle :

"Comment ça s'est passé, ce matin ?

— Bien, je crois. Ils ont beaucoup pleuré."

L'homme qu'elle a conduit à l'hôpital sud plus tôt dans la matinée n'est plus seul dans son nouveau pays. Avant de prendre congé, il a embrassé Emilia en lui disant que c'était intéressant de parler avec quelqu'un né dans le même pays, mais qui a vécu presque toute sa vie en Suède.

Il s'appelle John Abiona.

UN GARÇON QUI AVAIT SON PROPRE APPARTEMENT
Hôpital sud, mars 2013

Les souvenirs que Mercy garde de février sont une chaise près du lit d'hôpital, le visage de papa près du sien, son odeur, sa voix et ses mains chaudes. Ses souvenirs de mars sont des flocons qui tombent doucement dans le cadre d'une fenêtre. Un instant étiré, aussi glacé que la peinture à l'acrylique qui décore le mur près de la fenêtre, un coucher de soleil qui malgré ses couleurs criardes semble gris et triste.

La cinquième opération devait être la plus facile, mais ça a été la plus difficile, et elle n'a pas pu recevoir de visites pendant plusieurs semaines. Elle ne faisait que dormir ou regarder fixement par la fenêtre dans l'attente du retour de papa.

Papa n'était peut-être qu'un rêve, une illusion comme Sunset Beach, avec des couleurs aussi fausses que la fresque sur le mur.

"Comment ça va aujourd'hui, Mercy ?" Le médecin note quelque chose sur son bloc.

"Exactement comme hier.

— La fièvre est tombée, dit-il tandis que son stylo gratte le papier. L'infection est sous contrôle, tu n'as plus besoin d'être à l'isolement. Il y a quelqu'un qui voudrait te voir."

Le médecin laisse la porte de sa chambre ouverte et, un instant plus tard, elle aperçoit une ombre contre le mur du couloir.

"Alors Love et Alice ne mentaient pas en me disant que tu étais vivante", fait-elle en voyant qui c'est.

Freja prend une chaise et s'assied près du lit. Ses longs doigts tremblent quand elle coince ses cheveux derrière une oreille. Ses longs cheveux noirs que Nova lui enviait tant.

“Pardon”, dit-elle.

Mercy serre le poing sous la couverture. “Pardon ne suffit pas.

— Comment ça va ? Je voulais venir plus tôt, mais…

— Je vais exactement comme hier.”

Les brûlures du troisième degré qui n’ont pas encore guéri, le traumatisme du rachis cervical, les greffes de peau sur les cuisses, les tibias et le ventre. Entre cent cinquante et deux cents fractures, et ces plaques de titane qu’on lui a posées dans l’espoir qu’elle puisse remarcher.

“On te croyait morte”, dit Mercy, qui entend sa voix se briser sur le dernier mot.

Morte.

C’est Nova qui est morte, pas Freja. Et c’était moi qui conduisais, pense Mercy.

“Il valait mieux que tout le monde me croie disparue à jamais, dit Freja.

— Morte, tu veux dire ?” Mercy sent ses yeux la brûler.

Freja baisse le regard. “Je suis clean, maintenant, dit-elle. Cinq mois et vingt-trois jours.

— Bravo.

— J’étais obligée de disparaître pour y arriver.”

Quand tu commences à haïr naît un enfant, le pardon, pense Mercy. Soit tu tues cet enfant, soit tu le prends dans tes bras.

Tout est une lutte entre haine et pardon.

Elle tente de ravaler ses larmes. “Il va falloir me raconter ce qui s’est passé quand tu es descendue à la rivière, bordel. On t’a pourtant bien entendue entrer dans l’eau.

— J’ai essayé, dit Freja. Mais putain, qu’elle était froide !

— Tu as tenté de te suicider, et tu y as renoncé parce que l’eau était trop froide ?”

Elle hoche la tête et raconte, penaude, comment elle s’est laissée un moment porter par le courant avant de gagner l’autre rive. Puis elle a erré au hasard dans la forêt.

“Je pensais mourir de froid quand je suis arrivée sur une petite route. Il y avait une voiture garée là, qui n’était pas fermée. J’ai trouvé une couverture et je me suis couchée et endormie sur la banquette arrière.”

Un vieux bonhomme qui revenait de la pêche l'avait réveillée.

"Je lui ai dit que j'étais une droguée, que j'avais raté mon suicide, que je regrettais toute la vie que j'avais vécue. Il m'a alors emmenée chez lui, m'a prêté des vêtements de son épouse décédée et m'a laissée dormir sur le canapé avant de me conduire à Uppsala le lendemain matin. Puis je suis descendue en stop jusqu'à Kalmar avec un routier qui m'a donné trois mille balles.

— Kalmar ? Mais pourquoi ?"

Freja hausse les épaules. "C'est là qu'allait le routier."

À Kalmar, elle est montée dans un bus, a roulé jusqu'au terminus, cherché une maison de vacances vide, forcé la porte pour y rester presque un mois. Puis elle a trouvé un boulot dans un café en ville et s'est mise avec un garçon qui avait son propre appartement.

"Et qu'est-ce que tu vas faire, maintenant ?" demande Mercy en regardant par la fenêtre.

Il ne neige plus.

"Rentrer à Kalmar, et travailler.

— Bien… Bonne chance."

Ses paupières sont lourdes, Mercy ferme les yeux.

Elle ne remarque pas le départ de Freja.

Son parfum flotte encore dans la chambre.

C'est alors qu'elle l'entend. À l'intérieur de sa tête.

Tu croyais que je t'avais abandonnée ?

PENTE GLISSANTE
Tanto, avril 2013

C'est le mois d'avril, la saison mensongère où les promesses de printemps non tenues se succèdent. Malgré le froid de canard, un narcisse jaune a éclos dans le jardin. En un clin d'œil.

Bonjour maman, pense Kevin.

Il fume, assis sur les marches de la véranda. C'est bientôt la première semaine des feux, et certains de ses voisins ont pris discrètement de l'avance sur la saison en ratissant les feuilles et en ramassant des branches. Mais il n'est pas encore autorisé de faire du feu. Tout est humide, pourri ou détrempé à la sortie de l'hiver.

Il a commencé à entasser un bûcher dans le jardin. Des planches abîmées datant de quand il a rénové la palissade l'automne dernier. Il faudrait aussi s'occuper du sol de la véranda. Les planches les plus proches du seuil sont couvertes de moisissures gris-vert, et ce n'est pas mieux sous le faîtage, même si tout est couvert de papier goudronné. Comment l'humidité a-t-elle pu arriver jusque-là ? Peut-être vaudrait-il mieux malgré tout faire flamber tout le chalet.

Il écrase son mégot dans un pot de fleurs et rentre à l'intérieur. Le film continue de tourner sur son ordinateur, *Le Cuisinier, le voleur, sa femme et son amant* de Peter Greenaway, où la jeune Helen Mirren joue la femme du voleur. Le drame touche à son dénouement grandiose. Kevin s'assoit dans le canapé.

Georgina, le personnage joué par Helen Mirren, est folle de rage et de désespoir depuis que son mari a fait tuer son amant – d'une façon assez raffinée, en le gavant à mort avec le papier de son livre préféré. Dans sa fureur, elle vient de convaincre le cuisiner de préparer son amant, littéralement de le faire rôtir au four. À cet instant s'affiche une alerte d'email en bas de l'écran.

Il est de Love Martinsson.

S'il écrit, c'est parce que le frère de Kevin vient de voir sa peine prononcée par le tribunal fédéral de Houston, Texas.

Le jugement est tombé il y a huit jours. Quatre ans de prison, beaucoup trop peu, même pas une nouvelle positive pour Kevin. Récupérer son yoyo lui aurait fait plus plaisir.

Il s'est procuré le procès-verbal pour le lire, puis a appelé Love pour lui demander un point de vue de psychologue sur son frère : comment pensait-il ? Pourquoi avait-il agi ainsi ? Ils ont parlé plus d'une heure au téléphone. Kevin ne se souciait pas particulièrement des crimes de son frère en eux-mêmes – de par son travail, c'était depuis plusieurs années son pain quotidien. Il était davantage intéressé par le comment et le pourquoi, par des aspects plus personnels.

Bonjour Kevin,

J'ai lu le procès-verbal avec grand intérêt. En particulier les interrogatoires de votre frère par l'accusation et la défense, ainsi que la déclaration de l'expert psychiatrique.

Comme je l'ai souligné quand nous nous sommes parlé, je ne peux pas donner d'avis clinique, n'ayant pas rencontré votre frère personnellement.

La psychiatrie judiciaire américaine a conclu que votre frère n'était pas malade, et je crois que cette estimation est correcte. Par rapport à ce que vous m'avez raconté, je considère cependant qu'il présente quelques traits narcissiques et que ses mécanismes de défense psychologiques sont peut-être pathologiques.

Je suis persuadé que votre frère a conscience que son attirance pour les mineures n'est pas normale. Pour préserver son image de soi, il a tenté d'attribuer à votre père les tendances déviantes qui sont en fait les siennes. Ce qu'illustre le fait d'avoir placé l'ordinateur dans la villa familiale et surtout ce film tourné par votre frère, où il force une mineure à des actes sexuels. C'est pour le moins une façon extrême de se dédouaner.

Au cours du procès, on a demandé à votre frère s'il regrettait ses actes. Il parle d'une sorte d'effet domino, ou boule de neige :

ça commence quand votre père l'a battu et ça continue avec les abus malsains de votre oncle.

En rhétorique, on parle de "pente glissante", "slippery slope" *en anglais ; le raisonnement de votre frère montre des analogies avec ce procédé : un événement négatif est expliqué par la chaîne des événements qui l'ont précédé, et tout dépend donc du premier événement, sans lequel le dernier n'aurait jamais eu lieu. En bref : votre frère considère qu'il est devenu pédophile parce que votre père le battait.*

Dans le film, Albert mange le corps présenté devant lui sur la table, décoré de légumes et de fruits confits, avant que Georgina ne lui tire une balle dans la tête.

Kevin dit à haute voix la dernière réplique du film, parfaitement synchronisé avec Helen Mirren qui regarde avec mépris son mari mort.

"Cannibale !"

Pour finir là où j'ai commencé, Kevin, je voudrais revenir à ce yoyo que votre frère vous a volé.

Il me semble clair qu'il s'en considère propriétaire légitime, mais je n'ai pas réussi à comprendre pourquoi, et je pense que c'est parce que vous ne m'avez pas tout dit à ce sujet.

Je sais juste que votre père vous a offert ce yoyo quand vous étiez petit et que vous y êtes très attaché, mais il y a sûrement une histoire plus longue derrière, n'est-ce pas ?

Si vous en avez le temps ou l'envie, je vous verrai volontiers à l'occasion.

Bien amicalement,

Love.

Kevin éteint le film, se cale au fond du canapé et réfléchit à ce qu'il vient de lire. Comment Love a-t-il pu deviner cette histoire de yoyo ? Lors de leur conversation, Kevin ne l'avait mentionnée qu'en passant.

Son frère et lui ont été abusés par le même oncle, mais seul l'un d'eux a reçu un yoyo de son père, lui-même abusé quand il était petit. Ce père qui battait le frère aîné de Kevin pour évacuer son angoisse, mais qui plus tard avait appris à conjurer ses démons d'une façon plus constructive.

Le petit dernier gâté n'a jamais été frappé, mais choyé, couvert de jouets.

Kevin se lève pour aller préparer du café. Tandis que la cafetière crachote, il songe à sa propre façon de conjurer ses démons.

Peut-être pas très constructive.

Il avait chargé deux gars de Fisksätra, Alexander Söderberg et Fadhi Abdulrashid, de faire en sorte que son oncle soit nourri à la sonde pour le restant de ses jours.

Kevin ne sait même pas qui s'est chargé concrètement du passage à tabac, juste que ça a été rondement mené et lui a coûté trois cent mille couronnes.

Les autres Marionnettistes sont aux arrêts à l'isolement complet en attendant leur procès.

Tous sauf papa qui est blanchi, aussi innocent qu'il est mort.

RÉVEILLE-MOI SI TU TE SENS SEULE
Kungsträdgården, mai 2013

C'est le premier printemps de leur nouvelle vie, quelques semaines avant les nuits blanches, un toit de fleurs roses au-dessus de leurs têtes. Les cerisiers du Japon ont éclos le jour même où papa a obtenu l'asile, fin avril.

C'est maintenant mai et il la pousse sur son fauteuil roulant dans l'allée, vers le rivage.

Il sourit comme quand elle était petite.

Ils forment la famille Abiona, John et Mercy, nés pendant leur voyage.

Ces derniers mois, Mercy lui a tout dit des moments où elle a cessé d'être une personne humaine, où elle s'est avilie, et avait aussi avili autrui. Et il a pleuré au chevet de son lit d'hôpital. À plusieurs occasions, il lui a répété qu'il n'y avait aucune honte à tomber, mais à rester à terre, oui.

L'image est amusante. Très concrètement, elle n'est ni debout ni couchée, mais impuissante, assise dans un fauteuil roulant qui commence à lui sembler une partie de son corps. Difficile de croire les médecins quand ils lui disent qu'elle pourra le quitter dans seulement six mois.

On va s'entraider et régler ça.

Papa ralentit le pas et lui montre un quai avec des bateaux. Leurs mâts se dressent comme autant de drapeaux. “*Water*… Eau ?”

Sa prononciation est bonne, et Mercy hoche la tête. “Oui, c'est ça.

— Bateau ?” tente papa.

Mercy sourit. “Oui, ou navire.”

Il gare le fauteuil à côté d'un banc et s'assied à côté d'elle. Sourit comme quand elle était petite.

Trois bateaux vont les emmener jusqu'à l'île de Runmarö, le premier part pour Vaxholm dans vingt minutes. Il sort le thermos de café et deux sandwichs.

Nova disait que c'était à la fois beau et moche dans l'archipel.

Salut, et prends soin de ton papa.

Maintenant, je vais aller un peu dormir, mais réveille-moi si tu te sens seule.

Cinquante mille îles au large, une pour chaque sentiment humain.

LES GENS GENTILS
LES UNS AVEC LES AUTRES
Comme dans un film, juin 2013

C'est juin, le soleil est revenu sur Tantoberget, et avec lui les habitants de la colonie, des petits vieux avec des gants de jardinage en caoutchouc jaune et des familles avec jeunes enfants, des résidents de Södermalm de la classe moyenne supérieure qui pataugent dans la bouillasse en baskets de marque.

Dans son petit jardin s'élève un tas de bois moisi. Sebastian l'a aidé à rénover la véranda et une des baies vitrées. Il ne reste plus qu'à peindre.

Repeindre la maison plutôt que la brûler, songe Kevin en contemplant le port de plaisance. Presque tous les bateaux sont à la mer, sauf le vieux canot de papa. Il est encore sous sa bâche, souvenir d'une vie antérieure. La vie antérieure de Kevin. Aussi dysfonctionnelle qu'un bateau à terre.

La radio est allumée dans le chalet, un journaliste rapporte un attentat à la bombe qui a tué cinquante personnes quelque part dans le monde.

Seul le fait pleurer désormais ce qui est mièvre et sentimental : les mignons animaux et les petits enfants. Les gens gentils les uns avec les autres. Les horreurs le laissent vide et froid.

Des voitures piégées explosent tous les jours. Les détails ne valent pas la peine qu'on s'en souvienne, car ils seront bientôt remplacés par d'autres voitures piégées et d'autres détails.

Sebastian sort avec deux verres de vin et s'assied à côté de lui sur l'escalier de la véranda.

"Le boulot te manque ? demande-t-il.

— Plus rien ne me manque."

De fait, écrire sa lettre de démission a été la meilleure chose qui lui soit arrivée depuis longtemps.

Sebastian rit. “Et un nouveau travail ?

— Je peux bien rester encore un peu en congé, et de toute façon j'ai beaucoup à faire avec la maison.” Il pose son verre. “Il faut que je dégage ces gravats avant que Vera arrive.”

Sebastian secoue la tête. “Non, occupe-toi de la bouffe et mets le couvert. Je gère les planches.”

Pendant que Kevin se change et met la table dans la véranda, Sebastian va chercher la brouette et commence à charger les planches.

Kevin est impressionné par sa force. En quarante-cinq minutes, Sebastian a fini.

Si leur vie était un film, assis dans la véranda, il regarderait Sebastian se laver le visage avec l'eau de la cuve.

Kevin serait Jake Gyllenhaal et Sebastian Heath Ledger.

CITATIONS

Chansons

p. 5 : Nadya Ushakova, “The 12th Day”, *One Dollar Books* (1988).

p. 132, 133, 157, 181, 198 : *“Jag ger dig min morgon”*, texte suédois de Fred Åkerström, *Två tungor*, Metronome LP (1972), d’après la VO anglaise de Tom Paxton, “I Give You the Morning”, *The Things I Notice Now*, Elektra LP (1969).

p 391 : “Oh Bondage Up Yours !”, de X-Ray Spex, *Oh Bondage Up Yours !*, Virgin 7 (1977).

Extraits de films

p. 76 : *“The terrible craving to make death our whore…”*
The Horsemen (Les Cavaliers), 1971.

p. 81, 91 : *“A loving mother reuniting with her lost son…”*
3 000 Miles to Graceland (Destination : Graceland), 2001.

p. 174 : *“If I could find a way to get off this island, would you like to come with me ?” Papillon*, 1973.

p. 282, 283 : *“Here’s Johnny ! You can’t get away !”*
The Shining (Shining), 1980.

p. 306 : *“My friends call me Lenny. But I got no friends.”* (Mes amis m’appellent Lenny. Mais j’ai pas d’amis.)
Raising Arizona (Arizona Junior), 1987.

p. 332 : *"I'm not really a therapist. I'm the rapist."*
Squidbillies : Government Brain Voodoo Trouble, 2006.

p. 349, 350 : *"You have not listened ! If we'd listened, if we'd dealt with this phenomenon properly…" Dawn of the Dead (Zombie : le crépuscule des morts-vivants)*, 1978.

p. 352 : *"Goddamn, you play a mean banjo."*
Deliverance (Délivrance), 1972.

p. 394 : *"When the moon rises early, just as the Santa Ana wind kicks up out of nowhere, and the sun is just dropping out of sight, whoever you meet at the far side of the pier, is who you destined to be with."*
Sunset Beach : épisode #1.1, 1997.

p. 407 : "Cannibale !"
The Cook, the Thief, His Wife & Her Lover (Le Cuisinier, le voleur, sa femme et son amant), 1989.

Pour en savoir plus sur la collection Actes noirs,
tous les livres, les nouveautés, les auteurs, les actualités,
lire des extraits en avant-première :

actes-sud.fr
facebook/actes noirs

OUVRAGE RÉALISÉ
PAR L'ATELIER GRAPHIQUE ACTES SUD
REPRODUIT ET ACHEVÉ D'IMPRIMER
EN DÉCEMBRE 2020
PAR NORMANDIE ROTO IMPRESSION S.A.S.
À LONRAI
POUR LE COMPTE DES ÉDITIONS
ACTES SUD
LE MÉJAN
PLACE NINA-BERBEROVA
13200 ARLES

DÉPÔT LÉGAL
1re ÉDITION : JANVIER 2021
N° impr. : 2004564
(Imprimé en France)